/ 长篇纪实文学 /

77人的"78天"

王景曙 / 著

江苏凤凰文艺出版社
JIANGSU PHOENIX LITERATURE AND ART PUBLISHING

图书在版编目（CIP）数据

77人的"78天"/王景曙著.——南京：江苏凤凰
文艺出版社，2021.11
ISBN 978-7-5594-5686-1

Ⅰ.①7… Ⅱ.①王… Ⅲ.①纪实文学–中国–当代
Ⅳ.①I25

中国版本图书馆CIP数据核字（2021）第198362号

77人的"78天"
王景曙　著

责任编辑	王　青	
装帧设计	徐芳芳	
责任印制	刘　巍	
出版发行	江苏凤凰文艺出版社	
	南京市中央路165号，邮编：210009	
网　　址	http://www.jswenyi.com	
印　　刷	江苏扬中印刷有限公司	
开　　本	718毫米×1000毫米　1/16	
印　　张	18.25	
字　　数	300千字	
版　　次	2021年11月第1版	
印　　次	2022年5月第2次印刷	
标准书号	ISBN 978-7-5594-5686-1	
定　　价	55.00元	

江苏凤凰文艺版图书凡印刷、装订错误可随时向承印厂调换，联系电话025－83280257

2020 战疫·镇江援鄂医疗队远征纪实

谢谢你们为湖北拼过命!
——湖北人民

谨以此书，向包括 77 名镇江援鄂医疗队员在内、共 42600 余名全国援鄂医疗队员致敬！

——作者

目　录

第一章　突如其来…………………………001

第二章　先遣6勇士…………………………010

第三章　"令牌"接踵而至…………………021

第四章　烽火岁月…………………………052

第五章　两边，几多牵挂…………………117

第六章　穿越疫情的爱情…………………146

第七章　"暖色"战地………………………161

第八章　走向胜利…………………………181

第九章　去时数九寒，归来春意浓………213

第十章　此情如江水长流…………………243

第十一章　另一种"出发"…………………267

第一章 突如其来

1 春运渐"沸"

为期40天的2020年春运，始于1月10日。1月19日晚7点25分，央视《新闻联播》报道：春运进入第十天，全国铁路累计发送旅客突破1亿人次。19日当天，预计发送旅客1200万人次。连续9天日发送旅客超千万人次。

19日的"1200万人次"里，就包括江苏中坚汇律师事务所律师黄梦立和她的丈夫。距春节还有6天时间，当天，这对夫妇拎着大包小包，欢欢喜喜地从镇江出发，去往湖北。

嫁到镇江的黄梦立，娘家远在湖北荆州。这是小两口组成家庭后过的第二个春节。2019年，他们先在男方家过完最代表"年味"的除夕夜，初一去了荆州。2020年小两口决定给千里之外难得相见的荆州亲人更多一些陪伴，于是计划着早早动身。

庚子年春节，是近8年来阳历时间最早的。春运伊始，1月11日《北京青年报》的一篇报道称"今年客流高峰将呈现来得早、时间长、峰值高的特点"。这让起初还"漫不经心"的一对年轻人，到了登录12306之时有些措手不及，"一票难求"的窘境下，黄梦立夫妇被迫辗转多个站点：先从镇江赶到南京南，乘坐当晚10点40分的G4225抵武汉，在火车站附近投宿一晚，次日上午8点15分转乘D5814到达荆州。

在央视发布"突破1亿人次"春运消息的同一天，《湖北日报》4版头条也刊发报道《春运首周湖北交通总体平稳顺畅》："截至17日零时，全省铁、水、公、空发送旅客 1050.7 万人次，同比略微下降。"报道同时称"今年春运，全省预计发送旅客 6450 万人次，与去年基本持平"。

差不多在黄梦立回娘家的这个时间段，反方向上，来自湖北恩施农村的滕先生举家四口，自驾东进江苏，奔赴一场相约已久、甚为期待的亲情团聚：滕先生的一个弟弟、一个妹妹，分别在江苏的镇江、南通成家，两省三地、兄妹三人（三个家庭）约定 2020 年在南通过一个不同往年的温馨春节。

于国人而言，一元复始的春节，早已超越纯粹时间概念。文化对心灵的占有，力量是难以抗拒的，"有钱没钱，回家过年"。这样的执着之下，春运作为每年一度"最大规模的人类迁徙"，其个体方向貌似交错杂乱，却如同黄梦立夫妇和滕先生一家，根本上有着共同的内涵引领——亲情。

陈慧丹一家三口，2020 年春节"小家回大家"的方向则是北上。老家均为东北沈阳的夫妇俩，已经 3 年没回去过年。身为江苏大学附属医院心内科主管护师的陈慧丹，此前连续 3 个除夕夜主动要求加班，就为换来某一年自己"也能回家过个自由自在的大年"。

黄梦立夫妇从镇江坐火车出发回娘家的第二天，20 日，陈慧丹夫妇带着女儿也从镇江自驾出发——只不过他俩是既回娘家，也回婆家，团聚的意义更重一层。长途奔袭，高速公路上川流不息，春节的脚步越来越近了。对接下来长达两周，与春节相拥的休假时光，陈慧丹满怀憧憬。

领过证的镇江市第一人民医院手术室护师张晶晶，已经是军嫂身份了，婚礼还没办，但吉日已定：春暖花开时节的 2020 年 4 月 18 日。婚礼地点是在邻省安徽定远县老家。

距离穿婚纱不到 3 个月时间的这个春节，张晶晶计划着一方面好好陪父母，一方面张罗婚礼相关事宜。1 月 22 号，也就是腊月廿八，晚上一下班，张晶晶独自一人坐上了回家的火车，成为春运茫茫人海中的一员。而此时的准新郎小柏，远在亚丁湾索马里真正的茫茫大海上。威武凛然的中国海军第三十三批护航编队正迎风劈浪。

与张晶晶回家同一天，镇江嫁至武汉的肖女士，尽管事先被这边亲人劝导"现在闹疫情，今年就不要回来了"，一家三口仍然从武汉出发，长途驱车 5 小时，于22日傍晚6点多钟赶到位于丹徒区高资街道的父母家。平常几乎没时间回来看老人,春节回娘家团圆已经成为肖女士坚持多年的传统节目,"当时(疫情)情况看上去还好。"肖女士说。

黄梦立夫妇归途多歧,只是历年春运潮涌的冰山一角。早在春运尚未启动之时,来自国家发改委的权威消息称:预计2020年春运全国旅客发送量将达约30亿人次,比上年略增。同在早些时候,一份出处同样不乏权威、由百度地图等机构联合出品的《2020春运全国人口迁徙趋势预测》中这样写道:大年初六将出现春运人口迁徙最高峰。

然而,所有的"权威"均不敌巨大变故,上述预测后来均没能兑现。湖北一省,官方的事先发布"全省预计发送旅客6450万人次,与去年基本持平",就更加不能实现了。

事实上,春运在湖北境内仅仅以大致正常的秩序运作了13天时间,还没跨过农历新年,以"1月23日"这个令人刻骨铭心的"武汉封城"日子为节点,率先遭到日甚一日的重创,直至完全失去"春运"本义上的人口流动。

后来,黄梦立夫妇节后未能如期返回镇江;滕先生一家亦未能如期回恩施;陈慧丹"四年等一回"的春节长假,中途戛然而止;准新娘张晶晶不得不主动停下手上的个人大事,因为遇上了比她个人婚礼更"大"的国家大事;而肖女士一家,只在高资娘家住了一晚,次日一大早,也就是武汉封城的当天,就被坚持原则、已主动向派出所报备的父亲"狠心赶回"了武汉,随后,父亲携家人按管理要求自主"居家隔离"。

2 "寒风"乍起

"突如其来",已经成为与2020年新冠肺炎疫情关联度极高的热词之一,也是被使用频次极高的定语之一。就宏观层面的事态发展而言,的确如此。否则,黄梦立夫妇肯定会修改自己的春节安排,更不会贸然在武汉逗留一晚——很多人都会修改自己的春节安排。

从最初公布"不明原因肺炎",到1月9日确定为"新型冠状病毒感染的肺炎";从"病例",到"疫情";从"尚未发现明确的人传人证据",到"肯定有人传人"。公众虽广泛热议,但大多数人对这件事的认知尚停留在"局地"概念,停留在如同对其他热点话题的无差别参与之中,不太以为它有朝一日会走得很远,更不会料到它竟迅速地来到自己身边。

无论出门远行还是原地居家,迎春的步伐基本如常,生活的节奏与乐趣未受太大冲击。镇江丹阳市妇幼保健院内科护师张菲菲1月19日、20日,连续两天在朋友圈晒吃的:前一天是"我第一次蒸馒头",第二天就是"今天包饺子";镇江市第四人民医院(妇幼保健院)主管护师姜燕萍1月20日这天,则发了一条内容差不多可供每年这个时候重复发的朋友圈:"年味将至,你的年货和礼物都准备好了吗?"

如果把时间再往前拉一段,站在阳历新年的起点上,丹阳市云阳人民医院内科护师虞海燕1月1日这天在朋友圈抒发的"迎新心愿",也可以理解为与姜燕萍性质一样的"应时套话"——"祝2020:有趣,有盼;无灾,无难。大家新年快乐!"不过,随后的事态表明,对2020这个年度而言,"无灾,无难"已成一闪而过的美好心愿。相隔20天,与姜燕萍同在1月20日,虞海燕发出当年度第二条朋友圈,内容已与年味"违和":"出门戴口罩,勤洗手……不要去人多的地方凑热闹。"

1月14日的官方发布里,新冠肺炎首次由"病例"概念升级为"疫情"措辞。第二天,1月15日,央视新闻频道《新闻1+1》栏目——当天总时长超过22分钟的报道,醒目标题就是"新型冠状病毒肺炎疫情,防控进行时!"。事发半个月来,这是新冠肺炎疫情首次以大体量的专题形式出现在国家级媒体上。

系统性复盘疫情发生、发展的轨迹,到了1月中旬这个节点上,尽管武汉本地人对华南海鲜市场并不"退避三舍"(央视《新闻1+1》报道)、尽管大多数公众的感受更处在远距事发地的安全之中,但于有心人,尤其对2003年"非典"有着深刻记忆的群体而言,汇总各种渠道信息,还是能多多少少发觉某些令人难以释怀的异常信号。

一幅"1月18日傍晚,84岁的钟南山院士从广州赶往武汉,在高铁上疲累小憩"的照片在网上盛传。老骥伏枥,特定时候被赋予了双重解读:一方面,人们无不对钟院士表达"令人泪目"的崇高敬意；另一方面，此时此刻"钟南山这位顶级专家亲自去武汉"，足以说明"那边事情看来不会小了"。这何尝不是某种信号？实际上，当天从多个方向赶往武汉的"医学大人物"并不止钟南山一人，还包括李兰娟院士等其他5人，一共6位。

一天一个样，局势以与"突如其来"愈发贴切的节奏日趋复杂。时值隆冬，一方面，武汉那边的数字不断攀升；另一方面，疫情开始出现了跨省传播，犹如"寒风"阵阵，寒意逼人。越来越多的人不再坦然，懵懂之中纵然不至过于惊恐、纵然不能做出太深层次的考量与太长远的规划，在本能驱使下还是纷纷行动了起来，当务之急是赶紧存备最普通不过，却也最不可或缺的防护用品——口罩。

镇江这边，进入离春节已没几天的1月下旬，乃至更早，从中旬的最后几天开始，各家药店就普遍排起了长龙，市面上的口罩越来越紧张，很快家家告罄。京口区江滨新村附近一家老牌药店新到一批口罩之后，药店对其APP会员限购2袋（12只），对非会员则限购1袋。自2003年以来，早已淡出人们日常生活长达17年的轻薄口罩，一时间分量"比钱还重"。

因为频频被朋友们误以为"近水楼台"，镇江市中西医结合医院的护师纪寸草不得不在微信上发了一条信息"广而告之"："大家不要向我要口罩了，虽然我是手术室的，但是我也是自己买的口罩，一上午跑了几家，才买到。"那段时间，在讨口罩问题上像纪寸草一样遭遇心有余而力不足境况，近乎"伤了感情"的医务工作者，其实很多。

这种"山雨欲来"般的逼人寒气，张峰要比旁人感受得更早、也更深入些。张峰是镇江市第一人民医院新区分院呼吸科的主治医师，2005年毕业于湖北医药学院，大学同学密布包括武汉在内湖北全省各地医院。张峰说："我在同学群里早就看到他们在紧张奋战。"

"一天一个样"的局势，也笼罩在春运旅途上。1月19日晚黄梦立夫妇几次转车去往湖北荆州的时候，还"基本没人戴口罩"，而相隔短短3天之后的1月22日，张晶晶登上开往安徽的列车时，所见"车厢里几乎都戴着口罩"。

3　战"疫"打响

央视直播栏目《新闻 1+1》是双休日除外，每周五期。1 月 15 日是周三，该栏目当天首次深度聚焦新冠肺炎疫情之后的周四、周五两天，暂时丢开了这个话题，转而关注"农民工被欠薪"和"2019 中国经济年报"——相当于回归常态之下媒体报道题材的"四季歌"。

微观上，黄梦立夫妇与张晶晶旅途亲历的"三天之变"，紧密呼应宏观上《新闻 1+1》就同一事件报道内容的"五天之变"。相隔 5 天之后的 1 月 20 日晚上，看完新一周再次聚焦新冠肺炎疫情的《新闻 1+1》，在屏息凝神的揪心之中，人们惊讶地发现："口径"已然大变，事态正在急剧升级！白岩松开场用了"毫无疑问"一词，表达人们对疫情的高度关切。当期节目中，最让公众绷紧神经的关键信息是：已经存在人传人，并且有医务人员感染了！

信息不是来自别人，而是此时此刻人们"最希望听到他发声"的钟南山院士。当晚节目中，钟院士首次以当天白天刚刚临危受命为国家卫健委高级别专家组组长的身份接受了直播连线，他发出"需要提高警惕"的告诫。基于"疫情才刚刚开始，正处于爬坡阶段"，结合春运这一大背景，钟南山表示："我总的看法是，没有特殊情况，不要去武汉，这个是很重要的。"

上述"我总的看法"其实并非仅仅钟院士一个人的看法，这一关键信息也并非"第一时间"向公众传递。明确的资讯显示：比当晚《新闻 1+1》直播更早几个小时，1 月 20 日的下午，针对"新型冠状病毒感染的肺炎疫情"有关防控情况，刚刚成立的国家卫健委高级别专家组就举行了新闻发布会，组长钟南山及成员曾光、高福、李兰娟、袁国勇等就公众关心的问题回答了记者提问。

发布会上，钟南山用"昨天跟前天情况不一样，前天跟大前天情况又不一样"言简意赅地描述了事态进展，针对明确出现人传人，还有医务人员感染的情况，他认为"这是一个重要的标志"。随后，曾光表示："现在能不到武汉去就不去，武汉人能不出来就不出来，这是我们做的贡献。我可以说，这不是官方的号召，是我们专家组的一些建议。"

梳理来龙去脉，防控新冠肺炎疫情的战斗究竟是何时打响，因考量层级、区域及概念内涵的不同，或可给出多重时间点，但我们不难具体把握，显性意义上，由国家主导的战"疫"号角，当是在国家卫健委高级别专家组宣告成立的1月20日这天正式吹响。

据新华社北京1月20日电，20日，中共中央总书记、国家主席、中央军委主席习近平对防控新冠肺炎疫情作出重要指示：必须引起高度重视，全力做好防控工作。各级党委和政府及有关部门要把人民群众生命安全和身体健康放在第一位，制定周密方案，组织各方力量开展防控，采取切实有效措施，坚决遏制疫情蔓延势头。要全力救治患者，尽快查明病毒感染和传播原因，加强病例监测，规范处置流程。要及时发布疫情信息，深化国际合作。

同一天，中共中央政治局常委、国务院总理李克强也作出批示：各相关部门和地方要以对人民群众健康高度负责的态度，完善应对方案，全力以赴做好防控工作，落实早发现、早报告、早隔离、早治疗和集中救治措施。加快查明病毒源头和感染、传播等机理，及时客观发布疫情和防控工作信息，科学宣传疫情防护知识。做好与世界卫生组织、有关国家和港澳台地区的沟通协调，密切协作形成合力，坚决防止疫情扩散蔓延。

这一天，由国家卫健委牵头、32个部门组成的应对新冠肺炎疫情联防联控机制正式启动；这一天，国家卫健委发布"2020年第1号"公文："经国务院批准，一、将新型冠状病毒感染的肺炎纳入《中华人民共和国传染病防治法》规定的乙类传染病，并采取甲类传染病的预防、控制措施。二、将新型冠状病毒感染的肺炎纳入《中华人民共和国国境卫生检疫法》规定的检疫传染病管理。"

从这一天起，直至5月19日，央视《新闻1+1》就一期不拉、再也没停过对疫情的聚焦；这一天，"疫情"内容首次出现在央视《新闻联播》之中，并于第二天首次登上《人民日报》，均为报道习近平总书记的指示和李克强总理的批示，只因报纸滞后一天面市，两家重量级央媒实为"同时报道"。

也正是从1月20日起，在全国范围内实行新冠肺炎病例日报告和零报告制度，由国家卫健委每日汇总发布。

4 武汉告急

1月23日，广东、浙江、湖南三省在国内率先启动突发公共卫生事件"一级响应"。

遏制疫情蔓延势头的重要手段，在于切断传播途径——控制人口流动成为切断传播途径的"牛鼻子"。1月20日，"能不去武汉就不去，武汉人能不出来就不出来"还只是国家卫健委高级别专家组的集体呼吁，三天之后，便落实为全球瞩目的政府行动。

1月23日凌晨，武汉市新型冠状病毒感染的肺炎疫情防控指挥部发布消息：自当天10时起，全市城市公交、地铁、轮渡、长途客运暂停运营；机场、火车站离汉通道暂时关闭。

很难找出第二个经济社会牵涉面如此广而深的重大决策，是在大多数民众尚处在熟睡之中做出的，又是在发布之后以小时计就正式付诸实施。离春节仅剩两天时间，诸事千头万绪，"封城"无疑是个极难做出的痛苦而又必要的决定。

一座九省通衢、千万级别人口的大城市，就这样开启了自己有史以来从未有过的一段悲壮经历。"武汉封城"成为"武汉告急"最沉重、最具象的写照，它意味着整座城市暂时失去自由。

比武汉封城早两天，1月21日，镇江召开了新冠肺炎疫情防控工作会议；与武汉封城同一天，镇江市新冠肺炎疫情防控指挥部办公室宣告成立，并发布第1则《通告》："2020年1月10日后，从武汉来镇江、去过武汉以及途经武汉来镇江的所有人员，应当主动到社区居委会、村委员会进行登记，并自回镇江之日起实施自我居家观察两周（14天）……从本通告发布之日起，镇江各旅行社和酒店对武汉旅客取消行程、退订酒店的，应做好全额退款服务。不再接待武汉赴镇江旅游团队和散客。"

武汉那边，随着疫情进一步暴发，大批病人涌向医院，一时间，这座城市的病床"一床难求"。就在封城当天，参照2003年抗击"非典"期间的"北京小汤山医院"成功模式，武汉市启动了拥有1000张床位的火神山医院建造项目，仅10天时间就交付使用，创造了火箭般的神奇速度。而规模更大、拥有1600张床位的雷神山医院，只比火神山晚了两天也接踵开工。

有武器，还得有战士。仓促之下，武汉医疗资源的缺口巨大，包括医护人员。在最初"敌情不明"的专业度局限以及防护物资匮乏的最初岁月里，医生护士频频"中弹"倒下。每一例医护感染，撤下阵来的往往并不是一人，而是身边一组医护人员阶段性失去作战能力。

1月21日，武汉市江夏区第一人民医院彭银华医生所在的呼吸与危重症医学科三病区，被列为第二批投入收治疫情病患的隔离病区。数日后，工作中的彭银华因"咳嗽发热2天""发热待查：病毒性肺炎？"被自己的医院收治，并很快被确诊为新冠肺炎。

1月30日，彭银华因病情加重，被紧急送往金银潭医院接受治疗。惜终因病情恶化，经抢救无效，彭银华于2月20日不幸去世，年仅30岁。原定于正月初八的婚期，成为其短暂人生中永远不能兑现的空白。

彭银华转院前，在江夏区第一人民医院接受治疗的最后一个晚上，正是来自江苏大学附属医院重症医学科的副主任医师、援鄂医疗队员张建国值班，当晚两人之间有过简短的交流。"感觉他当时状态还可以，躺在床上能玩手机，完全没料到后来病情来势如此汹汹。"张建国回忆。

张建国是镇江市首批派出的6名援鄂医疗队员之一，也是江苏省首批派出的147名援鄂医疗队员之一，于1月26日下午抵达武汉。

诚如总书记指出"武汉胜则湖北胜，湖北胜则全国胜"，在这场波澜壮阔的疫情防控人民战争、总体战、阻击战中，"武汉保卫战""湖北保卫战"关乎全国大局。

危急关头，除之前北京等地已有部分专家奔赴武汉外，国家统一调派、由地方各省及军队抽调医护精兵强将组成规模医疗队驰援湖北，即将写下浓墨重彩的战"疫"篇章。就在武汉封城当天，十万火急的第一拨"援鄂"召令，已由国家卫健委向上海、江苏、浙江、湖南、四川、陕西等6个省市下达。

第二章　先遣6勇士

5　微信上收到急件……

1月23日下午4点30分，正在上班的江苏大学附属医院医务处主任徐永中，手机传出"滴答"一声，这是微信上收到一条新信息。

信息来自江苏省卫健委医政医管处有关负责人，是个PDF文件。仅仅映入眼帘的文件名称《转发国家卫健委关于组派医疗队援助湖北……》，就足以让徐永中心里一震：事关重大！

打开文件一看，按照指令，江大附院需要选派6名医护人员参加省第一批援鄂医疗队：2名医生、4名护士。因为涉及不属于自己职责范围的护理部任务，徐永中迅速向上级作了报告，以便由顶层及时统筹。

徐永中介绍，常态程序上，这样的通知理当传给院办，由院办报告主要领导，继而批转分管领导，再向各相关部门落实。但是，"与时间赛跑"的非常时势下，这是迫不得已而选择的一条捷径。

这个文件实际上由两份通知拼在一起，一份是国家卫健委医政医管局给上海、江苏、浙江、湖南、四川、陕西共6省（市）卫健委医政医管处（局）的组队函：每省（市）组建3批医疗队（1批开展救治工作，另2批待命）；每批次医疗队均由135名医务人员构成，对人员结构的要求十分具体：

（一）普通患者救治医疗队。医护人员75名，分为5组，每组15人，专业构成如下：

1. 医师6人；

（1）呼吸科4人，副高级以上职称医师2人，主治医师2人。

（2）感染性疾病科1人，副主任医师。

（3）医院感染管理科1人，副高级职称。

2.护理人员9人：

（1）呼吸科专科护理人员5人（其中，中级以上职称1名）。

（2）感染性疾病科专科护理人员4人（其中，中级以上职称1名）。

（二）危重症患者救治医疗队。医务人员60名，支援重症监护室（ICU）开展工作：

1.医师12名：重症医学科或者呼吸科重症医学专业，副高级以上职称医师4人，主治医师8人。

2.护理人员48名：重症医学科护理人员（其中，中级以上职称4名）。

另一份文件则是江苏省卫健委向"各设区市卫生健康委，省管有关医院"分配的第一批队员名额，涉及4个设区市和6家省管医院，其中南京、无锡、徐州、南通等市卫健委共需派出医生24名、护士68名，南医大二附院、江大附院、扬大附院、逸夫医院、省第二中医院、省中西医结合医院等省管医院共需派出医生18名、护士25名，总计135名医护——这正是国家卫健委要求的每个批次队员数量。江大附院成为参加省第一批医疗队的镇江独家派员单位。

徐永中的微信记录表明：他们最终于当天晚上7点28分，将6人名单报至省里。这6人将肩负起第一支"镇江力量"重任，汇入全省第一支援鄂医疗队伍。

6 "救武汉，就是救镇江"

39岁的江大附院重症医学科主治医师、科党支部书记孙志伟，拥有12年党龄、15年临床工作经历，他是6人中的第一个报名者——实际上也就成为镇江所有援鄂医疗队员的第一个报名者。提起这个环节，孙志伟十分淡然："其实没啥，科主任接到医务处电话时，我就在他旁边，我说那就我去吧。"2017年曾援藏半年的孙志伟，是两个年幼孩子的父亲，女儿4岁、儿子2岁。

院重症医学科（ICU）护士长赵燕燕回忆说，那天下午，她接到护理部主任庄若的紧急电话：ICU需要抽派2名护士出征支援湖北武汉，"十分钟之内，给我名单！"这个电话一挂断，名单的一半已在赵燕燕心中敲定：她本人。赵燕燕是自己把自己派往武汉！

同在重症医学科的主管护师王笠，是赵燕燕框定"另一个人选用男护"之后，令她最满意的人选。电话打过去，王笠毫不犹豫就答应下来，成为镇江首批4名护士中的唯一男护。得知"首战有我"，他还显得"有些小激动"。王笠是汶川大地震那年参加工作，自称当时是"职场菜鸟"的他，为没有能够奔赴震灾一线参与救援而感到有些遗憾。"这次终于有机会证明自己有应对紧急任务的能力。"王笠说。

最终，无论医生还是护士，江大附院均远远"超标"完成省里下达的派员要求：对两名医生的要求均为主治医师，他们安排了1名主治医师、1名副主任医师；对4名护士的要求为3名初级职称、1名中级职称，而除赵燕燕是副高职称（副主任护师）外，其余3名护士均为中级职称（主管护师）。除前已述及的3名队员，另3名队员分别是：黄汉鹏，男，呼吸与危重症医学科副主任医师、内二党总支副书记；季冬梅，女，呼吸科主管护师；张艳红，女，呼吸科主管护师。

这是武汉刚刚封城的第一个"孤寂之夜"。镇江这边，先遣名单确定后的当天夜里，拥有360名成员的"江大附院青年群"里，长时间沸腾着"送战友，踏征程"的深情厚谊，来自医院各职能部门的同事们纷纷对即将逆行的6勇士致敬、鼓劲、祝福与嘱咐。"张倩（人事科）"跟言："多多保重，期待你们的平安归来（3朵玫瑰表情）"；"疼痛科王华"说："回来了，兄弟们给你们摆一桌。"

与孙志伟同科室的张建国，夜里9点40分也在群里@孙志伟："既要展现江大附院医务人员业务精湛、勇于担当的风采，也要注意自身安全，平安归来。"如前所示，这个时候的张建国并不在6人名单中，但他对战友的这句殷殷叮嘱，成为送给"两天后的自己"。

面对此情此景，孙志伟在群里由衷发出感慨："总得有人去吧，救武汉就是救镇江！"一句质朴而浓缩力量的"救武汉就是救镇江"，随后被多家媒体采用，并在微博、微信等社交平台上广为传播，长时间刷爆"朋友圈"。《现代快报》第二天推送的一篇公号，在制作新闻海报时，将这句话融入了醒目的主标题《学医20载，枕戈待旦 救武汉就是救镇江！》

当天晚上，当地主流媒体《镇江日报》专为这支镇江市的首征队伍建起报道联络群，平时喜欢吟诵、颇有文字功底的孙志伟，用己所长给该群取了个刚劲给力的名称："挥师武汉，斩妖除魔"。自谦"文采不好"的他，当天深夜还在朋友圈以一首作品"表表决心"："瘟疫逞凶我华夏，白衣使命须担当，党员模范急先锋，不斩恶魔誓不还！"也是同科室同事、副主任医师尹江涛，在这条朋友圈下留言大赞"好文采"。

尽管江苏已有组队第二批、第三批待命的计划，但其时的尹江涛尚不可料到，没几天，他本人也将"挥师武汉"。

由省卫健委下达的《第一批江苏支援湖北医疗队支援人员分配方案》表格截图，1月23日晚就已在微信上传开，"国家出手了"，百姓无不为之备感振奋。汤倩这天夜里也转发了这个"分配方案"，并配文"一方有难八方支援啊，支持"。

23岁的汤倩，是镇江市第一人民医院新区分院的一名呼吸科护士，随着湖北前线战事日益趋紧，派出的队员越来越多，7天之后她也首次递交了援鄂请战书，并最终如愿成为一名"方舱姑娘"，与前述张晶晶、姜燕萍、纪寸草、张菲菲等姐妹携手出征——与她同批的镇江援鄂医疗队员共29名，张峰也在其列。

7 待战

国家、省两级函件上均只有上报名单的时限，并无出发时间。1月23日下午微信上收到组队指令的那一刻，徐永中必不可少地向省卫健委相关负责人发去询问"什么时候出发",得到的回答十分简洁,5个字,"等国家通知"。

组队完毕的第二天就是除夕。包括湖北在内,全国各地的疫情继续处于快速"爬坡"态势,继前一天广东、浙江、湖南三省启动"一级响应",1月24日除夕一天之内,又有14个省份密集启动了"一级响应"。

除夕晚上7点10分,张艳红发出了一条朋友圈:"祝我的亲朋好友新年快乐,身体健康。"这是进入2020阳历新年之后张艳红发的第二条朋友圈。

张艳红已连续两个除夕夜发朋友圈,去年除夕差不多也在这个时间点上,她发的内容是"过年啦,路上人车稀少,公交车就我一人",配以4个"偷笑"的表情——此时,也与大众回家方向"逆行",她正在去往医院值班的途中。

己亥年除夕这条微信,张艳红未配任何表情,但两张图中的一张却构成某种意义上特定的"历史表情":这是一张专门制作的童话风格的卡通图,上书"病毒怪兽远离我"。

没有明确的出发时间,就意味着随时可能出发。组队后"迟迟"没接到开拔令,这让1月24日这天的孙志伟不免显得有些"焦虑",尤其这天夜里,当微信上疯传解放军、上海市、广东省援鄂医疗队已在机场集结出发的悲壮场景,他更加有种坐不住的感受。

24日晚,经中央军委调遣,解放军紧急派出了3支援鄂医疗队、共450人,分别从上海、重庆、西安三地连夜乘坐军机出发,于当夜零时之前全部抵达武汉机场。

十余分钟后的1月25日,00:01,亦即大年初一,迎接鼠年的钟声犹在耳畔回荡,一架航班号为MU5000的波音737-800飞机从上海虹桥国际机场起飞,1点26分安全降落于武汉天河国际机场。

这架航班搭载的是来自上海28家市级医院和5个区、24家医院的135名医护人员,他们于24日深夜机场集结、25日凌晨抵达当天,就进驻武汉金银潭医院,整体接管该院北二、三楼。这是落地湖北"疫"线战场的第一支省援鄂医疗队伍。与上海队落地相隔不到20分钟,载着广东第一批援鄂医疗队的飞机也在天河机场降落。

解读那段"难熬"的待战时间,孙志伟打比方说,这就如同面临一场大考,真正进入考场，反而"没什么大不了了"。

除夕这天上午，妻子去麦德龙把丈夫要带的东西全都买好后，黄汉鹏就一直在家等着出发的消息，到了下午4点半左右仍无音讯，"至少今天应该不会动身了"，这样想着，黄汉鹏便决定携妻儿开车回仅一江之隔的泰州老家，陪父母吃顿年夜饭，拜个早年。

初一大早，人在泰州的黄汉鹏在"挥师武汉"群里向战友们拜年："祝小伙伴们春节快乐，平安吉祥！"然后，中午就回到了镇江。整趟老家之行，黄汉鹏始终若无其事，没有向父母及亲朋好友透露一丁点自己要去武汉这件事。

"平安吉祥"的美好祝福源自内心，而此时的现实情况却很是不妙，疫情在持续恶化。原计划大年初四返回镇江的黄梦立夫妇，听闻这边年近九旬的奶奶在他们离开两天后跌伤，卧床不起，决定把返程提前到初一，而武汉这条线已经走不起来，小两口便订了绕道宜昌东至镇江的D354车票，但心中甚是忐忑，并无把握能"出得去"。

继武汉之后，湖北境内多座城市也迅速相继封城。"很不幸"——小两口用这个词描述自己当时的失落情绪，因为，他们车票上的时间最终还是没能赶上宜昌于大年初一早晨6点正式封城的步伐。

随后，至1月27日大年初三零时湖北省最后一个地级市襄阳各火车站关闭，湖北全境就此被封。自1月19日至3月24日，滞留荆州长达66天，这是黄梦立从2010年外出读大学以来回老家生活最长的时段，而"丈母娘看女婿，越看越喜欢"的民间俗语，在她丈夫身上演绎出一种别样滋味的苦笑。

大年初一上午，"孙志伟们"依然没有等来出发的消息，等来的却是江苏省以及更多省份的"一级响应"。截至1月25日大年初一晚上9点，除尚未发现确诊及疑似病例的西藏自治区外，其余30个省市自治区和新疆生产建设兵团均宣告启动了"一级响应"。

一本每年成册、本应童话般岁月静好的"书"，年终岁末、冬春更替之际，不经意间彻底散页："怪兽们"从童话里爬了出来，向着四面八方肆行。

正是在大年初一这天，中共中央政治局常务委员会召开会议，专门听取新型冠状病毒感染的肺炎疫情防控工作汇报，并对疫情防控特别是患者治疗工作进行再研究、再部署、再动员。习近平主持会议并发表重要讲话。会议决定，党中央成立应对疫情工作领导小组，在中央政治局常务委员会领导下开展工作。党中央向湖北等疫情严重地区派出指导组，推动有关地方全面加强防控一线工作。

"说走就走"的开拔令，终于到来！初一下午1点49分，"挥师武汉"群里忽然传达来自江大附院医务处的通知：下午3点到行政楼开会，晚上去南京与江苏队汇合，连夜奔赴武汉。

其时，张艳红正在家里与亲人团聚吃火锅，她本能地问了句"开完会还可以回趟家拿东西吧"，得到"可以"的肯定回答。张艳红说，她的个人行李早就备好了放在那里，如果会后不能回家，她就得"一并带去行政楼"。

江大附院为6人出征举行了简朴的送行仪式——某种概念上这也是江苏大学的送行仪式，因为副校长全力也到场。下午，镇江报业传媒集团"今日镇江"客户端及时上线报道《无畏"逆行者"，盼你们平安归来！镇江6名医护人员今晚启程驰援武汉》。后台数据显示，这条被广泛转发的报道，点击量达到27万之多——内情人皆知，作为总人口只有约330万的一座小城，如此点击量在"今日镇江"常态运行之下一年也不会出现几次，足见公众关注度之高。当晚6点半，后来也参战成为一名"方舱姑娘"的丹徒区人民医院外科护师陈雁翎，也在朋友圈转发了这篇报道。

"江苏大学附属医院江滨医院"微信公众号当晚推出文章《英雄远征！江大附院6名医护骨干今日启程驰援武汉》，阅读量噌噌直攀，很快进入"10万+"，留言如潮：

"向英雄致敬！"

"最亲爱的战友，家乡交给我们！请你们务必务必安全回来！"

"白衣天使，加油！全镇江人民等你们回来！"

"盼望你们平安归来，6位兄弟姐妹，一个也不能少！"

"看着年轻英勇的医卫战士负重逆行，一位老者流泪为你们送行，希望你们不辱使命平安归来。你们是镇江的骄傲，镇江为你们骄傲！"

……

几乎每条留言，后面都用了共同的标点符号："！"。

8 非常"6-1+1"

南京南站。1月25日晚7点22分，第一批江苏援鄂医疗队乘坐的G7222踏上征程，而这趟车的终点站是安徽合肥，队伍需要转车去往武汉。

包括上述"今日镇江"在内，各级媒体广为报道的核心内容是"首批江苏医疗队147名勇士今天奔赴武汉前线……"事实上，这存在无伤大雅的数据之误，因为镇江的6名队员当天并没有随大部队同行：因铁路运力调度因素，"镇江队"最终被省里安排当天不必赶到南京集结，而是次日上午径从镇江乘火车直达武汉——"先遣6勇士"因此成为第一批省队所涉城市中唯一独立赴战的小分队。

出征节骨眼上发生的"小插曲"尚不止此一。"6-1+1=6"的相关解读是：江大附院派出首批援鄂医疗队的总人数还是6，但临时紧急撤换了一员大将。

25日晚6点39分，黄汉鹏在"挥师武汉"群里提示队友："大家再回忆下东西是否备全，还需要准备什么，在群里说一下。身份证一定不能忘，最好驾驶证也带上，多一个身份证明。"晚8点42分，黄汉鹏在群里再次提示"另外，大家把工号牌、印章带上，备用"。

不可或缺的相关背景交代是，随着事态发展，镇江本土的防控形势也日趋严峻，并始于除夕夜，已经出现了显著实质性"异况"。鉴于此，组织上经通盘考虑，决定原人选之一黄汉鹏暂不外派，请示省卫健委得到同意后，临时更换为另一位也是副主任医师级别的重症医学专家张建国。这一环环相扣的急促过程，都在黄汉鹏当晚8点42分向队友所发最后一条提示之后的数小时内完成。而暂时留守本土的黄汉鹏，后来于2月11日在"一省包一市"的又一批援鄂行动中出征黄石。

徐永中已经记不太清那天夜里他是具体几点钟给张建国打的电话，"但肯定过了12点"，把组织上的安排意图通报之后，他获得张建国第一时间的回答是两个字："好的！"

张建国本人对这个环节记得相对清楚，是"快到 1 点钟的时候"，自己早已睡着了，"我们科室的情况特殊，从不关手机"。挂完电话的张建国"先定了定神"，他讲述，知道自己迟早要上湖北前线的，但"没想到会来得这么紧急"。离当天早上出发的时间只剩 8 个多小时，张建国把妻子叫醒，帮他一起收拾东西，10 岁的女儿仍在熟睡之中。

9 征途：凄风、冷雨更兼飞雪

接下来屈指可数的几小时里，张建国几乎就没怎么合眼，早早起了床，8 点半之前他要赶到医院集合，然后前往镇江站。夫妇二人出门的时候，女儿已经醒了，还在迷迷糊糊之中，张建国对她说："爸爸去医院加班。"女儿并没察觉出什么不对劲的地方，等到她很快得知真相时，"亲爱的爸爸"已经是在去往武汉的火车上。

早上 8 点 26 分，张建国在家庭群里发出一段轻描淡写的辞行语："各位亲，临时决定借调到那边一个月，就不和大家打招呼了，我会注意安全的，到那边后再和大家报平安。"父亲第一个回复，叮嘱"特别要注意安全！"，母亲紧跟着用 @ 张建国的强化方式，所言却与父亲大同小异："千万千万要注意安全！！！"三个感叹号，加三个祈祷的表情。

张建国说，之所以写"一个月"，只是"给家里人一个盼头而已"，真正的归期当时谁也无法说清，包括安危，一切都充满未知。

"做了最坏打算"的孙志伟，临行前把银行卡全交给了妻子，她哭了好几次。"我老婆是个泪点比较低的人。"孙志伟笑言。

随队伍去往火车站的，还有堆得像小山一样、整整 20 箱的医疗防护和生活物资，尽管有不足为据的预测此行赴战"大约需半个月"，医院还是按 30 天的物资用量做了充分配备。后来，到达前线所面临的状况充分表明，这些物资实属无价之宝。

当天镇江气温是 3℃至 6℃，小雨，寒气弥漫。空旷的站台上，6 人留下一张合影。上午 9 点 26 分，孙志伟发出当天的第一条朋友圈"出发，汉口"，显示地理位置为镇江站。10分钟后,D2212缓缓驶离镇江站——以张建国为队长、孙志伟为前线临时党支部书记的镇江先遣队就此正式踏上征途。

等到孙志伟发当天第二条朋友圈的时候,显示地理位置已经是湖北黄冈。这是中午12点32分,他发了一首歌《安和桥》,所配文字为"现在的心情都在歌里,内心毫无波澜"。如果对这首歌的内涵有所了解,当不难体会孙志伟何以此时此刻融情该曲。孙志伟说,他当时"有种从来没有过的感觉",类似于苍凉。

比孙志伟第二条微信早一个小时,尚未进入湖北境内,车停安徽六安站的时候,外面开始飘起雪花。张艳红也在朋友圈发了一条"下雪了",配以9秒钟时长的小视频。这9秒里,拍窗外的雪用了6秒,最后3秒,镜头急速拉进车厢,所见偌大车厢里空空荡荡。

事实上,当天这节车厢是专为他们6人而调度。"特殊身份"早已上传下达,张建国讲述,火车上乘务人员的眼神里能透露出"对我们的敬佩和感谢之情"。一路上,刚开始队友们还说说这个说说那个,但"个把小时之后",大家就基本上都保持沉默了。

指尖点击间,相关信息的传递速度瞬时追上早已远去的动车。1月26日中午时分,"先遣6勇士"还在顶风冒雪奔赴武汉途中,镇江始于除夕夜的那个潜在"异况"终于浮出水面:2例确诊病例同时被官宣!作为定点收治医院的镇江市第三人民医院,责无旁贷成为关乎一座城市抗疫大局的本土作战重地——这正是何以后续一批接一批再出发的援鄂队伍里,该院没有承担一名派员任务的原因。

经过近4小时运行,下午1点13分,动车停稳在汉口站。外面正下着蒙蒙细雨,衬着一股冷清、压抑与沉重的气氛。汉口是个大站,停靠时间长达13分钟——是除起点与终点外沿途各站点停靠时间最长的。但此时,这个13分钟发挥的最大作用主要用于卸载张建国他们携带的20箱物资。"其他站点还有乘客上上下下",而在汉口站,一共就走下他们6位"方向高度反常"的特殊旅客,张建国回忆,当时站台上只见到一名工作人员执勤。

队伍在站台上再次拍了张合影,随后去往驻地,途中所见深深触动着孙志伟的心灵：这么一座人口千万级的大城市"几乎令人不敢相认"。

冷雨打在脸上，而"救武汉就是救镇江"的一腔热血澎湃在胸。这是全国抗疫的最前沿阵地。这是武汉封城的第四天。一场恶战在等着他们，等着后来更多从四面八方奔袭而来的"逆行者"。

第三章 "令牌"接踵而至

10 29天、9批次、77人

"2020.02.02",这个被援鄂医疗队员朱玮晔称为数字"很有对称美"的日子,却是疫情阴霾笼罩下惊心动魄的又一天。

这天零点十几分,熟睡中的大润发镇江中山桥店零售部经理裴秀伟,手机骤然响起。电话来自与该店相邻的镇江市第一人民医院。这是个非同寻常的紧急求援电话:该院有4名医护人员当天一大早就要出征驰援武汉,需要采购一批随行生活物资。

裴秀伟边翻身起床、边请示公司领导,"我们有严格的安保规定,晚上闭店之后一律不得开柜。"经批准特事特办,赶到店里的裴秀伟和另一名值夜班同事合力,对照医院提供的购物清单细心核准、逐一取物:拉杆箱、衣服、洗护用品、纸尿裤⋯⋯至清晨约5点,涉及53个类目的所需商品全部送达医院。"开店这么久,半夜采购我们还是第一次遇到!"裴秀伟说。

当天上午,一人医即将出发的4名援鄂队员分别是:心胸外科一病区护士长、副主任护师冯丽萍;神经外科重症监护室护士(主管护师职称)刘宁利;重症医学科护师戚文洁;新区分院重症医学科护师伏竟松。而同一批,镇江市出发的这支以冯丽萍为队长的援鄂医疗队共17人,分别来自8家医院。除上述一人医4人外,另13名队员名单如下:

尹江涛　男,江苏大学附属医院重症医学科副主任医师

梅　琼　女，江苏大学附属医院重症医学科主管护师

陶华奎　男，镇江市第四人民医院急诊科副护士长、主管护师

刘子禹　男，镇江市第四人民医院重症医学科护师

孙　科　男，丹阳市人民医院重症医学科主管护师

李　鑫　男，丹阳市人民医院重症医学科护士

冷惠阳　女，丹阳市第三人民医院重症医学科护士长、主管护师

朱玮晔　女，扬中市人民医院重症医学科护师

王　玉　女，扬中市人民医院重症医学科护师

秦　娇　女，句容市人民医院重症医学科主管护师

赵甜甜　女，句容市人民医院重症医学科护师

殷慧慧　女，句容市人民医院重症医学科护士

凌　蓉　女，丹徒区人民医院呼吸和心血管病区护士

这支队伍将汇入共118名队员的第三批江苏援鄂医疗队——后来被当批队员们自我昵称为"我们三队"。"江苏三队"还有着另一个别称"江苏120"：加上2名工作人员，队伍总人数恰为120人。

从此前加盟省"第一批"，直接跳到本次省"第三批"，是因为距张建国他们"先遣6勇士"抵达武汉仅2天，第二批江苏援鄂医疗队共139名队员已于1月28日抵达武汉，这批队员来自苏州、常州、扬州、淮安等4市及省疾控中心，镇江没有派员任务。

2月2日下午由南京飞往武汉的"江苏三队"，医生18名，护士100名，几乎"清一色"来自重症医学科或呼吸科重症医学专业，"打硬仗"的信号无比强烈。事实上，2月1日来自国家卫健委的通知文件上，就清清楚楚写着"组派危重症患者救治医疗队"。

与9天前张建国他们第一批接到组队通知略有不同的一个微妙细节在于：上次文件落款及盖章均为"国家卫健委医政医管局"，而此次落款已是"国务院应对新型冠状病毒感染的肺炎疫情联防联控机制医疗救治组（医政医管局代章）"。

当天上午，时任镇江市市委书记惠建林、时任镇江市市长张叶飞参与了为镇江队员举行的出征壮行仪式。"江苏三队"抵达武汉的当晚，江苏省省长吴政隆视频连线了江苏援鄂医疗队："你们是江苏人民的英雄儿女，是我们学习的榜样。"

"一开始以为只有半个月到一个月"，但后来的事态表明，冯丽萍等17人虽非镇江第一批出征，却是镇江最后一批归来，战斗时间也在所有镇江援鄂医疗队员中最长：从华中科技大学附属同济医院中法新城院区（以下均简称"中法新城院区"），再到转战武汉市肺科医院，共71天。

这批队伍里，尹江涛和梅琼都来自江大附院，并于当天上午也被拉进了"挥师武汉"群，随后，群里一度掀起"先遣6勇士"迎接新战友到来的小高潮。傍晚6点多钟，赵燕燕@尹江涛："你们下飞机啦？"王笠和孙志伟则请求对方先发定位过来，位置显示尹江涛他们此刻还在天河机场。

除了亲密问候，"迎新"注定必不可少的内容，是大家纷纷在群里向刚刚踏上疫区的战友"力所能及"地传授自己初步积累的防护经验。孙志伟将此时此刻称为"武汉会师"，不过，也只是"云上会师"而已，因为自始至终，江大附院这两拨人马在武汉没能见上一面。

其时，各级各地疫情形势方面，"江苏三队"出发当天发布的前一天数据：2月1日0—24时，江苏省报告新增确诊病例34例，其中镇江，比张建国他们出发那天又新增了1例，总数达到3例。到这一天，江苏已累计确诊病例236例，其中，重症病例1例，是在镇江。

而2月1日这天24小时内，全国新增确诊病例2590例，其中湖北省1921例——武汉占894例，近半。到这一天，全国31个省（自治区、直辖市）和新疆生产建设兵团已累计报告确诊病例达14380例，其中9074例为湖北——武汉占4109例，同样近半。此外，到这一天，远远超过确诊病例数量的是，全国报告疑似病例19544例。

数据触目惊心，趋势持续恶化。以湖北省为例，回眸2月份的头三天，继1日数据发布后，2日，湖北又新增确诊病例2103例——武汉1033例，这是武汉首次日增破千；3日，湖北新增确诊病例2345——武汉占1242例，占53%。

一个动态细节可以捕捉：刚开始核酸检测力量尚难以跟上抗疫总体步伐的特定阶段，湖北（武汉）发布的确诊病例仅限于以核酸检测结果为据，发布报告中相关核心信息由"确诊病例+疑似病例+集中隔离"三个层次构成。而2月10日这天，"集中隔离"首次有了新表述，准确为"集中隔离（含临床确诊病例）"，但第二天，不仅"临床确诊病例"的措辞微调为"临床诊断病例"，且从"集中隔离"中分离出来，单独立项，位列"疑似病例"之后，即形成四个数据层次：确诊病例+疑似病例+临床诊断病例+集中隔离。此举实际上是依据2月5日新发布的《新型冠状病毒感染的肺炎诊疗方案（试行第五版）》（以下均省去"试行"二字）：湖北以外其他省份仍分为"疑似病例"和"确诊病例"两类，唯湖北省新增"临床诊断病例"类型。

"一天一个样"。2月11日的湖北数据格局也只停留了一天，2月12日，"临床诊断病例"在湖北就又不再单列，而是直接被纳入居于第一位的"确诊"大口径，尽管用后置括号"含……"方式加以标注，但基本性质无殊。

前一天的数据都是第二天发布，于是，2月13日这天湖北省卫健委在发布12日的疫情通报中，开篇特意先加了一段不同往日的"情况说明"：

> 随着对新型冠状病毒肺炎认识的深入和诊疗经验的积累，针对湖北省疫情特点，国家卫生健康委办公厅、国家中医药管理局办公室印发的《新型冠状病毒感染的肺炎诊疗方案（试行第五版）》在湖北省的病例诊断分类中增加了"临床诊断"，以便患者能及早按照确诊病例接受规范治疗，进一步提高救治成功率。根据该方案，近期湖北省对既往的疑似病例开展了排查并对诊断结果进行了订正，对新就诊患者按照新的诊断分类进行诊断。为与全国其他省份对外发布的病例诊断分类一致，从今天起，湖北省将临床诊断病例数纳入确诊病例数进行公布。

其时，"第五版"《方案》已经出台一周时间了，加上这段"情况说明"，对于缓解当日"从天而降的天文数字"对公众构成巨大心理刺激十分必要。因为，乍看之下，当天更新的数据可怕到足以令人窒息：湖北一天之内新增病例14840例（含临床诊断病例13332例）——是前一天新增量1638例的9倍！实际上，由括号内容不难理解，2月12日"新增确诊"巨额数据里的大头，是由2月11日的10567例"临床诊断病例"巨额存量以及2月12日又增"临床诊断病例"的共同转移。逻辑关联上，"临床诊断病例"又大多源自此前的"疑似病例"。于是，自2月10日首设"临床诊断病例"之后，湖北的"现有疑似病例"存量便也逐日下降：2月9日18438人，2月10日16687人，2月11日11295人，2月12日9028人，2月13日6169人。

"天文数字"般的"新增确诊"，理所当然只会在2月12日逗留一天。2月13日，湖北新增确诊病例"骤降"为4823例（含临床诊断病例3095例），进入一种"新常态"。而"含临床诊断病例"这顶一省独有的"帽子"，戴了4天之后，于2月16日被摘除。

"硝烟"弥漫之中，战事写在时间轴上的高度紧迫是：随着驰援力度的进一步加大，组建医疗队开往武汉、开往湖北多地直至开往湖北各地的紧急令牌，一道接着一道，由国家卫健委密集发往各省。

冯丽萍所在的"江苏三队"抵汉仅一周时间，2月9日，以镇江市第一人民医院重症医学科副主任医师、门诊党总支第二党支部副书记刘竞为队长的镇江又一批队员，共29人，随第五批江苏援鄂医疗队也出征武汉——又从省"第三批"直接跳到省"第五批"，是因为两批之间，2月4日，江苏已经又派出了第四批全部由省人民医院组建、共37人的国家（江苏）紧急医学救援队。

来自市、县、镇三级共14家医疗机构的这一批29人，是镇江市直至援鄂终局、历次派员规模最大的一批，抵达前线后，他们全体投战武汉体育中心方舱医院。除刘竞外，另28名队员名单如下：

张晶晶　女，镇江市第一人民医院手术室护师
张　峰　男，镇江市第一人民医院新区分院呼吸科主治医师

蔡　建　女，镇江市第一人民医院新区分院护理部主管护师、科护士长
汤　倩　女，镇江市第一人民医院新区分院呼吸科护士
孙立果　男，镇江市中西医结合医院急诊科副主任医师
纪寸草　女，镇江市中西医结合医院手术室护师
谢念叶　女，镇江市中西医结合医院呼吸消化科护师
宋继东　男，镇江市第四人民医院神经内科住院医师
姜燕萍　女，镇江市第四人民医院神经外科主管护师
赵　萍　女，镇江市第四人民医院呼吸消化科护师
袁晨琳　女，镇江市第五人民医院老年科护师
张弘韬　男，镇江市第五人民医院男二科护士
田　英　女，扬中市人民医院肾脏风湿科副主任医师
陈雁翎　女，丹徒区人民医院外科护师
解　洋　男，丹徒区人民医院内分泌科主治医师
乔　静　女，丹徒区人民医院急诊科护师
徐树平　男，丹阳市人民医院神经内科副主任医师
谭寅巍　男，丹阳市中医院肺病科主治医师
张菲菲　女，丹阳市妇幼保健院内科护师
赵　娟　女，丹阳市妇幼保健院内科护师
庄　珍　女，丹阳市云阳人民医院急诊科护师
虞海燕　女，丹阳市云阳人民医院内科护师
桑　宁　女，扬中市人民医院急诊科护师
奚柏剑　女，扬中市中医院骨科护师、一病区护士长
孙　文　男，句容市人民医院重症医学科副主任医师
包华成　男，句容市人民医院护理部护士
张古方　女，句容市人民医院血液肿瘤科护师
巫章娟　女，句容市石狮社区卫生服务中心护师

整个"第五批"也是江苏直到最后，历次派员规模最大的一批，共958

人——是前四批派出队员总量的两倍，他们同一天分从南京禄口国际机场、无锡硕放机场两地启航。省委书记娄勤俭等省领导到禄口机场为从这里出发的队员们送行。机场上，各地以及各医疗机构的红色队旗迎风漫卷、场面豪迈。次日出版的《新华日报》，头版刊发评论员文章《国有征召慷慨行》："龙泉出匣，勇士出征……当此之时，我们宣言：身在后方的8000万江苏儿女，都是你们的保障者，我们是同行军，我们一路同行！我们期待可敬可亲可爱的白衣战士凯旋！"

而更大层面上，2月9日也是全国援鄂医疗队抵达人数最多的一天：共5000多名队员。当天，仅武汉天河国际机场就降落航班40余架次。

回翻湖北省的疫情通报记录可见，进入2月中旬前后，实际上已经不止武汉，而是整个湖北都在告急。以湖北除武汉外疫情最严重地区的黄石市为例，2月2日冯丽萍他们随"三队"到达武汉这一天，黄石累计确诊病例为334例，而9天之后的2月11日，此项数字已攀升至874例，日均增加60例。

于是，一段时间里，"湖北不止一个武汉"的热搜话题中，深蕴该省其他地区民众内心的百般焦虑与迫切期盼。在此背景下，国家卫健委及时推出了力度更强劲的"一省包一市"援鄂方案——12年前四川汶川大地震的灾后重建模式，12年后在荆楚大地、在同样是重大灾难面前，有了令人振奋而暖心的翻版。

最早宣布"一省包一市"，是在2月7日的国务院联防联控机制新闻发布会上，当时披露的计划是出动16个省份参与此专项行动，次日《人民日报》上也是按此数字予以报道。但是，在后来的具体落实过程中，又"加码"为19个省份，所以，连同这一方案出笼之前就已经派兵援助武汉以外城市的省份，后来出现了5个"两省包一市"——"双份打包"的，基本都是武汉以外湖北疫情相对较重的地区：孝感、黄冈、随州、襄阳以及黄梦立夫妇此刻所在的荆州。

在此过程中，"一省包一市"不仅援派主体的数量发生了变化，最终定版的"CP"名单，也与起初网传不尽一致，从而在"经济大省，医疗力量雄厚"、被寄予厚望的江苏省与孝感市之间抒写了一个"美丽的误会"。孝感是当时除武汉外，不仅在湖北，在全国都是累计确诊病例最多的地级市。

始于2月7日新闻发布会召开的当晚，一份很难弄清来源的"名单"迅速在社交媒体上广为传播，其中显示：江苏——孝感。《"孝"傲"江"湖 愿"毒"服"苏"》等诸多诙谐幽默而又情真意切、鼓舞斗志的漫画以及段子，瞬间在网上遍地走红。

《镇江日报》的卫健条口记者，也在"第一时间"辗转与《孝感日报》相关记者取得联系，加上微信，以媒体人、党报人的双重缘分相约"灾难当头，紧密团结，信息共享，携手战斗"。

有关这一"变故"小插曲，甚至连地方基层卫健部门当时也没能更早获得准信，或者至少来不及一层一级向下更改通知。2月9日出发的镇江29名队员，上午在各种场合下的送行标语均措辞"援孝感"。此前从没去过湖北的桑宁，当天上午9点28分在朋友圈发的出征感言是"孝感我们来了"。后来，在去往南京禄口国际机场与江苏大部队集结的途中，桑宁他们才得知真正的目的地并非原先需要从武汉中转的孝感，而是"直达"武汉。

准确无误的"江苏包黄石"信息，是在桑宁他们已到达武汉的第二天才获得：2月10日晚组队，2月11日上午启程——这也是镇江所有相连批次派兵间隔时间最短。此前在"先遣6勇士"出征时被组织上紧急调整暂不外派的黄汉鹏，终于赶上了这一战，出现在镇江的20人队伍里。包括他在内，江大附院此次又派出6名队员。

所派尽锐。以镇江市第一人民医院呼吸内科主治医师阳韬为队长的这支队伍中，仅"护士长"级别的护理人员就有6名。除上述2人外，另18名队员名单如下：

丁　明　男，江苏大学附属医院呼吸内科主任医师
包泉磊　男，江苏大学附属医院感染科副主任、副主任医师
胡振奎　男，江苏大学附属医院重症医学科主治医师
孙国付　男，江苏大学附属医院急诊科主管护师
陈良莹　女，江苏大学附属医院血液科护士长、主管护师
陈慧丹　女，江苏大学附属医院心内科主管护师

秦宜梅　女，江苏大学附属医院神经内科护师

张慧绘　女，镇江市第一人民医院呼吸科主管护师

李维亚　女，镇江市第一人民医院新区分院重症医学科护士长、主管护师

冷牧薇　女，镇江市第一人民医院新区分院呼吸科主管护师

孙　玮　女，镇江市中医院呼吸科护士长、主管护师

肖　花　女，镇江市中医院重症医学科副护士长、主管护师

孙玉洁　女，丹徒区中医院肾内科病区副护士长、主管护师

徐　鲜　女，丹徒区人民医院八病区护师

张小辉　男，丹阳市中医院重症医学科主治医师

蒋亚根　男，丹阳市人民医院重症医学科主管护师

张美玲　女，句容市人民医院感染科医师

杨　慧　女，句容市人民医院急诊科护士长、副主任护师

本批江苏独家对口支援的"黄石兵团"，共派出医护精兵强将310人，出发当天上午，省长吴政隆代表省委、省政府和省委书记娄勤俭，到机场为队员们壮行。

数日后，江苏省支援湖北疫情防控工作领导小组和前方指挥部宣告成立，前方指挥部驻地就设在江苏对口支援的黄石市。刚刚由镇江市委书记升任江苏省政府党组成员（后任副省长），尚处在省、市领导"双兼"时的惠建林临危受命，担任了领导小组副组长、前方指挥部总指挥，并于2月18日赴鄂开展工作。

"310"并非江苏援黄石医疗队的最终人数，此后又陆续数次再向黄石增兵，其中，镇江也相继于2月17日、2月20日向黄石各增派一名队员。

2月23日到达武汉的镇江市疾病预防控制中心检验技师杜萌，成为镇江派出的第77名援鄂医疗队员——也是镇江派出的最后一名队员。

从1月26日张建国等"先遣6勇士"，到2月23日杜萌出征；从阵容浩大，到"一人成队"，29天时间跨度里，来自共21家医疗机构的镇江77名援鄂医疗队员，先后形成了自己的"9个批次"，去往湖北武汉、黄石两地，支援了

以医疗机构为主的共11个工作点，工作内容覆盖临床救治（含感控）、公共卫生（检测、流调、消杀）和社区防控等多个关键环节。

当江大附院越来越多新入群的援鄂队员被派往黄石，孙志伟最初给战群取的名字"挥师武汉"，其实早已名不副实，但心无旁骛、疲于应战之下，谁也没留意到这一小小的细节，群名迄今未改。而作为官媒，镇江报业传媒集团"今日镇江"客户端自1月26日起开设的"战地日记"专栏，从2月15日这天起，已将"连线武汉"更名为"连线湖北"。

11 "好的！""我愿意！"

全市前后总计77名援鄂医疗队员中，江大附院派出共17人，在全市各医疗机构中最多。徐永中讲述，组队第一批时，仓促之下打给队员个人的电话都是以"征求意见"的口吻。当请战书雪片般涌来，从而迅速储备起充足的队员库，后面再组队，即便夜半三更电话打过去，基本就是直接通知"待命"了。"我听到最多、令人最振奋的回答，就是'好的'。"时过境迁，忆起那个特殊阶段，徐永中仍为之动容。

就某个区域或某个具体机构而言，"远征湖北"毕竟是由少数人执行的任务。镇江市第一人民医院先后派出的队员总数仅次于江大附院，共13人，全院收到的请战书却多达700份——相当于从每百名请战者中选出2名。

基层机构中，丹徒区人民医院共有250余名医护人员请战出征，但只派出了5名；句容市疾控中心援鄂队员刘宇的请战书上，那个红手印并不是印泥，而是他用采血针从自己手指上采出的热血。

中断"四年等一回"的春节长假，陈慧丹匆匆从沈阳自驾赶回镇江，于1月29日下午抵达，第二天就上班，并郑重地在请战书上按下红手印。37岁的陈慧丹说："我希望我的青春在抗疫中像这红手印一样鲜亮、有意义。"

孙志伟第一批出发时，在朋友圈给他点赞的科室同事尹江涛说，最初自己身在局外，但内心却是焦灼不安，为武汉担忧，也为同事担忧，"这是我过的最煎熬的一个春节"。同是医生的妻子，一席话忽然让尹江涛定下神来："下一批再有需要的话，我们也去吧！"2月2日，尹江涛如愿出征。

与尹江涛同批的陶华奎，疫情暴发后一直关注着武汉形势，看到镇江已有医务人员奔赴前线，他与也是护士的妻子这样说："如果我们医院动员，我一定第一时间报名。"后来，陶华奎向院里递交请战书的次日，2月1日下午近5点钟，一个"没有多说什么，只是通知第二天上午8点到行政楼开会"，但信号全在不言中的电话就打了过来。还没等到第二天上午"开会宣布"，凌晨时分就又传来"当天上午就出发"的确切消息。

作为2月9日这一批镇江援鄂医疗队的队长，刘竞比其他队员接到开拔令相对要早些，差不多是9日零点整，电话那头问有没有问题，"我说，没有问题！"

与刘竞同一批的乔静，凌晨2点左右接到院领导的电话，"当时我已经猜到八九分来意"；朱玮晔说，在接到电话的那一刻，自己还没开口，"我的潜意识就已经替我做好了决定：去！"新婚才3个多月的张古方，丈夫对她请战出征的态度非常简单："一切由你自己拿主意。"而未婚姑娘桑宁的请战理由则是"我未婚，父母未老，无牵挂"。

2月9日凌晨1点接到派员1名的上级指令，6分钟后，扬中市中医院院长顾宏春就在全院大群里发出相关通知，而此时，院部电话已分别打给此前递交过请战书的数位援鄂后备医疗队成员，其中之一奚柏剑，此刻正在八桥镇值守24小时120班。

尽管院里几经权衡，已将目光充分聚焦到数个月前刚刚由副护士长提升为护士长的得力干将奚柏剑身上，但她毕竟是两个年龄都还小的孩子的妈妈！由此，当天凌晨2点前后，顾宏春与奚柏剑之间有了一段避开工作群的微信私聊，"孩子在家哪个照顾？""两个宝宝在家，你如有压力，我可以换人的。"聊天中顾宏春不断这样提问，奚柏剑的态度始终坚定："家里没有难度，没有问题，您放心。"凌晨2点半，院里正式拍板定下奚柏剑！清晨6点40分，120值班还未结束的奚柏剑，接到通知"回院待命，准备出征"。

而身为三个孩子的妈妈，田英接到出征电话的那一刻，同样丝毫没有犹豫就答应下来。考虑到她的实际情况，院领导在她答应下来之后，也是再次询问家庭有无困难，田英坚定地再次回答："一切安排妥当了，没有任何困难！"

与奚柏剑、田英同批次的赵萍,那天熟睡中的凌晨时分被一个"神秘来电"叫醒。丈夫姚晨讲述,当时自己迷迷糊糊听见赵萍在通话中似乎是答应下什么事,还说了句"不用商量,我丈夫同意"。随后他才知道,在这个"最多只有20秒"的电话里,妻子收到了援鄂出发令,此时离当天上午出发只剩几个小时。

被身边亲友、同事亲切地称为"小草"的纪寸草,早在递交请战书之后,就把消息告诉了在淮安市涟水县的父亲,父亲立马在微信上用"父女齐心,其利断金"8个字回复,并辅以两个握手表情——某种意义上,这是超越父女概念的战友握手,纪寸草随后的回复内容就是4个字:"握手,战友!"

纪寸草的父亲也是一名医务工作者,且身为涟水县中医院呼吸科主任。疫情暴发后,每天奋战在当地抗疫一线的父亲,也早早递交了援鄂请战书,他当时并不知道,女儿在镇江这边的请战书"基本上就是照他的"写成。

事关援鄂的先前动员与请战这个环节,并未覆盖到最基层的所有医疗机构,因而,部分来自这些单位的队员在接到"特殊电话"那一瞬,无形之中就比旁人更多出一层应急考量。

庄珍和虞海燕两位护士是丹阳市云阳人民医院的同事,也是一对好闺蜜,一个在内科病区,一个在急诊科。庄诊说,2月9日凌晨1点53分接到的那个电话,是"我这辈子都难忘的电话"。从睡梦中醒来的庄珍眯着眼睛看了一下手机,陌生号码,没有标注姓名,心里顿觉有些奇怪,而电话一接通,听筒里却传来熟悉的声音,"第一声'喂',我就知道是赵主任了,整个人立马清醒。"原来,她手机里并没有存医院护理部主任赵晓芳的电话:

"庄珍,你好,我是赵晓芳,不好意思打扰你休息了,经组织研究,我们决定派你去支援湖北,你愿意吗?"

"我愿意!"

"谢谢你,我代表院领导感谢你,把个人资料发到我手机上来吧,不好意思打扰你休息了!"

事先同样"毫无任何心理准备"的虞海燕,随后也接到了赵晓芳主任的电话,没有任何寒暄,对方径直说明来意,同样的问话:"你愿意去吗?"虞海燕回忆,她感觉"主任这句话每个字都咬得很重""我当时大脑一片空白",但虞海燕至今清楚记得自己回复领导的第一句话,与闺蜜不约而同也是短短三个字:"我愿意。"于是,尚未成家的虞海燕写下人生中相隔十年的两个特别"离开":"十年前,离开爸爸妈妈去山东求学;十年后,离开爸爸妈妈来武汉支援。"这是虞海燕2月9日到达武汉当天夜里所发的朋友圈。

12 此行,究竟有多"远"

很多时候,数字并不能完整表达距离的真实内涵,故有"咫尺天涯"。从江苏到湖北、从镇江到武汉或与武汉毗邻的黄石,其实并不算太远。不坐飞机、高铁,寻常时候的某次自驾,也能收获"千里江陵一日还"的轻松惬意。

而彼时,这却是一场"远"得足以让人失去地理概念的"穿越":那边"不是城市",是事态急剧恶化的疫区,是一场人命关天的"围城之战"的战场,是分秒之间都可能会有人不幸倒下。

飞抵武汉的第二天下午,与家人"才分手这么一会儿"的冯丽萍,手机上意料之外地忽然收到儿子发来的微信,连着两句"妈咪早点回来哦""我想你了",冯丽萍嗔怪而幸福地回以"嗯,难得你想我"。冯丽萍说,正在读大学的20岁的儿子,平时基本不跟自己"套近乎"。

也是一名退休医务工作者的尹江涛的父亲,得知儿子第二天就要出征武汉的消息后,"又激动又不好受",但他与老伴根本的态度是一致支持,"他是个党员。"父亲后来面对采访他的媒体记者如是说。

临行前,李鑫的父亲"故作镇定"地用与很多家人雷同的一句话叮嘱儿子:"保护好自己,全力以赴,完成好救治任务,我们等着你回家。"母亲这时已转过身偷偷抹眼泪。其实,李鑫已经看到,父亲的含蓄之中也双目湿润;而行前一刻,"眼眶红红"的陈雁翎的父亲,对女儿下了这样一道命令:"现在就是一把枪放在你面前,你也得给我扛起来!"

2月1日下午5点多钟,还在陶华奎接到第一个"具有信号意义"的电话时,妻子已经去往医院值夜班,所以这一夜两口子都没见着面。次日早上,妻子一下夜班就直奔家中，拖上儿子又直奔医院，一张医院送行仪式的照片上，一家三口同框。"我和儿子等你平安归来！"妻子走到即将登车的陶华奎身边轻轻说了一句。

这张照片上还有刘子禹，他与同事陶华奎是由市四人医派出的同一批2名队员。单身汉刘子禹的身旁，依偎着来送行的父母。不与父母住一起的刘子禹，前一天深夜接到出发令后，给母亲发去一条告知短信，母亲睡了，没有看到。第二天一大早，刘子禹又打电话给母亲——此时她仍未看到儿子的信息。得知这么紧急的情况，母亲本能地提了个要求："我们还能不能见一面？到哪里见？"

24岁的单身姑娘朱玮晔接到第二天的出发令后，姑妈姑父等亲戚们闻讯也火速赶到她家会合，千叮万嘱之中，一屋子的人帮着收拾行李。接着，大部队转场超市进行采购，朱玮晔说："当时有种全家出动的感觉。"

赴武汉之前，孙文已在位于句容乡下的一处留观隔离点连续工作了十多天，此间没回过家。那段时间，他们一家三口分散在三个地方：同事妻子在医院上班，8岁的儿子则托付在他小姨家。

9日凌晨5点钟接到出发通知后，孙文没有第一时间给妻子打电话，因为妻子前一天值夜班接近午夜，"我想让她多睡一会儿"，直到8点钟夫妇二人才通上话。当孙文从乡下往回赶，向来"遇事沉稳镇定"的妻子已开始在家为他收拾行李。随后夫妇二人前往集合地，而此时，小姨子也带着他们的儿子往同一个方向赶，父子匆匆见了一面。孙文放弃了与年迈父母的行前告别，这是他"想了又想"之后的决定。

同样的情形，一大早，蔡建的丈夫驱车两个多小时，带着8岁和4岁的两个孩子从无锡宜兴直接赶到镇江市政府。也是在队伍集合地，蔡建与孩子们见了一面。

都是由市一人医派出的刘宁利与刘竞，多缘相系：不仅同姓，也是同事，相差11岁的他俩还是传说中的"叔侄"，又是为期半年、镇江支援陕西渭南的"援友"。疫情暴发前的2019年底，两人刚刚结束援陕归来，转眼就又要去一个非比寻常的新地方再续"援"缘。不过，这次他俩不是同去，后来也没有同回——可以这么说，他俩是身处武汉前线的同一块阵地（临床救治），却是不同的战壕（医院）。

比刘竞早出发7天的刘宁利，也是位单身姑娘，2月1日下午6点钟左右接到要求"做准备"的第一个电话时，她正与父母一起吃晚饭。刘宁利虽然老家是安徽，但很小时候就随父母迁居新疆阿勒泰。到镇江工作的8年来，这是父母第一次在这座城市陪她过年。

接完电话，刘宁利盘算着第二天上午抽时间"去大润发扫荡"，采购必要的东西，却已经来不及了。当晚11点多钟，第二个"明天就出发"的电话追至。

从更早几天签名请战书，到1日当天两个关键电话相继到达，"我爸妈基本上啥也没讲"，父亲的话就更少。但是，刘宁利发现，从1日夜里11点多钟的那个电话开始，父母就开始刷抖音，"以前他俩也刷，但没像这次刷了一夜不睡觉"。抖音里密布武汉、湖北的疫情消息。

2日早上，刘宁利本不想让父母送，但母亲非催着父亲送女儿。"我就不送你了，"妈妈关照道，"你好好保护自己吧，也别怪我没像别人妈妈一样留你，我是想留你来着，但你干的是这一行，这是你的责任。"一送到医院门口，刘宁利就拦了辆出租车打发父亲回家。在刘宁利眼里，父亲是那种"有话讲不出来"的老实人。"站在门口，他手都不知道往哪放，我实在看不下去了。"刘宁利说。

也是出征前夕，那个"深夜"时分，袁晨琳把父亲叫醒，告诉他，自己"明天出发了"。这是凌晨1点多，袁晨琳本人也是刚刚接到紧急令——实际上已是"今天出发"。

"我爸说了句：'噢，那你去吧。'说完又打起呼来。人家根本就不睬我！"当袁晨琳绘声绘色地讲述当时这一幕，现场众人皆忍俊不禁。同样是单身姑娘的袁晨琳，也与父母生活在一起，那段时间母亲因疫情滞留海南，弟弟更远在澳洲，只有她和父亲两人在家。

鉴于眼前情形，袁晨琳转头独自把行装收拾停当。在这个"重要事情经常投票表决"的宽松家庭里，姐弟俩早已养成很强的独立性，无怪乎早在主动请战的时候，院领导曾问袁晨琳家人是否同意，她的回答是"我可以替我父母做这个决定"。

随后袁晨琳就再也没睡，4点09分，她发了一条朋友圈："凌晨接到电话，天亮出征孝感。"袁晨琳说,这个时候她真的"有点战士的感觉"。如前所述,这个时候,这批队员们所知出征方向还是湖北孝感。

天刚放亮父亲就起了床,辗转多个地方,他全程送女,久久盯着渐渐远去的大巴。袁晨琳揭秘,凌晨父亲睡意蒙眬中那不经意的一句,其实并不完全源于他向来"心比较大",身为电厂班车司机的父亲那些日子实在太累了,当天下夜班回到家"刚躺上床没多久"。后来,差不多就在袁晨琳在武汉刚下飞机之时,家庭群里已经传来父亲要求她"实时汇报安全状况"的指令。

姜燕萍与亲人分别那一刻,重点是在12岁、读六年级的女儿身上。"那天晚上女儿正好跟我睡",姜燕萍凌晨接完电话后,女儿就开始在床上翻来覆去"不停地动",却并不说话。姜燕萍估摸着"她应该是听到我的通话内容了"。

早上,姜燕萍拖着拉杆箱出门时,主动问女儿你送不送我,女儿断然回答:"不送!"不过,紧接着又意味深长地补了一句:"妈妈你给我悠着点哦!"随着姜燕萍步伐离门口越来越近,女儿抢时间递过来一句同样令人回味的话:"你又不是第一次长时间离开我。"显然,这是一个半大不大的孩子用自己的方式安慰妈妈。

孙玮的丈夫是位老师,一放寒假,就带着8岁的女儿以及孩子的爷爷奶奶一起回了东北老家,所以,整个春节她独自在镇江过。"反正我一个人,在哪都是过年,你们(同事)就回家吧。"从除夕到初二,身为呼吸科护士长的孙玮在镇江市中医院连值3天班,随后又转发热门诊投入防控工作。

2月10日接到出征黄石的通知时,丈夫已携女儿返回镇江一周时间。不过,这段时间孙玮主动与家人隔离,向单位要了间宿舍,吃住全在医院,也就意味着一家三口前后已长达一个月未会合。

当天早上,带着"总得见一面"念头的父女赶到送行现场。丈夫除了提醒女儿"不要抱妈妈啊,只能远远看一下",其余就没多说什么。孙玮披露,其实丈夫还在东北那边听说自己请战后"心里就打鼓了",主要原因在于计划中两位老人这次过完年就不回来了。于是,带孩子就成为三口之家的现实难题。"我当时开玩笑警告他:我已经决定了,这事由不得你,别拖我后腿!"性情爽直的孙玮回忆起这个环节,哈哈乐了。

读小学一年级的女儿并没空手来送妈妈，而是精心给孙玮备了两份礼物带上，一份是一本书，《神奇校车战胜病菌》；另一份则是自己亲手创作的彩绘画：一位倚马而立、英姿飒爽的"美少女战士"，正全神贯注地张弓射杀"新冠病毒"。画上用中英文同时题款"Miss you（想你），妈妈加油！"，并附上创作时间"2020年2月11日"——这表明女儿是当天早早起床后赶出来的作品。从这一天起，她心中的妈妈就是那画上的人。分手这一刻，尽管丈夫不让女儿抱自己，孙玮本人还是忍不住主动去轻轻抱了一下女儿，不过"没敢亲她的小脸蛋"。

与孙玮同批出征黄石的同事肖花，是院重症医学科副护士长。她俩均为江苏省中医药管理局1月27日下达关于组派"医疗预备队"援助湖北通知后，该院从400名医护人员中选拔出来的4名骨干"预备役"队员，并最终携手"转正"，成为一对"援鄂姐妹花"。

最初，当肖花跟家人多次提起也想报名请战援鄂，"他们都没当回事，以为我说着玩玩"，读初中的儿子甚至拿老妈开涮："你都这么老了，人家哪肯要你。"妈妈顺手就给儿子上了一课："我有经验啊，经验就是战斗力！"

今年39岁的肖花，已在临床护理一线度过21个春秋，其中仅在ICU就达17年之久，她是参与组建镇江市中医院ICU的"元老"之一。等到肖花被批准待战后，家人这才普遍吃惊：怎么事先都不招呼一声啊？肖花据理反驳："我不是之前反复跟你们说过了吗？"

面对定局，儿子无语，他其实深知"老母亲"做事一旦决定，雷打不动的风格，只再次俏皮地送上一句"你不怕死，那你就去吧"；肖花的父亲，则话中带着某种苦涩："我已经有一个女儿在疫区了，还有一个女儿硬要往疫区冲。"原来，他就是前述那位硬把女儿从丹徒高资赶回武汉的"狠心父亲"，"肖女士"是肖花的妹妹。关键时刻，令肖花至为感怀的是，"没什么文化的农村妇女"妈妈，却一出口就毅然力挺女儿："去！妈妈支持你！"

当天的出征仪式，肖花劝住了丈夫及儿子不要到场，却没能劝得住父母一大早从高资乡下开车来到女儿家里，"说是要给我送点钱"。这个时候的肖花已经出了门，正在前去报到的路上，除了百般宽慰老人，她还是放弃了见这个面。

与肖花一样，句容的秦娇也成功谢绝了家人出席送行仪式，"他们来，我肯定会特别难受"，倒是闺蜜们纷纷涌来，"搂着抱着哭着"；丹阳的张菲菲差不多也面临这情形："看到姐妹们来给我送行，一下子没绷住……"

2月9日凌晨2点39分，扬中市人民医院护理部主任王敏在该院护士长工作群里发出消息，为几小时后就要出征武汉的桑宁及田英征集暖宝宝等生活物资。相隔7天前的镇江批次里，这家医院已经派出王玉和朱玮晔两名队员，"上次都被带走了，有的请明天一早送护理部啊"。这个紧急征集令后来瞬时又在更多的社会微信群里得到传播。

第二天一早，医院的同事纷纷送来暖宝宝、零食等物品，细心的吴敏护士长还送来6个红红的大苹果寓意"平平安安"；同时，更有爱心市民把自家仅有的50只防护口罩全部送来。一位来不及换下睡衣的女士急匆匆开车赶到医院，送上一大包暖宝宝——以至于后来"太多了，带不走了"。

没有带走全部暖宝宝的桑宁，却带走一份份独特心意。上午与急诊科同事逐一相拥而别之际，朱建敏从口袋里掏出一件宝贝放进桑宁的掌心，抚了又抚。原来，这是主人已随身多年的一件狗牙"护身符"，如今送给远征的桑妹妹。科室护士长张敏莉的儿子然然，特地画了一幅画"桑宁姐姐加油"托妈妈捎上。

同是加盟"黄石兵团"的张慧绘，2月10日晚上6点多钟接到"随时待命"电话后，心里顿时"咯噔"一下：这么快就来了？！放下电话，张慧绘不由蒙了一会儿：是先安排两个孩子呢，还是先告诉丈夫，还是先收拾东西 她一时不知从哪做起。随后，时间更精准的第二个电话又至：明天早上8点医院报到，下午出发。

整理行李过程中，被张慧绘认为"啰啰嗦嗦"的丈夫紧跟身后："这个拿了没？""多带点这个。""你要饿了怎么办？"婆婆则把过年买的零食、点心一袋又一袋往包里塞，10岁的女儿默默坐在旁边，一言不发"就只看着我"；5岁的儿子若无其事——他平时一般都是跟姥姥、姥爷一起生活，当天张慧绘休息，就接了过来。

晚上睡觉前，丈夫提醒张慧绘："是不是跟你妈打个电话，也说一下明天去湖北的事。"张慧绘拒绝了，主要是怕老人"今晚会睡不好"。巧合之中，此时张慧绘的妈妈因为想外孙了，打来视频电话要求见孩子，丈夫趁机在画面上敦促妻子"你还不讲啊"，张慧绘没了退路，这才向爸妈和盘托出。

与肖花、秦娇本意一样的张慧绘，前一天晚上就跟单位打好招呼，自己也不要家属参加出征仪式，可虽经劝阻，丈夫还是与同事调了个班，第二天执意专程送行。离开车尚有些时间，现场"听说湖北那边很冷"的丈夫，转头就奔向附近超市买来一条电热毯。简单挥了挥手之后，张慧绘坐上车子，然后就"低头装作玩手机"，不看窗外。

阳韬当天接到第二个电话的内容与张慧绘略有不同，除了通知第二天集结出发时间，始料不及的他还接受了另一项重要任务：担任本批镇江医疗队队长。阳韬事后讲述，如果"仅仅是去湖北干活"，他早已做好了充足的心理准备，但让他当队长，这个压力实在太大了，"不只是保护好自己，还要保护好大家"。抵达前线后，阳韬又再次领命为黄石大冶市人民医院临时组建的"隔离八病区"业务主任。

而抵达黄石前线后，黄汉鹏很快也被委任为省援黄石医疗队临时党总支第十支部书记。作为一级党组织，他需要统领的已不只是镇江的党员队员。与之同时，黄汉鹏也"双肩挑"被任命为所在黄石矿务局医院呼吸内科业务主任，主持该院200张床位确诊病人的救治工作。

与原计划第一批去武汉一样，此次出征黄石，黄汉鹏仍然瞒着泰州年逾七旬的父母，后来在前线战斗一段时间后，家中的姐姐见"情况稳定"，才"擅自"向老人转告了消息，"我叮嘱过姐姐不要讲的"。

出发那天早上，除了与丈夫、儿子沟通到位，杨慧对4位住在乡下的老人也"一个都没讲"。当天下午，"不会玩智能手机"的母亲从村里年轻人跟前获得女儿去了湖北的消息，大吃一惊。杨慧还在飞机上，来自母亲与婆婆的两个"短信呼"电话均已追了过来。晚上到达黄石安顿下来的第一件事，杨慧就是给老人分别回电。

两个孩子的妈妈陈良莹，事先瞒着家人主动报名请战这一环节，接到正式参战通知后，她"换了一种说法"，称"这是上级指派的任务"，以缓冲家庭氛围，"这样子讲，阻力总会小一点吧"。

2月2日下午，南京禄口国际机场，登机前的冯丽萍应媒体之邀在一张纸上写了几句出征感言，自谦"字写得不好"的她，用男性般刚劲的笔迹写下这么几个字："我们一定会平安回来！"身为这一批镇江队的队长，冯丽萍说，除了平安而归，当时自己"根本就不能想其他"。飞往武汉途中，一位空姐代表全体乘务组对全体"江苏三队"队员致敬："我们期盼不久能再次接你们回家！"

其时，一言"平安回来"，更多只体现为笔系所愿。正是对应着复杂的不确定性，方凸显一旦如愿以偿的美好与意义。"没有与生俱来的英雄，只有挺身而出的凡人"。从请战、备战时斗志昂扬，到出征乃至初涉战场时心生某种迷惘与忐忑，再到进入状态后的得心应手与满满自信，这几乎是每个援鄂医疗队员共同的心路历程。

王玉坦言，接到去武汉的开拔令时，"说实话那一刹那我是害怕的"；把凌蓉送往集合地点市政府的不足十公里途中，司机特别留意了一下：一向言简意赅的院领导一共"唠叨"了19次"保护好自己"；袁晨琳则清晰记得，一直以为是去援孝感的他们这批队员，是途中大巴"开到句容大转盘"时，才正式宣布去武汉——这无疑是比孝感更令人"敏感"的一个阵地。

秦娇讲述，飞抵武汉上空时，舱内不停播报着"疫区到了，请大家注意安全"，顿时大家都沉默不语，江苏领队也很快宣布："同志们，你们要做好随时战斗的准备！"飞机在降落过程中，舱内灯光突然变暗，这一刻，宋继东的感受是"瞬间产生一种压迫感"。

偌大天河国际机场，唯一可见的"旅客"就是从全国各地匆匆汇聚而来的医疗队，大家无不表情严肃，眉头紧锁。尹江涛回忆，乘车去往驻地途中，虽然霓虹闪烁、灯火通明，把整座城市装扮得华丽精致，但路上除了接送医疗队的大巴车，看不到任何行人及车辆。

对这种凄凉的"空城"景况，朱玮晔描述，呈现出"一种诡异的静谧"，"让人不由得心生紧张"；初见武汉，带给李鑫的感受是"病恹恹，没有一点生机"；赵娟则表示，身临其境的震撼与冲击"远比新闻报道中来得更直观"。

在湖北读的大学、视湖北为"第二故乡"的张峰，把自己再次踏上荆楚大地的行为称为"我回家了",但是当看到之前1400万人口的繁华大都市竟忽然变得空空荡荡,"心里很不是滋味"。

镇江行前最后一个晚上,张菲菲还在上夜班。2月9日凌晨2点左右,她在病区岗位上接到了出征电话,并在3点36分将消息电告父母,"打这个电话的时间,是我爸一直清清楚楚地记着"。父亲接到女儿电话后问:"真的要去了吗?"反复追问了好几遍。"嗯,要去了。"女儿肯定地回答。

前述1月20日的迎春之际,张菲菲曾在朋友圈晒过她亲手包的饺子,其实这些饺子包好之后就一直被放在冰箱的冷冻室里,"基本不吃晚饭"的她,本意是哪天值班时用于带餐,但是,还没来得及享受自己的劳动成果,她就长时间离家了。

时间的数字颠倒一下,2月10日,凌晨1点22分,张菲菲在武汉发出一条睡前朋友圈:"终于抵达酒店,已经超24小时没睡了,困,武汉晚安。"事实上,"超24小时没睡"是太多援鄂医疗队员在出征这一环节上的"复数"经历。

13 行前授孩子一柄"尚方宝剑"

季冬梅很少发朋友圈,2019年全年,她只发了8条,其中5条与孩子有关。身为镇江"先遣6勇士"的季冬梅,2020年发第一条朋友圈报平安的时候,是1月28日,已在武汉市江夏区第一人民医院战斗3天。

35岁的季冬梅,是一个读小学一年级孩子的妈妈。季冬梅讲述,那天当女儿笑笑(乳名)得知她要去武汉"很长时间",因为"那边有很多人生病了",第一反应是"啊,妈妈又要出远门啦"。8岁的笑笑后来才大致弄清楚外面正在发生着什么,并经常叮嘱妈妈"保护好自己",可母女分别的当时,她对特定形势毫无概念。

在笑笑当时的眼里,妈妈这次去武汉,与妈妈上次去上海没有什么区别,都意味着她又要"与爸爸一起过"——这是她最难以接受的,并为此深感失落与担忧,"爸爸又要欺负我了!"

其实,出征武汉之时的季冬梅,从上海结束为期半年的进修刚回来一个多月。她在上海期间，女儿动辄打去告状电话："爸爸欺负我了。""还不知道谁欺负谁呢！"提起父女间这段"恩恩怨怨"，季冬梅心知肚明，女儿是个"女汉子"，平时大大咧咧，"调皮起来，她爸肯定得管她吧"。

可此行非同寻常，归期难料。备战的3天时间里，如何有的放矢、踏实化解女儿这一"心结"，成为季冬梅安排的重要内容。她终于想出了一个好办法，"笑笑过来，我现在授给你一个'尚方宝剑'，妈妈不在身边，如果爸爸再欺负你，你就给徐阿姨打电话，让她给你评理！"徐阿姨是季冬梅的一个闺蜜，姐妹俩早已提前"串通好"。

知女莫如母，季冬梅当然很清楚，小姑娘的心思其实是双重的，这场分别对她有利有弊：一方面，妈妈不在身边，假如与父亲发生争执，就没人帮她"主持公道"了；另一方面，"离开我之后，也就没人管她那么多了"。

14 妈妈在"人群里"为女儿点赞

继1月26日第一批张建国、孙志伟、赵燕燕、王笠之后，到2月2日这一批"江苏三队"的成员尹江涛与梅琼，江大附院仅重症医学科就相继派出6名医护干将。

1989年出生的主管护师梅琼，丈夫殷永康是镇江市第三人民医院的医生。夫妻双双老家都是安徽：婆家在安庆，娘家在宣城。节前腊月廿九，因殷永康已接到参与镇江的疫情布防任务，梅琼便独自带着不到3岁的女儿，坐火车回娘家陪父母过年。

大年初二，江大附院向全院职工发出了紧急通知：所有人员，无论是在单位还是在外地，均原地待命。由通知措辞可见，梅琼应是可以"原地"在安徽宣城待命的——如同此刻的陈慧丹，也是可以在东北沈阳待命。但第二天，梅琼就让哥哥驱车将她独自一人送回镇江，女儿则托付给了安徽那边老人。6天之后，大年初八，主动请战的梅琼踏上去武汉的征程。

出发当天下午，医院微信公众号专为尹江涛和梅琼两人制作推送了一篇文章《再出发！江大附院火速选派2名医护骨干启程援汉》，很快获得数万点击量及近百条点赞留言。

密集的留言中，一位名叫"赵月英"的微友这样写道："女儿你是好样的，妈妈支持你，我们在家等着你们凯旋！向所有战斗在第一线的英雄们致敬！"

字里行间，情真意切。留言深深打动了微友，因为即便没有点名，大家也知道这份祝福就是梅琼的妈妈送给梅琼的——因为她是一男一女两名队员中的女性；留言更打动了梅琼本人，她为母亲的深明大义而备受鼓舞。

梅琼介绍，"赵月英"是母亲的实名，她是宣城当地的一位退休医生。"前一天忙得根本没时间"，梅琼后来是坐大巴去往南京的途中，才给安徽那边的4位老人打去电话报信，"没有一人反对"。也正是接完女儿电话之后，母亲掉头就搜索江大附院的微信公众号，加了"关注"。

15 被"惯你一世"的儿媳

2月2日出发那天，从丹阳到镇江、从镇江到南京、从南京到武汉，冷惠阳一天之中收到来自亲朋好友的上百条微信。行程"太赶了"，加上很累，根本就来不及看。

还在前一天夜里，10点多钟接到次日开拔令后，冷惠阳一夜未眠，躺在床上想"那边"的各种场景。"等到真正要去了，心里多多少少还是有点恐惧的。"

2日下午在南京禄口国际机场候机期间，冷惠阳抽空先查看家里人发来的微信，婆婆于下午2点12分发来的一条温情饱满的微信，顿时映入眼帘："惠阳，我不怎么会说话，你放心琳朗，我会照顾好孩子，平安回来，惯你一世。"冷惠阳立马回复："想哭。嗯嗯。"

时间再回到1日晚上接到电话后的各种准备，重中之重当然是防护用品。当晚，冷惠阳给第一批去武汉的江大附院赵燕燕护士长打去电话，了解需要带哪些东西，赵燕燕"特别特别"，把N95口罩列为"关乎生死"的必带品。一方面自己根本来不及采购，另一方面也根本没有渠道采购，冷惠阳就指望着医院里能给她解决口罩，她把赵燕燕的提示"原封不动"地转给了院长。

可是，第二天得知的情况极不乐观：经过紧急动员，丹阳市第三人民医院全院只凑到5只N95，全部交到冷惠阳手上，而"对照清单，要求每人须备60只N95口罩"。冷惠阳说，那一刻她"真的很心慌"，但不能因此影响出征，"只好硬着头皮上"。

一早从家里去往医院、再从医院去往丹阳市卫健委的途中，尽管时间所剩无几，院长还是不断安慰冷惠阳："你放心，我一定想办法帮你弄到！"在此期间，院长四处求救的电话打得就没停过，但最终仍然无果。后来从前线凯旋，备感愧疚的院长主动对冷惠阳提起这个环节："我当时就觉得很对不起你，答应你的事没办到。"

冷惠阳自己亦多方努力，甚至把电话打到同一批去武汉的其他医院战友，问有没有多余的，"帮我多带几个"。然而特定时候，家家防护物资都很紧缺。以江大附院也是这天出发的尹江涛和梅琼为例，他俩也一人只带了6只N95，院工作人员在"挥师武汉"群里由衷叹苦："物资告急，愁死了。"

与此同时，冷惠阳的家人也广为发动起来，电话在各种人脉上打遍全城。心疼儿媳的婆婆老将出马，她忽然想起自己这边的亲戚中，有位侄儿身为丹阳一家医疗企业驻武汉办事处负责人，兴许他能有啥办法。最终，冷惠阳的这位表哥还真帮上了大忙。

经表哥隔空向武汉方面辗转求救，一位当地朋友愿意从自己全家备存的N95中提供2盒给冷惠阳。2月4日，也就是到达武汉的第三天，冷惠阳就收到了口罩，立马锁进房间里的保险柜。"还是进口的，最好的那种"，这个时候的冷惠阳终于如释重负，她回忆道，"我当时肯定是整个'三队'里拥有N95最多的人。"

就在冷惠阳他们出发同一天，2月2日，中共中央政治局常委、国务院总理、中央应对新型冠状病毒感染肺炎疫情工作领导小组组长李克强主持召开了领导小组会议，会议的重要内容之一，就是加大对湖北省特别是武汉市及周边重点地区医疗防控物资支持力度。后来的情况渐渐好转，物资日益充足。

16 女儿"举报"硬汉父亲流泪

加入"江苏三队",八病区(呼吸科和心血管科)护士凌蓉是丹徒区人民医院派出的唯一队员,1996年1月出生的她,除夕夜刚过完24周岁生日。

当被认为是同批镇江17名队员中年龄最小者,凌蓉却不肯接受,"还有更小的,比我小4个月"。她指的是扬中市人民医院重症监护室护师朱玮晔,出生于1996年5月,也是一名"女兵"。

以"我单身我年轻我没有家庭负担我先上"为参战誓言的凌蓉,平时与爸妈生活在一起。向医院递交请战书,凌蓉没有告诉爸妈;被批准参战后,也没有及时告诉爸妈。"以为会过两天才走。"始料不及的是,被批准参战的当天夜里11点钟左右,她就接到次日启程的命令!

最令凌蓉"头疼"的问题已然回避不了,爸妈全知道了。凌蓉说,"爸爸还好",一个劲地鼓励她"去吧去吧去吧","年轻人就该为国家贡献自己的一份力量",可是当妈妈的却显得极为担心,十分舍不得。不过,人之常情的"小波动"也就那么一会儿,妈妈开始与女儿商量着该带哪些东西。

凌蓉的父亲是位退役军人,他完全懂得女儿这一非常选择的人生价值。得知女儿出征的当夜11点39分,父亲拍了一段身着睡衣的女儿正在与妈妈一起收拾行李的小视频,配文在朋友圈广而告之:"我姑娘23点接到医院电话,明天8点随江苏第三批医疗队赴武汉,正在整理日用品。"视频中,一条泰迪模样的小狗摇着尾巴,跟前跟后,也忙得不亦乐乎——这条跟随凌蓉已一年多的爱犬,后来在不见面的近三个月时间里,与前线主人之间注定少不了会有某些故事发生。

发出朋友圈十余分钟后,父亲又以自豪的语气在拥有47名成员的"凌氏家族"群里报信:"凌蓉刚接到通知:明天早上随江苏第三批医疗队支援武汉。凌蓉加油!"亲戚们都引以为豪:

"凌氏家族的骄傲。"

"为优秀小战士点赞加油。蓉蓉保护好自己。"

"太仓促了,不然大家送别一下。"

"这好比是去上战场，待到凯旋，再迎接吧。"

动身那天早晨起床后，凌蓉发现，父母都是双眼通红。妈妈悄悄告诉她，你爸"嘴上不当回事"，实际上昨天夜里偷偷抹眼泪，"你爸都多少年没哭过了"。

接受媒体采访时，凌蓉曾进一步"举报"，别看父亲看上去像个硬汉子，后来与武汉那边的她进行视频时，"几句话不到就又抹眼泪了"。凌蓉说，打她记事以来，似乎都不曾见父亲流过泪。

17　三次请战，终披战袍

2月2日出征的17名队员中，年龄上，如果说24岁的凌蓉偏要在月份上"较真"，不情愿自己与也是24岁的朱玮晔被划为"并列最小"，那么随后，2月9日出征的这批共29名"方舱队员"中，镇江市第一人民医院新区分院呼吸科护士汤倩就是无可争议的老幺了。

出生于1997年2月14日的汤倩，也在镇江全部77名援鄂医疗队员中年龄最小——没有"之一"，唯一的"97后"。所以，后来在一人医的微信"战群"里，比她大7岁的刘宁利，总以大姐姿态直呼汤倩"小姑娘"。这个时候微信功能还没上线"拍了拍"，否则，想必汤倩会经常被刘姐"拍"。

日期显示为1月30日的　份共8名医护人员按着红指印的集体请战书上，汤倩名列其中。请战书写道："……众志成城共抗疫情，我志愿报名参加医院防控一线工作，在有需要的时候，随时奔赴武汉，为抗击疫情贡献自己的力量。"这8名请战队员中，也包括后来出征黄石的李维亚。

三天之后，面对需要派出1名队员的上级指令以及相关专业要求，虽一度议及汤倩人选，但新区分院在"呼吸"与"重症"之间几经权衡，最终还是派出重症医学科的男护伏竟松。而就在2月2日伏竟松他们出发的当天，汤倩又第二次递交了请战书。

2月7日，传来国家"一省包一市"新闻后，汤倩"第一时间给主任"发去消息："江苏肯定是会有对口的，这次能不能优先考虑我。"对汤倩而言，这就相当于"第三次请战"了。给护理部主任发完这条消息的汤倩，隐隐感觉自己"这次应该会被选中"，但毕竟不到最后一刻都很难说。

求战心切的汤倩，随后在等待中产生某种焦虑，不断刷微博了解武汉、了解湖北前线的情况，"看了之后心里很难受"。2月8日轮到汤倩值夜班，当夜9点51分，她发出一条朋友圈"我感觉我都快抑郁了"。

夜班进入9日，凌晨1点多钟，巡视完病房刚刚回到护士站的汤倩，手机骤然响起，"因为春节，又是疫情期间，病区里的病人不多，整个走廊静得不得了"。像是"被放大了"的手机声中，汤倩回忆，此时她已经明白会是什么事情了。激动之下，汤倩有意让电话多响了几秒钟才接通，"等这个电话等了很久了！"

汤倩讲述，自打报名请战后，她并没有告诉父母，后来是姐姐透露的消息。由此，她与母亲徐守勤之间有了这样的对话："妈，你让我去吧？""你字都签了，还能不给你去啊。"其实，徐守勤坦言，"心里头哪个不害怕"，但她和老伴都明白一个道理，女儿这是"贡献社会、贡献国家"。拥有三个孩子的父亲，则抱以似乎"很想得开"的态度："上了前线一个，我身边还有两个。"

妈妈眼里的汤倩是个"心肠软、有同情心"的孩子。新区分院离市区有很长一段距离，徐守勤介绍，女儿参加工作3年多来，她经常去医院里看望，甚至还知道汤倩在单位上得了个"小仙女"的外号。在与凌蓉父亲一样引以为豪的口吻中，徐守勤转述了同事、病人们对女儿的诸多夸赞：有位80多岁的孤老住院后，得到汤倩悉心照料，她经常给老人买这买那，而老人出院后也经常去医院给汤倩送食物，有时汤倩在睡觉，同事让他丢下来转交，老人执意"不要紧，我就在这等她"。

汤妈妈说，三个姑娘中"就数二姑娘最活泼开朗"，在家里经常讲些笑话把大家逗乐。而面对能歌善舞的二姑娘，妈妈也曾拿她开涮："你这么会唱，能唱到中央电视台去吗？"

9日上午市委、市政府举行的出征仪式上，汤倩里面穿的是一套全新保暖内衣，这是妈妈当天一大早出门采购的，当时店里还没开门，徐守勤就打电话恳请老板赶过来,"身上一套,带了两套,我一共给她买了3套"。

"到了那边买东西肯定不方便",除了保暖内衣,妈妈当天早上的紧急采购中,五花八门给汤倩买了太多东西:光袜子就10双,还有"一大包吃的"。不过,略显任性的"小姑娘"汤倩嫌行李太多,坚决不肯带走食品,还是同行的队友接了过去。

不善言辞的汤妈妈,后来在接受记者采访中无数次重复一句话:"她还太小了!"

18 又一版"把自己派往武汉"

2月5日下午1点26分,镇江市润州区黎明社区卫生服务中心主任、副主任医师栾立敏的手机上,忽然响起来自省卫健委基层卫生健康处一位负责人的电话。战事万分紧急,这个电话越过了市、区两级行政主管部门,直接打到了执行任务的最终端。

南京来电指示:根据国家卫健委指示,江苏需要选派3名"职称为副主任医师及以上"的专家,赴武汉参与指导社区疫情防控工作,其中,由该中心派赴1名。实际上,仅仅在此数小时之前,省卫健委也是刚刚接到来自国家卫健委的相关指令,位列"全国百强"的黎明社区卫生服务中心,迅速进入上级派兵视野。

情形完全如同前述第一批出征的江大附院赵燕燕护士长"自己把自己派往武汉",作为黎明中心主要负责人,栾立敏接到电话的任务原本只是从本单位物色一位专家人选,他却冷不丁问道:"我去行不行?""那更好了!给你15分钟考虑时间。"此时距省里向国家卫健委上报名单仅剩不足半小时。"不用考虑了,就这么敲定吧!"随后,下午2点10分,栾立敏接到了正式确认通知。

只是知道第二天肯定要出发,但并没精准到具体动身时间。从受命当天,栾立敏就提前将行李放进了车子后备厢。第二天下午2点40分,动身指令传来:从镇江南站乘坐4点20分的G1776直奔武汉。

其时，栾立敏正在参加全区卫健系统疫情防控调度会。提前离开会场后，他赶回单位简单做了些工作交代，就由同事开车送往火车站，开车的同事成为唯一送行者。如同"先遣6勇士"出征，上传下达、无缝对接的交通指令下，火车站以及火车上那些素不相识的工作人员都深知，这是位殊不寻常的"旅客"，纷纷行以无言的注目礼。

栾立敏讲述，这是他平生第一次经历"不买票乘火车"、也是第一次走贵宾通道。正是在事先约定的 G1776 同一个车厢里，栾立敏与分别来自南京、常州的另两位专家会师，携手奔向武汉。而当天夜里，来自全国另三个省份的所有专家组成员全部在武汉实现集结。

此时，栾立敏才进一步得知，这是一支高规格的中央指导组防控组驻武汉社区防控小分队，由国家卫健委基层司副司长高光明担任队长，共从全国抽调了社区卫生专家、疾控专家各13名，按1名社区卫生专家、1名疾控专家配比成一组，13个组分别进驻武汉市的13个区。栾立敏与国家疾控中心副研究员尹建海所在的这一组，负责蔡甸区——也就是火神山医院所在地。

19　他们皆"一人成队"

"出发！""出发！""出发！"危急关头，共同的使命、共同的"逆行"方向上，却是不同的呈现形式：与队旗劲飘、战鼓声声、气势雄壮的成建制出发不一样，无鲜花、无记者到场、无簇拥相送，栾立敏的"三无"出征静悄悄。

如果说临床救治上的"刘竟们"与"刘宁利们"，是身处战"疫"的同一阵地、不同战壕；则"刘竟和刘宁利们"与社区防控、公共卫生领域的"栾立敏们"，就是同一条战线、不同阵地。栾立敏式的镇江"一人成队"，在77名镇江援鄂医疗队员里共有5人，他们夹在前后大体量的两批队伍之间，甚至都无法独立给出镇江概念上的"批次"。

也是"一人成队"的扬中市疾控中心检验科副主任技师丁咏霞，比栾立敏出发得还要早，时间上仅比"先遣6勇士"晚5天。她是扬中市派出的第一名援鄂医疗队员，进而也是整个镇江疾控系统派出的"第一人"。

1月29日这天下午4点半左右，丁咏霞正与同事一起在扬中市人民医院参加疫情防控应急演练，省疾控中心给扬中市疾控中心负责人打来了电话：全省需要组建一支由6名PCR检验人员构成的应急检验队驰援湖北，请扬中疾控速报一个名额，具体动身时间另行通知。此时此刻，人就在单位领导身边的丁咏霞闻讯后，当即口头请战。

44岁的丁咏霞已在疾控战线奋战20余年，一直从事高风险的微生物检验检测，曾参与过人禽流感的检测，具有丰富从业经验。随后，丁咏霞补交了手书的正式请战书。第二天下午，得到了省疾控中心的批准答复。当晚7点，她就接到次日出发的指令。

2020年第一个月的最后一天，一大早天色将亮未亮，丈夫赵剑斌拎着拉杆箱，把妻子送上驶往南京集结的车子。镇江的"一人成队"，却是汇入江苏的真正团队。集结后的丁咏霞才得知，自己与另5名队友要去的地方是黄石——与后来的"一省包一市"行动并不是一回事。

出发之时，正值交通状况极其复杂，经省里反复研究路线，丁咏霞他们是先坐高铁反向绕道杭州，当晚再从杭州坐"绿皮"慢车去往黄石，"坐了整整12小时，基本没怎么睡"，于2月1日早上6点半抵达目的地。安顿妥当后的当天下午，这支路途崎岖、远道而来的应急检测队伍就前往黄石市疾控中心报到，投入战斗。

以抵达黄石的第一天开篇，丁咏霞在前线期间坚持每天都写工作日记。2月12日的"第十二天"，她写道："今天吃午饭时，我们第一批6人小组得到了一个振奋人心的消息：'苏大强'来了，310名江苏支援黄石医疗队队员火速增援，而且还有'F4男团'……"

作为"一省包一市"的队伍构成门类，丁咏霞笔下的"F4男团"是又一支由省疾控中心派出的公共卫生队伍，包括2名流病调专家和2名消杀专家。虽然其时又来了20名"镇江老乡"，但疾控领域丁咏霞依然是镇江唯一。

再隔了6天，丁咏霞他们在黄石迎来又一支由5人组成的江苏疾控队伍——这次的成员之一刘宇，是镇江句容市疾控中心的副主任。如此，包括镇江2人在内，江苏在黄石战斗的疾控队员增为15人，并坚持到最后。

前述刘宇于2月2日递交的那份真正概念上的请战血书，抬头是直接递交给江苏省疾控中心。2月16日夜里，省疾控中心党委书记朱宝立亲自给刘宇打来电话，通知他第二天早上10点之前赶到省里集结。

17日下午近2点，一辆考斯特商务车载着刘宇等6人从南京出发，一路直奔黄石——其中一人是另有不同任务，只是"蹭车"前往武汉从事消杀支援。7个多小时的行驶途中，刘宇回忆，高速上冷冷清清，"一共只碰到三四辆会车的，全都在安徽境内"。晚上9点半左右抵达黄石高速出入口，那边一辆商务车早已等候多时，接走刘宇等人及物资后，江苏的考斯特连夜打道回府。

立体调度之下，与刘宇那天同行队员中有人"蹭车"绕道黄石去武汉不同，3天之后也是独自一人从镇江出征的江大附院感染管理科科长、副主任医师邢虎，是2月20日这天"蹭机"先飞往武汉，再转车到达黄石，他的同行队伍一日之内经历了"兵分三路"。

20日这天，由178人组成的第八批江苏援湖北医疗队出征武汉，成员全部来自盐城。盐城南洋国际机场上，一架包机早已默默守候在那里，航班定在下午2点。

当天，包括邢虎在内"蹭机"的4名队员，按要求分别从南京、镇江、连云港等三座城市，于中午12点之前赶到第四座城市盐城。降落武汉后，又有专车迅速将4人接往黄石。不过，一到达黄石，4人又再次分兵：邢虎等3名感控专家留在市里，另一名核酸检测人员旋即又被车子接往下边的阳新县。

镇江派出的最后一名援鄂医疗队员杜萌，是2月21日下午3点接到通知，2月22日一早赶到南京集结。这一批，江苏疾控又组建了一支共13人的队伍——江苏援鄂公共卫生三队，人员分别来自南京、镇江、无锡、苏州、泰州、盐城等市，至此，江苏疾控已累计向湖北派兵34名——其中镇江3名。

杜萌等人是先在南京接受短暂培训后，于次日乘坐高铁抵达武汉，全部下沉至武汉体育中心方舱医院所在的武汉经济技术开发区（汉南区）疾控中心。杜萌所在的"江苏疾控"与刘竟等人所在的"江苏临床"，两支队伍在这家方舱医院里形成了工作交集。

第四章　烽火岁月

20　始战

一场始料不及的大面积遭遇战，突破了医学层面的既有认知，令纵使身经百战的"将士们"，也不得不在"枪林弹雨"之中边打仗，边摸索怎么打。

时间轴上，有这么几个巧合的"第二天"，足以清晰勾勒复杂多变的战事轨迹：张建国等"先遣6勇士"抵达武汉的第二天，出台仅11天时间的国家《新型冠状病毒感染的肺炎诊疗方案（试行）》已升至"第四版"；相隔7天，冯丽萍等17人随"江苏三队"挺进武汉后同样是第二天，《方案》又更新了一版，所以，"刘竟们"这支方舱队伍于2月9日进驻后，发到手的培训教材为"第五版"；后来，被江苏省疾控中心紧急派往黄石增援流调的刘宇，到达第二天，"第六版"《方案》又新鲜出笼。

"78天"，这个加了引号的特定数据，并不只属于哪一位镇江援鄂医疗队员，也不只属于哪一个批次；不只属于武汉，也不只属于黄石，而是属于全体77名镇江援鄂医疗队员。

从"挥师武汉"到"挥师黄石"；从临床救治到感控守关、流调检验和社区防控；从"方舱轻症"到"定点重症"；从一地"清零"到转场再战；从武汉"封城"4天后的第一批抵达，到武汉"重启"5天后的最后一批归来，77名镇江援鄂医疗队员接续跨越了78天时间，多线布兵、多点作战、立体呼应，参与打下了一个又一个节点的胜利之仗。

镇江第一批6名队员大年初二抵达武汉前线后，全部被指派到江夏区第一人民医院投入临床救治，其中，张建国、赵燕燕和王笠分在重症病区；孙志伟、季冬梅和张艳红在普通病区。

刚进驻时，这家医院的情况十分严峻：首先是患者相当多；其次，在以前从未打过交道的"新冠"突袭之下，早期几乎不设防的院感导致该院医护队伍大量减员，战斗力严重受损——有的病区医护人员"几乎全军覆没"；再者，由综合性医院仓促改造而成的传染病区，在流程与配置等诸多方面都不太规范。

江苏队伍立马着手对隔离病区重新进行布局，全面落实专家制定的感控措施，严格污染区、半污染区、清洁区的地界划分，将库房前移、小货架充分使用、物品分类存放，并制作示意图，张贴在醒目位置，方便大家能快速取到所需要的物品。取物时间"由原来的几分钟甚至十几分钟缩短到一分钟之内"，极大提高了战斗效率。张建国讲述，"硬件"改造之外，援派队员们与当地医护人员也以最紧迫的节奏相融，不到一周时间，就"由手忙脚乱变为忙而不乱"，整个局面大大改观。

继张建国他们之后，冯丽萍等人所在"江苏三队"投战的中法新城院区，是一家重症和危重症患者定点收治医院。最初几天他们是与来自北京协和医院的医疗队在"由肿瘤科和儿科改建"的 ICU 病房并肩战斗了数日，于 2 月 9 日就地转战，整建制接管该院又一个新改建出来的重症病区，位于 C 栋楼 8 层西半侧——故简称"C8 西"，共 50 张床位。

在习近平总书记的亲自指挥、亲自部署下，2 月上旬阶段，"应收尽收、应治尽治"被列为武汉战"疫"的重大战略安排，而有着"托起生命的方舟"之誉的方舱医院，成为落实这一战略决策的重要载体。短短 10 多天里，武汉相继建成开放了 14 家方舱医院，总床位达 1.3 万多张。

拥有 1000 张床位的武汉体育中心方舱医院，是由 400 多名服务军运会的保障团队原班人马，用三天时间昼夜抢建而成，分为 1 号舱（羽毛球馆改建）、2 号舱（篮球馆改建）。其中，来自安徽、贵州的援鄂医疗队携手接管 1 号舱，于 2 月 12 日下午 4 点开舱。

稍后于次日晚 7 点半开舱的 2 号舱，则由江苏独立支撑，总兵力包括刘竞他们第五批江苏援鄂医疗队共 302 名队员，及由江苏省人民医院先前已派出的国家紧急救援队 37 名队员。2 号舱又分设 ABCDEF 六个区，镇江 29 名队员中的 9 名医生中，6 名排在一个班组，负责二号舱全部 6 个区，2 名编入其他班组，1 名编入采集咽拭子组；镇江的 20 名护士则与泰州的 11 名护士合编，排班负责 D 区。

1 月 31 日凌晨时分，刚下夜班的张建国出了医院大门，边走边与镇江这边记者进行视频连线，他的身后，"江夏区第一人民医院"几个霓虹大字在漆黑的夜空里耀眼醒目；同样的霓虹招牌，也定格在深夜里赵燕燕与队友反方向奔向医院上岗前的一刻——这既是当时生死搏"疫"的战场标识，也是通向未来的希望之光！

张艳红回忆，刚投入战斗之时，实地观察、初步了解疫情的严峻性后，不由感觉到"红区"弥漫着看不见摸不着的病毒，"当时内心是有些畏惧的"——而这其实差不多是所有紧裹之中的血肉之躯始战同感。

以前从未体验过的"全副武装"下，张艳红鼻梁骨被防护面罩紧箍，颧骨传来阵阵疼痛、胸闷、气喘、心率加快，如此"心里就更加紧张"。但是，看到当地战友们穿梭忙碌的身影、疲惫的面容，看到患者们眼中释放出的殷切恳求和满怀期望，张艳红很快被战斗气氛所感染，立马调整心绪，自己给自己打气：疼痛是一时没办法解决的事，但我们的防护是标准的，安全是有保障的。

刚到达武汉的头两天是感控培训。李鑫说，这是他"史上听得最认真的两天课"，因为"好像如果不认真听，小命就会不保"。首次进舱作战的前一天晚上，李鑫回忆，当时内心极为忐忑，"不知道水深水浅"。

2 月 4 日，冯丽萍在中法新城院区上的第一个班就是"大夜班"，严格讲已是 2 月 5 日的班：凌晨 1 点至 5 点。班车是前一天夜里 11 点半从酒店出发，"所以我们 11 点就要起床"。

上岗前，冯丽萍再三检查了自己的各项事前准备有没有疏漏，脑海里将入舱流程过了一遍又一遍，生怕哪个环节出错。一层层戴手套，再越过一道道门，那架势让人"心里不免有点紧张"。

初进红区一刹那，冯丽萍脑海里"一片茫然，不知道该干什么"。病区、病房、病床，"格局"乍看和以前工作中所见没什么两样，但穿着闷热的防护服，透过护目镜打量四周，气氛就开始凝重起来。同组一位小姑娘队员不由怯怯拉着冯丽萍的手，悄悄说："冯老师，我有点怕。"冯丽萍由衷心疼，及时给予对方安抚与鼓劲。

其实，对从医20余载的"护士长级"护士冯丽萍本人而言，职场也是头一次直面这般来势凶猛的疫情、头一次穿防护服、头一次进隔离病房，"说不害怕那是骗人的"，更何况小小年纪的她（他）们！但是，身为队长，冯丽萍必须自我警醒、保持镇定。援鄂团队里的护士中，比冯丽萍的儿子大不了几岁的"90后"年轻人，占了相当高比例，身处与新冠病毒近距作战的高危地带，冯丽萍明白，自己的一言一行、自己的状态与斗志，直接关乎队伍的信心建立。

前一天晚上，病区新收进12个病人，其中，5个气管插管、2个气管切开，其他都是高流量吸氧。很快，冯丽萍就"忘记了紧张"，全身心投入到战斗中。从凌晨到清晨的这第一个班，冯丽萍仅为其中一位"用着无创呼吸机的阿姨"处理大小便就四五次。

同在中法新城院区，梅琼上了"这辈子都难忘"的第一个班，层层防护服让人"像戴了紧箍咒一样，每一分钟都难熬"，没多久，梅琼就恶心欲吐，可一想到"好不容易穿起来"的防护服，一旦吐出来就必须出舱，就不能继续工作下去，而"我是第一个班组，绝不能影响后面队员的士气"，于是，几次反胃上来，她硬是"咽了下去"。

"经历第一次这种感觉之后，第二次硬着头皮再进去。"梅琼回忆，其实内心特别害怕，"我只是没跟别人讲。"慢慢几个班次适应下来，情况渐渐好转，难受肯定还是存在的，"但我能接受了"。

殷慧慧把第一次穿戴防护服和护目镜的感受描述为"濒死感"，置身病房，"有种恍如隔世的感觉"。从老家医院里的ICU到武汉前线的ICU，对比两种状态，殷慧慧的体验"完全不同"。虽时过境迁，回过头来想想当时的经历，"仍像梦一样"。

与冯丽萍、梅琼、殷慧慧等人同在中法新城院区危重症病房的男护陶华奎，第一个班次上就"干了双份的工作":实战伊始的摸索与难免紧张中,搭班伙伴的护目镜忽然滑落,被迫撤出火线。陶华奎责无旁贷地接下战友的病人,完成了原本需2名护士共同承担的工作量。

可以理解的特殊时期,历经多个不太顺畅的环节之后,江苏"方舱队伍"是于2月9日晚飞抵武汉,辗转至2月10日凌晨1点左右才到达驻扎酒店。封城后,这家酒店也随之封了好久,刚刚被紧急征用,电力系统尚未完全恢复。袁晨琳讲述,"武汉第一餐",全体队员是靠开着手电筒吃下一碗泡面。

此时的武汉,医疗资源仍相当宝贵。为节省防护物资,镇江共29名"方舱队伍"仅分得两套防护服用于战前练习,两人一组,互相查看:衣服的大小型号是否合身、口罩密闭性如何、头发是否捋好。宋继东说,待到后来他入舱前第一次正式穿防护服时,"穿穿,停停,看看",在队友的帮助下才穿好。

早在2月13日晚正式开舱前,队员们已于当天被提前接去武汉体育中心方舱医院2号舱"踩点",熟悉环境与工作流程。徐树平回忆,当时方舱里有些配套装修还在进行中,"我们用手机拍下视频,回到宾馆后再反复观看,以加深记忆"。

同批镇江医疗队副队长、护理组组长姜燕萍,是护士中先行进舱的"第一梯队"队员之一。2月13日开舱当晚6点至次日凌晨1点的这个班上,仅她所在的D区就连夜收入第一批患者51名。下班后回到酒店已是凌晨2点多,姜燕萍顾不得休息,赶紧将亲历实战的各种情况汇总起来,发至微信群,供后续队员能够及时参考。

蔡建在方舱的第一个班也是大夜班,凌晨1点至7点,与姜燕萍那个班组形成交接。虽然不免也紧张,但"作为一名有着20年工作经验的老护士",一看到病人,蔡建条件反射一样,立马就进入工作状态。

持续6小时里,蔡建几乎不敢坐下来,因为"怕扯裂了防护服"。到下班之时,"脸已经浮肿,颧骨处两个压疮,腿累到酸软",甚至"累得想哭"。说是7点下班,待随后一系列必不可少的"全套流程"走完,真正可以闲下来的时候,已是中午11点，"我拿出面包，烫了盒牛奶"，吃完之后，蔡建对同事交代不要帮她领饭了。"已经吃饱了"的蔡建，这个时候"唯一想做的就是睡觉"。

2号舱刚开舱之时，因未知病人数量趋势，护理排班尚不固定。作为"第二梯队"队员，2月14日上午11点零几分，赵娟临时接到赴岗通知后，心情"紧张又兴奋"：终于可以上战场了！虽然是下午1点至7点的班，但途中约1小时、入舱前武装过程1小时，故通常需要提前2个小时动身。接到电话距通勤车出发"只有7分钟"，已然赶不上了，赵娟等人是被另一辆工作轿车紧急送往方舱医院。

当天夜里10点钟，下班回到驻地的赵娟，面对战友帮她领好的晚餐，基本没有胃口，"饿的时间太长，饿过去了。"但赵娟"强迫自己"还是尽可能多吃些。

得知次日将进舱首战，纪寸草复杂的内心与赵娟大致相似，她后来在工作小结中这样写道："步入战场的第一天，我怕自己不够优秀，不够有经验，给团队拖了后腿……"

第一次进舱，纪寸草是与镇江这边的同院同事谢念叶搭班，此后这对同院姐妹花基本形成固定搭班。红区所见，"那场景，正常人都会感到害怕"。熬过第一班，踏上返程，已是深更半夜。天气寒冷，浑身疲惫，加上没来得及吃晚饭，途中，"从小就晕车"的纪寸草不断冒冷汗，胃里翻江倒海想吐。"能靠一下你吗？"纪寸草对身边的谢念叶说，谢念叶立马伸出胳膊把伙伴搂到肩上。

纪寸草讲述，小谢的这一搂让她"鼻子顿时发酸起来"。两位都是"90后"姑娘，论年龄，纪寸草比谢念叶还大一岁——一直亲切地称呼她"小谢"，但纪寸草却觉得，此时自己感到靠着的这个肩膀"特别宽厚"。

2月20日这天的夜班，纪寸草与谢念叶不在一个班次——这是整个方舱工作期间俩姐妹仅有的一次不同班。出发前纪寸草发出一条微信："没有小谢同志的今天，希望上下班不要晕车。"这次，她特意随身带了个方便袋，"以防控制不住"。

"护士，我难受，很想吐""护士，我现在胸闷喘不上气"……奚柏剑回忆自己在方舱医院上的第一个班，病人的呼唤声此起彼伏，她和战友们长时间处于东奔西走状态；而张晶晶的初战体验是，护目镜上起的雾"让我看不清

057

任何东西",走路只能放慢脚步,耳朵被口罩磨得"像是被割掉一样疼"。

与之前所见武汉的站台、机场、大街上空空荡荡形成极大反差的是,方舱医院里却是患者"人山人海"。张峰说,虽然自己"早有心理准备",但看到一车一车送过来、鱼贯而入的病人,"我还是感到非常的震撼":武汉体育中心方舱医院2号舱开舱之后,从第一晚收入51名病人,到580张床位全部填满,历时仅3天。

方舱队伍刚抵达武汉那几天,天气持续阴冷,"就没怎么见到阳光"。2月15日这天,寒流袭击下,武汉下起一场大雪。雪花纷飞中,晚上6点10分,刘竞率领镇江队的另8名医生集结出发,首次正式赴战方舱医院2号舱。

晚上8点,准时入舱。刘竞是当晚2号舱的医疗组长,负责全舱所有事务协调。其他医生则分别被派往ABCDEF等6个区以及分诊收治区,每区配备1名医生与2名护士。刘竞讲述,当时虽然病人已经很多,但一切井然有序。面对骤降的气温,刘竞联系后勤保障部门紧急送来了100多床棉被,分发给需要添加的患者。

忙碌中,一件让刘竞感到糟糕的事情开始发生:虽然护目镜事先已经用洗手液和碘伏进行防雾处理,可一段时间下来,还是结上一层厚厚的雾气。视觉严重受阻,毫无办法处置,刘竞只能将就地撑着。至午夜时分,当大部分患者已经入睡,偌大方舱里终于安静下来,刘竞等人开始整理患者资料,分类上报,同时整理交接班信息。

时间逼近凌晨2点,刘竞终于听到医护人员通道入口处传来了"最动听的脚步声"——那是接班的战友们来了!刘竞说,这一刻他"有些激动"。

"断后"的队长刘竞,是凌晨3点08分出舱。"摘下护目镜的视野是那么清晰",虽然隔着口罩,刘竞还是能嗅到空气中"浸透着冰雪的清新"。3点半,大家登上通勤车准时踏上返程,外面的大雪此刻正在渐停。

黄石方面,同一批20名镇江队员随江苏大部队抵达战地后,迅即兵分两路,其中,全部来自江大附院的黄汉鹏等8人被就地派往位于黄石市区的3家医院,布兵格局如下:

丁　明　黄石市中心医院

黄汉鹏　黄石煤炭矿务局职工医院

包泉磊　黄石煤炭矿务局职工医院

陈良莹　黄石煤炭矿务局职工医院

胡振奎　黄石市中医院

孙国付　黄石市中医院

陈慧丹　黄石市中医院

秦宜梅　黄石市中医院

而阳韬等12人则集体"下乡"，全部去往黄石所辖大冶市人民医院报到——大冶在黄石7个辖区中，疫情最为严重。以队伍到达的2月11日为时间点：黄石累计报告确诊病例874例中，大冶占了212例，排在第二位的是阳新县142例。

初来乍到，黄石队伍也面临着诸多与张建国他们开局相似的挑战。黄汉鹏临危受命，除了被江苏省支援黄石医疗队临时党总支任命为第十党支部书记，主持相应党务工作，还被黄石市委组织部任命为所在黄石煤炭矿务局职工医院呼吸科业务主任。矿务局职工医院是一家二级综合医院，属于以骨科为主的偏专科型医院，内科力量相对薄弱，没有专门的传染科和呼吸科，亦无救治重症患者的经验和条件。

因形势所迫改建而成、拥有200张床位的该院新冠肺炎病区，是在黄汉鹏他们到达黄石的前一天才开始收治确诊患者。随即，黄汉鹏率队一边对病区首批收治的83名确诊病人进行全面排查、评估，完善救治方案；另一边对230多名医院员工及密切接触者建立随时监察的健康档案，并重新设置院感控制通道，以杜绝院内交叉感染。

阳韬到达大冶后，也被任命为大冶市人民医院隔离八病区业务主任，时该病区共收治18名确诊和疑似患者，其中3名重症患者。"八病区"也是刚刚组建，人力资源极度紧张的时局下，当地"联军"大多来自外科、眼科、康复科、妇产科等科室，对内科基础知识有所欠缺，呼吸科专科技能更难以上手。始战那段时间，阳韬坚持每天查房，制订诊疗方案、指导相关病历书写、为患者操作呼吸机等设备救治，言传身教之下，"八病区"的整体作战能力很快得到显著提升。

甫到战地就发出心声"让当地同仁喘口气"的丁明，接到的任务安排不可谓不繁重：一、参与非新冠病人的收治；二、负责一个新冠疑似病区病人的筛查和诊疗工作；三、负责对全院新冠疑似患者的会诊，同时每天巡查全院4个留观病区，以便随时"动态处置"。对此安排，身为呼吸科主任医师的丁明坦承，最初是感到"有点失落"，因为，这与他直面新冠患者，尤其是重症病例的战斗愿望存在一定距离，"那才是真正的战斗"。

但丁明很快就领会到自己这一类似于"守门员"岗位的独特作用。本着"尽早发现，尽早干预"原则，丁明及其团队需要精准地在疑似患者中做出"新冠"与"非新冠"的临床甄别，以确定病人下一步归向，特别对那些高度疑似病人，要给予及时干预，以减少一旦确诊后的重症发生率。

不同于红区的"敌明我暗"，丁明所面对的局面是"敌暗我明"，常常"左手边是非新冠病人，右手边就可能是位新冠患者"，他必须争取做到"两不误"：一方面不能因为筛查新冠，而耽误了病人原有疾病的治疗；另一方面，不能让真正的新冠病例从自己指缝间漏过去，从而既延误了病人的治疗时机，也给社会造成后患。

"筛查中哪怕只有一例疏漏，这个人回到人群中去，都将带去无法估量的危害。"由此，丁明备感压力，他在前线日记本上写下"不负专业，不辱使命"八个字，每天下班回到驻地后都会打开本子看一眼，然后"回顾当天看过的所有病人，回忆每一个细节，看究竟有没有做得还不到位的地方"。

黄石市中医院的另一块牌子是黄石市传染病医院，有"黄石的小汤山"之称，早年在抗击"非典"时就曾有过突出表现。新冠肺炎疫情暴发后，这里成为黄石市区所有危重症患者的集中收治点。

在中医院ICU上第一个班，陈慧丹就被场面震住了：陌生的环境、凌乱的物品、垂危的病人……瞬间"产生了一种无助感"。但陈慧丹说，当看到熟悉的呼吸机、注射泵、监护仪、除颤仪，自己很快就进入工作状态。

2月16日是孙国付第一天在中医院参战，确切说，应是2月17日的零点至5点，"进入污染区前心情还是很紧张的"，但是进入之后"根本就来不及紧张害怕"。当天，"蛋黄苏"两地各有3名护士到岗，负责ICU里的13位重症患者，孙国付说，5个小时下来，他防护服内的衣服"一直都是湿着"。

包括李维亚等10名镇江护士在内，整个江苏队分配到大冶市人民医院的护士共22人，大部分都有呼吸科或重症医学科背景。李维亚讲述，排第一批进舱人员名单时，"当地的老师可能不想让我们太辛苦"，就问："这次能进舱的能有多少人？得到的回复是'全部可以'！"李维亚后来才获悉，他们作为援兵到达的时候，当地医护人员大多已经持续战斗了近一个月没有休息。

上第一个班的这天中午近11点钟，6名队员已经坐上了大巴车，但车还没发动，李维亚忽然果断地冲下车，飞奔进宾馆。再返回时，她手上拿着6大块德芙巧克力。原来，当天10点半的午餐，由于靠早餐时间太近，李维亚忘记吃了，而接下来起码5个小时吃不到东西，"想想有点害怕"，她就决定用巧克力补充些能量。"担心有人会跟我一样"的李维亚，也给小伙伴们每人分了一块，并催他们赶紧吃下。

到达大冶后，花2天时间通过了防护培训考核，从这一刻起，冷牧薇就开始"摩拳擦掌，做好了战斗准备"。第一次进舱，她上的是"危2组"，需要应对6个危重症病人，擦身、喂饭、打水……先是汗流浃背，继而"热汗变冷汗"。下班后回到宾馆洗过澡、吃完饭的冷牧薇，仍有"还在气喘的感觉"。

在大冶的10名镇江护士中，副主任护师杨慧与进病区的另9人不一样，她报到的部门是院感染科，任务是参与对全院存在的各种院感风险进行预防和管控，还要对大冶所辖基层医疗机构和隔离点进行安全把关。所以，到岗第一周时间里，这位不戴袖章的"感控纠察"主要下沉在乡镇，每天都早出晚归。

21 鏖战

2月23日，习近平总书记在统筹推进新冠肺炎疫情防控和经济社会发展工作部署会议上讲话中指出：这次新冠肺炎疫情，是新中国成立以来在我国发生的传播速度最快、感染范围最广、防控难度最大的一次重大突发公共卫生事件。

疫情之"三最",首次被定调。"三最"之疫情,其严峻性与抗击的艰巨性,实际上远比公众所能感知的更加惨烈。

一场充满各种不确定的硬仗、一场让在武汉前线参战的李兰娟院士也感到"压力非常大"的恶仗,究竟是怎么一路打下来的,所有试图还原的努力,也许都无法抵达打仗的人自己"这辈子难忘"的刻骨铭心。

资料显示,李兰娟及其团队于 2 月 2 日进驻武汉大学人民医院东院之时,该院已经收治着 200 名重症和危重症患者,而仅仅一天之后,数字就倍增,又过两天,再次翻番至 800 名。最严重时候,这家医院的氧气和呼吸机完全供应不上。

与武大人医同列 11 家定点收治重症和危重症患者医院的中法新城院区,在"江苏三队"2 月 2 日抵达的时候,550 张床位已经告满,正着手紧急扩建病区,以使床位总量同样翻番。仅这家医院里,就先后有 18 支援鄂医疗队,共 2400 余名援鄂医疗队员接踵而至。

中法新城院区门前有一块硕大的牌石,上刻"生命之托,重于泰山"八个鲜红而凝重的大字。118 名"江苏三队"队员中,"估计至少 80%"都曾在这块牌石前留了影,包括梅琼。一张照片上,身着洗手衣的梅琼双手抄在胸前,淡定表情中透着某种"霸气",被人打趣地称为"女汉子",梅琼回话:"我本来就是个女汉子!"

这位 30 岁刚出头、身高只有 1 米 55 的"女汉子",前述进入红区上"每一分钟都难熬"的第一个班时,曾几次想吐都强咽回去,最终熬过班次全程。但后来,一场突破体能极限的恶战之后,梅琼终究没能扛得住,因虚脱不得不提前出舱。

这是一位气管切开已经一个多月的患者,需要重新更换套管。这种操作在寻常时候的 ICU 里司空见惯,而面对烈性传染的新冠病毒,做此操作,按规范要求医护人员除了已经穿戴防护服、护目镜,还要再额外加戴一个头套,"整个从头包到脖子以下",以防分泌物喷溅和气溶胶传播。在协助医生操作过程中,梅琼几次出现头套移位,影响视野,憋闷感更加放大。

气切导管更换之后，还需妥善固定，看似简单的一个程序，戴着数层手套、不听使唤的手指长时间不能将系带穿过导管小孔，最后，只能由一人始终固定住导管，另一人多次反复穿系，直至获得成功。此时的梅琼已经浑身乏力，站立不稳，一直在冒汗，尽管离完整班次的出舱时间仅剩不到半小时，她还是被迫提前撤离——这是梅琼整个援鄂期间仅有的一次提前出舱。舱外战友见状，给脸色苍白的她赶紧递上一瓶矿泉水，是550毫升的那种，"我一口气直接把它喝完了。"梅琼回忆当时这一幕。

被妈妈引以为豪的"女汉子"，自有女汉子般某种传奇。中法新城院区战斗期间，"江苏三队"的护士一共分成10个小组，梅琼任A组组长——某种意义上相当于"小护士长"——小组共9名成员，同组的镇江队员还有刘子禹、王玉，梅琼把自己小组的工作群命名为"A组最棒"。后来转战武汉市肺科医院后，护理队伍新编收缩成7个组，梅琼续任A组组长，此时成员扩为14人。

"队友们，今天我们5点上班，提前出发，3点10分在一楼大厅集合。收到请回复。"一天上午10点40分，梅组长早早就在微信群里给队友们发出"提示"，并连发三遍。"叮嘱得太多，也怕大家嫌我啰嗦，但我就是这么一个认真的人。"梅琼说。

为当好"小护士长"，梅琼不仅利用休息时间尽快掌握相关管理流程，还经常请教江夏区第一人民医院那边的赵燕燕护士长，力争成为一名合格的"领头羊"。安全重于一切，梅琼讲述，受命后她首先迅速评估组里每位队员的综合技能，将感控班交给拥有十几年工作经验的护士，清洁班则"根据成员身体情况灵活调整"。

逐渐成为队伍主心骨的梅琼，在前线当起了"老大"。梅琼回忆，上班时她听到最多的声音就是："组长，帮我一起打针，这个病人血管很难找""组长，帮我一起给病人翻个身吧""老大，有个爷爷拒绝吸氧，我们一起给他做做心理护理吧"……每一个班次，从第一间病房到最末一间病房，穿过长长走廊，厚重防护服在身的梅琼需要无数次来回奔忙。

令"梅老大"备感暖心的是，后来，一些队友实在心疼她，便劝其他队友"你们不要再喊组长了"，或者那边刚一喊，就有人主动替梅琼赶了过去。

与梅琼同处重症战壕，25岁的壮小伙子伏竟松也同样面临严重体能透支。2月初的武汉，天气寒冷，"白天还能有个10度左右"，夜里低至一两度，这对上夜班构成极大挑战，因为病区里是不能开空调的，而密不透风的防护服以及超负荷的忙碌，让医护人员身体内外经受着"冷热两重天"。伏竟松说，当时如果把防护服里面的衣服脱下挤，"肯定能挤出水来"——尹江涛也描述这种感受是"有如度夏"。

一次，结束又一场生死营救，"辎重"在身的伏竟松本能地瘫坐在病区里的一张凳子上，微闭双眼，倚墙小憩。这个令人心酸的场景被同事拍成照片后，在网上广为流传。伏竟松回忆，那是他上凌晨1点至5点的班，前一天"又来了好多好多病人"，左忙右忙，好不容易才得此空档喘口气。其实坐下来没多大一会儿，伏竟松就被迫又站了起来，"真的冷得受不了"，在原地跺脚打转暖身子。

到达武汉不久的尹江涛，或因水土不服，在即将上第三个夜班那天出现了腹泻，而这个夜班将比前两个夜班的6小时还要多2小时，不免令人担忧。焦虑之下，尹江涛除了提前禁食禁水，临上班前又吃了一包蒙脱石散止泻药，"庆幸的是，那一晚没出现什么意外"。

首批抵汉后，刚进入江夏区第一人民医院的赵燕燕，就受命担任护士人数最多的重症病区临时护士长，成为千里之外飞去的一只"领头雁"。张建国、王笠亦在此病区。

2月3日，病区里出现了第一例"临时决定"需要做CRRT（连续肾脏替代疗法）的病人，其时已是晚上。CRRT需由一名护士单独值守，而当时会操作这种机器的另两名护士都排了白班。紧迫时刻，刚刚上完一个白班的护士长赵燕燕主动留下来，顶缺又上了一个夜班。

从"镇江护士长"到"武汉护士长"，赵燕燕呈现的不仅仅是技术，更是率先垂范、身先士卒的态度。一天，一位75岁的气管插管患者血氧饱和度忽然一路下跌，低点降至82%，分析应为密闭式吸痰管不能有效吸出痰液，从而堵塞了呼吸道。这是处在物资最吃紧的早期阶段，三级防护用品尚未到位，危急关头，没有佩戴动力送风系统防护面罩的赵燕燕，冒着随时有可能暴露的风险迅速冲上去，对病人实施断开呼吸机，改为人工使用吸痰管经开放式气道吸痰。果不其然，吸出了一块约 4mm 的灰白色黏痰。抢险之后的病人缺氧状况立马好转，气道峰压下降，血氧饱和度升至 95%。

33 岁、被江大附院领导昵称为"隔壁小王"的王笠，却喜欢反过来自称"隔壁老王"，他微信上的个性签名为"每天演好一个情绪稳定的成年人"。的确，这位汶川大地震那年参加工作的"职场菜鸟"，历经 12 载岁月，已然锻炼为今天重症护理岗位上一位沉稳善战的"老司机"、危重症专科护士。"三干精神（会干、能干、肯干）"是他一直秉持的职业理念。

一个凌晨时分，正在驻地轮休的王笠，接到赵燕燕护士长打来的紧急电话：临时需要人顶 4 点钟的班次。王笠电话还没放下就已"一手掀开了被子"，因为这毕竟"不是拎包就走的事"，有很多准备工作要提前做，进红区前的穿戴还得近一小时，留给王笠的时间已不多。从酒店到医院，平时上下班步行也就十来分钟，王笠是一路小跑。

援鄂期间，王笠把自己称为赵燕燕护士长的"嫡系下属"，源于在江大附院里他就是赵燕燕同科室的下属。身为"先遣 6 勇士"中唯一的男护，临行前，科里同事曾反复叮嘱他"老赵就交给你了，你一定要把她照顾好"。王笠说，虽然大家当时是开玩笑的口吻，但"我心里却没把这话当作玩笑"。

王笠在前线"照顾"护士长最坚定的落实行动就是：哪里需要人手，他就出现在哪。无论什么时间，只要"老赵"一个电话、一声令下，他都第一时间就位。上述"紧急顶凌晨 4 点的班"，只是王笠援鄂岁月里整体作战状况的一个缩影，他在武汉的 52 天，可浓缩概括为数个"我来"：夜班人手不够，"我来"；给病人做俯卧位通气的力气活，"我来"；配合医生做气管插管或给病人做 CRRT，"我来"；甚至，夜班女战友一开始需要护送，"我来"。后来的统计表明：进入实战直至归来，王笠的 24 个在岗班次中，夜班占了 16 个。

这场战"疫"，于大多数援鄂医疗队员而言，都是职场上的开天辟地。太多史无前例的个人艰难体验，其实是大家的通感。

梅琼想吐又咽了回去，而纪寸草根据抖音里的推介"试过把呕吐物咽回去的感觉"之后，一次，猝不及防还是吐在了防护服里。

那天，下一个班次的队友已经出现在舱外，"差不多时间到点了"，有所不适的纪寸草与小谢打了个招呼便先撤，刚走到第一个缓冲间的门口就开始出现呕吐，"当时整个人蒙掉了，不知道该怎么办"。谢念叶闻讯冲过来，对手足无措的纪寸草命令道："从现在开始你不要动，不要动！"

随后，谢念叶帮纪寸草一层层剥下防护穿戴，现场没有纸、布，就用干净的口罩从脸上到身上一遍遍擦拭。回忆当时，纪寸草"难以想象那一刻小谢会是种什么感受"。出舱后，判断战友"可能是着了凉"的谢念叶，找来一只空矿泉水瓶子，倒进热水交给纪寸草先凑合着焐焐身子。

纪寸草后来把这次史无前例的经历发在了朋友圈，谢念叶看到后跟帖道："我不嫌弃你。"并配以两个很酷的表情。

刘利宁也曾真正大吐过一回，这一吐，"将近两天时间才缓解过来"。刘利宁讲述，在护理重症患者时，她眼睛都不敢离开某个设备太久，忽儿ECMO（俗称"人工肺"）、忽儿呼吸机、忽儿心电监护仪，目之所及频频切换；而舱内4小时，"时刻盯着各个仪器、各项指标"的张美玲亦说，"就怕一个转身，病人的病情就变化了。"

2月下旬，武汉有一阵子气温特别高，一天，在岗的冯丽萍闷得"整个人都快站不住了"——按照规定，医护人员如果出现身体严重不适是可以提前出去的，但冯丽萍选择的是通过"慢慢走、深呼吸"方式缓解了不适，坚守到最后。并且，冯丽萍总是"紧紧盯着"所有队友安全地脱掉防护服，才开始忙自己的，"脱防护服比穿防护服更重要得多，这个环节更容易发生感染"；而黄石大冶ICU里的肖花，那天刚上岗一小时就大汗淋漓，"差一点晕倒"，但她婉拒了战友让她出舱休息的好意，只"稍稍缓了一会儿"，就又投入到工作中。

有那么一批队员，他们本来就戴着近视眼镜，上岗之后便"镜上加镜"，阳韬和季冬梅是其中的二人。阳韬说，每次在舱内看记录本"都要高高举起来"；季冬梅则在刚戴上护目镜，"有一段时间镜面起雾"的时间里，也不让自己闲着，整理病房、分发早饭，等镜片上的雾气消了，就马不停蹄地着手做技术上的"精密活",后来慢慢适应了在"双层镜片"下核对医嘱和各种治疗单。

一天,进舱后的交接班中,孙玮被提示需要重点特护一位74岁的男性危重症患者,其患有糖尿病、冠心病、高血压等多种基础病。走到这位病人床前,孙玮试图与他做些简单交流时,却发现急促喘息、表情痛苦的老爷子显得烦躁不安,挣扎着不停地想掀被子。他这么难受,何以还要掀被子?孙玮立马产生警觉。

当孙玮轻轻翻动病人,解开其尿不湿一看:原本,他在床上大便了。老爷子本能地用手挡了一下,孙玮明白,这是他不好意思,怕弄脏了自己。

孙玮坦言,虽然自己从事护理工作已十多年,但一直是在普通病房里,清理大便这种事还是第一次做。特殊时刻的战场上,孙玮没有丝毫犹豫,着手就给病人展开了一系列处理:擦拭后再用热水彻底清理干净,然后涂上护臀膏,换上干净的尿不湿。在此过程中,孙玮频频凑到老爷子耳边言语安慰:"没关系的,您就当我是自家人,弄干净后就舒服了,您要听话哟……"老爷子微微点头,很"听话"地配合着。

这情形,徐鲜也遇到过一次,是位80岁的老婆婆。那天徐鲜刚走进病房,老婆婆就急急地对她摇手:"姑娘,快出去,别靠近我!"脸上随之露出尴尬神情。

徐鲜顿觉奇怪,平日里"婆婆见到我很开心,都要拉着我的手说会儿话",今天这是怎么了?徐鲜凑近,掀开被子一查看:原来是婆婆便床了。被发现后,她支支吾吾道:"姑娘,你……你快走开吧……"

为化解婆婆的尴尬,徐鲜笑着回答:"婆婆您别不好意思,谁没有个三急呢!我小时候也经常尿裤子呢!您这么大年纪,不也是孩子吗?没什么的,在这里我就是您的孙女,我来帮您。"婆婆瞬间放松开来,连声"谢谢,谢谢"。

秦谊梅照料的一位81岁老太太,因严重便秘,那天长时间出现大便障碍。在使用开塞露效果仍不佳之后,秦谊梅用浸湿的棉签,一点点帮老人处理完问题。

从镇江出发前,孙玮的女儿曾以一幅绘画作品表达自己心中"女战士"的妈妈形象。其实,每一位在湖北战地与妈妈并肩"射杀新冠病毒"的叔叔阿姨,乃至像凌蓉、汤倩这些她可以喊"大姐姐"的"90末"队员们,都是不屈不挠的战士。

武汉期间每逢值夜班，凌蓉为了确保起床，都会设置多个闹钟，"一般至少3个"；而冯丽萍在2月27日这天的战地日记中写道："武汉的温度下降了很多，日夜颠倒的节奏让生物钟已经严重打乱，每天夜里一点多就醒了，然后就很难入睡。"

当天，冯丽萍是早上5点至9点的班，"3点起床，夜还没有醒，外面正灰蒙蒙下着一场细雨"，冯丽萍及队友们赶着雨的凉意到达医院，尽管由于降温，"今天穿上防护服明显比昨天感觉好些"，但时间久了仍然透不过气来。这时天没亮，冯丽萍迅速把各处垃圾收了，把护士站、治疗室、脱防护服的房间都打扫消毒一遍，不知不觉已两个小时过去，快7点了，冯丽萍便与队友们一起去给病人分发早餐。

武汉的冯丽萍并不每天写日记，黄石大冶的李维亚写得更少——总共就写了5篇，其中"日记4"记录了李维亚参与一场持续一个半小时的生死营救。当病人生命体征趋于稳定，各个医嘱已经执行下去之后，李维亚不由就近靠到墙上缓了半分钟左右，这时，一滴汗滴到脖子上，她才"恍然惊觉，身上已经湿透了，一直到脚踝"。而与李维亚有过太多次相似经历的戚文洁，一天深夜下班后在微信上发出一条朋友圈，内容只有四个字：汗如雨下。

汗如雨下之后，是湿了干、干了湿。有关夜班上这种冷热交替的复杂处境，张峰说，每次上班前到底是穿多些还是穿少些，他会"十分纠结和尴尬"。

冯丽萍讲述，戴着N95口罩、裹得严严实实的状况下，有时憋得实在喘不过气来，她就会走到靠近氧气筒的地方——因为那儿空气含氧量相对高些。有所缓解后，再继续工作。

胡振奎说，每次将患者从鬼门关拉回来后，"大家都会长呼一口气"。虽然此时与患者之间无法进行沟通，但胡振奎认为，如释重负地"长呼一口气"，其实是一种不需要语言的"无声交流"。

而来自冷惠阳微信朋友圈的一番真情告白，更有助于局外人体味什么叫"努力到无能为力，拼搏到感动自己"："当牙龈肿痛、满嘴溃疡、全身过敏仍坚守岗位时；当痰液喷溅到防护面屏上时；当下班时发现防护服破裂时……我发现我真的为武汉拼过命。"接过冷惠阳的话，赵燕燕以切身同感跟帖："除了溃疡、过敏，你的感受，我通通都有过！"

有一种表达方式是"数说"鏖战：前线一个多月里，刘竞的手机上多出了18个微信工作群；张菲菲说，"我和娟"给2号舱D区的95名患者仅仅测一遍体温，就要消耗两三个小时，"这是我们在（镇江丹阳）自己科室时想都不敢想的"。

"娟"是张菲菲对赵娟的爱称。与纪寸草、谢念叶这对"姐妹花模式"完全一样，方舱医院的战斗岁月里，这对来自丹阳同一家医院的闺蜜也自始至终固定搭班。2月26日下午，张菲菲发出一条朋友圈，文案长达400余字："不知道是几月几号，也不知道是星期几，只记得上班的日子，昨天和娟是小夜班，之前没仔细看排班表，进了舱才知道自己是这个时间段的护理组长……"

这是张菲菲第一次担任"时段"护理组长，职责所系，意味着她不仅要管好自己的D区病人，还要接手处置整个2号舱随时出现的一些棘手护理问题，这让张菲菲顿时心感不安。更不巧的是，刚交接完班，赵娟就被安排带着30名患者去协和西院做CT去了，只剩下张菲菲一人独自守阵。

所幸，就在张菲菲一边忙着事务、一边"脑子里已经开始有些乱"的关键时刻，"娟"返回了。这让张菲菲欢喜不已。"身边有个练剑的战友多么幸运。"她在微信上这样写道。"练剑"，丹阳方言里就是做事比较利索的意思，张菲菲大赞赵娟"不愧为练剑王"。

也是丹阳派出的队员谭寅巍，何尝不是另种意义上的"练剑王"，只不过谭寅巍这特定的做事利索，是经历了"新手上路"、历险而进的一个短暂成长过程。

江苏队管辖的武汉体育中心方舱医院2号舱开舱10天之后，临床医生谭寅巍接到转岗通知：被安排增援咽拭子采集组。他是镇江9名医生中，唯一进入咽拭子采集组的。"在老家医院时，采样都是由感染科、检验科承担。"作为呼吸科医生的谭寅巍，之前工作中并没有操作过这项技能，来自江苏省人民医院的专家给谭寅巍和队友们临时进行了"恶补"培训。

当患者摘下口罩、张开嘴那一刻，更大风险就近在眼前，所以，"除了技术，专家还给我们进行了必要的心理疏导"。谭寅巍讲述，刚开始操作采样时，屏住呼吸，多多少少感到有些紧张，额头上会渗出汗来，"后来就逐渐淡定，看清位置，出手快准狠，基本一击命中。"

不过，谭寅巍把自己能"一击命中"的"练剑"，部分归功于患者的配合度，"方舱里的病人既往都是做过核酸检测的，有一定应对经验。"2号舱在整个战斗期间，谭寅巍所在的采样组共采集咽拭子样本1290份，相当于平均为每位患者至少采集了2次。

谭寅巍在武汉"一击命中"的时候，陈慧丹在黄石一针"刺"开了患者心结。

陈慧丹讲述，在黄石中医院ICU面对的都是重症患者。"很少能碰上'清醒'的患者，更别说和患者有更多交流了。"那天，陈慧丹的班上出现一位56岁男患者，病情并不算太重，应该是能沟通的，"可他一直很忧郁，也不说话，就看着天花板发呆"。

过了一会儿，这位患者说留置针有点疼，想更换一个。戴着护目镜和3层橡胶手套，如此条件下原本寻常的静脉穿刺变得十分困难，陈慧丹当时却"一针见血"地穿刺成功。顿时，患者的心情也神奇般跟着好了起来，打开话匣主动与陈慧丹拉起了家常。

交谈中陈慧丹得知，对方是家里顶梁柱，既担心自己的病情，也担心着家里人的安危。"我就慢慢开导他、安慰他，劝他坚定信心，争取早日康复回家。"陈慧丹说，那天中午临近下班时，这位患者忽然关切地向她询问："还没吃午饭吧？"然后又追了一句，"明天你还来上班吗？"

比谭寅巍转岗还要早几天，身为重症医学科副主任医师的孙文，于2月19日就接到了转岗指令：编入2号舱的4人信息组，由他任组长。信息组的任务是负责筛查确定需要进行核酸检测及CT复查的病人名单。

当逐渐出现治愈出院的病人，信息组的作用高度凸显，关乎着整个方舱医院床位的周转运行。孙文介绍，病人办理出院手续需要同时具备的两大凭证——"两次核酸检测阴性"及"CT复查正常"，就是由信息组开具的。

资源尚紧张的早期阶段，整个2号舱近600位病人，每天分到的核酸检测试剂盒只有40多份，如何把有限资源用在刀刃上、让效率最大化，是孙文他们工作中需要把握的关键。通过综合研判，既要精准地锁定目标人群，还要在6个区的名额分配中兼顾公平；既要留意刚刚做过检测的病人短时间内不必重复做，又不能漏了该做的病人。孙文通俗地解释："明知检测下来肯定不会转阴的病人，那就没有必要浪费试剂；而已经具备出院条件的病人，也不能长时间耽搁。"

随着出院势头越来越猛，核酸检测名额扩展到最多时一天要筛查150位病人，与之同时，CT复查名额最多时也扩为每天120人。最多的一天，由信息组开具的"可出院"病人名单达113人。由于每天需要处理海量而极其重要的数据，从2月26日起，孙文所在的信息组成员取消了轮休，直至最后休舱。

仓促而建的方舱医院，最初是使用纸质病历，弊端逐渐显现：不利于信息梳理与保存，也存在接触风险。在护理队伍由来自镇江、泰州两地共13家医院的人员混编磨合，而苏鄂两地系统技术又存在差异性等不利条件下，根据上级统一部署，身兼护理文件组组长的蔡建带领团队，只用数天，就完成向电子化病历的转型。此间，一人对照核报、一人敲键录入，经手的数据同样极为惊人。电子病历大大提高了工作效率，更重要的是具有可追溯性和满足传染病管理的隔离要求。

医生队伍，田英等4名医生这天从下午5点至次日凌晨近1点，连续奋战7个多小时，终于将120份纸质病历转换成电子病历！田英讲述，由于纸质病历是在舱内，舱外的医生无法直接翻阅，必须由里面的同事一张张拍成照片传出来，画面不甚清晰，为确保所有信息和数据零差错，大家慎之又慎、心比针细，大功告成之时，早已"双眼干涩、颈脖僵硬"。

《现代快报》的战地记者在黄石采访时，曾给刚刚卸去重装的陈慧丹拍了一张脸部特写照片：鼻梁及双颊布满深深勒痕。这张照片在新媒体推出时，取名为"痕美"。

"我受过的伤，都是我的勋章。"护目镜长时间挤压，让每一位走出红区的队员都会留下这样的"痕美"。天长日久的反复挤压，不少人员甚至出现了血泡、压疮。

2月25日这天，武汉最高气温21℃，而方舱内的温度远高于此。当天，由于3M口罩让上班中的张晶晶戴着"老觉得有漏气",于是她就把金属鼻夹压紧了一点,加压不久,鼻子开始流血,"好长时间也没止住"。就靠在鼻子里持续塞着一个棉球,张晶晶挺到交班时刻。

鏖战"疫"线,既自我亲历,也见证战友。2月16日,纪寸草下班途中在朋友圈晒出一张战友的局部鼻梁照片,显示此处压疮已经开始发炎化脓,"……每一天我都被身边的人和事感动着"。

照片上鼻梁处压疮化脓的人,正是镇江援鄂队员、丹阳市人民医院神经内科副主任医师徐树平。坐在身旁的"小谢"看到这条朋友圈后,对纪寸草笑道:"你这不仅仅是感动,还应该是感同身受吧!"纪寸草不由摸了摸自己耳朵上也被N95磨出的血泡,"感同身受,才更加感慨"。

陈良莹是援派在黄石矿务局职工医院的唯一镇江护士。一天,"一个小姑娘找到我求助",对方张开手的那一刻,陈良莹瞬时惊呆了:一根手指"肿得好大,在淌那种黄水",根部已经形成溃烂,小姑娘不停地用餐巾纸擦着这根"已无法伸直"的手指。这是医院本单位的一名护士,陈良莹心疼地回忆,"扎着个小辫子,年龄顶多二十多,肯定是个'90后'"。

"看着孩子无助的眼神",陈良莹迅速帮她调整护理方案。非常时期,相关物资一时难求,所幸陈良莹从镇江带去前线的物品里就有伤口护理材料。"生怕第二天忘记带上",当晚,陈良莹提前将敷料放在最醒目的地方。后来,这位小姑娘被"强迫休息"。

多重因素制约下,院内交叉感染导致医务人员频频"中招",队伍战斗力无谓受损,是早期临床抗疫阵地上普遍存在的一大硬伤。

后来的势头更加严峻。相隔20天后,由国家卫健委发布的全局数字显示:截至2月11日24时,全国仅"确诊"的医务人员感染就达1716例,其中湖北为1502例,占比逾87%。湖北的医务人员"确诊"中,武汉为1102例,在全省占比逾73%。两项占比大体呼应2月份时段新冠肺炎确诊总量在全国的分布格局:湖北省长时间占全国确诊量的80%以上;而武汉市的确诊量,长时间占湖北全省的七成以上(数据来自《人民日报》)。

临床救治十万火急，而院感防控刻不容缓。红区就是战场，凶如弹飞的病毒不认"一腔热血"。力求"杀敌而不自损"的感控，成为一道必须前置而且必须严苛的战术"防火墙"。

一张拍摄于1月25日、江大附院为"先遣6勇士"壮行的图片上，后排12位参与送行的医院工作人员中，最右边唯一身穿白大褂者，便是后来于2月20日"蹭机"出征黄石的邢虎。身为江大附院院感染管理科科长，邢虎在自己医院历次派出队员的关口上，都是不可或缺的关键人物之一，直至他自己也出征前线。

由邢虎等3名感控专家组成的第二批江苏驰援黄石感控组抵达之前，2月11日的首发大部队里，第一批感控专家只有一人。邢虎描述，当2月20日两批感控组会师之时，他所见到的战友是"蓬头垢面"。其时，无法分身的这位战友在黄石仅仅全力守护着一家医院，9天时间"就干成这个样子"，足见劳动强度之大。经指挥部紧急申请、协调，"先遣1人，增援3人"的数字结构，足以说明感控这个环节在当时形势下日益凸显的迫切性、艰巨性与重要性。

黄石的医院有太多家，还有太多隔离点等场所也亟待感控的介入与支撑。"他们救治病人，我们保护他们"，邢虎所在感控组作为一支流动的特殊战斗队伍，以最短的时间马不停蹄地跑遍黄石全境的90多家各级各类医疗机构和医学观察点等场所，其中，邢虎本人跑过的点"估计30家肯定是有的"。

最终，江苏援鄂作战的"黄石兵团"共362名医务人员，实现"零感染"的预定目标，感控组当功不可没。

22 生死"肉搏"

时间倒回至1月下旬的武汉，医疗援鄂大幕初启。第一批江苏队抵汉后，江夏区第一人医院里，镇江"先遣6勇士"一半分配在重症病区、一半是在轻症病区。因工作需要，尽管身为重症医学科资深主治医师，孙志伟的岗位是在轻症病区。

床位极度紧张以及病情瞬息万变等多因下，梯度架构的"重症病区"与"轻症病区",当时实际上很难做得到严格的泾渭分明:"重症"诚然为重,"轻症"并不轻的情况,客观存在。

这天上午,孙志伟正在查房,险情瞬间发生:一位新冠肺炎合并糖尿病的患者出现了酮症酸中毒,血压骤降,陷入昏迷,呼吸、循环均呈恶化倾向。旨在补液的紧急抢救措施中,护理打针已经完全找不到血管——"血管都瘪了",静脉通路一时无法打开。

生死一线间!孙志伟果敢决断:我来做床边CVC(锁骨下静脉穿刺)置管术!这项操作在平时的重症医学科是司空见惯的,孙志伟本人已做过"不下六七百例",但特定情势下的此刻,非比寻常:笨重的双层防护服、憋闷的N95口罩、视觉受碍的"双镜"(眼镜、护目镜)叠加以及戴着三层乳胶手套,且不借助超声引导,操作难度"翻了几倍"。打下手的护士张艳红,当时也明显看在眼里,"老孙顶着巨大压力"。

最终,置管术取得近乎完美的成功,迅速为病人后续治疗打开了一扇"生命之门",赢得在场当地医护人员的一致称赞,也相当于给团队上了一堂惊心动魄的实操培训。此刻人在重症病区那边的队长张建国闻讯后,对战友孙志伟给予这样的评价:是金子,在哪儿都发光。

回忆自己从业以来还是头一回的这场"云里雾里的盲战",孙志伟坦言,当时"不可能有百分百的成功把握","手感已经全没了",只能靠技术积累、解剖基本功,以及"靠强大的心理"。

也在江夏人医的同一个病区,另一场生死营救发生于投入战斗不久、张艳红与季冬梅搭班的2月5日中午。"当时我们正在治疗室准备用物,就听到外面一阵喧闹。"张艳红回忆,出去一了解,原来是一位"已经在家等床等了好久"的病人,70岁左右,由两位家属陪同过来,称当天"医院回复有床位了"。

由于家属一时拿不出住院证,张艳红就安排病人先坐到一张椅子上休息,并通知医生前来处置,然后回到治疗室继续忙。仅仅隔了几分钟,外面就传来家属的大声呼救:病人不行了,快救人!张艳红、季冬梅以及南医大的另一名江苏护士一起迅速冲了出去,此时病人已经从椅子上滑落在地,只见呼吸微弱、面部紫绀、口吐白色分泌物。

在医生到达之前，张艳红等人立即联手先行施救，面对极其衰微的末梢循环，好不容易打开了静脉通路，简易呼吸球囊、心电监护全部用上，病人的情况还是越来越糟，心率持续下降，直至出现心跳骤停。几位护士一边以肾上腺素静推，一边实施心肺复苏，一下、两下、三下……大家轮换按压，病人终于被拉了回头。

重症和危重症患者身上，生死之战的警报更是随时都会拉响。

李维亚这天是中午12点至下午4点的班次，原本只负责病区"右边"——病区被一分为二：左半边是危重症患者，右半边是"相对轻一点"的重症患者。

接班不久，李维亚正在病房里派发午餐，逐个叮嘱病人"多吃一点啊"，这时，组长急匆匆赶了过来："李维亚，左边有个病人血氧直掉，马上就要做气管插管，你是干ICU的，赶紧过去！这边我另外调人过来！""好的，我这就过去！"

病情就是命令，时间就是生命。李维亚快步穿过走廊，进入病房，来到这个患者面前，麻醉科医生已经到位，"我赶紧连接上呼吸机管路，质检通过，调好模式，设好参数"，推注丙泊酚，微泵泵入咪达唑仑、瑞芬……持续一个半小时的抢救中，医嘱指令密集下达：

"病人的血压在下降，赶紧上去甲肾！"

"约束具用起来！"

"瑞芬的速度调成3！"

"准备抽血气！"

"密闭式吸痰！"

"记录24小时出入量！"

"胃肠管直接下到90cm，今天先别打食，先胃肠减压，明天确定有胃液了再喂！"

李维亚与护理队友们有人记录，有人执行，紧张而有序地完成各项操作，病人的生命体征终于慢慢稳定下来。李维亚回忆，那一刻自己内心"有种燃烧的感觉"，参与抢救的团队中，无论镇江的护士、常州的护士，还是黄石大冶当地的护士,就在几天前大家还互不相识,危急关头却协作得如此紧密稳妥,因为大家是"为了一个共同的目标"。

ECMO,被称为新冠患者的"最后一根救命稻草"。黄石市第一例上ECMO的紧急抢救,就操作于大冶市人民医院,那天,蒋亚根主动请缨参战。

这是2月27日晚9点多钟。蒋亚根讲述,时病区23床患者病情急转直下,出现多脏器功能衰竭,生命悬危。经江苏援黄石医疗队专家、东南大学附属中大医院副院长黄英姿教授等人及时会诊,判定该患者已符合动用ECMO这一"最高级别"的抢救措施。医院迅速在护理群里发出紧急询问:谁有过参战经验?

对很多医护人员而言,这种高大上的ECMO设备还处在"传说中",此前见都没见过,更不用说参与实战。而蒋亚根所在的丹阳市人民医院重症医学科,此前曾从省城请来中大医院专家做过两例,这使他"在一定程度上"有所体验。蒋亚根毫不犹豫地报了名。

随即,蒋亚根第一时间赶到病房备战,先进行整理消毒,再对照要求腾出尽可能大的空间,以方便各项操作。直至次日凌晨时分,黄英姿教授率领的ECMO团队抵达,大家紧锣密鼓地各司其职、精准施救,手术取得了成功。这位起死回生的58岁患者,术后即被转往条件更好的黄石市中心医院ICU,接受进一步治疗。

23 "侦察兵"·"试管接力"·"防控图"

应对新冠疫情这种传染性极强的突发公共卫生事件,早发现、早干预是源头制胜关键。快速而精准、旨在切断传播链的流行病学调查,成为"同时间赛跑,与病魔较量"的最贴切写照,也是机构名称"疾控"之本意所在。疫情如"水龙头发生严重漏水",若是把打歼灭战的临床救治比喻成"擦掉污迹",追根溯源的疾控流调则是力求"关闭水龙头"。

流调队伍被誉为防控阻击战线上的"侦察兵",援鄂医疗队员刘宇便是这支队伍中的一员。2月17日夜9点30分抵达黄石、入住妥当后,刘宇和同一批由江苏省疾控中心派出的5名队员,连夜赶到黄石市疾控中心,从速了解当地防控形势。

第二天就是一个满负荷的开局之战。一天之中，刘宇边穿插开了5个会议，边参与完成对3个集中隔离点的消杀，并现场指导当地社区居家隔离。从第三天起，刘宇受命下沉到黄石市的下陆区。该市主城区的4个行政区均无疾控机构，便由市疾控中心向各区派驻一个相当于临时肩负起"区疾控中心"职能的流调组，成员构成"4+1+1"：4名当地疾控人员、1名援鄂队员、1名公安干警。

一组数据可供具体了解刘宇在黄石前线披挂41天的"侦察兵"经历中最核心的战斗内容：其所在下陆区流调组累计完成了58名确诊、疑似或无症状感染者的流调——与此关联，追踪到密切接触者494名；赴2家定点医院、3家集中隔离点和辖区5个街道，指导完成对201名不明原因发热病人的流调——与此关联，追踪到密切接触者543名。

流调的程式并不复杂，就是与患者或相关当事人展开一问一答式的对话，以描述和还原清晰的病毒传播路径。而相当多的时候，要想顺利完成这种非同寻常的"对话"，并不那么容易，你问得再准、越是想切中要害，却无法收获"有问必答"。因此，"斗智"成为流调工作重要的技术含量。

刘宇介绍，做流行病学调查所面对的都是无辜被病毒感染的人。所以，要有足够耐心，虽陌生初识，却要像对待自己的亲朋好友一样。问话内容千万不能冷冰冰、硬生生，"那样是问不出什么东西的"。

令刘宇印象深刻并收获极大"成就感"的一例前线流调，是位女性确诊患者，农村居民，住在黄石市第五人民医院里。一开始，对方情绪"严重不稳定"，极不配合，面对久攻不下之境，"后来我就跟她唠家常，我说我是江苏来的，我有个大学同学就是你们黄石大冶人……"渐渐地，对方打开了心结，从她身上流调组最终成功挖掘到4名密切接触者线索——其中一名很快便宣告确诊。这例流调耗时超过3个小时，"其中起码一个多小时，就是与她唠家常。"刘宇回忆。

作为援派在武汉经济技术开发区（汉南区）疾控中心的一名检验人员，年轻女战士杜萌的任务，是每天前往包括重症病房在内的各相关场所，采集咽拭子样本，选择空旷地带对所有样本进行物表消毒，再逐一核对姓名和编号。"每一份样本都对应着一个鲜活的生命，绝不能出一点差错。"一只只小小试管，在杜萌指间无不显得"沉甸甸"。

抵汉之前，"90后"杜萌身上就已有三个"最"：她是镇江77名援鄂医疗队员中，工龄最短的——2019年硕士毕业后进入镇江市疾控中心，参加工作仅大半年时间；前述，她是镇江派出的最后一位队员；28岁的她，在同批"江苏公共卫生三队"中不仅是唯一女队员，也是年龄最小的。

后来的战地岁月，亦可用三个"最"来提纲挈领式概括杜萌的工作经历：最多的一天，穿脱防护服8个来回；最忙的一天，与团队共采集了2753份检测样本；最危险的时刻，每天都是——因为每天都要面对可能有病毒呼出的开放气道。

"块头不大，胆子却很大。"这是队长周连战斗期间对杜萌留下的深刻印象，进入红区后"她一点不怯场"，动作要领始终保持不变形。那次，根据上级调度跨区域作业，周连携杜萌进入金银潭医院重症病区，进行了100多份的"无死角"采样，脱防护服出舱时，"她竟然还对我说'你先撤，我断后'"。

早在出征援鄂前一个多月时间里，被家中4岁小侄女经常指认"你身上有病毒"的杜萌，在镇江本土奋战防控一线期间，尚能"每两天轮休一天"，到达武汉后，她和队友们就再也没休息过一天。每天收集好所有待检样本之时，"基本就到晚上了"，然后得迅速将样本护送至检测机构。

下班回到住地的杜萌，仍不能开启"休息模式"，因为她还另兼重要"文字任务"——需及时汇总来自检测、消杀、流调等3个组的当天工作内容，形成书面的工作日志和工作简报各一份，上报指挥部。等到所有事情忙完，差不多都已是午夜时分。回首那段日子，杜萌最突出的感受就是"每天都缺（睡）觉"。

时间宝贵、分秒必争。无论在武汉还是在黄石，无论湖北还是全国，公共卫生战线上，那些"承载着鲜活生命"的试管，在"杜萌们"手上停留不会太长时间就会进入实验室，交由下一棒"丁咏霞们"接力——丁咏霞及团队战友们不是离病人最近的人，却离病毒最近。

前线始战之时，孙国付说自己"来不及紧张"，冯丽萍和肖花说"后来就忘却了恐惧"，而抛下家中三个孩子、同样奋战在千里之外的丁咏霞，则"没有时间感受孤单",每天除了工作,"其余时间只想赶紧休息,保证体力"。

在相当于"军火库"重地的PCR实验室里,与病毒"近身"较量的核酸检测,是个复杂繁琐、需要胆大心细的操作。丁咏霞讲述,其中的核酸提取环节是最关键,也是最危险的一步,开盖、加样、裂解、上机……"开盖如果用力过猛,就相当于有个病人在你面前咳嗽一次"。

特定时期、特殊使命。"火中取栗"般获得的实验室数据,决定着每个病人或相关当事人的悲欢与去向,所以须慎之又慎。"我们每次都是经多人核对无误之后,才会上报检测结果。"丁咏霞介绍,如果某一份标本显示阳性或者疑似,他们就要更换试剂再行复检——整个流程又将重走一遍。

战斗到第18天的丁咏霞,在日记中写道:"今天（2月18日）白天,我们已经检测了两批样本共234份,原本以为今天的工作可能会早点结束,但下午4点多又接到通知,还有一批医院样本马上送过来……"

随时有始料不及的样本送达已是一种常态,但日记中所记2月18日这天后来送达的"又一批"样本,可不是个小数字,基于"每天样本必须清零"的工作制度,丁咏霞及队友当天的总检测量达到了362份——创开战以来新高。然而,这一"新高"纪录只维持短短5天时间,就被2月22日奇迹般的431份再次刷新——这也创下全国17支援鄂省级应急检验队的单日检测量最高纪录!

如同方舱里的张菲菲不敢想象一个班次"仅仅给病人测一遍体温,就要消耗两三个小时",丁咏霞后来在当天日记中由衷感慨:"有时候,人的潜力真是无穷的,这次在黄石经历的很多挑战,是我们之前想都不敢想的,但我们却做到了……"事实上,这份感慨又是"通感"之一:包括丁咏霞,每一位援鄂医疗队员在前线都无异于经历了一回职场及人生的"挑战不可能"。

进入2月下旬后,丁咏霞及团队长时间持续面对每天数百份的检测量。2月24日这天傍晚,工作还没结束,在已经完成300多份之后,忽然发现核酸提取仪的套管用光了,工作被迫中止。但"24小时样本清零"的制度绝不能打折,最后大家一致决定:把原本当晚的夜班,改到明天上午上班之前的早晨6点补工。

在体力付出的高强度劳动中,还要时刻保持高度凝神,都不怎么敢喝水,

"早上倒的一杯,到晚上还有大半杯"。每天午饭后,就在疾控中心办公室的沙发上简单靠一靠;每天夜里,下班回到酒店的丁咏霞都会"累得往床上一瘫"。

联防联控是一场纵横交错、点面结合、层层推进的"立体战"。与临床救治"同一战线、不同阵地"的,除疾控流调、检测、消杀,还有栾立敏他们。作为中央指导组防控组驻武汉社区防控小分队的专家组成员,"栾立敏们"的主要任务是分头下沉到面广量大的基层社区和农村,开展疫情排查,采集信息、反馈问题、提出建议。

栾立敏参与防控的武汉市蔡甸区,既是火神山医院所在地,也是冯丽萍等人所属"江苏三队"最初战斗的中法新城院区所在地,其驻地与中法新城院区仅隔一条马路。互不相识、也从未照面的他们,"彼主内,此主外",在同一地界上共同汇聚起援鄂的"江苏力量""镇江力量"。

武汉战斗52天里,从没休息过一天的栾立敏,用不着记"今天是星期几",他只记得一共出过13次太阳,其余都是阴天、雨天、雪天或多云,而每天的工作安排都提前计划好的,天气再恶劣,也得风雨无阻。

2月15日那天一大早,栾立敏出门时雪还下得很小,9点多钟开始大风呼啸,雪花也变成了雪珠子,"打在脸上刺疼"。当天,栾立敏等人的计划是需要实地查察永安街道所辖1所大型养老机构、1家卫生院和4个社区(村)的疫情防控。在扑面袭来的风雪中,徒步向距离很远的老湾村挺进时,"当地联络员劝我们能否暂停工作休息一天",栾立敏婉拒了。

哪个社区(村)疑似患者较多或新增了确诊患者、哪里出现了聚集性疫情等重要动向,防控小分队就会及时赶往哪里。栾立敏说,只有把基层的痛点、堵点、薄弱点从细从实找出来,加以解决,才能有效支撑战"疫"全局。

栾立敏把参与"武汉大排查"的那段日子称为"激情岁月":他和战友每天早出晚归,中午走到哪就在哪吃饭,有什么就吃什么,吃完就开战,他们跑遍了蔡甸区所有的11个街办、所有的51个社区和127个千以上人口的村——覆盖蔡甸区总人口75%以上。先后督查指导了12家卫生院、5个发热患者留观点、14家密接隔离点、9家康复驿站及15家养老机构、2家精神中心、2所监狱、1所强制戒毒所、1所看守所等特殊机构。栾立敏及战友硬是用自己的脚印，在武汉市蔡甸区千余平方公里城乡大地上，踏出了一张信息精准可靠的"全域防控图"。

在此期间，栾立敏所在工作组共向当地指挥部集中反馈报告5次，提出整改要求和措施建议20条，指挥部均以文件、调度会等形式向全区通报落实。

3月4日，栾立敏还在武汉战斗之时，以13支区队伍整体汇成的中央指导组防控组驻武汉市社区防控小分队，荣获"全国卫生健康系统新冠肺炎疫情防控工作先进集体"称号；栾立敏回到镇江9天之后，3月26日，蔡甸区率先被宣布为武汉市第一批5个"疫情低风险"区域；又相隔十余天，国家卫健委基层司以专函给江苏省卫健委发来一封"感谢信"，点名对"勤勉工作、勇于担当、忘我付出"的栾立敏等4位江苏派出的社区卫生专家表达"诚挚的谢意"；再后来，栾立敏于2020年10月被授予"镇江市人民奖章"荣誉称号。

24　险象环生

援鄂医疗队员这一"逆行者"群体，勇敢的精神实质并无深文大义，简而言之就一句大白话：他们向险而进，乃至冒死上阵。如果换成稍带文采的表达便是：他们用生命抢救生命、用生命守护生命。

任何对哪怕影视桥段式"枪林弹雨"的相关画面摹想，也许都有助于不曾亲历的人们，透彻领会"谢谢你为湖北拼过命"这句当地百姓胜过千言万语的质朴告白。

纵被赞为英雄，实乃凡人之躯。上前线后，凌蓉被人问怕不怕，"怕！这是肯定的。"凌蓉讲述，刚到武汉那几天，上完班一觉睡醒，"发现自己还平安着"便感到无比幸运。值得欣慰的是，她的幸运一直持续到71天后回家与亲人团聚——其中包括不是亲人、胜似亲人的"二宝"。

凌蓉的幸运，也是全体援鄂医疗队员共同的幸运。但是，这一并不必然的"零院感"结局，却不足以用来倒推过程。置身前线，深入红区，所有再严苛的感控，都止于"力所能及"。"我们"一定能打赢这场战"疫"，只是基于战略面判断，基于整体面建立起的强大集体信心，这与具体战斗中付出个体代价是两个概念。

战场上既有漫天呼啸的枪林弹雨，更兼防不胜防的流弹横飞：当病人的痰液冷不丁喷溅到防护面屏上、当一次次发现自己的防护服出现破裂……根本无法确定"我"有没有成为那样的"个体"，唯一选择就是继续战斗。78个日夜里，有太多这样的惊动心魄时刻。

刘竞他们这支庞大的江苏队伍即将进驻武汉体育中心方舱医院前夕，考察阵地时，先期抵达、已在武汉战斗了一段时间的国家紧急救援队一位江苏专家，以玩笑口吻警示大家：再忙、再累，也绝不能放松防护上的警惕性！否则，万一你感染了、挂掉了，回江苏的只能是你的骨灰！这个不免有些惊悚的"玩笑"，没能让一个人笑起来，听完"全场都安静了"。

方舱医院虽然收治的都是轻症，但其最大风险就在于，那么一个相对封闭的空间内同时集结着近600名确诊患者。刘竞说，当病人因为情绪焦虑长时间紧紧抓住自己的胳膊，当每天自我监测体温"发现偏高"时，内心都会经受煎熬。

冷惠阳在镇江接到出发通知后，曾连夜打电话给已经在武汉重症病区作战的赵燕燕护士长，请教该带哪些东西。时过境迁，已无被误读之虑，可以揭秘的是，赵燕燕当时据实而言、非常直白的回答，与上述江苏专家的"玩笑"差不多惊悚："你如果不带N95口罩过来，就是来送死！"

2月底的一天下午，阳韬开始感觉自己"胸背部疼痛，且活动后明显加重"，身为医生，他给出的疼痛评分是"2/10分"。这是在如临大敌的疫区，任何风吹草动都不容马虎，阳韬顿时感到有些害怕起来，脑子里迅速掠过一长串的诊断，其中之一便是"新冠肺炎"。当然，异况后来得到了排除，主要的致疼原因还是过于劳累。

朱玮晔说，尽管培训的时候老师一再强调，要尽可能与患者保持安全距离，但病房实际工作中，面对不少患者表达能力存在障碍的情形，为更清楚了解他们的需求，就只能一遍遍地近距离反复问，甚至"将耳朵凑到患者面前"。

"力所能及"的感控措施，是重要御敌屏障，这个过程中，必须把"能及"做到"极致"。被任命为"江苏三队"H护理小组"感控老师"的秦娇，用"有幸"一词表达自己重任在肩的感受。"跟病人接触是避免不了的，最怕就是感控做不好。"恪尽职守的秦娇，每次出入红区都是"双最后"：协助战友们穿脱防护装备，把好每一道关，确保无误后才放心地"最后一个进、最后一个出"。

使用密闭式吸痰管的病人，正常情况下痰液不会外溢，但那天病人由于发生呛咳，导致接管断开，痰液一下子就喷溅到了冷惠阳的防护面屏上——这只是冷惠阳的红区历险之一，仅发现防护服破裂，她就遭遇过两次，当然其中一次是有惊无险。

第一次，是冷惠阳在已经下班出舱脱防护服的时候，才发现拉链胶口处存在破裂，其时，"如果发生，已经发生"，冷惠阳只能自我宽慰：呼吸道"还有口罩在挡着"。

遭遇第二次防护服"破裂"的这天，病区一下子来了 15 位重症病人，冷惠阳与同组另一名队友负责接收了其中的一半，等到把病人妥善安顿好，已经两个小时过去了。进入护士站开始埋头写记录的冷惠阳，忽然听到一声惊呼："冷老师，你头上的防护服破了！"回忆当时这一幕，冷惠阳说，她立马就哭了，"眼泪哗哗哗，一直流进嘴里，咸咸的"。在刚刚过去的 2 小时忙碌里，冷惠阳一直与患者处于近距或接触状态。

闻讯赶来的组长见状，立即安排冷惠阳提前出舱，但是，新收入这么多病人，书写记录、执行医嘱等事务繁多，"我一出去，另外一名队友肯定对付不过来"，泪水还噙在眼中的冷惠阳，做出了坚持续战的决定，只用贴膜在"几个小洞洞"破裂处进行覆盖。

"头顶上理应不是防护服出现破裂的易发部位啊"，随后，战友们进行综合分析，并用一根棉签隔着贴膜仔细探查裂洞，这就惊喜地发现：所谓"破裂"，其实是防护服表层的防水涂料出现数个小洞，并未形成贯穿。小洞的产生应是被头发上的汗渍浸透所致。当天高强度的劳动下，4 个小时的班次，冷惠阳不仅没有按组长建议提前 2 小时出舱，后来还拖班了近 2 小时。

黄石那边的 PCR 实验室里，丁咏霞也含泪见证了身边战友的一次悲喜大逆转。

作为高危岗位之一，"离病毒最近"的实验室检测人员按规定，需定期例行咽拭子检测。2月19日这天早上出来的结果显示：当地疾控中心的周老师，被认为"有一点点可疑"！同事们的心情一下子阴沉起来。

丁咏霞讲述，虽然共事才短短十几天时间，但"60后"的周老师已经在大家心目中树立起可爱的"老顽童"形象，整天说说笑笑呵呵，成为给大家缓解压力的一枚战地"开心果"。丁咏霞说，她最喜欢听周老师用武汉腔说："我信你个邪。"

面对突如其来的坏消息，大家"都不怎么讲话，不知道说什么好"，还有繁重的检测任务在等着，唯有赶紧穿上防护服进实验室开始工作。而就在这时，周老师已经默默换下了白大褂，提着几袋方便面，独自去往宾馆自我隔离……

当晚8点10分左右，更换第二种试剂为周老师做检测的结果出来了：阴性！丁咏霞回忆，这一刻，工作群里炸开了锅，随即有人不客气地"逼"周老师交出方便面。慎重起见，周老师第二天又接受了采样复检，再次锁定平安。

25　俯身之间：一勺勺喂出"悉心与勇气"

重症病房乃至ICU里的护理日常，并不都是穿梭忙碌地"打仗"。一日三餐时分，如果忽略仪器持续发出的蜂鸣声，护士们弯腰在床边一勺一勺、一筷一筷悉心给病人喂饭的场景，却是浓缩着某种岁月安宁的柔性写意。

赵燕燕介绍，喂饭的病人除了意识不清需要进行吸管鼻饲外，一般都是生活不能自理的、没有力气自己吃饭的、上着呼吸机不便自己吃饭的，甚至还包括"病人自己不想吃"的情形。

一天，当赵燕燕把病房里的饭发放到位后，路过自己分管的14床，发现这位50多岁的阿姨迟迟不动筷子，问了之后，"她摇摇头说没有胃口"。随后，赵燕燕就打开饭来一口一口喂给她吃，边喂边鼓励道："人是铁饭是钢，我们要和病毒打仗，吃饭才是根本。"

刘宁利也是经常通过喂饭的方式鼓励病人吃饭，而对方往往不能交流，只能听自己讲,"我就跟病人讲,我知道你没胃口,不想吃,但就更要多吃点,这样抵抗力才能上得来"。除了喂饭,刘宁利还间隔着问病人"是不是想喝点什么"。刘宁利说,平时自己"确实不太会这么有耐心"和父母拉家常。

表示自己与家人之间平时也不会这么耐心聊天的,还有和刘宁利同龄的戚文洁。戚文洁说,喂的时候一定要把握饭"不能热太烫,也不能太凉",一般是先让病人"试一下",她会反复提醒病人有哪儿不舒服就说出来,与之同时,自己"一心二用":时刻留意监护仪上的各种数据。

隔离病区的重症病房特别是ICU里,护士给病人喂饭是司空见惯,但"全副武装"之下,尤其戴着厚厚的手套,动作灵活度严重受制,直接导致劳动强度加大。即便对于拥有21年临床经验的护理老将肖花而言,也不可谓不面对挑战。时间最长的一次"我给一位爷爷喂饭",从头到尾,中间用微波炉热了两次,耗时三四十分钟。肖花介绍,那些正用着无创呼吸机的病人,摘下面罩后不可能一气呵成地把饭吃完,而是需要"进食—吸氧—再进食",反反复复,有时需要摘、戴面罩十几次才能将一顿饭喂完。

与肖花的体验差不多,在戚文洁看来,长时间俯着身子给病人喂饭,首先就是个十足的体力活,"保持一个姿势,腰有些吃不消,还有脖子"。而刘宁利一旦遇到喂饭时间较长的情形,"隔段时间我就跟病人说,我先站一会儿啊"。

有位一连几顿"厌食"的老奶奶,引起了朱玮晔的注意。经了解,原来这位病人因胃部不适,平时在家里就不怎么吃米饭,朱玮晔随即转告后勤从下一顿开始送稀饭、面条,并照顾着她吃下去,老奶奶不由惊讶眼前这个只有24岁的小姑娘"做事就这么周全";而同是"小姑娘"的赵甜甜,不仅给病人打水、喂饭、削水果,甚至还承担了帮病人洗假牙这样的照料。

一段时间里,张绘慧照料着一位79岁的老太太。患者两肺感染严重,静息状态下氧饱和度都只能维持在90%左右,稍有活动就胸闷、气喘明显。张绘慧每天上班的第一件事情,就是关心老太太饿不饿。老太太经常耍小孩子脾气,"越是不让她这样子她越要这样子",于是张绘慧就跟她拉家常,始终心平气和地哄着她吃饭,慢慢地患者病情日见好转,直至康复出院。

与潜在风险相比,体力消耗似已不足挂齿。一勺勺喂出的"悉心与柔情",

背后却是"勇气与担当"的强力支撑。烈性传染病的环境下,喂饭需要"适度俯身、前倾",讲话时还要贴得更近些,赵燕燕介绍,这就与病人之间形成了小于0.5米的"亲密距离",而进食中的病人不戴口罩,其呼吸道高度开放,"风险还是蛮大的"。

26　"这里整夜有光……"

奔赴湖北战场,他们不仅带去"苏大强"的"镇"实力,更带去温润满满的"小城大爱"。

面对新冠迥异于寻常的复杂性与特殊性,救命之战,需要与"救心"并行,甚至很多时候,是从"心"开始。阳韬讲述,每次查房他们都会花很大的精力与患者进行沟通,予以心理疏导,"解开心结有时比药物治疗更重要";"尹江涛们"除了为病人开药物处方,还开出了一张张"爱心处方"——写着"窗外有暖阳,身边有我们"等励志内容的彩色画纸;刘子禹等人耐心当患者的"倾听者";孙玉洁等人则在患者与家人之间当起"亲情联络员";而赵燕燕,在前线多了一个身份——成为一位老人患者的女儿……

赵甜甜帮病人洗假牙之类貌似点滴的小事,却昭示着某种大格局:疫情时期的临床护理是"全护理",从专业到生活,从肌体到心理,护理的职业边界比平时大大拓展,并深度融入了特定历史背景下的人文内涵。

一天晚上,秦谊梅发出一条朋友圈:"朋友请听好:这里整夜有光,如果你也怕黑。"与文案相配的一张图,是一位身穿防护服的医务工作者背影,左手打着"胜利"的响指。不难看出画面上是位女性——其实就是秦谊梅本人。"这里整夜有光,如果你也怕黑"两句话,被工整而娟秀地写在防护服上,秦谊梅披露:此为陈慧丹所书。

这两句话是出自由湖南卫视从2020年2月19日起播出的原创声音互动陪伴真人秀节目《朋友请听好》,是同名主题曲里的两句歌词。相关资料表明,这家卫视策划录制这档节目的时候,尚无疫情,播出之时却正逢"阴霾蔽日",暖心陪伴的节目基调,适时给那些处在孤独、焦虑、迷惘之中乃至濒临绝望的心灵送去慰藉。

而战"疫"的特殊地带——红区里、病房中、病床前，对病人而言，秦谊梅、陈慧丹等广大医护人员便在某种意义上成为更贴切的"节目主角"："你别害怕，我会陪你说话，一路走回家……"（《朋友请听好》歌词）

戚文洁讲述，一位她负责的小伙子患者，是上着呼吸机收进来的，尽管病情很重，但意识清楚，刚开始接触时他不太配合治疗，有一种"万念俱灰的感觉"。后来，戚文洁只要手上没其他事务，就一直陪在他身边，给他讲解新冠病毒的知识，鼓劲、加油、打气，病人心态很快亮堂起来，"不怎么闹了"。戚文洁说，她太多次见证了病人的这种心态扭转，每次都让自己感到很欣慰。

一位30多岁的患者，是两个孩子的父亲。"那天我走进病房，他正在与家人通电话。"刘子禹讲述，电话一挂下，这位身高一米八几的"大个子"当场就失声痛哭——原来，他得知自己孩子中才几个月大的老二也确诊为新冠肺炎。

情绪稍稍平复后，患者主动向刘子禹讲述了一些自己家里的情况，"我所能做的，就是默默地听着"，时而也给予这位挣扎于足够坚强与巨大压力之间的父亲一些鼓励。随后，患者收拾好心情，盘算着接下去自己该怎么做。刘子禹说，作为一名医务人员，从业4年来，他开始真正体味到什么叫"有时治愈，常常帮助，总是安慰"。

"对家人没多大耐心"的单身姑娘刘宁利，在病人面前却也是一位忠实的"听友"。"有位大叔，家中年幼的孩子感染了，全家都在隔离，"刘宁利讲述，他无比沮丧，甚至拒绝吃饭，"我们就每个班都安排人去找他聊天，听他倾诉。"那天，这位病人对临下班的刘宁利说了句掏心窝子的话："谢谢你当我的垃圾桶！"同时流露出希望还能继续这样聊下去的心愿。

除做好本职工作外，王笠对能进行沟通的轻症患者也大都会"主动去和他们聊天"，了解他们的内心状态，并酌情给予开导。"心理健康和身体健康两手都要抓。"王笠说。当体会到患者真实的心态后，有时简单一句鼓励的话或者哪怕一个肯定的眼神，都能给对方带去战胜恐惧，直至战胜疾病的信心与力量。

无微不至的呵护，整夜"照亮"着每一家医院、每一个病区、每一间病房、每一张病床。冯丽萍介绍，他们的工作群里每天都会发布类似的小提示："各位老师，目前病区内有部分病人的舒乐安定口服药开的是长期医嘱，执行时间是每晚8点。为安全起见，无特殊情况一定要亲眼见到病人把药服下才行，防止病人出现囤药现象。"

3月9日这天冯丽萍的日记中，记录了自己临下班前一段经历。当时离交班时间尚早，冯丽萍就去病房里再巡视一番病人，"大家状态都还不错"，但走到24床爷爷床边时，却见他面露难色。由此，冯丽萍以对话回放方式，在日记中场景化记录了当时一幕：

"爷爷你哪里不舒服吗？"

"也没什么，主要是在床上躺了一个月，背疼得慌。"他随后又小心地问道，"可以给我拍拍吗？"

"当然可以啊！"我笑着说，"要知道这可是我们胸外科专科技能。"

"我是2月9日入院的，之前讲话都没有力气。"

"那现在感觉有好一点了吗？"我微微皱眉。

"之前还间断使用呼吸机，但经过你们江苏的治疗，我目前已经可以坐起来自己吃饭，这些都是你们的功劳，我女儿也在江苏，看到你们特别亲切，等疫情好转了，我就去江苏玩！"

"好呀，那爷爷一定要先把病养好了，咱们江苏好玩的可多了呢！我等你哦！"我一边拍背一边说，"爷爷你现在情况好转了，可以做深呼吸训练，锻炼肺功能。"他就像一个认真听课的学生一样，看着我深呼吸的动作示范，自己也随之一呼一吸，很快学会了。

"做得真的很棒！"我微微一笑，"爷爷，你要加油哦！"

陶华奎讲述，有一位老爷爷刚使用无创呼吸机，一时不太适应，泄气起来，"帮我把这个东西拿掉，我死也不要戴它"。陶华奎说，听到病人这话后他很是着急，随即展开劝导："这个机器可以让你的肺得到休息，改善你的缺氧情况。"

就在老爷爷将信将疑之际，陶华奎又"举案说法"，详细介绍了隔壁病房里一位奶奶从使用无创呼吸机到现在已脱离机器的向好情况，患者终于一边向陶华奎竖起大拇指，一边很配合地重新戴好呼吸机。作为心态好转的标志之一，当天晚上老爷爷"晚饭都比过去多吃了好几口"。

隔着冰冷防护服的医患之间，30岁出头的徐鲜在黄石病房里热情地主动给一位老婆婆当起孙女；而武汉这边，赵燕燕则与13床病人田爷爷之间也演绎了一段如沐春风的"父女情"。

根据医嘱，75岁的田爷爷每天需服用两次蛋白粉以增强抵抗力，但家人暂时无法帮他购买，因为田爷爷的老伴曹奶奶也确诊住院了，而子女都还没解除隔离。得知这一情况后，赵燕燕便将自己吃的蛋白粉分装成小袋，带到田爷爷床头，"只要你不嫌弃，这些天你就把我当女儿看吧，有什么需要尽管吩咐"。

其实，那段时间里，非比寻常的战地，像徐鲜、赵燕燕这样给病人当起"临时家属"的温暖情形不胜枚举。

一位26岁、正处在哺乳期的年轻妈妈，住院第9天，经过一系列治疗后，虽然胸部CT提示明显好转，但核酸检测仍未转阴。这天查房，当阳韬告知其暂不符合出院标准，思子心切的患者当场就情绪失控，哭了下来。

阳韬讲述，自入院以来，这位妈妈每天都坚持自行排空乳房，以保持乳腺通畅，她说等自己痊愈了还要回家喂宝宝。医护人员及其家人都不忍心告诉她，她的宝宝也已被诊为疑似患者，且就住在同院相距不远的儿科病房里接受治疗。

边安抚着，阳韬晓之以理："你现在必须保持好心情，机体免疫力才能不断提高，才能早一天战胜病毒。"见对方情绪舒缓下来，阳韬便开始打听她的饮食情况，当得知其住院以来还没吃过水果，阳韬当即表示："我带了，你今天表现得很好，给你发一个苹果！"尽管是句临场发挥的玩笑话，年轻妈妈一听，破涕为笑。

不过，第二天，阳韬等镇江的队员们就真的带了一批水果进病区上班，并在苹果上逐一贴上"早日康复"的祝福小卡片，此后经常带。一位病人收到之后却总是舍不得吃，"出院时我要把苹果和卡片都带回家，与家人分享"。

黄汉鹏曾遇到一家6口全部感染，被拆分在三地治疗的情况。这是一对年轻小夫妻，与也确诊新冠肺炎的父母同在黄石矿务局职工医院里接受治疗。妻子刚进来的时候情绪严重不稳，坚决要求把自己转往黄石市妇幼保健院治疗。开始大家不理解，后来才得知，他们两个孩子，一个4岁、一个才9个月大，也都不幸感染了，目前住在妇幼保健院，当妈妈的想过去和自己孩子们住在一起，以方便照料。舐犊之情深深触动了医护人员，经与上级沟通，特许办理了这起转院，母亲如愿以偿。

"整夜的光"也照亮着偌大的方舱医院。孙立果介绍，收治轻症的方舱医院条件相对简陋，很多病人入住后情绪波动，担心在此不能得到及时救治，甚至担心危及自己生命安全。始战那阵子，面对2号舱内大几百号病人，每个班次的8名医生总是不停奔波，一方面是充分掌握每个患者的病情，以便及时发现因病情演变确需转院治疗的重症倾向患者，更主要的工作内容，就是全力做好心理疏导。

那天，一位50岁左右的女病人，自述"心悸、胸闷、呼吸困难"，施以相关药物后仍难以缓解，她强烈要求"转院保命"。孙立果被通知过去会诊，查体表明患者生命体征平稳，结合胸部CT显示"感染面积不超过三分之一"，这是典型的紧张综合征。经耐心开导，患者化解了焦虑，而上述那些"严重不适"症状，也随之消失。孙立果说，类似情况当时屡见不鲜。

汤倩也见证了方舱病人刚入舱时"很多人整夜失眠"，局面扭转之后，她从患者的眼睛里捕捉到了他们的内心变化，"由起初惶恐不安到后来充满信心"。这个时候的汤倩和同事们，夜班时开始收获"最令人安心"的呼噜声，"今天凌晨的这个大夜班，病人们都睡得好像比过去更香，鼾声此起彼伏。"汤倩下班后发布了一条朋友圈。

同在武汉方舱里的小伙子张弘韬，得知中医"八段锦"健身操对肺功能恢复大有益处，便主动向中医护理专业的队友学习，然后"现学现卖"——只要他当班，都会领着患者们一起"跳起来"；而黄石大冶那边的姑娘徐鲜，也常带领病人们做操、打太极、跳舞，以纾解他们心理上的压力。徐鲜说，在病房里，"我们就是病人身边唯一的依靠"。

为便于与患者更亲和地交流，不少镇江队员通过"恶补"，很快程度不同地掌握了武汉、黄石的一些方言。国家卫健委还向援汉队员发放了专门的武汉方言手册，张菲菲也是"现学现卖"，拍照在微信上晒出一部分手册里的语言对照，虽然"暂时还不会说"，但要力争尽快做到"总得听得懂呀"。

"暂时也不会说黄石方言"的冷牧薇，每接触一名新病人，都会主动询问对方："我是来自江苏的，我的外地口音你们听得懂吗？"三两句开场，气氛马上就不一样，"病人会放松很多，愿意跟你说话了"。所谓"外地口音"，已然是尽力而为的普通话，正是这暖暖的"镇普"，足以让当地人励志一时、难忘一生。

"我会陪你说话"的情感互动下，冷牧薇讲述，"一位阿姨很热情地回答我，你说的我们都听得懂，就怕你听不懂我们的话。我女儿也在医院上班，她发消息告诉我，你们江苏队员都特别好！"冷牧薇披露，自己当时拥有某种沟通"神器"：一旦发现病人情绪低落，她就会推介镇江的风土人情给他们解闷，"我们那里跟你们这里一样，也很美的，欢迎今后去玩玩啊"。这一招，冷牧薇自我评价"效果很不错"。

那天，一位中年男士病人指着冷牧薇贴在防护服上的姓名牌"镇江一院"，有如他乡遇故知般小激动起来："啊，你是从镇江来的啊！镇江我去过，你们的香醋很好吃。"原来，这位生意场上打拼多年的病人，曾在镇江住过很长一段时间。

冷牧薇说，介绍镇江风土人情时她"说得最多的一般就是吃"，由此，不少病人对"锅盖面"产生浓厚兴趣。早在冷牧薇他们刚到达黄石大冶时，当地护士长介绍情况中曾提示，病人普遍不肯吃饭成为当时护理工作面临的难题之一，"这种病越往后发展，病人就越没胃口"。冷牧薇在照料患者吃饭时，常使用的方法就是"我跟你聊一会儿，你吃一口"，然后"我再跟你聊两句，你再吃一口，好吧"。

中法新城院区里，王玉参与护理的24床爷爷，一开始总是按呼叫铃，一会儿要打水、一会儿要削苹果、一会儿要给他刷假牙……慢慢才弄清，他并非刻意要劳累护士，而是因为带着无创呼吸机不能讲话，感到太孤独，总希望身边有人陪着。后来，"我们就经常在床边陪陪他，随便说点啥，他都很开心"。

18 床是位女患者，三八妇女节那天恰逢她的生日。朱玮晔回忆："那天，我们早早就进了病房，为她洗脸、梳头，换上干净的被套和衣服。"隔着手机，朱玮晔等同事和她的家属一起为她举行了庆生连线，阿姨高兴得哽咽，"希望明年生日我们还能陪她一起过。"

江夏区第一人民医院里一位 70 岁的老太太，已经达到出院标准，可即将重返生活的她还是愁眉不展。觉察出老人情绪不对后，张艳红当即进行了解，原来，患有糖尿病的老太太担心自己出院离开医生护士后，血糖会控制不好。张艳红便为老太太做了详细的出院指导，告诉她回家后需要注意的事项和细节，解除后顾之忧的老太太渐渐笑了。

陈良莹介绍，在几乎"与世隔绝"的环境中熬过一段时间后，眼看着和自己同期，甚至比自己还晚入院的病友都陆续出院回家，很多患者不由出现烦躁、郁闷的心理反应。随后，这部分群体开始成为陈良莹他们重点关注的目标对象；而方舱医院里，解洋及其医护团队后来也细心地发现了相似苗头，于是，开始重点做好仍在接受治疗患者的心理保障。

人类并不总是战无不胜，一场大灾大难注定会制造生离死别。治愈者带着"不堪回首的一段往事"奔向明天，而那些最终没能挺过来的患者，则永远"走出了时间"，只给生者留下难以化解的心灵刺痛。

当李鑫发现 29 床阿姨长时间处在焦虑与恐惧中，便主动加以关心，慢慢地阿姨向他敞开了心扉：原来，她的丈夫也是位确诊患者，已经不幸离世，夫妻俩都没能见上最后一面。伤心之中，阿姨不由也担心自己"能不能挺过这一关"。李鑫便竭力为她打气鼓劲："您不用怕，有我们在！您一定能很快治好，家里人还在等着呢！"后来，这位患者成功出院后，给"江苏三队"寄来了一封感谢信。"信中提到了我。"李鑫说。

黄汉鹏这天查房中，一位女病人呆呆地坐在床上，与她说话，几无反应。刚开始，"还以为患者对我们有了啥意见"，进一步交流才得知，她家中有 3 人相继确诊新冠肺炎，分别住在不同的医院，而就在查房的当天凌晨，其母亲不幸在另一家医院去世。

了解情况后，一段时间里，黄汉鹏等医护人员予以持续的心理干预，使她逐步走出了悲痛阴影。"陪你说话"直至"陪你一路走回家"，后来，这位患者幸运地成为黄石矿务局职工医院首批 12 名治愈出院者之一。

第一次进入方舱医院那天夜里，刘竞在 A 区面对一位 67 岁的女性患者，当时高烧 39.3℃，"我去床边诊查，她始终一声不吭"，神情很是绝望。后来每次上岗，刘竞都会到她病床前多停留一会儿，耐心讲解其"胸部 CT 结果不错"、病情正在逐步好转等情况，鼓励她继续配合治疗。情之所至的拉家常中，刘竞还告诉她自己是两个孩子的父亲。

不久，这位病人终于含泪讲出了自己的遭遇：她和丈夫先后确诊，而丈夫在收进医院的第二天就去世了。丧偶打击之下，女儿一家三口就住在相邻的湖北另一座城市，却不能过来相见……此后，刘竞与她之间的沟通逐渐增多，她的状态也持续向好。

亲人"走出了时间"，而时间从不会停止。"最后一次见到她，是在她出院前的那天晚上。"刘竞讲述，此时的她已经对未来重塑起信心，期盼着自己出院后尽早度过隔离期，然后可以见到外孙女，"她还说以后就搬过去和女儿全家一起住。"

方舱里，令谢念叶印象深刻的一位小患者，只有 13 岁，父亲已因新冠肺炎去世，也是确诊患者的母亲正在其他医院接受治疗。这个孩子孤身一人在此接受治疗，让所有医护人员以及周围其他患者都心疼不已，总是尽可能多给他一些关心，"每次发餐都会让小男孩优先"。谢念叶讲述，战友们不仅常给男孩带零食，还叠了很多千纸鹤送给他，"每一只千纸鹤上面都有一句鼓励的话"。

一天中午时分，陈良莹巡视病房，发现一位老爷子的早饭还放在床头没有动，经询问才得知，疫情期间他家中遭遇重大变故，先后有几位亲人离去，老爷子"已经没了求生的欲望"。陈良莹说，从此之后他们班班交接，一有空大家就轮流去床边陪护老爷子，陪他聊天、"监督"他把饭吃完。有一天，陈良莹再去看他，老人忽然提出了一个请求："姑娘，能不能给我一张你的照片，我想看看我的救命恩人到底长什么样。"

的确，口罩遮盖之下，老人这么长时间其实都没能与身边的医生护士们真正"见上一面"。虽不识面容，却读懂了眼睛。"口罩时代"的心灵沟通，岂非更具某种亲和与深意。

孙志伟随第一批江苏队员进入江夏区第一人民医院之前，他所在的病区里每天是两个医生查房，"你们今天怎么增加到4个医生啦？"第一天查房，就有病人向孙志伟发出询问。当得知是江苏医疗队前来支援时，孙志伟说，他能从病人的话语与表情中读到某种"惊喜"。

与孙志伟在同一病区的季冬梅，刚开始几天，每次上班都会与所有患者逐一打招呼，告诉他们"我们是来帮助你们的"，不少患者由衷高呼"我们的希望来了"，甚至更直白"我们有救了！"

紧裹着防护装备的冷牧薇，那天给一位患者更换留置针时，忽然被患者"认"出来了："哎，上次也是你打的！你打针一点都不疼。"留置针可以持续使用一段时间，而护士是轮班的，两次都是同一名护士打针实属巧合。被病人认出来后，冷牧薇自己也觉得诧异："你怎么看出是我的？"冷牧薇讲述，都穿得一模一样，防护服很厚，就是她们队友之间如果不借助姓名贴，"也不一定知道站在面前的是谁"。随后这位病人揭秘，"我认得你的眼睛"。

被奚柏剑标注为"方舱12床"的患者，是位小伙子，微信上一直称呼奚柏剑"姐姐"。那天聊天中，他对姐姐说："虽然看不到你们美丽的脸庞，但我已经会看眼神认人了。"而反向上，同在方舱的赵萍说，每当她看到患者们期盼的眼神，就更觉得"自己来对了"。

一位从江苏队所在方舱医院2号舱出院的患者，临别前，饱含深情地在抖音发出这样一句感言："说星星很亮的人，是因为你没有看见这些护士的眼睛。"

不是传说中的天使，却是天使般的存在。那天，冯丽萍蹲在地上全神贯注为一位老奶奶找血管。老人仔细打量着她一番，冷不丁说出一句："你脱下口罩后一定很漂亮！"的确，脱下口罩的他们很美，但老奶奶若是再往深处约略思忖，她未必不会改口：你们戴着口罩的战斗模样是另一种美。

除第一批及"一人成队"外，镇江派出的另外三批援鄂医疗队，队长均由来自市一人医的骨干队员担任，其中，冯丽萍是唯一女队长。2月10日这天，冯丽萍在日记中写道：

今天是到武汉的第八天，晴，现在早上7点，看着窗外刚刚升起的太阳，马路上基本没有人，偶有一辆小车开过，武汉的早晨好安静。匆匆洗脸、刷牙，又开始新的一天。熟悉我的人都知道，我是一个爱美的女人，但现在没有涂化妆品，没有发型，也顾不了这些了。穿上防护服，戴上口罩、眼罩，就是战士……

时隔半个月后的2月26，冯丽萍日记中又写道：

结束了一天的忙碌后，我翻看着今天的合影，虽然每个人都被遮得严严实实，但眼里满满的笑意和期望，就像这挡不住的春日暖阳……当残冬尽消，春融万物，我们都期待着摘下口罩尽欢颜的那一天。

徐鲜那天照料着一位重症老爷爷，"从老人的身体反应，我能看出他很难受"。这个班次，徐鲜几乎就在老爷爷的床边度过，对他进行一对一护理，心里的弦始终绷得紧紧的。每隔2小时喂他喝水、翻身拍背、按摩双下肢，"做的过程中我也会跟他交流"，患者本人无法言语，但通过他的睁眼闭眼，徐鲜能意会到对方想要表达的谢意。

一位70多岁、生活完全不能自理的老爷子，牙齿已经掉光，只能喝点流质，而且速度稍快，就会喘不过气来。陶华奎每次给他喂食，老爷子都会先打个招呼："你可不要着急哦，我要慢慢吃。"陶华奎连声安抚"不着急、不着急"。一碗米汤，有时要热上几遍才能吃完。病人还患有痛风，需要陶华奎"时不时给他按摩按摩后背"才觉舒服些。陶华奎说，这期间两人之间并无太多交流，但他常能看到老爷子那"感激的神态"。

27 所历所感

身处战地最前沿，他们始终张开天使之翼，以力所能及的最大温暖呵护病人"走在回家的路上"；始终以"整夜之光"，照亮病人心中"害怕的黑"。

而在此期间，无论亲力亲为还是耳濡目染，他们自我也经受了一场非同寻常的深刻心灵洗礼。

张建国说，与病魔战斗的同时"也是与自己战斗"；包华成说，战"疫"前线的每一滴汗水，都是自己的人生历练；冯丽萍在2月27日写下"生物钟已经严重打乱"的日记中，还这样感慨："战友们相信，即使自己只是一点微不足道的星火，只要聚在一起就可以形成燎原之势；战友们都知道，自己并不是什么英雄，而是千千万万个本来的我。"

医院与驻地相距不远，而且恰好正对着王笠所在酒店房间的窗户。王笠说，休息的时候他会经常"独自对着医院大楼发呆"：虽然自己此刻不在阵地上，但那儿，每时每刻都有战友们通宵达旦地守护，随时准备扑向"爆点"。

在这场"用生命抢救生命"的激烈战斗中，早期有一批湖北当地的白衣战士不幸倒下，他们与同为白衣战士的援鄂医疗队员之间产生了"另类"交集。

王玉讲述，在中法新城院区她负责的病人中，有一对中年夫妻住在同一间病房里，每次他俩都是相互给对方打针——原来，妻子是个护士，丈夫是医生，双双感染，"他们知道我们戴着手套和护目镜穿刺血管困难，就尽可能减少我们的工作量"。

刚到武汉不久的一天夜班上，冯丽萍听队友说15床住的是位本院的胸外科护士长——这让冯丽萍感到特别亲切，因为她自己在镇江一人医也是胸外科护士长。深夜巡视病房的时候，见15床房间里的灯还亮着，冯丽萍就轻轻推门而入，上前打了招呼，"我问她怎么还不休息"。她说自己是夜猫子。经冯丽萍"自我介绍"后，对方立刻精神抖擞起来，打开话匣子，从交流专科护理技术到她这次的生病过程，"最后我们还加了微信"。

倒下的医护人员中，更有人不幸献出了生命。2月7日凌晨，在工作岗位上感染新冠肺炎的武汉市中心医院李文亮医生英年早逝，同为医生的孙立果闻讯后"骤然一阵阵心痛"，当天他在朋友圈发出这样一段话："……悲伤的情绪居然不能控制。一路走好！"这个时候的孙立果还没上前线，两天之后，他随大部队抵达武汉参战。

巫章娟说，每次进舱前她都"默默自我鼓励要坚强、要坚强"，但还是因为这样那样的感动经常流泪；而张艳红在前线无数次掉泪中的一次，是那天一位患者出院合影时，突然竖起大拇指对她说了一句："以后我不追明星了，就追你们！"陶华奎说，当下班后拖着疲惫的身体坐上返程大巴，他不只是享受此刻的放松和宁静，"脑海中总是浮现躺在病床上被新冠折磨着的病人"。

那时"江苏三队"还没整体接管C8西病区，凌蓉在中法新城院区另一个病区里上第二个班，病房里这天收进来一位49岁的男病人。"当时，各项指标都并不算太重"，但病人显得很烦躁，不停地呼叫护士。每当凌蓉端着药盘进入病房，他就会冲上来紧紧抓住凌蓉的手追问："你这是给我送的救命药吗？"

很不幸，仅仅隔了一天，当凌蓉再次上班，得知这位病人已于凌晨时分去世。如此短的时间内便生死两重天，深深触动了刚刚投入实战的凌蓉：之前对新冠的认知只是停留在报道中、书面上，而自己眼皮底下一个意识清醒、尚能下床走动的病人，竟然说没就没了，"让我真正领教到这种疾病的凶险和可怕"。

那天查房时，一位老太太独自一人站在窗前抽泣的场景，让张美玲"心酸得不行"。原来，老太太的老伴刚刚在另一家医院因新冠肺炎去世。张美玲上前安慰老人家一定要"帮爷爷看到他没来得及看到的胜利"。

病房里不少同住一室的病人是一家人，有耄耋之年的老夫妻，也有年轻的小两口，他们相互扶持、患难与共。王玉所在小组负责的一间病房里，3张床没有分开摆放，而是紧紧拼靠在一起——这是一家三口，夫妻俩各睡一边，把年近九旬的老母亲保护在中间。

王玉讲述，其实后来老人的儿子"早已转阴"，是可以办理出院的，但他坚决要求继续留下来等待三人同时出院，因为，合并轻度阿尔茨海默症的老人"不怎么听话"，他怕妻子一个人对付不了。

方舱队员的上下班途中，都会经过杨泗港长江大桥，这是2019年10月才建成通车的武汉市第十座长江大桥。这座常常让袁晨琳"疲惫消失殆尽"的漂亮新桥，"特别在夜里打上灯之后更加好看"，袁晨琳专门隔着车子的前挡风玻璃拍下不少大桥视频，做成抖音。然而，其时所见桥上总是空空荡荡，令人感觉"很不是个滋味"。与大桥景况形成强烈对照的是,方舱医院里却"充满希望和热情"。袁晨琳看在眼里:病人中有位即将考研的"小哥哥",一直在僻静的角落里独自坚持复习。

"希望和热情"也是战胜疾病的另一种力量,是通向未来之"桥"。黄石那边丁咏霞,一天接到走出实验室的临时任务:当地一个老小区里出现了确诊病例,需要对整幢楼的相关环境做采样。丁咏霞回忆,走进人去室空的确诊户家门时,映入眼帘的是紧凑而温馨的居家氛围,屋内打扫得干干净净,家当摆放整齐,厨房灶台上还放着刚买的鸡蛋和切开的包菜,"看得出,主人是个热爱生活的人"。

最引起丁咏霞注意的,是桌子上堆满的学习资料,一看便知是一名正在紧张备考的高三学生,"不知这次疫情会对他的高考和人生产怎样的影响"。当丁咏霞转头看到客厅白板上的一段文字时,"眼泪差点夺眶而出",她用手机拍下了这份平生第一次看到的"课程安排",连同标点符号,这样写着:"今日课程安排:当你看到这句话时,相信一切都好起来了!!!"白板左上角,画着一张充满稚气的笑脸。

也在黄石,矿务局职工医院里的包泉磊讲述了身边战友中一位"矿花"的故事。这是职工医院本单位的一名护士,最早黄石疫情还不怎么严重的时候,她先是被派往武汉支援了一段时间,奉命返回黄石后未做休息,就直接进入隔离病区继续投入战斗。"小姑娘特别开朗",她在自己的防护服上写上"矿花"二字,顿时把患者们都逗乐了。包泉磊由衷感慨,其实每一位女性医护人员,都是战"疫"阵地上顽强绽放的一朵"战地之花"、一朵"铿锵玫瑰"。

身为江大附院血液科护士长的陈良莹,既是护理战线上的"领头羊",也是护士们心中的"知心大姐"。此次战"疫"阵地上,"90后"护士占据了很大一部分,陈良莹不难把握到大家普遍的心理状况,"多多少少会有些恐惧"。当地一位1998年出生的小妹妹,那天在大姐面前倾吐了一番心声,她说:"我还没有谈恋爱,如果感染了怎么办?"陈良莹对这些"关键时刻挺身而上"的孩子们心生怜爱,亦尽所能对她们进行宽慰与鼓劲。

张古方那天给C区22床患者测血压时，发现她两眼通红，脸颊上的泪水还没干，便问道："阿姨，您怎么哭了？哪里不舒服吗？"阿姨直言道："姑娘，我好想回家，你能不能告诉我，我什么时候才能回去？"张古方回忆，瞬间自己真不知该如何回答这个问题才好，仓促之中她组织出这么一番话："阿姨您别哭了，虽然我不知道您什么时候可以回家，但是您一定会比我早回家，要有信心，咱们一定会胜利！"

沉默片刻后，阿姨情绪稍缓，又话锋突转对张古方问道："孩子，你来这里，家人一定很担心吧？"张古方讲述，相比之下，这个问题如何回答已不重要，重要的是她为自己刚才那一番话能让病人淡化了忧伤，"心里感到很开心"。

28 "亲情信使"

位于江夏区第一人民医院隔离病区大楼4层的重症病房里，前述，赵燕燕让他把自己当女儿看的那位13床田爷爷，是从位于27层的轻症病区转过来的——也就是"先遣6勇士"抵汉分工后，孙志伟、季冬梅和张艳红所在的病区。

季冬梅讲述，最初田爷爷与老伴曹奶奶同住在27层，后来田爷爷因病情加重，上了呼吸机之后转至重症病区，老两口就分开了。一段时间里，曹奶奶虽自己病情稳定，却流露出对田爷爷的深深挂念。鉴于此情形，季冬梅便联系赵燕燕，两人隔空对接中，每天都把田爷爷的病情及时向曹奶奶进行报告，与之同时，也不断向田爷爷捎来老伴对他"想说的话"。

经过18天悉心照护，曹奶奶终于康复出院。临走前她告诉季冬梅，她要回家安心等着老爷子："老头子有你们照顾，我一百个放心！"季冬梅也向老人承诺："您放心，我会继续当您和爷爷之间的'信使'，有什么事随时联系我！"

中法新城院区，一位女性患者，收治进来没几天就坚决要求回家，总是大哭大闹。"差点和我们打起来。"伏竟松讲述。原来，这位病人离异后一直与老父亲相依为命，而父亲长期生活不能自理。"她说，自己如果再不回去，怕父亲撑不住了。"

思父之情，牵动着伏竞松等医护人员的心。经向"江苏三队"负责人汇报，组织上出面，辗转与当地社区取得了联系。好消息传来：患者的父亲不仅健健康康，而且生活上得到了妥善安置。"那一刻，她又哭了，我们不少人也跟着掉下眼泪。"不过，伏竞松的印象里，这是这位患者在病房里最后一次哭。

孙玉洁所负责的床位里有位70多岁的重症患者，刚收进来时情绪低落，不肯配合治疗，三番五次拔掉输液针头，"弄得满床都是血""怎么劝说都没用，老爷子有时还会大发脾气"。大家转念一想，如果让其子女来做思想工作，会不会效果好些？

于是，孙玉洁用隔离病区的工作手机加了患者儿子的微信，然后让他和家人进行视频连线，"先是儿子、儿媳轮番开导，然后是孙子出面。"老爷子非常疼爱孙子，也"特别听孙子的话"。经过长达半小时的亲情劝慰，病人心情释然，见护士们还守在床边，他开始主动"赶人"："放心吧，我保证不再给你们添麻烦了，房间里全是病毒，你们还是赶紧出去吧。"

隔离的病区，隔不断心灵。甚于"见字如面"的"亲情视频"，特定时势下安抚了太多患者的孤独与不安。黄汉鹏所在黄石矿务局职工医院里，一位女患者，其子也因确诊，正住在黄石市中心医院的ICU里，上着呼吸机，母子不能通电话。

体会到这位情绪"动辄激动"的母亲十分挂念病重的儿子，黄汉鹏便与中心医院那边联系上，请他们拍摄儿子的视频发过来，每天向母亲报平安。不久，在使用了康复患者捐献的血浆后，儿子病情明显好转，已经摘掉了呼吸机。得知喜讯的母亲，以一句"你们挽救了我的家庭"深以致谢。

陈慧丹在战地当"亲情信使"期间，不仅不辱使命，卓有成效地完成了患者与家人之间的联络任务，医患之间、黄石与镇江两地之间，也留下从此结缘的一段独特佳话。

一位被女儿唤为"陈董"的患者，一度生命垂危，气管切开，没有意识，各项指标都不稳定，"身上插满了管子"。自称"陈总"的女儿专门录制了一个向父亲倾诉心声的音频文件，文件名为"老爸加油"，然后传到病区医护人员手中，用于在父亲床边播放：

"陈董,陈董,我是陈总啊。我的老爸,你要加油呵。老爸,我好想你啊,好想跟你聊天,好想跟你汇报工作。老爸,今天礼拜几啊,今天几号了呀。老爸你要好好加油啊!听到没有?你好棒的,胜利就在前方,我每天都在为你祈祷,每天都在跟你说话,我相信你都听得到的,对吧?老爸。老爸,上天会听我们的祷告的,上天会保护你,保护医生护士们,我们都要一起加油!老爸,我等你陪我去北京上课呢,我还等着你下班陪我一起散步。老爸,你还要帮我把关男朋友呢。老爸,你很忙的,你要快起来好不好,你要快好起来带我和妈妈一起去旅游。老爸,你有好多任务呢。老爸,想你!好好的老爸,加油!我一直陪着你一起,老爸,我每天都陪着跟你在一起的。老爸,加油!"

这段时长1分35秒的心灵独白里,除了一开始称"陈董",女儿撒娇地一共喊了14声"老爸",在说出"好想跟你聊天,好想跟你汇报工作"这两句时,声音瞬时哽咽。

陈慧丹介绍,之所以用音频传递而非视频方式,是因为患者当时病情重到无法接受任何外部信息,即便是这段录音,大家也是几经斟酌后"还是决定放给他听"。父女情深的录音,也令陈慧丹及战友们无不为之动容。"听了之后,泪水顺着口罩边缘都流到了我的脖子里。"陈慧丹回忆。此后,每个班次上,大家都接力把女儿的录音反复放给"陈董"听。

不久,得知老爸已病情稳定并趋好,女儿又传过来一段1分钟长的视频,画面上还不断有家中猫咪发出的温馨叫声。这段视频中,女儿语气明显高昂起来:"老爸,就快胜利啦!我每天都在跟你说悄悄话,这么多天都不理我!没问题的,这里的医生和护士都好棒,他们会好好照顾你的,你放心啊!"

陈慧丹迄今珍藏着女儿"陈总"发给父亲"陈董"的这两份"亲情档案",时过境迁,"现在听了还会哭"。陈慧丹表示,她也说不清这位病人在转危为安,直至最终战胜疫魔的进程中,来自女儿的亲情呼唤究竟发挥了多大作用,但肯定是"作用巨大"。

从前线归来后,陈慧丹一直惦记着的"陈董",如今早已回到忙忙碌碌的工作岗位,"父女散步"的愿景化为生活寻常。而陈慧丹与"陈总"也一直保持着联系,"陈总"后来在微信聊天中把陈慧丹等医护人员称为"都是派来照顾我爸爸的天使","感谢你们,带给爸爸这么专业的医治护理,还有爱"。"虽然经历了患难,也收获了生命奇迹"的女儿告诉陈慧丹,她已经"跟爸爸约好了去江苏进行一次深度游",并"一定找你"。

29 《妈妈的长发》

打开77名镇江援鄂医疗队员花名册,满目是带着"萍""娟""燕""琼""慧"等等字眼的名字,似水柔情,扑面而来。队伍全员中,女性47名,占比逾61%——这与4.26万余名全国军地援鄂医疗队员中,约2.8万名女性占比近66%,大体相当。

"当窗理云鬓,对镜贴花黄。"一头精心打理、秀丽飘逸的长发,历来为女人之最爱,它不仅是通常情况下的身份识别,更寄托着某种心灵写意。

然而,在"安能辨我是雄雌"的红区作战环境里,出于严格的感控之需,她们中很多人都毅然决然地剪掉了天长日久,乃至始于孩提时代积攒起来的至爱长发——这无异于一次深埋心底的"闯关"。

如果没有疫情,26岁的殷慧慧原本领证在即,婚期定在当年11月份。此前多年,殷慧慧一直留的是"中长发",为了在期盼中的人生高光时刻当个"长发新娘",她已经提前很长时间就在"维护"了。

殷慧慧所在这一批援鄂队伍,亦即2月2日出发的"江苏三队",句容市人民医院(江苏省人民医院句容分院)共从ICU抽派了3名队员,均为女性,另两位是赵甜甜和秦娇。行前,医院特意把理发师请到医院,为3人一并剪了短发。剪发这一刻,"平时很少流泪"的殷慧慧噙满泪花。

"江苏三队"的17名镇江队员,大多数人都是在急促的时间段内相继接到两个"通知"电话:第一个通知是"做好随时动身准备",第二个通知是"明天(实际上已是当天)上午就集结出发"。

出发前一天,2月1日晚上5点多钟,王玉接第一个当时被很多队员分析认为"应是过个一两天才会动身"的电话时,与父母正在扬中市油坊镇乡下过年。随后的各种安排考虑中,王玉很快想到的一件事,就是去开美发店的舅舅家剪个短发——这么长的头发,防护服"肯定包不进去的"。

年前喜迎新春的腊月底,年轻姑娘王玉刚刚美化过头发,染了色,还做了卷——即便做了卷,发长仍然及腰。此时此刻,舅舅虽也深知进隔离病房头发不能太长的道理,但迟疑之下,还是忍不住再次提醒外甥女:"你可千万想好,剪了,(相当长一段时间里)就没了!"

特殊时候,为特殊客人服务的这次剪发,或是舅舅从业以来操作最"马虎"、耗时最短的一次,王玉回忆,剪子"就响了几下子",总共两三分钟时间。让王玉很快对自己剪发的果断决策感到庆幸的是,凌晨时分就接到了第二个电话,否则"真的来不及"。

追述过往,与实时面对,心境其实大不相同。王玉说,舅舅落剪那一刻她是难过地闭上双眼,"我头发一直长得比较慢,留到这么长很不容易"。当晚,王玉发出一条朋友圈,纪念自己失去"心爱的长发",并同时写道:"……希望我跟小猪都健健康康回来。""小猪"指朱玮晔,一对年龄相仿的"姐妹花",均由扬中市人民医院派出,并且均来自ICU——同批17名镇江队员中,来自ICU的就占了14名。前已述及:这是一支注定要打硬仗、打恶仗的队伍。

抵达武汉前线后,目睹"江苏三队"女战友们纷纷剪去至爱长发的悲壮场面,一旁的男护伏竟松也不由感同身受般,"咔嚓咔嚓声中……美丽的马尾辫一下子只剩下短短的一簇……"平时极少发朋友圈的伏竟松,2月3日在朋友圈记录下战友们"剪发赴疫"的场景。伏竟松说,他当时看到她们好多人都"眼睛里有些红"。

平时也不怎么发朋友圈的季冬梅,整个援鄂期间发的条数屈指可数。2月28日这天夜里,季冬梅转发了一篇公号文章,附言:请欣赏小燕了的"大合唱",小周同学棒棒哒!

这篇题为《孩子,我们集体在线陪你等妈妈!》的公号文章中,有一首由"镇江小燕子合唱团"演出的童声合唱《妈妈的长发》,合唱团成员之一、8岁的领唱者周程程，亦即季冬梅所称"小周同学"——正是行前她授予一柄"尚方宝剑"的女儿。视频合成中，还穿插安排了包括"周程程的妈妈季冬梅第一批出征武汉"在内，诸多医护人员援鄂战斗的画面。

朗朗上口的童谣风格中，作品《妈妈的长发》旋律柔婉而充满感染力，歌词质朴如一段近在眼前的"亲子对话"。

一篇落款写于"2020年2月29日凌晨"的创作感受《待你长发再及腰，伴你对镜贴花黄——记小燕子合唱团云合唱作品〈妈妈的长发〉录制实况特辑》，随后也在该公众号上推出，作者管燕老师为镇江小燕子合唱团团长、指挥。长达2000字的篇幅，管燕详细记叙了自己当时的心路历程："自从因为疫情肆虐而宅在家里，一直处于心情低落的焦虑状态，时常会跟着电视画面落泪。经历了几次彻夜失眠后，决定要做点力所能及的事情，来减轻自己因为无法为抗击疫情做点什么而产生的自责情绪和挫败感……"

2月20日中午大约11点半钟，管燕微信上收到一条信息，打开一看：是合唱团艺术顾问杨进老师给她传来一首《妈妈的长发》。词作者胡天麟与曲作者侯小声，均为较有影响力的艺术家，"我迫不及待地细细品味起来"。管燕讲述，与当时大多数抗疫文艺作品的不同之处在于，这件作品是她首次邂逅"孩子的视角"，从而迅速被深深吸引住，"说干就干！"

"小作品、大震撼"。当领唱者周程程的第一句"大镜子呀亮花花……"一传出，管燕说，她"就被抓住了"。最终，以"云合唱"方式完成的这部MV，汇聚了共43位镇江小朋友天籁般的歌喉。其中，与周程程一样"融情于歌"的郭宸羽同学，爸爸是驰援火神山和雷神山两座医院的镇江建设者。

不止镇江的小燕子合唱团，《妈妈的长发》这首公益音乐作品还相继被国内其他相关团体演唱。

镇江历次出征中，队伍规模最大的方舱这一批，镇江市第一人民医院新区分院派出一男两女共3名队员：汤倩、蔡建和张峰。简单的送行仪式后，医院也为大家进行了集体理发。汤倩深刻记得院长当时对理发师交代的一句话："我不需要你给他们剪任何造型，尽可能短，这样对他们才是最负责！"

随后，在由市委市政府举行的送行仪式上，汤倩离母亲的位置"大概也就

5米左右",母亲愣是没认出女儿来,还是一位记者现场喊出汤倩的名字,一回头,她发现母亲"发现了自己"。父亲后来为此拿老伴开玩笑:"连自己的姑娘都不认了。"

报名请战,确定待命之后,纪寸草和谢念叶两位镇江市中西医结合医院的同事,早早就剪成了短发。纪寸草对此更周密的考虑在于:一旦参战,并不仅仅是感控需要,也是为了有更多时间充分休息,"我头发很长,每天洗啊吹的很繁琐,很费时间。"

因为这一次剪发距正式开拔相隔了9天时间,"头发又长出来一些",所以抵达武汉后的2月12日这天,方舱医院次日开舱之际,两人又随江苏大部队在酒店一楼大堂里接受了由志愿者前来服务的第二次剪发,这一次剪得"很短很短,就像当兵的那种模样"。

两位理发师在此足足剪了三天时间。纪寸草回忆,理发师当时边剪边问她们:"这么长的头发剪掉了,你们难过吗?"一位战友这样回答:"很难过,但没办法。战疫一日不胜,我们就一日不留长发!"在这个时候,纪寸草到武汉后第一次哭了。

早在志愿者上门服务之前,同一批队员袁晨琳到达武汉第二天,就已经请男护队友张弘韬为自己剪了一次发,他俩都是由镇江市精神卫生中心派出的同事,入住的房间又恰好在隔壁。剪发工具是张弘韬的剃须刀。"他那个剃须刀功能很强大,居然还能理发!"不过,对此次"急就章"效果,袁晨琳的评价是"乱七八糟的,不长不短,扎又扎不起来,剪又没剪彻底"。

后来,经正规理发师二次补剪,虽说"又剃短了一个尺寸",但毕竟整齐了。几乎"成了平顶头"的袁晨琳,自嘲"我帅得可以做少女杀手了……"

1992年出生的秦宜梅,在江大附院17名援鄂队员中年龄最小,也是他们中唯一"单身狗",曾经长发披肩,青舞飞扬。但已时隔大半年接受采访的秦宜梅,乍看仍与援鄂前模样相去其远。为参战,秦宜梅一共剪了三次发,"一次比一次短"。

2月10日傍晚,刚换上工作服准备接夜班的秦宜梅收到了出发通知,护士长临时调整排班,安排她赶紧回去做些准备。当时没有理发店开门,秦宜梅的诸项准备内容里，就包括"自己给自己剪了头发"——当然，全程她接受了来自遥远广州的"现场指导"。

秦宜梅有位大学同学在广州中山大学附属第三医院工作，不久前，其科里也有同事受命援鄂，出发时就是由同学帮这些同事剪的短发，从而积累了一定经验，"她知道应该剪成什么样子"。在同学的视频遥控下，秦宜梅把一头长发剪成"只能扎一个小鬏鬏"。

但到了黄石前线，"小鬏鬏"被判定仍然不符合作战的感控要求，秦宜梅便二次接受剪发，这次是由前线战友，也是江大附院同事的陈慧丹操刀，"把脖子后面的给推掉了，前面没动"。很快，秦宜梅与陈慧丹两人之间又互剪了一次，这一次把"前面的"也一并处理掉了，成为"真正的短发"。

陈慧丹自打参加工作以来，在护理战线一步步成长，直至拿到"主管护师"职称，她从没料到有朝一日自己又落得一个跨界的"Tony老师"之称。江大附院同批次派往黄石的队员共8人，包括秦宜梅接受第二次剪发那次，陈慧丹"自告奋勇"为男男女女好几名队友都动了剪子。"哈哈，三下五除二就搞定，又不讲究。"被夸"手艺不错"的陈慧丹笑道。

回忆自己在前线剪短发的心路历程，陈良莹坦承，她是经过了"好长时间心理建设"。刚到达黄石时，队友们就"忽悠"陈良莹剪短发，"我没狠得下心"。可第一天进病区实战之后，陈良莹就意识到"这肯定不行"，下班一回到住地，她就果断剪成"假小子"。为纪念这特殊的一刻，陈良莹发出一条朋友圈，恳求镇江的伙伴们"回去后你们不要笑话我"。

剪发这个环节上，凌蓉相对要"淡然"些，因为自己本就喜欢短头发。到达武汉的第二天，和秦宜梅首次剪发情形差不多，凌蓉也是对面镜子"自己给自己下手"——提起这件事，凌蓉表示"还好吧"，没啥特别感受。不过，虽然不排斥短发，"剪得也太丑了点"。

女儿心中的"美少女战士"孙玮，过去也曾长时间短发，是那种"一看就像男孩子"的发型。后来孙玮改变了计划，决定把头发留起来，就在"已经留到脖子这边"的时候，援鄂指令来了，留发计划随之泡汤。

从镇江出发前，孙玮就跑了多家理发店，都没开门。到达黄石后，当地统一安排志愿者上门剪发，理发师边剪边打趣地安慰她"放心，我会给你剪个时尚的发型"，事成之后的所谓"时尚"，令孙玮"表示看不懂"，她后来把自己的刘海命名为"狗啃式"。

而冷牧薇的苦笑讲述中夹杂些许"郁闷"的，倒不是在乎发型剪成什么样子，一直长发的她，生过孩子近三年就"没做过头发"，春节前好不容易放飞心情，美美地"做"了一下头发，一个月时间没到，就不得不忍痛弃之。

长发披肩，柔为小女生；短发上阵，无惧战疫魔。在武汉前线被称"女汉子"的时候，梅琼已经是一头刚劲干练的短发——那"初中以后就留下来"的长发，完全不见了踪影。梅琼讲述，剪短发之前她已经上过几天班，感到特别的不方便，"我认为它已经影响到我的工作了，所以必须剪掉"。梅琼介绍，短发之后，自己从开始穿防护服到进入红区的时间较前明显缩减。

就在剪成短发的当天晚上，梅琼与家里视频，3岁的女儿先是怔了一会儿，经过"小小的解释"之后，也不知是出于真心还是言不由衷，总之女儿随即像自己外婆一样也为妈妈点起赞来："妈妈真漂亮！"

30　前线：久别无法见面的"重逢"

3月4日这天，江大附院官微推出一篇文章《17名江滨儿女在湖北：努力让每位病人平安回家！》，首次以全阵容展示，逐一介绍了该院17名援鄂队员的相关情况。名为"四夕金金金人青"的微友，成为本篇公号文的第一位"精选留言"者。

"赵燕燕老师和孙国付老师都曾是我的实习带教，江大毕业之后我回到家乡医院工作，如今也在武汉江夏区第一人民医院支援……"师生同在援鄂前线、又同在武汉，乃至同在一家医院里，战火烈焰与往事温馨的交织之中，这段信息"独特"的留言内容，很快引发多方关注。

几经辗转，《镇江日报》记者终于连线上留言当事人"四夕金金金人青"，一位"95后"姑娘。原来，她的真名叫罗鑫倩——微信名正是这三个字的笔画拆分。小罗讲述，她是江大医学院护理专业2017届毕业生，当时一年实习期需要各科室轮转，所以，与江大附院的援鄂队员赵燕燕、孙国付等结下了师生之缘。

时隔2年，罗鑫倩仍清晰记得自己在江大附院ICU实习的那一个月是夏天，"（赵燕燕）护士长正怀着孕"，依然不失雷厉风行、果断干练的指挥风范；冬天轮转到急诊科后，作为男护的孙国付老师，临危不乱、总是冲在一线的身影给她留下深刻印象。

毕业后罗鑫倩入职常州市中医院。1月28日，大年初四，她随江苏省第二批援鄂医疗队出征武汉，而两天前的大年初二，老师赵燕燕是第一批先期抵汉。罗鑫倩说，一段时间里她只是大概知道"赵老师援武汉、孙老师援黄石"，并不具体知道同城的赵老师是在哪家医院，直到读到这篇文章方知，虽未谋面，自己竟"和昔日的老师并肩战斗"在同一家医院。

事实上，援派地江夏区第一人民医院里，赵燕燕与罗鑫倩所在病区仅仅隔了3个楼层，但除了心中深埋期盼、待到久别重逢之时"给老师一个大大的拥抱"，这对师生各自"两点一线"的工作生活轨迹在武汉始终未产生交集。

湖北战"疫"前线，来自句容市疾控中心的刘宇，也经历着与"老同学、新战友"之间一场久别无法见面的特殊"重逢"。

早在2月2日，刘宇向组织递交了请战书的当晚，就通过微信向武汉那边的大学同学明方钊报告了此消息。他俩是苏州大学医学部公共卫生学院2010届的同班同学。刘宇还把老同学也写进了自己的请战书中："此时此刻，我的大学同班同学、武汉市武昌区疾控中心的明方钊同志，正坚守在疫情防控流调第一线，如能和他一起并肩作战，我们将重拾同学情、再续战友情……"

此时，身为武昌区疾控中心流调组组长的明方钊，正带领团队，以"史上最大劳动强度"鏖战甚久："每个队员每天平均要与五六个确诊病人接触，每次的调查时长都在1小时左右，重症病人有可能达到3个小时，因为这些病人的精神状况、反应、沟通整个是比较慢的……"这是1月31日明方钊接受央广《新闻纵横》记者采访时的情况介绍。

基于2月初时势，"希望与老同学并肩战斗"的刘宇，当时心中的请战方向是武汉，后来，他在更大战局中被分配到黄石。得知这一安排后，明方钊在同学群里脱口而出"我老家啊"。过去只知道老同学是湖北人的刘宇，这一刻才知道他是黄石大冶人。"你守卫大武汉,我帮你守卫老家!"刘宇回答。

毕业10年以来,这对老同学尚无缘一见,"2019年下半年我去武汉开会,是个机会,但他又刚好出差……"刘宇讲述。此次仍然无法见面的隔空交流中,刘宇更多地得知,相隔不过百余公里的武汉与黄石两座城市之间,明方钊从始有"风吹草动"的2019年12月底以来,就再没有回过家,而他的妻子正一天天逼近预产期……其实,央广记者那次采访明方钊的报道中就曾披露他"家里有小孩,也有孕妇"。

刘宇到达黄石之时,明方钊已连续战斗了近两个月时间。这段时间里,明方钊就靠一张折叠床睡在办公室,床上盖的被子上印有"苏州大学"四个字——这令刘宇万分感慨。据他所知,老同学"家里条件其实还可以",印象里大学时代的明方钊就是"一贯俭朴低调"。这床毕业之后带回家仍用了十年的被子,刘宇认为,并不仅仅是源于节俭,更寄托着一份美好的母校情,以及对青春岁月的难忘与致敬。

苏大医学部公共卫生学院刘宇他们这一届同学中,所知共有4人战斗在湖北前线,除明方钊外,另三人均为江苏的援鄂队员。其中一位女同学、无锡市第二人民医院援派武汉的医生张静,更与明方钊同城,亦不能相见,她只能通过快递给老同学寄去了一些常备药,以表关爱心意。还有一位同学朱丹文,是来自江苏省监狱管理局中心医院的一名狱医——官方的公开资料显示,这支由江苏派出、共11人组成的援鄂"特种军",是于2月17日抵达武汉,承担着特殊时期的特殊任务。

明方钊心中最大的挂念,便是刘宇的挂念。3月7日这天中午,刘宇抽空带着一些生活及防护物品,专程前去大冶探望了同学的家人。不能进家门,约好把东西放在路边,"看上去挺憔悴"的一位老父亲远远走过来弯腰取物,刘宇说,这个场景令他很是心痛。两天之后的3月9日,这个家庭传来又添新生命的重大喜讯——这是明方钊的第二个孩子,他第一时间在朋友圈予以分享:"在疫情防控一线连续战斗的第70天,今天我又一次当上父亲,母女平安,7.1斤,感谢老婆的理解和支持,感谢家人的辛勤付出,感谢大宝的乖巧懂事。等疫情结束了,我要回去好好抱抱你们!"刘宇随即留言"恭喜老同学、新战友,不容易啊"。

明方钊是以具体到天数计算投入战"疫"后自己又一次当上父亲的时间节点，后来，5月1日，当他终于跨进家门、终于实现与亲人"抱抱"的这一天，已是其连续战斗的第122天——相当于1/3个全年。这个时候，襁褓中的女儿早已过了满月。

无论武汉，还是黄石，乃至湖北，对镇江援鄂医疗队员中的大部分人而言，都是初来乍到或初次形成交集，而有一部分人则和刘宇一样，与湖北有着千丝万缕的缘分。

前面述及，张峰是在湖北读的大学，其同学密布包括武汉在内的湖北各地医院，非常之时，他同样"重拾同学情，再续战友情"的援鄂岁月中，也经历着久别无法见面的"重逢"。张峰讲述，当年的班长闵松林毕业后是去往福建厦门一家医院工作，但闵松林老家在湖北，2020年回来过春节就"出不去了"，他便主动申请，就地加入黄冈市浠水县人民医院投入战"疫"。

武汉同城，当赵燕燕与罗鑫倩师生不能相见，方舱医院里的援鄂队员巫章娟与9岁的儿子，虽"近在眼前"，也是无法团圆。

巫章娟的儿子是转学武汉，长期托付在至亲家中。"一般每个月都去武汉看一次"的巫章娟，与儿子不算是"久别"，援鄂前母子最后一次见面是在2019年12月初，到2020年2月9日巫章娟抵汉参战，也就隔了不过两个月时间。但特定情势下，由特定地域而生出的一份"特别牵挂"，某种意义上加厚了这对母子分离的"时间感受"。

38天援鄂期间，巫章娟驻地距儿子所生活的小区仅15公里左右——在武汉这样一座大城市里根本不足挂齿，正常时候地铁也就两站路。刚开始时，儿子还在微信上问过几次："妈妈你能来我这里吗？"得到的回答十分坚定："不能来！"后来儿子就不再问这个他已经意识到无法满足的心愿。

巫章娟讲述，那段时间里她一直隔空鼓励儿子："不用害怕，不管任何时候发生任何事情，我都永远跟你在一块儿！"

而肖花与湖北的不解之缘，始于妹妹远嫁武汉之时。前述，腊月廿八匆匆回到镇江探亲的妹妹一家，被老父"狠心赶回武汉"的故事令人几多唏嘘。

如同刘宇与明方钊双城毗邻却不能相见的同学之间，到达黄石大冶后，肖花与武汉的妹妹也只能在微信上保持联系，一方频频出入红区、一方居家不出，两地互相加油。肖花常把"感到可口"的一日三餐拍照传给妹妹看，妹妹则告诉她："这是专门按照江苏人口味做的菜，湖北人可不这样子吃！"

31 那一刻，他们发出这条"朋友圈"

无论寥寥数语，还是"长篇累牍"；无论纪事，还是抒感，抑或"夹叙夹议"；无论表达亲情，还是侧记战友；无论开心一刻，还是不避所忧，援鄂队员们在前线战斗间隙不定期发出的微信朋友圈，足以成为他们心路历程最真实、也最生动的轨迹呈现。

对战"疫"这一特定历史事件而言，浸润着时光流淌的微信记录，已经不仅仅是队员们"个人记忆"的点滴留存，也是广角视野里可供撷取的珍贵史料之一。

★ 2月20日9点54分。冷惠阳：感觉女儿"一下就长大了"

这是一条视频微信。"丈夫告诉我，姑娘昨天晚上背对着他偷偷抹眼泪，问她，说是想妈妈了……"配发文字中，冷惠阳讲述女儿"长大了"的种种表现："晚上睡觉不穿尿布了，都是一个人上厕所，也会写1234了，写得还不错，吃饭穿衣都不要人帮忙。"

2月2日出征那天早上7点多钟，已经起床的女儿正在画画。"我当时要去抱抱她"，冷惠阳回忆，可能她带着些"起床气"，很不情愿与妈妈互动，"后来是我硬抱着亲了亲"。

冷惠阳的女儿琳朗今年5岁，幼儿园小班。"姑娘从出生到我去武汉前，晚上都一直跟着我睡。"2月20日发这条朋友圈时，母女分别的这"一下"，严格计数是18天。

此前2月8日这天，已在前线投入战斗的冷惠阳发出第一条"女儿主题"

的视频微信，视频中被搂抱着的女儿，一句一句，用咬音不太标准的普通话重复爸爸的口令："妈妈你在武汉还好吗，你要保护好'己己'，今天是元宵节，祝你元宵节快乐！"冷惠阳在文案中既广而告之自己的元宵节"酒店很温馨，供应了汤圆和饺子"，也专复女儿："琳朗，妈妈很好，妈妈也很想你，等妈妈打赢这场战斗就回家咯。"

冷惠阳说，她手机中存储了很多记录女儿成长的视频，前线期间，一有时间就会打开来看。2月20日发的那个视频，其实是取自"素材库存"：画面中，女儿声情并茂地唱着大人听不太懂的一首歌，"好像是从抖音上学来的"。拍这段视频的时候，母女俩正在家里一起悠闲地泡着脚。这个时候，人们安宁祥和的生活中还没有"新冠肺炎疫情"这回事。

不过，自2月20日发出这条朋友圈，直至从武汉凯旋，冷惠阳后来再没在朋友圈晒过任何有关女儿的内容，虽然基本每天都和女儿有视频联系，但"因为太想她了，越是想越不敢发（朋友圈）"。

★ **2月25日2点37分。袁晨琳："十几小时未进食水"**

这个时候，"四进舱，顺利完成"归来的袁晨琳，终于在酒店房间里得闲，发出了这条朋友圈。十几小时没吃饭的她，庆幸自己"留了一份早上的银耳汤"，并晒出这份桂圆银耳汤的图，表示"开心"。

袁晨琳讲述，当天情况是这样的：午饭之后睡过一觉，下午近4点她就与队友一起提前两个多小时乘车出发，去方舱医院接6点钟的班次。此时，离晚饭时间尚早。

下班时间是凌晨1点，但那时还没实行"双进双出"，所以需要排队才能出舱。途中又是一小时。等回到酒店，再完成一系列虽然繁琐、却始终不可掉以轻心的消杀程序，时已至朋友圈所发之时。一份当日早餐，原封不动地变为夜宵，甚至差不多已变为第二天的早饭。好在酒店的楼梯口配备了微波炉。

前线期间，像这种不能定时定点吃上饭的情况，是队员们的普遍经历。袁晨琳介绍，无论上哪个班次，班车时间总会与一日三餐中的某一顿饭点发生冲突。

★ 2月26日17点57分。姜燕萍：打卡"包一针"

陈慧丹在黄石一针打开患者心结的时候，武汉这边包华成却是一针在队友中打出了响当当的知名度——他为队友们打针，队友们为他打卡。

姜燕萍这天发朋友圈称："今天集体表白句容人民医院的包华成老师，打针技术杠杠的，全程无痛感，难怪号称'包一针'，以后打胸腺肽就找他。"

既是"集体表白"，那就不只姜燕萍一人了，当天，同批很多镇江的方舱队员都在朋友圈共同打卡"包一针"。陈雁翎的打卡是："小包总的'包一针'（名号）真不是吹的，跪了。"

姜燕萍发出这条微信后，袁晨琳很快在后面跟帖留言"我也想找小包打"，姜燕萍就势回复"那你去敲他的门啊"。

"完全没曾想到大家会送我这个外号。"对能在高手如林、不少队友资历远超自己的同仁中获得这一"荣誉外号"，包华成始料不及，又颇感欣慰："我们一个星期要注射两次胸腺肽以增强免疫力，有人请我打了之后说不疼，就传开了，以后每次都点名叫我打。"包华成讲述，大家经常排成长队，由他一个接一个打针。袁晨琳后来也进入排队之中。

"包一针"只是得名于友情兼职，而真正战斗岗位上的包华成，与所有队员一样承受着远超打针的劳动强度。比姜燕萍这条微信早两天，包华成2月24日自己发了一条朋友圈："12点40至19点30，从进舱到出舱！呼吸全靠嘴、鼻子压着几乎不通气，衣服湿了干、干了湿。我不累，继续干！"所用三张配图中的一张，是他当晚下班后刚刚走出方舱，踏着灯光投射在地面上的自己倒影走向通勤车，队友在其身后拍下一个疲惫的身躯。

剪成短发的并不只是女性，男性队员也要普遍经历这一环节，包华成自不例外。剪成板刷、前后形成"鲜明对比"的包华成，一开始都不太敢与女儿视频，"怕把她吓着了"，女儿当时不到13个月大，还不怎么会喊"爸爸"。包华成讲述，视频中女儿有时也会无意识地冒几句谐音式"爸爸爸爸"，但真正让她喊，她"反而什么都不知道了"。

★ 2月29日21点26分。张菲菲：方舱里的第一个大夜班

"我想大夜班对于所有的护士来说应该都是最害怕也是最难熬的吧……"400多字发在朋友圈，算是个"长篇"了——张菲菲以此记录自己在方舱医院里上的第一个大夜班，当然不仅仅是她本人，还有自始至终一起搭班的"练剑王"赵娟。

这是武汉体育中心方舱医院2号舱开舱的第16天，镇江与泰州共31名护士参与排班中，张菲菲和赵娟终于首次轮上"凌晨1点至早晨7点"的大夜班，令张菲菲"有点激动，又有点担心"。

交接完班后，此时病人们已在熟睡中。"刚开始还觉得挺暖和的"，时间一长就开始冷了，越来越冷，虽然准备了羽绒服，还是难扛，"取暖基本只能靠抖"。那几天持续小雨的武汉，气温又降了不少，最低温度只有6至7摄氏度。

"今天我和娟在各自的防护服上写上了两位特殊的人。"单身的张菲菲写的是"老张和花姐"，"老张"是她父亲，"花姐"是母亲。赵娟写的则是丈夫"老夏"和儿子"球球"。这样，"感觉不仅仅是我俩在上班，还有最亲的人陪在我们身边。"

凌晨巡视中，张菲菲看到2号舱的每个区都张贴着患者核酸检测的结果，"可以想象，刚贴出来那会儿肯定跟科举放榜一样，患者们都会怀着紧张的心情查看自己的检测结果。"张菲菲记录，"好在大部分都已是阴性的"。

进入2月下旬尤其是2月底，武汉乃至整个湖北，疫情向好势头初显。从2月19日起，湖北新增治愈出院数始超新增确诊病例数。这个时候，乘坐深夜11点10分班车前往方舱医院的张菲菲，也开始有心情"顺道欣赏了武汉的夜景"。

张菲菲在发布内容的最后写道："我们方舱到目前为止已经治愈出院了一百多个患者，看着他们一个个离开方舱，真替他们高兴，也预示着我们离胜利越来越近了。"

★ 3月1日20点31分。秦宜梅：具有关键意义的"第20天"

与上述张菲菲相似之处在于，秦宜梅这条朋友圈也是个"长篇"，甚至篇幅更长：近500字。

秦宜梅将自己的微信号取名为"秦怼怼"，因为"觉得这两个字怪可爱的"。战场以外，这位28岁的单身女生透着"还没长大"的某种率性。自称拥有"大儿童的小爱好"，秦宜梅一直迷恋乐高，闲暇经常拼装汽车玩具，以至于被孙国付戏为"你能和我儿子玩到一块"。

2020年2月6日，镇江。当天，"秦大厨实在不知道晚上要吃啥了"，便发出当年度第一条"求帮厨"的朋友圈——此时她并不知道5天之后自己就"再也不用操心做饭了"。2月25日秦宜梅发年度第二条朋友圈时，已是一张黄石市中医院里的"ICU-4"合影。"4"指的是第四护理小组。这个时候，秦宜梅已抵前线半个月。

3月1日，秦宜梅像写文章一样，给自己的这条长篇微信还起了个标题《写在第20天》——这一天，既是秦宜梅和包括镇江队员胡振奎、孙国付、陈慧丹在内的一批江苏战友，在黄石市中医院战斗的最后一天，又是他们转院"一字之差"的黄石市中心医院战斗的第一天。

"在黄石中医院ICU的最后一天，从一大早的问好开始，一边开心于病人减少、病区合并，一边不舍战友分别，于是护士长说，我们拍张大合照吧。"秦宜梅写道，"我们要好好记住各自眼睛的样子，以后凭眼睛相认，因为虽共同奋战，却并未见过对方全貌。"于此"偷偷跑个题儿"的秦宜梅说："我晓得你们都很美，嗯，我也美。别问我怎么晓得的，因为我就是个机智girl（女孩）。"

对于新环境——黄石市中心医院ICU，秦宜梅说"既期待又担忧"，期待的是"据说那里环境更好"，担忧的则是患者转运途中的安全。因为当天，她和队友们需要带着这边ICU里仅剩的3名病人一起转过去。

清点所有物品，带齐所有用物，穿着防护服、推着担架车、提着氧气筒、拎着监护仪的秦宜梅一行，坐着负压救护车3次来回，分别将3名患者全部安全护送到位，两家医院之间的路程让秦宜梅感觉"仿佛穿越了"。从ICU到ICU，涉足新战地的"大儿童"秦宜梅与队友们，依然守卫在最艰苦严峻的岗位上。也正是在黄石市中心医院里，秦宜梅首次"见到了传说中的ECMO"。

自这个"第20天"开始，秦宜梅的"援鄂后半程"就在黄石市中心医院里继续战斗下去，"爱你们喔！我的瑶、娜、卉、燕、琴、丽、丹、孙。"被秦宜梅逐一点名的这些"ICU-4"组员中："丹"是指陈慧丹，"孙"是指孙国付，都是来自镇江的队员，"丽"是指来自南通市第二人民医院的魏银丽，其余均为中医院的当地护士。

发布于晚上8点半的这条微信，秦宜梅最后写道："好啦，我好困喔，要睡觉了。晚安，全世界。"

第五章　两边，几多牵挂

32　"这边"挂念"那边"

身为重症医学科（ICU）医生，一年到头，休息时间里的张建国接到紧急电话赶赴医院抢救危重病人，是家常便饭。所以，大年初二那天一大早他由妻子陪同出发时，对刚刚在床上醒来、还迷迷糊糊的女儿说"我去医院加班了"，女儿丝毫觉察不出什么异常。

等到妈妈返回才告知实情，爸爸等"先遣6勇士"已经坐在驰往武汉的动车上。武汉正在发生什么，10岁的女儿多多少少略知一二，起初以为妈妈是开玩笑，但她很快从妈妈"红红的眼睛"里得到确证。4天之后，女儿给前线"亲爱的爸爸"写去以下这封信。

亲爱的爸爸：

您好！

您科室的病人多不多？有病人被治好了吗？初二那天早上，您骗我说，您去加班了。等妈妈回来的时候告诉我，您去武汉支援了。一开始，我还以为妈妈在逗我玩儿呢。但看到妈妈红红的眼睛，我开始相信这是真的了，于是我嚎啕大哭起来。这几天，我们家关注最多的就是武汉的疫情问题，已经有多名医护人员被新型冠状病毒感染，我害怕您去了以后也会被感染上。

据我所知，新型冠状病毒会通过呼吸道、飞沫和接触传播，传染性极强。

如果被感染，很容易产生生命危险。因此我开始更害怕听到您去武汉这件事，更害怕听新闻。我骗我自己：您是去医院上一个月的长白班，就像平时去进修、学习一样，很快就能顺利回家。渐渐地只要门口有响声，我就以为是您回来了。

昨天，妈妈和我戴着口罩在楼下走了几圈，不一会儿就觉得口罩又湿又闷，气都透不上来了。想到在一线的您，戴着更加厚实的N95口罩，还穿着闷气的防护服，那是有多么难受啊！可我转念又想，病人躺在床上生活不能自理，那是有多么无助啊！那是有多么渴望得到医生和护士的帮助啊！妈妈说，只要做好防护与隔离，就能保障自身的安全。爸爸，我相信您一定会成为一名捍卫病人健康的好医生。同时我也要学会坚强，不能遇到困难就哭泣。

祝

平安归来！

您的女儿

2020年1月30日

就在女儿给武汉写信的当天，深夜11点39分，刚刚下班走出医院大门的张建国回驻地途中，边步行边自拍了一段2分17秒长的视频，发到"挥师武汉"群里，向家人、也是向家乡报平安。这是抵汉后张建国在公众视野里发出的第一个视频。这个时候的他尚不知道女儿当天给她写了信。

视频后半段，张建国表达了对女儿的深深愧疚，"这几天姑娘与她妈妈一起出门，在车子上会默默流泪"。随后，张建国录下一段专门说给女儿的话："武汉一定会转危为安的，爸爸会带着叔叔阿姨们平安回来，你要坚强一点，爸爸这边也会坚强！"夜色里的视频画面忽明忽暗，却不难捕捉到张建国在试图控制自己的"表情"。

张建国讲述，武汉期间他几乎每天都会与女儿视频。"什么时候回来啊？"这是女儿常问的一句话，也是张建国每次都要设法绕开的话题。信中那句"有病人被治好了吗"，后来也被女儿反复提起并得到满意的答复，这位副主任医师的女儿在对前线父亲的诸多叮嘱中,还包括"上班的时候手千万不要到处乱摸""不上班时要多休息休息"等内容。

也是10岁的女儿,在妈妈那天晚上收拾出征行李的时候,一言不发,默默坐旁边就盯着张慧绘看。妈妈到了黄石前线后,女儿忽然心扉大开,她强令张慧绘每天必须与自己视频"不少于1小时","瞎聊呗,什么都聊。其实天天打电话,有时也没那么多话可说。"张慧绘介绍。但是,就算"话都讲完了",只要不足一小时,女儿都坚决不允许挂电话,手机空架着,不需要对话,她就只看着妈妈在房间里的一举一动。

刘竞有一子一女两个孩子,女儿13岁,读初一,儿子才3岁。父亲到达武汉没几天,女儿写下一篇日记,补记了她与父亲那天告别时的场景以及告别后她当天"一整天"是怎么度过的。在日记中,女儿披露了父亲的"唠叨",却又流露出等着父亲回家"继续唠叨"的强烈期盼:

> 凌晨,迷迷糊糊间听到一些接电话的声响和来来回回的脚步声……天还没有大亮,我的房门被推开,父亲轻声说了一句:"我出发去武汉了,你照顾好自己!"我当即一个激灵从床上翻坐起来,整个人立刻清醒过来。虽然父亲早就签了"请战书",去支援湖北我们是知道的,但是此时此刻这样的告别还是显得如此突然,难以置信。
>
> 回想每次父亲出门,我都是偷着乐的,因为他总是我们家最"唠叨"的那一个,总是不停地叮嘱这样、叮嘱那样,仿佛只要他不在家,我们都活得不像样子。只要他不在家,我们终于可以像没了山大王的猴子、脱了缰绳的野马,所以他每次出差,我其实是会偷乐的。但是,面对此时此刻的这句告别,我却一点儿也乐不起来。
>
> 武汉那里的疫情到底有多重,我无法估量,我只知道那是一听就让人心生恐惧的两个字;我只知道人们拼命想从那里出来,没有人会愿意进去;我也知道,"最美逆行者"这个称呼背后将会有多少的变数,不愿再深想下去……
>
> 我和母亲送行的时候并没有像电视剧里亲人离别难舍难分、痛哭流涕

的场景。母亲依旧像往常一样，平静地收拾着屋子，我们彼此心里清楚，让不安表露出来只会让家人更担忧，不是吗？于是我们谁也没有当着谁的面哭，所有担忧和不安埋藏心底。

　　一整天，望着窗外的城市，似乎没了颜色，手机里传来数不清的短信和称赞，父亲变成了人们口中的"英雄"。然而我并不在乎什么"英雄"，我只希望我们的城市能恢复往日车水马龙的繁华景象，我只希望你能平安回家，回家继续唠叨不休。

　　"看得我有点酸酸的。"刘竞说，经过这次不同寻常的分离，女儿比他想象的要懂事。

　　冷惠阳出发那天一大早去医院报到时，途中顺道在相距不远的娘家与父母做了"只有5分钟时间"的告别。这5分钟里，母亲基本没讲什么话，"就一直在哭"。到达武汉第二天，母亲所在的娘家亲戚群里，表哥@冷惠阳索要其出生年月，他要给表妹做一个"护身符"，而另一位亲戚则向冷惠阳要地址，因为"护目镜给你搞到了"。"宁可信其有"的护身符和"这个必须有"的护目镜，后来一并寄抵武汉。

　　赵甜甜虽然还是单身姑娘，却并不与父母住一起，父母住在乡下。接到"太突然了"的动身指令，只剩以小时计的仓促准备中，赵甜甜未及与父母见上面。到达武汉的当天夜里，她给家里打电话告知情况。有关父母讲话中的反应，"舍不得是肯定的"，但"也没表现出特别难受的样子"。后来从武汉归来，赵甜甜从亲戚口中得知"那几天他们老是在哭"。

　　在武汉期间，"甜心女儿"赵甜甜大多利用吃饭的时间与父母视频，这其实是她的一个用意：旨在让妈妈看到自己的前线伙食很好。赵甜甜讲述，平时不太爱看新闻的妈妈，那段日子每天都关注武汉疫情态势，母女聊到越来越多的患者正在纷纷出院时，视频里"她比我还要激动"。虽然人就在武汉战地，而3月8日这天武汉体育中心方舱医院休舱的消息，赵甜甜却是从妈妈这边"逆向"得知。

　　陶华奎出发时，也没"第一时间"把消息告诉安徽农村的父母，后来他在微信上发视频广泛报平安,被那边亲戚们看到了,抓着手机去问陶华奎父母怎么回事,父母顿时大吃一惊:"我们也不知道啊!"

那天想方设法安慰病人"要有信心"的张古方,忽被病人反问"孩子,你家人一定很担心吧?"一时竟无从回答。2月9日清晨5点钟才接到出征电话的张古方,没有告诉父母,也没有告诉公公婆婆,但想来想去还是要跟家里人说一声,"一个人都不说也不太好",于是她就给姑父打去了电话,因为姑父每天都早起锻炼。其实这个时候,"从小把我带大"的奶奶才是张古方最想说句话的人,纵然祖孙情深,"思想斗争了很久"的张古方,最终还是控制住了自己,并一再关照姑父不要告诉奶奶。

大约一星期后,住在乡下的奶奶去菜场买菜,卖菜的人都相熟,问她"孙女什么时候回来",奶奶起初没太在意,还以为对方是问从句容城里回来——平常双休日里张古方只要不上班都会下乡陪奶奶。"你孙女那里(武汉)到底要不要紧啊?"经不住一问再问,奶奶起了警觉,然后"我就被出卖了"。这个时候的张古方,已经在方舱医院几进几出。向武汉打去视频电话"问罪"的奶奶,眼泪"叭啦叭啦直往下流"。"我结婚都没见我奶奶这么哭过。"张古方说,88岁的奶奶不仅身体硬朗,而且"是有文化层次的人",智能手机等时尚的东西什么都会用,奶奶也是与前线张古方视频次数最多的家人。

2月15日,武汉下起一场大雪,镇江这边也是"小雨转小雪"。当晚7点至次日凌晨1点,是奚柏剑第一次进舱上班。下午4点26分,风雨中登上通勤车的奚柏剑,在"快乐家族"群里发了句"我出发了,明天跟你们联系"。当出舱下班回到住地的奚柏剑终于躺到床上,已过了凌晨3点,她向家里报平安的内容刚发出,父亲和丈夫就分别予以"秒复"——原来,他们一直在静悄悄守着。

"上阵父女兵"。身为扬中当地村党委副书记的奚柏剑父亲,不仅在守着女儿的前线消息,同时也在村口执勤守护一方平安。他三天轮一次晚班,当晚正好与女儿"同班"。简短对话中,父亲迫切地问女儿上第一个班的感受"你适不适应",而女儿则叮嘱父亲"雪天路滑"。

与刘宁利对父亲的评价一样,王玉眼中的父亲也是个"不擅表达感情的人",

所以，她一直没有从父亲言语中感受到他有什么特别的担心，叮嘱最多的无非就是要做好防护之类。"穿熟练了，你也不能麻痹大意！"王玉明白，父亲的担心"只是不挂在嘴边而已"，"怕增加我的心理负担"。以前从没牙疼过的父亲，唯一一次"给女儿增加心理负担"，就是那天在视频中告诉王玉"最近不知怎么回事，老是牙疼。"

时隔80多天后，随镇江最后一批队员从前线归来并解除休养隔离回到家的王玉，一天跟随父亲坐上电动自行车的后座出行，顿时吃惊地发现，父亲头上竟然明显发生变化，"一小半的头发都白了"。王玉讲述，49岁的父亲在这之前也已有了白头发，但只是"零零星星的"，而现在，"站在老远都能看得出"。王玉由衷体会到，父亲"这几个月肯定是很难熬的"。

父子之间，则是另一种情形。伏竟松讲述，在他报名请战之后，父亲还替他"做了很多我妈的思想工作"。伏竟松印象里，身为党员的父亲一直充满正能量，记得有一次，台风刮倒了公路旁的大树，把路堵了起来，险况面前，当地镇政府一时联系不上施工队，父亲闻讯后二话不说，冒着暴雨开卡车就去把树给挪走了。

抵达武汉前线后，伏竟松在父亲的鼓励下，向组织上递交了入党申请书。当得知伏竟松被批准成为入党积极分子，兴奋的父亲竟改了口，开始称儿子为"小伏同志"。

26岁的"方舱姑娘"谢念叶，则是以一封写往老家江苏淮安的前线家书，抚慰父母对自己的挂念。

亲爱的爸爸妈妈：

你们好，这是女儿长这么大第一次给你们写信，没想到这第一封信是在抗疫战场上写下的，感觉有千言万语想和你们说，但落笔时又不知道从何说起。也许是因为毕业后就离开淮安老家，一个人在外地工作，不在你们身边，习惯了自己承担和面对所有事情，其实还是怕你们担心，有些情绪就自己悄悄"消化"了。

我必须要向你们道歉，"对不起，爸妈，你们的女儿太任性了！"当初看到医院发出援助湖北的号召，我想都没想就立刻写了请战书报名，等正式成为医疗预备队员，才想到要告诉你们这个消息。我自己直接做了这个决定，没有经过你们的同意，也没有考虑你们的感受，现在想想，也许是因为知道你们一定会支持我的决定，所以才有底气和勇气直接冲上抗疫一线的战场。

最想说的是："爸，妈，你们辛苦了！"从小到大在我的成长道路上，你们已经付出了太多太多，远在异地工作，又让你们多了一份牵挂，多了一些担心。前段时间得知我即将踏上援助湖北抗疫的征程时，你们的心里一定也承受了许多。特别是妈妈，虽然您没有多说什么，只是叮嘱我要照顾好自己，但我知道您一定悄悄抹眼泪了，在我面前却又表现出很坚强的一面，尊重我的选择，默默支持我。

爸、妈，谢谢你们对我无条件地支持，响应祖国号召，为战疫尽一份绵薄之力，这是我作为一名护士应该做的！有大家才有小家！请一定相信你们的女儿，我身边有同甘共苦的兄弟姐妹，身后有暖心的医院保障，还有强大的祖国后盾，你们不必担心，打赢这场疫情阻击战后，我一定会平安凯旋，依然是你们面前活蹦乱跳、神气活现的小叶子。

你们是我心中最坚强最勇敢最棒的父母！

爱你们的女儿　谢念叶
2020年2月21日

出征湖北的77名镇江医疗队员中，像谢念叶这样的"90后"占了近1/3，业务上年富力强，而生活中的他们，要么是年轻父母，要么就是父母心中"还没长大的孩子"。

比谢念叶还要小三岁、镇江队员中年龄最小的汤倩，在援鄂的阵阵战鼓声中，因"感觉自己的职业被需要了"而激情涌动，这位从小就有强烈"女兵"情结的美少女，是瞒着父母"三次请战，终披战袍"。

自打女儿上了前线，汤妈妈就和赵甜甜的妈妈一样也开始常看电视新闻，医护人员紧裹着厚厚防护服的情景，让汤妈妈感同身受般觉得"一定很闷人",并总是联想到自己的女儿"能不能受得了"。一天,宅在家中的老两口为给"最棒的宝贝女儿"打气:摆姿势自拍了一组"萌萌"的照片,从中精选3张组成一张拼图发往武汉。这份暖意融融的亲情传递,被汤倩晒到自己的朋友圈。

只要作息节奏许可,汤倩每天都会不定时与家人联络一次——这也成为汤妈妈每天无论白昼还是夜晚的专心等待。"我们不给她打电话,都是她打给我们。"2月20日这天深夜11点10分,汤倩手机记录上显示"麻麻"的一个呼入电话,通话时长为"1小时4分钟"。汤倩讲述,那天夜里先是自己打给妈妈,未接,她等得困乏睡着了,醒来后就把电话追了过来。

汤倩如果与家里视频,镇江这边一般都是由妈妈与妹妹联袂出镜,汤爸则"总是不肯参与"——汤倩说,她能领会到父亲无言的心思。离家之后父女的首次视频见面,已是汤倩从前线归来正在休养隔离中的第三天。当天汤妈妈不在家,视频中,得知虽然人已在镇江但"还要再过十几天"才能见到女儿,汤爸讲着讲着就掉下泪来。这次视频中,汤爸第一次对女儿很直白地吐露"我想你"。而长这么大,印象里从未对父亲说过"爱"字的女儿,也在第二天上午的朋友圈中如是告白:"爸爸,我爱你。等我回家。"

汤家三姐妹中,老大已出嫁,老二汤倩与比自己小4岁的妹妹之间,多年来写就一段内涵独特的姐妹情。汤倩讲述,始于妹妹读初一,家长会都是由她作为代表去参加,父亲工作忙,母亲不识字,"妹妹学习上的事就全由我负责了",从这个时候起,姐妹间建立起了每周谈心两次的沟通机制。进入高中后,汤倩就基本不再过问妹妹的学习,因为"她大了",这个阶段汤倩重点关注妹妹的心理状态,"不让她每天死学习",常带她出去放松放松。2020年,也是妹妹经历人生转折的高考之年。

报名请战援鄂这件事,汤倩在家里试探"风声"之后,妈妈一开始是有心结的,"除非医院里指名要你去"。倒是闺房交心中,妹妹力挺姐姐:"姐,我觉得你应该去,你就做你自己想做的!"

后来的3月30日,距汤倩结束休养隔离回家已剩两天、姐妹俩眼看着即可重逢之际,在家复习迎考的妹妹却无法抑制心中对姐姐"全新的认识",用宝贵时间，也用工工整整的笔迹，写去一封让汤倩"看得我流泪了，很暖心"的长信——不难看出这封信是事先打过草稿然后再誊抄的，通篇没有发生一处修改。

勇敢的姐姐：

当你看到这封信时，已经平安归来。由于学业繁忙，我无法亲自迎接你，便写下这封信就当是一种特殊的"重逢"。都说见字如面，我想你也一定可以明白我的心意，感受到我的心情。

想来我们已一月有余未曾见面了，我始终记得当初那个多次请战援鄂、态度坚决的你；那个毫不犹豫在请战书上按下红手印勇敢的你；那个不惧病毒一心只想报效国家、为人民服务热血的你，这一幕幕画面都深深刻在了我的脑海里，我想说："作为你的妹妹，我深感荣幸与自豪。"当你赴湖北抗疫的那一刻，我觉得你就是我心中"最美的逆行者"，并且也让我看到了你的责任与担当，我心中暗暗想到：以后，我也要像你一样做一个不畏艰难险阻，勇敢报效国家与社会的人，你已然成为我的榜样，我想要成为的人。

你此次参加援鄂行动也让我对你有了一个全新的认识。突然间我觉得你不再是那个和我无话不说、分享趣事的可爱姐姐，而是变得十分成熟、勇敢、坚强。也许这些都是你一直隐藏在心底的另一个自己，通过这次的行动也让你展现了完全不同的一面。我心中也是为你感到高兴，并且更加敬仰你。由于你在湖北支援工作繁忙，其实我们并没有什么时间联系、交谈。但我发现无论何时我们向你询问身体情况和衣食住行还有工作时，你总是会笑呵呵地说："挺好的，一切顺利，别担心，我可以的。"其实从新闻报道中，我多多少少了解到支援工作是十分辛苦的，工作强度绝不是一般人可以顶得住的，可是这些苦、这些累、这些汗，你愣是一个字也没和我们说起过，独自一人默默扛了下来，我也知道你是怕我们担心，所以只字未提，我想对这个"傻傻的"、只知报喜不报忧的你说："谢谢你！有你，真好！"

虽然，此时此刻我无法像你一样冲在前线保卫人民，报效国家，但我也身处于高考这个特殊的"战场",我也希望通过自己的努力来打赢这场仗。作为高三学子,面对疫情,此刻,我们虽不能为国家、为人民做出一些实事来,可我们也应该拿起自己的笔杆子与高考一决高下。学习你那不怕苦、不怕累勇敢抗疫的精神,我也理应全力以赴奋战高考,无愧于你们为我们拼得的平安条件,无愧于父母、老师多年的教育与培养,更要无愧自己多年来付出的努力,无愧青春,不负韶华。其实疫情之下,每个人都有自己要承担的责任,你通过支援湖北抗击疫情来体现自己的责任与担当,而我则是通过专心学习、努力拼搏来展现我的责任与担当。

说了这么多,其实我就是想让你知道,在抗击疫情的战场上,我始终与你在一起,你不要孤单。如今,你也已凯旋,我心中甚是喜悦,也希望你在接下来的日子里好好休养,期盼与你真正重逢的那一刻!

妹妹

2020 年 3 月 30 日

33 "那边"挂念"这边"

大疫之年,是汤倩家"家有考生"(高考)的重要节点年份,也是姜燕萍家"家有考生"(小升初)的同样重要之年。人在前线,不问归期,女儿总被姜燕萍装在心上。

"第一梯队"进入方舱医院上完第一个小夜班的姜燕萍,出舱诸事妥当,已是凌晨两点多钟,回驻地途中打开手机,一条女儿早就发来的微信"妈妈你什么时候回来",让她的心顿时揪了起来。此刻,母女分开仅仅 3 天,姜燕萍立马意识到,父女间肯定是"沟通出现了问题"。一夜难眠。

女儿平时的生活学习都是姜燕萍包揽,尽管出门那一刻,孩子曾以一句"你不是第一次长时间离开我"宽慰妈妈的心,但当妈妈真正不在身边,她还是极不适应忽然之间又发生的家庭局面改变。

第二天早上,母女电话刚接通,女儿就以不加商量的迫切口吻,连着三声"你赶紧回来、赶紧回来、赶紧回来"催促妈妈。

不过，毕竟是"孩子气"，姜燕萍讲述，经她"两头疏导"，父女俩很快度过了大约一星期的磨合期，不仅再没这情况发生过，而且成为"无话不谈"的好朋友。一天，女儿微信上发图告诉妈妈她的绒拖鞋坏了，姜燕萍说"那你穿我的吧"，女儿却断然回复："不，我要自己缝。"说干就干，很快女儿就将缝好的拖鞋图片又发给妈妈，得到"我的小萌乖乖怎么这么能干"的高度评价。当天，女儿向姜燕萍分享自己的劳动成果中，还包括"我做的"一盘蛋挞。

用心良苦的季冬梅，行前之所以授8岁女儿周程程（笑笑）一柄"尚方宝剑"，也是旨在解决父女间随时可能产生的各种"争端"。

到了前线后，与女儿视频是季冬梅每天最放松的一刻，最初她常问的一句话就是："今天跟爸爸相处得怎么样啊？"事实上，"这鬼丫头后来还真动用过我给她的'宝剑'"，给徐阿姨打电话告过爸爸的状。

再后来，季冬梅的心渐渐就踏实了，因为女儿不仅主动公开承诺"在家会听爸爸的话"，而且行动上落实得也不错。前述《妈妈的长发》这首童声合唱是由"小周同学"领唱，制作专题的媒体记者曾专赴季冬梅家中补拍了一段影像，戴着口罩的周程程举着一张母女合影照介绍："这是我妈妈，她到武汉去救病人了。妈妈我想你，但我知道疫情还没有过去，你暂时还不能回来，武汉还有很多病人需要你们救治，一定要保护好自己，我在家会听爸爸的话，跟爸爸一起等你早日平安回家。"

女儿正处在学习、生活、心理状况等各方面成长的关键期，季冬梅深愧自己不能持续陪伴，"缺席了太长时间"。援鄂前她刚从上海结束为期半年的进修，上海期间每半个月左右回家一趟都能看出女儿的细微变化，此次时隔两个多月，季冬梅感觉的女儿变化更是"迈了一大步"：自理能力和独立性显著增强，并且"对我的工作有了进一步的认识"。

每一种亲情，都是自心底弹拨而出的曼妙旋律。汤倩母女与姜燕萍母女、季冬梅母女，从两个不同维度向我们呈现"勇士"光环下的"凡人内核"，呈现可以触摸的"血肉温度"。

尽管心中甚为挂念，可赵萍到武汉后却很少与2岁的女儿视频，因为"怕她在视频里闹着要我"，一旦出现这种情况，"我会更难受"。

那天，在镇江市第四人民医院的会议室里，组织上安排了一次前后方连线，女儿先是盯着视频里的赵萍有些蒙，过了好一会儿，才"后知后觉"地轻叫一声"妈妈"，赵萍应声而泣，倒是丈夫一旁的"诉苦"及时调节了现场气氛："现在每天晚上我不休息，她也不休息，我都拿她没办法了。"一句话逗得赵萍破涕为笑。

句容市人民医院的孙文医生2月9日被派往武汉之后，身为同一家医院感染科医生的张美玲，内心就开始考虑一个问题："假如这个事情到我头上，我该怎么做？"张美玲的儿子当时只有22个月大，所以，两天之后当"假如"变成"真实"，她本能地"犹豫了一下"，"确实舍不得小孩"。

"总要去做一些事情"的强烈信念还是战胜了"丝毫犹豫"，张美玲坚决地把任务接下来——这是一次远超"半个月左右预期"的远征。在前线每次与家里视频时，还不怎么会说话的儿子对着张美玲翻来覆去就两个字"妈妈"。丈夫告诉她，每次只要手机一响也不管是谁来的电话，儿子都会大喊："妈妈！妈妈！"

2月28日这天寂静的午夜时分，戚文洁发出一条朋友圈，全部内容就4个字"天天失眠"。与很多队员情况相似，在武汉投入战斗后，戚文洁的睡眠质量一直不高。失眠之时，这位年轻妈妈想得最多的就是2岁刚出头的儿子，后来与家中视频连线时，儿子"已经不怎么理我了"；而千里之外的张艳红每次睡前，脑海里也全是女儿的欢声笑语，还有就是惦念"之前的咳嗽有没有好一些""夜里她会不会蹬被子""饭有没有好好吃"等等。她的女儿4岁，严格讲只有"3岁半"。

冷牧薇请战时，之所以"带有一定矛盾心理"，原因就在当时只有"2岁多一点"的儿子身上。丈夫林欢的老家在无锡，冷牧薇本人是徐州人，平时主要是奶奶在这边帮着带孩子，春节前外婆从徐州过来原计划只是短暂替换奶奶，结果冷牧薇一去前线，母亲就"直接回不去了"——那段时间，家里日常就是一老一小，因为同样身为当地基层医疗战线一员的林欢，也忙于卡口值勤。

那天傍晚5点多钟，被通知回家收拾行李、明天出发的陈良莹"还以为领导跟我开玩笑"，仓促之下没办法做过多的安排，老大4岁、小儿子2岁半，两个孩子只能托付给奶奶照料，吃了不少苦的奶奶"头都炸掉了，两个都是男孩，太调皮"。后来,"我强硬地把我妈从弟弟那边抢了过来",这才给婆婆大为减压。

陈良莹讲述,老大还好,"毕竟小伙子了",自己更多是对老二怀有愧疚和挂念。那段日子老二"情绪反应"很明显,一看到外面飞鸟,就会说:"小鸟是去找妈妈了,我的妈妈呢,我的妈妈在哪里?"每次面对这情景,奶奶都极为伤心。后来从前线归来返岗,起初几天陈良莹去上班,一出门就会在楼梯口听到身后传来小儿子的"鬼哭狼嚎":"我不要你去上班。我妈妈又不见了!"

2月22日上午,刘竞在方舱医院里参加了半天消防演练,午饭后疲惫小憩,忽然被视频电话给吵醒了,3岁的儿子通话中皱着眉头问:"爸爸,你到底是在陕西还是武汉呀?怎么还不回来陪我去恐龙园?"2019年援陕时,刘竞也常与儿子视频。同样是"爸爸出差了",长达十余天下来,儿子显然还没搞清这两个地名当时究竟有何"大不同"。

而孙玮8岁的女儿早已搞清了"前线"概念。一段41秒的"父女To孙玮"视频中,女儿对正在湖北"射杀新冠病毒"的妈妈这样关照道:"妈妈,你在黄石要照顾好自己。每天多吃饭,不挑食,好好给病人治病。我在家里一切都好,你就放心地工作吧。我会听老师的话,好好学习。听爸爸的话,也不挑食。"丈夫则接过女儿的话茬表态:"我有信心把我们家的大后方保护好,照顾好。"随后父女分工联手,父亲说"晚安",女儿说"黄石"。

乔静到达武汉后有一天与家中视频,7岁女儿给妈妈看有颗牙齿"活动得很厉害,快要掉了"。第二天联系中乔静就得知,这颗牙已经掉了,当时很想看看女儿"新模样"的她,却无法第一时间看到,因为当晚丈夫加夜班,"爷爷奶奶用的是老年机,不能视频。"

被儿子称为"老母亲"的39岁的肖花,在家时操心不断,到了抗疫前线还是这样。那天与全家视频中,肖花穷追不舍地叮嘱丈夫:"现在我不在家,儿子'自由'了,你一定要帮我盯紧。他现在上网课,千万不能落下。要督促他每天锻炼身体,保证充足睡眠……"转而面向儿子,肖花更加"婆婆妈妈"起来:"你头发长了啊,让爸爸带你去理发店啊。"见到老父亲后,肖花又是一番无微不至:"爸,你要注意身体,吃的药要定期去医院复查、调整剂量。我给你买的敷贴要用起来，是止疼的，你要是有啥不舒服一定要去医院哦。"

"把自己派往武汉"的栾立敏，行前曾向单位请了2小时假，开车专赴石马乡下探母。75岁的老母亲卧病在床甚久，平时都是与儿子共同生活，只因全身心投入疫情防控大战，栾立敏才于大年初一将母亲送到乡下姐姐家中。此番仓促之别，已经长时间出入敏感场所的栾立敏出于安全考虑，只能在房门外远远地看着母亲，"陪她说了几句话"。

42岁的包泉磊，家中小的小、老的老，援鄂期间他心中不仅装着分别为11岁和5岁的两个女儿，更放心不下病榻上的母亲。母亲2018年遭遇一场车祸，瘫痪至今，生活完全不能自理。尽管交流存在很大障碍，但包泉磊在前线时仍然经常与母亲视频。"要不是家中有这情况，我可能早几批就去湖北了。"包泉磊说。

其实，身为江大附院感染科副主任医师、科副主任的包泉磊，2月11日加入黄石这一批出征之前，严峻形势下留守本土抗疫作战，已然经历了"个人从业史上最大劳动强度"的一段时期：人手紧张下，他与丁明两个人以对倒班次，"承包"了整整一个病区的医生值班。

丁明则是带着对妻子的一份特别牵挂，与包泉磊携手去了黄石。妻子5年前做了胃大部切除术，术后化疗8周，又维持治疗了一年，体质情况一直虚弱。那天晚上得知丁明第二天就要出发，妻子帮他整理行李直至凌晨，"自始至终没有说一句反对的话"。丁明讲述，他在黄石期间的视频连线中，妻子也"从没有什么特别流露"，直到前线归来，他才从妻子与闺蜜的聊天截图中得知，自己刚离开那几天，"她一下子瘦了好几斤"。

34 五口难得凑齐的家庭"视频聚会"

副主任医师田英是位"英雄妈妈"，有三个孩子：老大儿子17岁读高二、老二女儿11岁读四年级、小女儿才3岁。正是基于其家庭实际情况，通知出征环节上，医院领导也曾反复关注田英的态度。田英本人坚定拍板都"安排妥当了"。

关键时刻，田英之所以"没考虑太多"，念头十分简单："能接受这样的任务，

第五章 两边，几多牵挂

是很光荣的一件事情。"至于家里，不仅丈夫愿意多挑担子，还有"奶奶婆婆也能帮着照料孩子"。

田英到达武汉第十天，大女儿在数学本子上给妈妈写了一封信。

亲爱的妈妈：

您好！

自从你匆匆离开我们去武汉支援抗疫后，我觉得自己忽然长大了，更懂事了。我每天早上起床后不仅能把自己的房间收拾整齐，还能帮妹妹扎小辫子呢！她可喜欢了！她也非常听我的话，要是她要妈妈，别人都哄不好她，只有我能把她逗开心，你说，我厉害吧！

上午，我会准时去阿姨家写作业，我知道哥哥今年要参加高考，阿姨也很操心，所以尽可能不给阿姨增添麻烦。有时候哥哥要打印复习资料，都是我主动去帮他打印的。阿姨夸我很能干呢！

下午，我会看看课外书，做做课外练习，看一会儿动画片，偶尔会打开微信看看朋友圈，因为想看看您在那是否一切安好？

我在新闻上看到武汉那边疫情还是很严重，也有不少医护人员不幸感染。所以，您一定不能出门不戴口罩。

祝：身体健康！

女儿：田芷睿
2020.2.19

因为住在一个小区，那段时间大女儿常去姨娘家做功课。刚开始一段时间，田英与小女儿视频时"她老是哭"，后来就有意避开小女儿，"等她睡着了"再拨电话。所以，夫妇俩加三个孩子要想同时凑齐在视频里"几乎不可能"。且客观上，常上夜班的田英白天需要补觉，而同为卫健系统员工的丈夫也要参与当地疫情防控，"合适时间点"本来就不多。

一天晚上，丈夫想独自给田英录制一段视频，刚说了10秒钟左右，身后就传来大女儿的问询："是我妈妈吗？"得到确认后，大女儿边"嗒嗒嗒"跋着拖鞋直奔过来,边兴奋地给父亲下指令:"是我妈妈!快点把电话给我,你不许跟我抢!你敢跟我抢!"

对着镜头,女儿笑得合不拢嘴,一口气说个不停:"老妈,你在那边还好吗?我在家里可乖了,天天把作业写好。妹妹她每天早上和晚上都要吵着见妈妈,还是我把她哄睡着呢。你知道老爸有多辛苦吗?今天开会到7点半才回来。祝你平安的、健康的早点回来,我在等你。拜拜!""拜拜"这一瞬,老爸只来得及插了一句话"我还没说话,你就挂掉啦"。

儿子过生日这天,正逢田英前一天需要上大夜班,当天早上就不能通话了,田英便提前做视频连线预祝儿子生日快乐,"腼腆"的儿子只回复了两句"谢谢,谢谢",然后就没说什么。而活泼的大女儿则拿老妈"开涮"起来:"妈妈,我还以为你预祝我11月份的生日呢。嘿嘿。"

田英与家庭成员逐个照面通话的过程里,旁边总夹杂着一个稚嫩而迫切的声音不断喊"妈妈",接着,身穿大红羽绒服的小个头终于现身了,她弯腰把脸凑近爸爸手上的屏幕,面对妈妈"小美女你好"的问候,小美女也挥着小手还礼,并问:"你在武汉吗?"田英讲述,过了一段时间后,"小女儿已经适应了",很少再哭。这个时刻,妹妹一边与妈妈对话,一边被姐姐在旁边喂东西"妹妹再吃一口"。

看得出,老二田芷睿照应妹妹成果不小。当田英叮嘱小美女"要听奶奶话听爸爸话",大美女一旁嘟囔着抗议"忘了我啦",小美女马上跟着补充"还有姐姐"。姐姐每说一句,妹妹就照着重复一句。田芷睿告诉田英,在一张"那么多人穿着防护服"的图片里,"我一眼就认出了你,因为你是那一群人中最矮的一个!"妹妹随之附和姐姐:"对。"

这段开心一刻的家庭"视频聚会",是田英在前线期间"少之又少"、五口人全部凑齐的难得一次。

35 更有"别样牵挂"

2月13日,由705名队员组成的第七批江苏援鄂医疗队出征。到这一天为止，江苏累计已派出援鄂医疗队员 2497 名，后来又派出 316 名，总数达到最终的 2813 名。

第七批出征当天，省委书记娄勤俭致信前线队员，信的内容摘登于江苏省委机关报《新华日报》。

江苏援鄂医疗队全体同志：

国有急难，江苏儿女历来慷慨以赴、冲锋在前。湖北稳，全国安。现在是祖国和人民最需要你们的时候，你们每一个人都是一道坚强的生命防线。

你们的出征，牵动着省委省政府和全省人民的心，家乡人民十分挂念你们。你们一定要加强自我防护，保护自己就是爱护病人，就是保障胜利。同志们要互相照顾、守望相助，前方指挥部和党组织要切实加强对医务人员的保护。我们将与大家一路同行，全力做好保障工作，解决好你们的后顾之忧。

娄勤俭
2020 年 2 月 13 日

2 月 25 日，扬中市疾控中心丁咏霞出征黄石的第 26 天，在日记中这样写道："今天我又收到了一份意外的惊喜，来自家乡亲人的关怀和问候。"这份"惊喜"是由该市卫健委寄抵的一批急需防护物资和一些暖心零食，并附有用粉红 A4 纸打印的信件一封。

丁咏霞"我收到"之时，武汉那边的朱玮晔、王玉、桑宁、奚柏剑、田英等 5 名扬中队员，也收到了完全一样的惊喜。扬中，这块今天总人口只有 35 万，从战争年代"我送亲人过大江"到和平年代"共筑江堤战洪魔"，诞生太多英雄故事的江中小岛，此次先后向黄石、武汉两地前线派出"1+5"共 6 名援鄂医疗队员，并且全是"扬"门女将。

扬中市卫健委主任周春燕也是女性，那封被丁咏霞称为"充满温馨的信"，是周春燕以"姐姐"名义所写，虽然内容打印，每封信末尾她均手书签名，并均以信封装入。

我亲爱的6位妹妹：

见字如面。虽然不能天天与你们交流，但你们在前线的一举一动，时刻牵动着全市卫生健康人的心。看到你们每天发回的战地日记，我们十分欣慰。虽身处逆境，但心总向阳；虽任务艰巨，但不露胆怯。你们不仅在辛勤地执行援鄂任务，更是在优雅地展示扬中卫健形象。在你们身上，我们看到了年轻一代的担当和扬中卫健的希望；在你们身上，我们看到了巾帼不让须眉的胆气和医者仁心的大爱。

纸短情长。说一千道一万，还是那句："请务必做好安全防护，保护好自己，等你们凯旋，再共叙情长。"

思念你们的大姐姐：周春燕

2020年2月23日

相隔11天后，包括丁咏霞等"6位扬中妹妹"在内，镇江77名援鄂医疗队员中的全部47名女性队员群体，又收到了来自家乡的多份大礼。

3月8日，第110个国际劳动妇女节当天，镇江市委书记马明龙、时任镇江市长张叶飞代表市委、市政府和全市人民，给镇江市援鄂医疗队全体女队员发去一封慰问信，向她们致以节日的问候和崇高的敬意："你们辛苦了！"

慰问信写道："面对来势汹汹的新冠肺炎疫情，你们不畏艰险、主动请缨、勇敢逆行，奋战在抗疫最前沿，用实际行动诠释了'巾帼不让须眉'的新时代女性风采。面对高风险、高强度的工作，你们始终把风险留给自己，把健康带给别人，用敬业的态度、精湛的医术、优质的服务、忘我的奉献，彰显了医者仁心的责任担当和大爱无疆的镇江精神，为打赢湖北保卫战贡献了镇江力量！"

信中还写道："风雨再大终有雨过天晴，黑夜再长终将黎明破晓。希望你们一鼓作气、再接再厉，做好防护、保重身体，全力夺取疫情防控最后的胜利。待到人间皆安、杜鹃盛开，我们在家乡迎接你们凯旋！"

3月8日当天，镇江市总工会也向湖北前线全体女队员发去一封慰问信。

亲爱的白衣天使们：

你们好！

阳春三月，万物复苏，洗去冬日的孤寂，绽放着春日的芬芳。伴随春天的脚步，我们迎来了第110个"三八"国际劳动妇女节。衷心祝愿在抗疫一线辛勤工作的你们，节日快乐！

在这场没有硝烟的战争中，你们舍弃与父母的相伴，别离与儿女的依偎，争当风口浪尖上的最美"逆行者"，书写生命的美好；你们是母亲、是女儿、是爱人、是姐妹，你们更是疫情防控线上的"无畏战士"，冲锋在前，迎风逆行！

疫情无情人有情，有一种"英雄气概"叫巾帼不让须眉。你们用专业、冷静、敬业的工作，为我们勾勒出最美逆行者的背影；你们在疫情面前临危不惧，坚守岗位，用善良温暖着每一名病患；你们用舍小家为大家的情怀，为我们汇聚起战"疫"最坚实的力量。

一篇篇战"疫"日记，记载着你们的大爱与担当；一个个爱的讯息，传达着亲人们的深深惦念。在这个特别的日子里，希望我们送来的"特殊"礼物，让你们身在外地，依然能感受家的温暖！

因为你们的守护，我们才如此心安！让我们带着期盼，等待你们凯旋！

向你们致敬！

镇江市总工会
2020年3月8日

早在2月底，镇江市就出台了给予全体援鄂医疗队员"8项关爱举措"的具体政策，涉及政治关爱、服务关爱、健康关爱、教育关爱、购房关爱、休假关爱、慰问关爱、表彰关爱等8个方面，令广大队员备受鼓舞。

27岁的单身姑娘桑宁，平时在单位上与同事们的孩子总是打得火热，其中包括两位"Ran哥"。

出征时，科室护士长张敏莉的儿子然然送了她一幅画"桑宁姐姐加油"。2月25日，武汉前线的桑宁又"收到后方'小男朋友'的信"，写信人读音也叫"然然"，却是"燃燃"，多了个"火"字旁——他便是也在出征那一刻送桑宁狗牙"护身符"的同事朱建敏的儿子。与读初中的然然称"姐"不一样，相比之下，10岁的燃燃得称桑宁"阿姨"了，一张纸上配图写道：

亲爱的桑宁阿姨：

您好！希望你看到这封信时，心情很开心！

那天妈妈回来告诉我你去武汉的消息，看了你走的视频，我顿时哭了，因为武汉很危险，有很多病毒，每天都有很多严重的病人，医生护士也会被传染，你一定要保护好自己！我等你回家一起吃串串、吃牛排、一起喝奶茶！我记得每一次在一起都玩得很开心，你每一次都把我照顾得很好。在我心里你就是个勇往直前的女战士，不畏艰苦去战胜病毒。等我开学了，我会告诉老师、同学们，这个勇敢的人是你，我们是好朋友！

等你回来的燃燃

对逆行湖北前线医疗队员们的多重牵挂与鼓劲，不仅仅来自亲朋好友、单位同事和各级党委政府，还来自社会各界。

随着"一省包一市"对接名单的敲定，曾受到习近平总书记视察的惠龙易通国际物流股份有限公司的董事长施文进，内心"第一时间"做出一个决定：在此前基础上，为抗"疫"大局再出一份力——向湖北黄石市捐赠现金50万元。这笔款于江苏援鄂医疗队"黄石兵团"抵达次日，就及时打到了黄石市慈善总会的专项账户上，凭证的"备注"栏里这样写道：定向捐于江苏省镇江市医疗队员支援的医院。

网友献爱心，"冬天的雪"向前线捎去"春天的问候"。2月14日下午，一批包括费列罗巧克力在内的多品种食物送至江苏大学附属医院，并于当天办妥分别发往武汉与黄石的快递。原来，这是由网名"冬天的雪"等十余名社会爱心人士共同参与的捐赠。

"冬天的雪"讲述,一段时间里她和很多闺蜜深深感动于"逆行"湖北的白衣战士们,经过商议,大家决定隔空寄赠一批"加餐零食",为此花了整整两天时间奔跑采购,总额约6000元的这批食品,"都是高能量的品牌食品。"参与捐赠者全是女性,尽管采购时选择口味更偏重于"为护士姐妹们着想",但最终江大附院的16名(当时)队员"男女平等,一个都没有少"。

刚到达武汉那几天,刘竞手机上频频收到陌生号码发来的问候短信,短信都是来自他曾救治过的患者或家属:

"刘医生您好,我是2016年初您救治过的重症患者×××的儿子,从新闻上得知您支援湖北的消息,非常感动。相信您高超的医疗技术一定能帮助湖北战胜这次疫情,祝您和医疗队全体成员平安归来。加油!"

"刘主任您好,我是您曾经的病患家属,在新闻上看到您也去驰援湖北了,为您骄傲!一定要保护好自己啊,镇江人民期待您早日平安归来!"

"刚刚看到微信公众号上推送的新闻,得知康复ICU的刘竞医生这次出征,不想打扰,所以也没打电话求证。如果不是重名,恰是你本人,请收下我及全家的敬意,一定要保护好自己,胜利归来。注意休息,不用回复。"

类似的问候,冯丽萍也收到了。那天出舱后,脱完防护装备"就累瘫在休息室里"的冯丽萍打开手机,一条暖心短信映入眼帘:"您已去战疫前线40多天啦!身体状况如何?念你啊!"短信来自冯丽萍以前曾护理过的一位病人。

一位微信名"二太爷"的市民,一天在朋友圈发出一张拍摄于自家窗前、红梅盛开的风光照,然后以分行方式配了以下一段文字:

望着窗外的红梅,
就想起远征武汉的白衣大军。
拂去噙在眼眶中的泪滴,
望着你们逆行的背影。
弯下那带着伤残的老腰,
深深地向你们鞠躬致敬。

77人的"78天"

> 待你们击退病毒凯旋之日，
>
> 我们将高擎鲜花，
>
> 朵朵饱含着家乡人民的深情。

仅就以上文字而言，并无特定对象，应是对泛泛的援鄂队员群体表达敬意，但作者很快自我留言补述："前年住院时，胸外科的冯护士长对我精心照料。今年，她报名去了武汉。我真诚地向她致敬！祝福她平安胜利归来。"

"二太爷"并不是冯丽萍的微信好友，随后他又委托与冯丽萍加过微信好友的外甥女，专程替自己捎去问候："我舅舅，你曾经的病员，老爷子再三让我转达对你的敬意！"

另一位与阳韬早已加成微信好友的"Dora Zhou"，将阳韬随队去往黄石的出征照片转发到自己的朋友圈，配文："我爸生前最喜爱的阳医生和张护士都加入了黄石战'疫'一线。当初我爸就称他们'技术一流，医德上乘'，他们必定会平安凯旋！"阳韬跟帖回礼之后，"Dora Zhou"对阳韬讲述："在您的鼓励和慰藉下，我爸坚持和病魔斗争，将原本已可能不长的生命延展了4年，让我爸和我们又共同度过了4个春节，我们知足感恩！愿阳医生和全体医护人员此行多多珍重！"

36 云端陪伴："飞到你身边"

南师附小扬中教育集团滨江小学四（1）班同学孙诗涵，那段宅家日子里，一连几天所写日记引起外婆心中不安，她开始琢磨如何妥善为孩子做些什么。

孙诗涵的妈妈，援鄂医疗队员、扬中市中医院一病区护士长奚柏剑，2月9日随队出征武汉。此前"也写日记但不天天写"的孙诗涵，自妈妈去前线后，不间断地每天以一篇日记写下一个11岁孩子独特的心路历程。

2月9日　星期日　晴

今天一大早，妈妈给家里打来了一个电话（注：当时奚柏剑还在八桥

第五章　两边，几多牵挂

镇值 24 小时 120 班），她说："我要去武汉支援了！""快帮我收拾一下行李。"

我听了十分的不想让妈妈去，可是不论我怎么哭，怎么闹，她都是要去的。

……

    2 月 10 日　星期一　晴

今天，是妈妈去武汉的第一天（注：应为第二天）。

我每时每刻地担心老妈、想老妈，同样弟弟更是这样。

每次一提到妈妈，弟弟就会哭，我更是忍不住。可是，我作为姐姐，是弟弟学习的榜样。所以只能在心里伤心。我整天做出一副开心的模样，其实心里比谁都难受。

每当我想和妈妈打电话时，可又怕她太忙没有时间，又怕她有时间又太累了，所以，一天我们都没有见过面。

外婆说："我们在妈妈面前只能报喜，不能报忧！"因为外婆害怕妈妈担心我们，在工作上不专心！

唉，我真希望疫情快点消失呀！这样妈妈就可以早日回家了！

外婆想到了涵涵的班主任倪谷香老师，希望倪老师能与"强装无事的外孙女"谈谈，舒缓其情绪。倪谷香回忆，那段时间"光看新闻不一定能真切感受"医护人员逆行武汉后家中亲人的牵挂，当她收到因为着急上火而嗓音沙哑的涵涵外婆求援来电，当她在视频里目睹自己的学生"总在逃避镜头时"，"便被特别渴望却又一时不知道怎么才能去分担的无措包围着"。

其时学生们都宅在家中，见面是不可能的，倪老师左思右想，忽然想到了"飞"这个词。

于是，一场特别的暖心守护活动——"飞到你身边"，迅速形成定案。基于给孙诗涵"意外惊喜"的策划思路，倪老师临时新拉了一个除涵涵以外的班级群，向全体同学发出倡议：

139

同学们，我们的班长孙诗涵的妈妈到抗击疫情第一线去参加战斗了，她和弟弟在家里很想妈妈。我们现在也不能走到她身边陪她、安慰她，怎么办呢？

上学期我们已经学过怎么写信了，你愿意参加咱们班"飞到你身边"的活动，给她写封信吗？写完信可以美美地读出来，录成语音。再拍一些自己的照片或者是跟她打招呼的小视频，老师帮你制作一人MV，由你发给她。如果每天有一个同学这样"飞"到她身边，陪她、鼓励她，她一定很开心的，对不对？

如果你想参加这个活动，第一可以先跟老师报名（私发），第二赶紧动笔写信！

这个活动我们暂时对孙诗涵保密好不好？每天给她一个惊喜哦！

倡议一经发出，朱梓睿同学第一个报了名，并于2月14日这天在全班同学中第一个"飞"到孙诗涵的身边。

孙诗涵同学：

你好！我们好久不见，首先给你拜个晚年，祝你新年快乐，万事如意，全家幸福！

今年真是一个不同寻常的寒假啊，新冠病毒让我们待在家哪都去不了，听说你的妈妈去了武汉支援医疗工作，我们全家都对她非常敬佩，她真是一个了不起的勇敢的白衣天使！你不要觉得难过！要为有这样的妈妈而感到骄傲和自豪，这是多么光荣的使命啊！我相信祖国的科技力量，相信全国人民团结一心，一定能把疫情赶走，你的妈妈很快就能平安归来！你在家要好好地注意身体，不要感冒，这样妈妈才能安心工作。你可以和弟弟在网上学着做点零食或者有意义的小手工，等妈妈回来以后给她一个大大的惊喜。对了，我这两天学会了做珍珠奶茶，味道还真的不错呢，开学了做好了带给你喝，好吗？

今天就聊到这儿吧，请向你妈妈转达我们对她的敬意，让我们一起期待疫情过去，春暖花开！

祝你身体健康！天天开心！

朱梓睿
2020.2.14

当天，孙诗涵就把这份始料不及的惊喜写进了自己的日记：

2月14日　星期五　阴

今天，是老妈去武汉的第五天。

让我想不到的是，今天下午，我们班的朱同学竟然给我写了一封信。

我非常非常的感动，因为他写得真很棒！

……他还和我说了一些在他身边发生的一些有趣的事件，让我很开心！

老师们也非常非常关心我！让我有什么不会的题，都可以找她们！

此时此刻我想感谢各位老师，感谢同学，感谢每一位家长！

谢谢你们的关心！

我会永远记在心里。

继朱梓睿之后，按活动计划每天都有一位同学，以一件"美篇"作品"飞"到孙诗涵身边。作品中元素满满、活力迸发，除文字信件、视频问候和各种图片外，大家还纷纷表演唱歌、舞蹈、快板、诗朗诵、小魔术等才艺送给自己的班长。

朱梓睿"最后逗你乐一下"表演的是一段架子鼓，并"偷偷告诉"同学："这是穿的我妈的衣服，还不错吧？一首新曲子，不是很熟，凑合欣赏（捂嘴的表情）。"

2月16日，戴澎羽同学在信中抬头首先称"亲爱的班长"，然后写道："虽然现在我不能在你的身边陪伴你，但我的心永远和你在一起。" 2月18日，陈星如同学的信中说．"现在新冠肺炎病人开始慢慢地减少了，我们每个人都听话在家，都可以用自己的力量来阻隔战胜恶魔，你在家里要注意锻炼好自己的身体呦！这次疫情让我们联合起来打败它，你的妈妈就会早日平安归来和你团聚了！" 2月27日，祝祎程同学信中说："春回大地啦，昨天我们在校园插种了新柳，今日我又让信飞到你身边，带给你春天温暖的问候！……我现在很想念滨小——我们美丽的校园，那绿色的操场是我们的乐园，把我的作文《我的乐园》分享给你！……好了，今天就聊到这里，请向你妈妈转达我们对她的敬意。"

这段时间里，孙诗涵也分别给同学们和倪老师回信表达谢意。

同学们：

你们好！

感谢你们在我妈妈去武汉期间对我的关心，写给我的信我都收到了，你们写得非常好，谢谢！！

自从看了你们写的信后，我顿时就变得开朗起来，我带着弟弟每天都会做一些小手工和画画。就算疫情期间我们运动也不能少，昨天我刚和弟弟一起打篮球，还踢足球，我们两个开心极了！！忘记了那些烦恼。

告诉你们哦，我的爸爸在这几天给我买了一部简简单单的手机，用来上网课用，当然它拍照功能少不了，而且拍得可好了，昨天和弟弟一起打篮球，我就给他拍了一个视频和照片，你们看看吧！我最喜欢的日常娱乐，就是拍照片了！因为照片可以记录很多很多美好的童年回忆！

我这几天还自己做了蛋糕胚，虽然不是想象中的那样，不过非常非常好吃，让我回味悠长。等到开学的时候我再做很多带给你们吃哦！

对了，我还要问你们一个问题，你们在寒假当中玩了一些什么游戏啊？记得写信告诉我哦！我非常非常期待呢！

好了，今天就聊到这里吧，我和同学们一起为武汉加油！为中国加油！

祝

身体健康！

学习进步！

你们的同学孙诗涵
2020 年 2 月 22 日

在前线看到女儿这封信后，奚柏剑也跟了长帖留言："我的宝贝！作为姐姐，你把弟弟照顾得好好的；作为女儿，你能让妈妈安心在武汉抗击疫情；作为学生，每节网课、作业你都特别认真；作为班长，你不仅协助老师收查线上作业，还用这么暖心的信件给全班同学带去鼓励与力量！妈妈是疫区的白衣天使，你是我们小岛扬中最美丽的小天使！"

在给倪老师的感谢信中，孙诗涵写道："……您让同学们用录视频的方式给我写信，让我很惊喜，他们说得非常好！特别是朱梓睿和杨涵睿，这两个搞笑大王，谁看了都会哈哈大笑，更别说是我了！在妈妈去武汉期间，同学们让我很开心很高兴！"

37 一封写往武汉前线的"战友来信"

"江苏三队"结束在中法新城院区的重症救治任务，易地武汉市肺科医院再战后，3月30日是冯丽萍新岗上班的第一天。这个时候，根据任务完成进展情况，来自全国各地的援鄂医疗队员已大部撤离湖北。镇江77名队员中，也已归来59人，尚留18人——全部在武汉，其中17人为整建制与冯丽萍同批的队员，另一人为江苏疾控队伍里的杜萌。

当天晚上9点多钟，下班出舱不久的冯丽萍打开手机，同事雍凤群的"未读"聊天记录里，跳出一个Word文件《写给冯丽萍护士长的一封信》。

发信人正是写信人，落款"爱你的小雍雍"之雍凤群，是冯丽萍同一科室的护士。"今天又是想你的一天"，近千字的信中，句句饱蘸深情厚谊："以前你在我们身边的时候，只觉得你是很好的护士长，分别之后才发现，我们更多的时候，把你当成了朋友、姐姐、家人，你是我们心里最爱的人。"

雍凤群讲述，那段时间别人都陆续回来了，护士长还没有回来，"我们左盼右盼没有等到她"。比写信早两天，3月28日，冯丽萍所在的镇江一人医心胸外科同事们就以"每人一句话"方式，录制剪辑了一段长达3分47秒的视频专题《我们想你》传至前线。视频中，一位姐妹在家中携自己的两个小女儿齐声共语"我们都想你"；一位病区的护工阿姨也参与了录制："我和大家都在想你。"雍凤群说，视频之后的这封信虽然是自己执笔，却也再次代表了大家共同的心声。

亲爱的领导：

你好！

今天又是想你的一天。

最近镇江下起了细雨，骤降的温度让我担心你有没有多穿点衣服。我看了武汉的天气，也是微风细雨。想起你走的那天，时间匆忙，我们没有来得及送你，每每想到这里，心里都十分自责。

今天已经是3月底，距离你援驰武汉已经快两个月的时间。从2月份的春寒料峭，到现在的春暖花开，足足58天了，马上4月份草长莺飞的日子里，你能回来吗？我们每天都在等你平安归来的消息。

你最近还好吗？全国各地支援武汉的医护同仁们，都纷纷回归，而你却接到新的任务——去肺科医院ICU继续战斗。

前几天听你介绍新的医院病人很重，用到很多医疗器械，照片里满屏的仪器。你说你有点焦虑。我们还安慰你，鼓励你说，你可以做到，加油！其实我们自己也清楚，这样重的患者，我们谁见了也压力巨大。看着你从前线发来的近照，又消瘦了不少，心疼你，想为你做点什么，却力不从心。而你瘦小的肩膀却顶起了这样的重担。

亲爱的领导，在你支援武汉的这段时间，你的妈妈哮喘发作，你的爱人也得了肺结核住院。都说你是白衣天使，大家赞美你，歌颂你，可是我们知道，你也是有血有肉的女儿，是有情有义的妻子。你把自己给了武汉人民，你的家人是你放心不下的牵挂。我们想努力帮助你解决困难，可是再多的帮助，也不能减轻你的牵挂，只期待你能早日回家。

以前你在我们身边的时候，只觉得你是很好的护士长，分别之后才发现，我们更多的时候，把你当成了朋友、姐姐、家人，你是我们心里最爱的人。你对我们的好，我们永远都会记得，即使你不在我们身边，今年我们也收到了你送的"三八"节礼物，你送给我们的新年礼物——多肉植物，也都像我们对你的思念之情一样，在茁壮成长。当看到你给同去支援的同事发生日祝福，我就知道，像领导这样暖心的人，走到哪里都会去爱别人，你有爱人的能力，你也值得被大家爱！我常常和同事说，胸外科虽然很忙很累,但是我有一个好领导,你是我坚持下去的动力,是我职业生涯的良师,是我最爱的朋友家人。

  我们已经准备好所有欢迎你的仪式:二姐说等你回来给你一个大大的拥抱,黄黄说要把你举高高,焦焦说一起去拍美美的照片,洋洋想等你回来吃火锅……我们很平淡地说一句"我好想你",其实内心都有千言万语的牵挂与思念。

  君住长江头,我住长江尾。日日思君不见君,共饮长江水。

  现在,我们只差一个平平安安归来的你,希望你能在照顾好病人的同时照顾好自己,愿你早日归来,共享镇江的春暖花开。

爱你的小雍雍
2020 年 3 月 30 日

  正是通过这封细述点点滴滴的信,更多的人才得知:冯丽萍去了武汉前线之后,她家中几位亲人相继生病。在同医院当医生的丈夫,于 2 月底被诊断患上肺结核——回忆当时,冯丽萍平淡地表示"没事,他自己把自己照顾得很好"。淡然的背后并非超脱,而更多是某种"不能两全"的无奈。

  姐妹情深,知根知底,"小雍雍"介绍,虽然护士长从来没有在同事们面前说自己的困难,但她内心"其实是很挂念家中的"。出征武汉时,冯丽萍的体重是 104 斤,到转战肺科医院上第一天班之时,已"不到 100 斤"。

第六章　穿越疫情的爱情

38　她给军营丈夫送上一份"特别嫁妆"

2月9日上午，镇江市委、市政府为张晶晶所在的这一批援鄂医疗队举行隆重壮行仪式。现场，张晶晶没有一位家人前来送别。第一章述及，她的父母远在安徽省定远县农村，而另一位日夜牵挂的亲人——丈夫小柏，则在更遥远的索马里海域。

张晶晶与小柏是定远同县人，也是高中同班同学。那年，张晶晶考上了安徽医科大学本科护理学专业，毕业后进入镇江市第一人民医院工作。而小柏考的是军校，后来转至武汉读了3年研究生。

一对情侣多年来聚少离多，却相爱至深、水到渠成，于2019年7月领了证。领证一个多月后，准新郎小柏就随中国海军第三十三批护航编队远征亚丁湾。

春节前1月22日晚，张晶晶独自乘火车回到安徽老家过年。计划中大年初二，小柏那边男方父母将登门商议婚事细节。婚礼之所以早早定在4月18日，是呼应小柏"大约3月底4月初"的归期。

然而，席卷而至的疫情很快打乱了一切节奏！1月25日，大年初一大早，镇江一人医向全院医护人员发出了紧急动员令：根据国家和省市统一部署，将随时抽调人员支援武汉前线！

未及等到初二公公婆婆登门，收到动员令的初一当晚，张晶晶就独自匆匆坐上了回镇江归队的动车。"这让父母亲很吃惊，也很担心，但我做通了他们的思想工作。"张晶晶讲述。不过其时，父母也只是知道女儿"回单位工作"，并没料到她有去武汉的念头。一下火车，张晶晶直奔医院，和很多同事一起连夜递交了援鄂请战书。

究竟要不要第一时间如实把消息告诉部队上的小柏，这让张晶晶内心纠结了好一阵子，所虑无非怕远在战地的丈夫由此背负一份担心。最终，拿定主张"还是得给他一个交代"，张晶晶发去了微信留言。

因情况特殊，随舰出征后，平时都是由小柏方便时主动打来电话，张晶晶要想与他联系只能微信留言，且大多不能及时获得回复。直至第二天下午1点多钟，"有网了"的小柏终于与张晶晶联系上，由此小夫妻间有了如下一段对话（微信聊天）：

晶晶："我请战去武汉了。国难当头，每个医务人员都义不容辞。"

小柏："去吧，做好防护。"

晶晶："嗯嗯（3颗'心'表情）。老公，我知道你会理解我的。（3朵'玫瑰'表情）。"

小柏："做好防护。"

晶晶："放心。别跟我爸妈说。"

小柏："如果去了，别累着了。"

晶晶："老公，每次都是你保家卫国，这次轮到我了。一起加油。"

小柏："注意安全。有不舒服的情况及时报告。"

晶晶："嗯嗯，放心。我会照顾好自己的，希望等你回来的时候我们已经打赢了这场阻击战。"

这次相隔万里、内容特殊的无声交流中，"做好防护（安全）"是小柏重复最多的叮嘱，一句"别累着了"则算是"最亲热"的流露。"他是个不擅表达的人，但我能感受到他的情义。"张晶晶说。

就在2月9日队伍开拔当天凌晨时分，张晶晶又给丈夫发去微信留言："钥匙放在同事那里，银行卡和密码都在家里，有空替我给爸妈多打电话。"回忆当时，张晶晶讲述，请战去武汉绝不是自己的一时冲动，而是经过认真思考，"做好了各种思想准备"。

一周之后的2月16日，武汉，上午11点多钟，张晶晶与队友们正在去往方舱医院上班的大巴上，手机忽然响起，屏幕显示"骚扰电话"4个字——这恰恰是张晶晶半年时间以来最为期盼的4个字！也是她抵达武汉后第二次接到这样的特别来电。

张晶晶讲述，小柏刚赴亚丁湾那阵子，每每接到这个"骚扰电话"，她都不假思索地直接掐断，后来方知，这便是丈夫打来的卫星电话。令张晶晶没想到的是，这次6分多钟的跨洋通话，平素寡言少语的小柏竟连着说个不停，"几乎不给我说话的机会"。

小柏与妻子"说得不停"的这次通话中，有这样一些"他平常都不一定能讲得出来"的关键内容："等战斗胜利了，我也回来了，我们就结婚，我要带你去武汉度蜜月，带你再去武大看樱花！"

早在小柏武汉三年读研期间，张晶晶就多次前去探望、游玩，深知丈夫对这座英雄城市素怀"第二故乡"般的心灵依恋，自己能有幸参与打赢这场史无前例的"武汉保卫战"，"就当是我给他送了一份结婚嫁妆吧"。

这对新人双双"为国而战"的特别故事，经《镇江日报》报道后，引发各界广泛共鸣。一位叫李忠的读者将这篇"我看后泪流满面"的报道，在自己的朋友圈转发。报道也被学习强国等新媒平台广为推送。

39　他们纷纷推了婚期

77名镇江援鄂医疗队员中，推了婚期的不止张晶晶一人，还有伏竞松、虞海燕、杜萌等人。

2月3日，到达武汉的第二天，夜里10点半，前述伏竞松发出当年度自己的第一条朋友圈，内容与其本人关系并不大，而是"侧记"女队员们在前线纷纷剪发赴战。但这条微信至少向更多尚不知情的亲朋好友传递消息：伏竞松参与援武汉了。

半小时后，王笠在微信下面留言"你也去啦"。虽不是由同一家医院派出，王笠与伏竟松早年相熟。此刻对话,若论更妥"语气",人在武汉的王笠应是问询"你也来啦"——比伏竟松早了9天,王笠是镇江"先遣6勇士"之一。

"是的笠哥。"伏竟松回复。王笠随后又跟道:"做好防护。你的喜酒我还没喝到。说好去年我从北京回来请我的呢。"伏竟松再复:"(婚期)今年5月份。我们大家都好好地回去。"

2020年5月1日,是伏竟松与同院护士贾佩定下的婚期。伏竟松回复笠哥的这个时候,乃至后来在武汉参战了一阵子时间,婚期均尚未做出调整,但形势发展越来越复杂,"完全没想到(疫情)会拖这么长时间"。后来,出征71天归来、再结束为期14天的休养隔离,伏竟松重新回归常态生活已是4月27日——而小两口的婚礼时间也早已因势延至国庆期间。

报名请战这个环节,伏竟松一直是瞒着贾佩的,直到接到正式参战令才坦言相告。在妻子看来,"以他的性格",伏竟松做出这个选择不足为怪。前线期间,小两口几乎每天视频通话,但因为班次节奏,通话时间从不固定,贾佩经常守着电话,有时等着等着就睡着了。

2月5日凌晨4点多钟,贾佩微信上收到伏竟松刚下夜班后发来的留言,竟是紧急求援:希望能尽快配一副眼镜寄过去。原来,前一天晚上伏竟松在ICU里上第一个班时,不留神把镜片打碎了。时值武汉封城不久,根本无地可配。

"平时一副眼镜我能戴好几年。"伏竟松讲述,出发前差不多"什么情况都考虑到",唯独忽视备用眼镜这一点。"人都已经在前线了",若因这个小小意外退出战斗,伏竟松坦言,"我肯定是不会甘心的"。所幸,近视度数只有300度,不算太高,在等待邮寄的几天里,不戴眼镜的伏竟松凭着"ICU虽谈不上经验丰富,但还是比较熟"的过硬技术,扛了下来,"大不了眼睛贴上去看、多看看"。

对这边贾佩而言,配寄眼镜不算什么事,倒是自己在视频中第一次看到伏竟松脸上被防护装备勒出条条印子的模样,不由百般心酸。那段时间,贾佩最关注武汉气温,因为出发时为了能多装些医疗物资,伏竟松随身携带的衣物很少,而"他一向怕冷"。

前已述及,结束又一场生死营救后,身为壮小伙子的伏竟松曾疲惫地瘫坐在病区里一张凳子上，瞅空小憩。伏竟松讲述，进入中法新城院区的早期阶段，劳动强度极大，下班回来一旦睡起觉，就算手机在旁边响个不停，"也经常睡得死死的"。

为确保体能得到足够有效的恢复，有时，伏竟松睡前会把手机调成静音——因为此举，那天让妻子贾佩度过了备受煎熬的半天时间：从下午到晚上，贾佩不停地打电话、发语音以及微信留言，均未果。等到伏竟松沉沉一觉醒来，打开手机一看，妻子微信头像上显示的未读信息数字达到了"99"，赶紧把电话拨过去，贾佩劈头第一句话就是："你把我吓死了！"

吸取"教训"之后，这对夫妻约定了妥善的联系方式，后来再没上述情况发生。

虞海燕的婚礼原定4月份，与张晶晶、伏竟松差不多，都本是春节一过"就近在眼前的事了"。但赴鄂参战后，婚期也势在必行地推至国庆长假里。

刚到武汉时，快递还不怎么通畅，虞海燕的丈夫小张辗转想尽办法，仍然邮寄去了很多"我喜欢吃的零食"。虞海燕说，特殊时期分别的这段时间，让自己又"重新认识了一下他，是个非常暖心的人"。

2月14日这天，虞海燕在朋友圈晒出自己"最浪漫的情人节礼物"——丈夫用"剪映"制作的一个短视频，主题为"那个Ta"，将妻子平时俏皮卖萌的若干生活照片串联起来，分段穿插文字"那个Ta，我爱你""那个Ta，情人节快乐"……视频长度则"精心"设为14秒。

而准新娘虞海燕的"那份心思"，则集中体现在3月14日这天她所发的一条言简意赅的朋友圈中："想你（一颗'心'表情）。想家人（一组'父母兄妹'头像）。"微信中配发的一张图正是丈夫小张。这个时候的武汉体育中心方舱医院虽已休舱数日，但队伍仍在待命中，未有归期。

后来，迎接妻子凯旋，小张事先只说"给你准备了一个惊喜"，具体内容坚决不肯透露，"他希望我回家后自己揭开"。4月1日那天，结束休养隔离的虞海燕一跨进家门，"惊喜"随之揭秘：原来是一盒"迪奥（Dior）"牌口红套装。"其实我平时不怎么化妆的"，虞海燕开心之余，也对"他怎么会想到这个点子"饶有兴趣。

第六章　穿越疫情的爱情

2020年10月4日，被丈夫用口红与浓情爱意装扮起来的美丽新娘虞海燕，举办完婚礼当晚，在朋友圈发表了爱情感言："最美的是你嫁给爱情的样子，最暖的是我们相识相知相伴。"

国庆、中秋双节喜相逢的2020年，"8天长假"成为众多新人不约而同办大事的时间段。比虞海燕的婚礼早一天，与老乡伏竟松夫妇在镇江这边举办回门宴同一天，10月3日，杜萌与陈学志夫妇也在老家淮安那边举办了迟到整整5个月的婚礼。

杜萌的婚礼最初定在当年"五一"小长假里，领证的日子则被准新娘早早锁定"20200202"这个殊美的日子。然而，疫情来袭，杜萌从春节前的大年廿九（1月23日）就紧张投入镇江本土抗疫，直至2月23日出征武汉。上述两个愿望均已无法实现。

2月23日上午10点，同批13名江苏疾控队员乘坐G579去往武汉的途中，杜萌发了一条朋友圈："尽我所能，竭我所学。武汉，我带着单位所有同事的嘱托来了！"这是杜萌当年度发出的第二条朋友圈。2月9日发的第一条，是有关镇江疾控检验科全体同仁"24小时待命"、奋战"疫"线的抖音。

相当于既是与身后的亲朋好友报信告个别，又与即将投身的这座前线城市迎面打个招呼，"武汉我来了"很快引来一长串留言，10点19分，"帅丈夫"跟帖："老婆加油，等你回来领证哦。""帅丈夫"是杜萌对陈学志的微信名称备注——严格而言，此时远在淮安的陈学志之于杜萌，身份还只是"准丈夫"，而他口中的"老婆"也只是"准老婆"。

如同张晶晶与小柏的情缘由来，杜萌与陈学志这对异地恋情侣，当年在淮安老家时也是高中同班同学，后考取了不同的大学，毕业后小陈回到淮安，就职于当地税务系统。

疫情时势下，"小两口"的婚期被迫只推迟了一次，而他们领证的时间却前后推了三次。错过"20200202"之后，两人商议更改的领证日是3月9日，却被"抢先一步"的援鄂指令又一次打断。

3月31日从武汉归来后，再次计划的领证日是为期两周的休养隔离一结束——而其时，又逢大批从湖北返回镇江的人员需要进行核酸检测，科室同事们一直处于超负荷工作状态，闻讯后，杜萌主动迅速返岗，进入实验室持续奋战了一周。

"喜欢和合适撞了个满怀"的 4 月 30 日，上午 10 点多钟，杜萌终于在淮安那边晒出了小两口领证的喜讯。显然，之所以选择在这一天领证，更多还是基于"合适"，因为"我终于可以休息了"。

又过了些时日，平素"很喜欢小动物"的杜萌，忽然一天在朋友圈晒出自家的"一只小可爱"——一只洁白的小猫咪。原来，这是丈夫刚从宠物店买回来给她带到镇江，以此陪伴幸福期待中步向婚姻殿堂的妻子。

9 月 27 日晚，动身回淮安老家办婚礼前夕，杜萌"在线求一位镇江宅心仁厚的小伙伴，国庆期间帮忙照顾一下我的小猫咪，自带伙食"，很快就获得"亲爱的同事"呼应，并"连夜送达"。

40 "520"或"没时间想你"

冯丽萍跨越 2、3 两个月份的 3 篇前线日记，主叙之外均附带的"三言两语"相关内容，足以勾勒其与丈夫风雨相伴 20 年来，厚重而含蓄的恩爱之情。

2 月 5 日这天，冯丽萍在日记末尾写道："与家人分开已经 4 天了，有点想儿子，想爸爸妈妈，想丈夫。" 9 天之后的 2 月 14 日，下夜班，冯丽萍凌晨 2 点多钟回到酒店，打开手机，收到丈夫一个多小时前连着发来的 3 个微信红包，数字分别为：214、520、1314。并附言"祝情人节快乐"——她这才反应过来今天是个什么日子。"看到丈夫的用心，立马泪奔。"日记中这样写道。

进入 3 月份，此时丈夫已因患上肺结核住院。3 月 12 日，属于这个家庭的又一个"特别的日子"，冯丽萍在当天日记的开头写下这么几句："今天是丈夫 50 岁生日，10 年前的今天由于开展优质护理培训没有和他一起过生日，今年的生日又不能在一起了，但我知道他一定会理解，只有在这里遥祝他生日快乐。"

江苏荔枝新闻提前做出一档专题视频报道《情人节——武汉疫情一线医护

第六章 穿越疫情的爱情

人员想说什么》，于2月14日这天"准点"推出。报道中人物全部来自中法新城院区的"江苏三队"，并且，"整建制"来自梅琼所在的护理A组——当天是他们抵汉战斗的第13天。

身为组长的梅琼被安排第一个出场。面对镜头提问"梅老师，有什么要对你丈夫说的吗？"刚刚出舱的"女汉子"梅琼，一边干练地洗着手，一边同样"干练"地侧脸而答："能不能收到礼物？快递能不能到武汉？"说完，口罩上面双眸含笑。

护理A组共9名队员，分别来自镇江、南京、泰州、盐城、宿迁、南通等6座城市。前述"整建制"，并不完全确切，因为基于本报道的特定主题，有一名队员——镇江的王玉，当然就无法置身其中。

但是，25岁的单身姑娘王玉当天下午还是在朋友圈为战友们友情晒出这条报道，并配文案"我们组其他8位老师的心声，剩下一个我在角落里瑟瑟发抖（4个企鹅'跳跳''转圈'表情）"。梅琼在这条朋友圈后面很快跟帖"（我）说不出浪漫的话（3个'泪笑'表情）"。

当晚，"瑟瑟发抖"的王玉姑娘制作了一个动漫效果的12秒劲爆抖音："啊！好想谈恋爱！""不！你不想！""不！我想！""卑微小王在线求爱，锅锅（哥哥）在吗？恋爱选我，我超甜。"不过，这个抖音作品她并没有在朋友圈公开发布。

有关那天"下令丈夫向武汉寄礼物"之事，梅琼讲述，当时就是"应应景"随口一说。虽然往年这个日子梅琼夫妇也会上街吃个饭、买点东西什么的，但他俩"基本没浪漫细胞"，日子过得很寻常。2月14日当天这个特别日子，丈夫也并无"特别表示"，倒是后来往武汉寄过一次零食。

"二人世界"的王笠夫妇，暂时还没孩子。王笠出征后，小两口几乎每天都会视频通话，"有没有想我"，是妻子电话里常问的一句。一天下夜班不久，通话中妻子又这样问了，王笠"一反常态"回道："我实在太累了，压根没有时间想你，我也不想爸妈，不想我家的卡卡（狗狗）！"妻子生气地挂断电话。

王笠这才意识到自己"正话反说"的表达风格没有奏效，赶紧把电话追了过去。"老婆嘛，哄哄就好了。"回忆当时此幕，这位耿直的大男孩满是侠骨柔情，他说自己在武汉期间"特别想念老婆做的菜"，"只要是她烧的菜，什么菜我都喜欢"。

前述出发那天早上，张慧绘"本来的意思"是不让丈夫到场送行，但他还是执拗地调了班赶过来。并且，现场听说"那边夜里挺冷，又不能开空调"后，丈夫火速采购来一条电热毯塞进妻子行囊。其实，到达黄石前线后，因为安全纪律不允许，这条电热毯一直就没拆封，不久被寄回镇江。

三八妇女节这天，医院工会要给前线队员寄物品，丈夫构思着给张慧绘买个礼物，但拿不准买什么好，就征求妻子的意见，结果被张慧绘阻止了，"等我回来再买吧"。张慧绘讲述，"无非是那些东西"，就算买了，自己也"一时用不上"。

"第一时间"就把良辰吉日择定在国庆节当天，所以，李鑫的婚期并未受影响，但一系列相关事宜还是被迫做出了调整：原计划以3月份百花盛开的迷人春光作为婚纱照底色，延至9月拍摄后，秋菊怒放的另一种浪漫诗意定格为二人甜蜜相拥的背景衬托。

身为出发较早、又是最后一批归来的"江苏三队"队员，从2月2日至4月12日，李鑫在武汉奋战71天里虽然吃过面条，但"没吃过一顿热干面"。准新娘小马闻讯后，安抚他"将来一定有机会陪你到武汉吃个够"。2月14日这天，李鑫在朋友圈打卡爱情主题：用的是他与小马当天的视频电话截屏，配文"你若安好，便是晴天，待到春暖花开，我们再游武汉"。

进入3月下旬，当一批接一批的队员陆续撤离湖北，"你什么时候回来"成为小马这段时间通话中的多次问询。李鑫讲述，得知自己又要转战武汉市肺科医院，小马一如既往表示支持，"没有任何反向情绪"，但李鑫能体会得到"她内心还是有点失落的"。

后来于10月1日完婚的当晚，李鑫在朋友圈发出一条"国家之庆与个人之庆相融"的喜讯分享，一则29秒短视频，剪辑素材除若干婚礼照片组合外，还接入约10秒的一段特别内容：华灯璀璨的城市大街，行道树上悬挂着一排排鲜艳夺目的国旗。整件作品以歌曲《我和我的祖国》为背影音乐。文字栏里，李鑫这样写道：

愿祖国繁荣昌盛，永葆生机
愿山河无恙，人间皆安，山川异域，风月同天
愿我们琴瑟和鸣，连枝比翼
愿我们友谊天长地久

殷慧慧定下的婚期比李鑫还晚一个月，因而就更不会受到疫情影响，不过，她没能如愿当上自己向往中的"长发新娘"。

此前得知未婚妻请战援鄂后，准新郎小经当时并不十分支持，但"他尊重我的决定"。2月1日夜，接到殷慧慧次日早上就出发的电话时，小经正在南京的单位里参与值夜班，随后请假打了一辆的士，连夜赶到句容殷慧慧家里，参与了第二天的送行仪式。

而时值热恋中的陈雁翎，尚未到谈婚论嫁这一步。2月9日那天早上临出发前，陈雁翎才把消息告诉了"小胖子"——她对男友李昂的昵称。小李火速赶了过来，事发突然，看到男友急得"头上青筋直冒"的陈雁翎，深深体会到他这一刻是在"强撑自己的情绪"，最后还是没撑住，哭了出来。当晚，"思念之情和爱国热情油然而生"的李昂有感而发，为"请命江夏，共赴国难"的女友写下《雁行翎安之出征歌》。

与别的情侣不太一样，整个武汉战斗期间，陈雁翎拒与"小胖子"视频连线，"语音讲了好像只有一两次"，照片也"只发过几张"，两人联系全靠通话或短信。陈雁翎这样做的出发点，是不想把与家里老人视频时"最后都免不了要哭"的场景复制到小李这边："应该就像平常在身边一样，我不想感觉隔了有多远，搞得那么难过。"

41　战地情书

2月22日，杜萌去往南京集结的当晚，"帅丈夫"陈学志就给她写去一封既满怀挂念，又鼓劲打气的信。

吾萌宝贝：

　　忽闻你去武汉的消息，心中一震，顿生不舍，当时你说在"请战书"上按了手印，我们还相互打趣，没想到不过半月，你就要履行你的承诺。作为你没"过门"的丈夫，刚知道时，我心里本不愿你去的，一是你本就瘦小，在家不能干重活，出门都扛不住落叶之风；二是此"新冠"恶疾预防需多喝水、多锻炼，你本身就因不怎么喝水而肾有结石，平时更是好床之人；三是你刚出校门不过半年，虽有救人施医之心，但实践经验及阅历尚浅，恐有出错。我们高中相识，大学相恋，如今相爱，一路携手同行，万般不舍之情存于心。

　　但天道苍苍，同为华夏儿女，同胞患难，岂有不救之理？你虽是我挚爱之宝，可患病痛之人又何曾不是他人的挚爱、至亲。你是医疗检验人员，更是共产党员，逆风前行，你是我心中最明亮的星。我深知你能吃苦、不怕累，此去战"疫"正是你践行使命，学有所用之时，望你发扬艰苦奋斗之精神，圆满完成组织交给的任务，平安归来，届时我去接你回家，共修百年之好。

你的大猪蹄子

　　"萌宝"是陈学志对杜萌的一贯爱称，而"大猪蹄子"则是杜萌对他的一贯称呼——特色之情，大致相当于陈雁翎口中的"小胖子"。

　　还没定下参战这件事时，那天下午，冷牧薇4点半下班，等着5点下班的丈夫林欢开车来接。这半小时空档，冷牧薇正好用于在手机上精心构思、打出了自己的援鄂请战书，并以微信方式及时发给了护理部主任——这已是她第二次报名。

　　回家途中，冷牧薇告诉丈夫自己"短信已经发出去了"，林欢的态度是"只要你自己考虑清楚就行"。也正是仍在途中，距请战短信发出去不到一小时，"明天就走"的通知电话打了过来。

　　在黄石战斗半个多月后，冷牧薇收到一封"滚烫"的家书，并随即给丈夫回信。

吾妻如晤：

　　江水三千里，家书十五行。

　　行行无别语，只道早还乡。

　　落笔无语，沉默许久，有千万句话想跟你说，却又不知该从何写起，仍只是一笺素白。

　　你临走那天的情景仍历历在目，空蒙细雨断断续续，送别的各位家属心情就像这天气纷繁复杂。你也知道我是一个不善表达的人，当时显得镇定自如，其实内心早已乱了方寸，不知湖北有没有江南这般烟雨。当你告知我们在疫区的近况时，着实放心了不少。在你面前实在是大男子主义作怪说不出口想你的话，只好千叮咛万嘱咐你做好防护，保护好自己。

　　这场疫情突如其来，都没有让我们俩春节在家好好地窝在一起一天。当你告诉我要报名支援湖北时那坚毅的眼神让我多么敬佩，没有生而英勇，只是选择无畏，正是有你们这样无畏的奉献，才能早日战胜疫情。家里有我们在，一切如常不用挂念。短暂的分离是为了更好的相聚，等你回来后让我和儿子好好地守护你。加油！加油！愿你早日凯旋相聚！念你！

　　没有一个春天不会到来，等你战胜疫情回来时的春天，有最美最鲜艳的花瓣！最绿最柔软的草地！最透最明亮的天空！

丈夫：林欢

吾爱林先生：

　　当我写下这封信的时候，估计你已经进入梦乡，梦里有没有远在大冶的我？离开你已经半个多月，这么多年，跟你分开从未超过1天，从未远过100公里。从相识到生子，已经8年了。这段岁月里，感谢你一直在我身边，包容我，给我鼓励与支持，谢谢你原谅我的任性、自私与孩子气。希望明早醒来时，看到最暖心的一句是：我爱你。

　　在疫情开始的时候，我就已经下定决心，我要加入疫情防控的阻击战斗中。选择了这身白衣，就有了守护生命的责任，身为一名党员，我更应该义无反顾冲在前面。2020有一个很冷的春节，相隔千里，在这段日子里，我在大冶一起经历黑暗，也定会一起迎接黎明。

冬夜虽冷，大善可温。请你等等我，我定逆风飞翔，归来如往。

妻：冷牧薇

三八妇女节这天，晚上下班回到驻地的丁咏霞，"意外和感动"地一连收到三份惊喜：一份来自镇江市卫健委，一份来自扬中市疾控中心，一份则来自丈夫赵剑斌。

在一张小小的明信片上，赵剑斌给妻子写下这段话："我有所念人，隔在远远乡；我有所感事，结在深深肠。战胜疫情，平安回家，祝节日快乐！"

与冷牧薇、丁咏霞同在黄石的阳韬，出发5天后的2月16号，收到了妻子一封文件名为《你是我的太阳》的长信，却"一直没空看"，压了5天之后，始详阅并"立马回信"（以下分别为节选）。

亲爱的韬哥：

此时此刻当我提起笔，思绪万千，因为这也是第一次以这种方式与你诉说。心里有不舍、有牵挂、有感动，但更为你而骄傲！

因为疫情，我和锦儿从大年三十就没能在你身边陪伴，已经有连续两年我们没有在一起过年，你都还记得吧？我也知道由于工作的特殊，你一直忙忙碌碌、辛辛苦苦，但我的内心是有一些小失落的，是真的渴望一家人能够在一起团团圆圆过年。这个小小的愿望我相信明年一定能够实现。

当我知道湖北疫情非常严峻的时候，当你与我说你想去湖北支援的时候，当我看到请战书的时候，当你告诉我院领导真的决定让你去的时候，你可知道我的心理是有多么的复杂吗？从一方面来说，你是一名有自己理想和追求的医生，我从内心理解你、支持你去做你想要做的事，活成你想活成的样子。作为七尺男儿，作为一名医生，这是你的工作职责，你义不容辞。从另一个方面来说，我又有不舍和不安，因为你是我的丈夫，是孩子的父亲，是这个家的希望。我担心大家都担心的问题，我也是一个普通的女人，作为你的妻子，我不想整天提心吊胆地过日子。

第六章 穿越疫情的爱情

这是你去湖北黄石的第一个星期，一切都安好吗？你每天都会与我讲你在当地的一些人和事，一般你总说在那挺好的，也许是不想让我担忧吧。我想说的是，不管再忙，我都希望你每天和我报平安，你能做到吗？我总是在想，这一刻你在干什么呢？想着想着就会问锦儿："宝贝你想爸爸吗？"宝贝说："妈妈，爸爸是去出差了吗？去消灭病毒了吗？我想让爸爸打败病毒回家的时候，给我带医生玩具和化妆玩具。"丈夫，你听到锦儿宝贝对你说的话吗？孩子经常在蹦床的时候大声说，爸爸加油！湖北加油！中国加油！

爸爸妈妈每天都问我你的情况，他们无时无刻不在担心着你，牵挂着你。吃得好不好？睡得怎么样？穿上防护服是不是很难受？可怜天下父母心。你走之前对我们说你一定会保护好自己，让我们不要担心，我们相信你一定能做到。我们在家都很好，我会尽责把咱爸妈照顾好，让你无后顾之忧。除了偶尔买菜，我们基本上闭门不出，就连快递都是物业大哥给我们送到家，我一定会坚守好"大后方"，不给你和国家添堵添乱。

……

最亲爱的丈夫，我想与你说的是，隔山隔水不隔爱。你是我最简单的快乐，认识你是我这辈子最美好的事，"我爱你"是我最想对你说的。

最后，希望你早日战胜疫情，平安凯旋！我们等你回家。

爱你的珊
2020.2.16

亲爱的老婆：

你和家里人都还好吗？这是我来黄石的第十天了，很想念你，想念姑娘还有爸妈，还有我一直没见到的大侄子，嘿嘿。已经收到你的来信，一直想跟你说点什么，虽然几乎每天都有视频，但还是觉得缺了点啥要跟你说。

今年又没陪你们过年，很是惭愧！但是你知道，在这场没有硝烟的战斗中，作为一名医务工作者，国家和人民都需要我们，战斗在最前沿是我义无反顾的职责和使命,家是最小的"国",国是千万家,舍小家为大家也是我辈家国情怀的体现,因此非常感谢你的支持和理解。

在这黄石的十天里,我一切安好,省总指挥部、大冶市政府、还有很多热心市民给我们分发和捐赠了很多生活物资,后勤保障非常好;在病房一个多星期了,也熟悉了这里的工作流程,穿脱防护服也得心应手了,你也知道黄石离我们的老家很近,这里的方言和我们家很相似,语言上也没什么障碍。每天除了 N95 口罩有点闷、护目镜经常起雾外,其他和在家里查房几乎没差别,所以不用担心。你经常"嫌弃"我邋遢,现在我整天洗手消毒,感觉都快脱了一层皮了,可干净了。还有,这次我是领队,我们的队员都配合得非常好,大家相互协作、相互帮忙、相互照应!所以你不用担心,倒是你要照顾好姑娘和爸爸妈妈,你辛苦了!

……

这是我们分别最久的一次,非常想念你和宝宝。待春暖花开我自归,勿念!

夫:韬

2020 年 2 月 21 日

武汉前线,镇江队员中还有一对情侣,虽不是两地飞鸿、不是"见字如晤"、不以纸笔和键盘,身处援鄂同一"战壕"的他俩,却是面对面间以行动,乃至以"意会的眼神",写就别样"战地情书",成就疫情时期的一段独特爱情故事。

同为 26 岁的"方舱姑娘"谢念叶与"方舱小伙"张弘韬,是由镇江不同医院派出的两名护士,此前素不相识。2 月 9 日,镇江出发去往南京禄口国际机场的大巴上,谢念叶恰好坐在张弘韬的后排——"缘分"之说,或源头由此。

生死"疫"线,国为"媒人"。从初见时几句问候式的简单交谈,到 38 天援鄂岁月里的"点点滴滴";从"好感"到"知己感",这对情到深处的年轻人于 3 月 17 日凯旋之时正式明确了关系,并特别选择在"5·12"护士节这天领证。5 月 30 日,两人牵手步入婚姻殿堂。婚礼上,新郎张弘韬声音洪亮地对新娘谢念叶道出自己的心声:"梦里想了千遍万遍,你终于成为我的新娘!"

第七章　"暖色"战地

42　多彩"小感觉"

密不透风的防护服，裹着的是血肉之躯，是一颗颗火热的心。战地不仅有"疫"魔乱舞，更有"黄花"悄然绽放。当心情成为战斗力的一部分，强大人文精神支撑下，笼罩的阴霾总会被层层刺破，诗意的"暖色"无处不在。

春风拂面的治愈系"小感觉"，首先涂鸦在战袍上——这是"蒙面时期"的医护人员与患者之间，以及医护人员相互之间沟通交流的特殊平台之一，也是"负重之下"医护人员自我心灵对话的减压良策。

阳韬医生等大冶市人民医院里的援鄂队员，那阵子穿的是黄色防护服、戴的是鸭嘴兽N95口罩，大家便在防护服上以"小黄鸭"为名进行系列编号，队长阳韬理所当然成为"小黄鸭1号"。全副武装的红区里，凭号认人。

灵感纷呈，且各有其说。赵娟有一天在防护服上写的是"球球，妈妈喊你接电话"。她讲述，每次从前线打电话回家，3岁的儿子总懒得接听，就算家人把手机凑到他耳边，他也经常敷衍两句就"又玩玩具去了"。

24岁的凌蓉，防护服背面贴着手书"镇江蓉妹妹"标签，正面则素描了一支"黑色"口红，并标注品牌"CD"——亦即前述虞海燕丈夫后来以"意外惊喜"迎接妻子回家而准备的口红品牌。武汉期间一直素颜，作息紊乱和高强度压力，让这位青春姑娘脸上一度出现了爆痘，凌蓉说，画上口红就是想回家，因为"回到家就可以化妆了"。

王笠写在防护服上的作品，正是"隔壁老王"这招牌式四个字。对此，他也有自己恰到好处的解读：一者，在重症病区并肩战斗的护理人员中，"我算是老大哥了"，大家确实"都叫我老王"；其次，"我不在这个病房里，就是在隔壁的病房里，想找我，喊一声立马就到"。

77名队员中的"老幺"汤倩，在老家医院里就赢得"小仙女"之美称，她把这个称呼也带到了江城武汉，并赋予某种新的战地内涵。"长江长江，我是小仙女"，汤倩防护服上所写，有点像电影里王成身背步话机喊话，患者们一下被逗乐了。"来了个仙女啊！"随后，患者们也纷纷脑洞大开呼应起来，"地瓜地瓜，你是谁""土豆土豆，我是小鲜肉"之类的段子此起彼伏，病区一扫沉闷。

汤倩所在这批镇江方舱队伍，29人中女性占了19人，超过三分之二。"小仙女"在老家时是指汤倩一人，前线方舱医院里就成为团队的代名词。多才多艺的"方舱小仙女"们，利用休息时间集体创作，将一首2019年年底刚刚走红的歌曲《桥边姑娘》重新填词，改编成了自己的"队歌"《方舱姑娘》，由汤倩主唱，再配以姑娘们多场景的工作生活照片及视频，制作成MV后，一度在网上广为传播。

方舱姑娘

暖阳下武汉方向是勇敢的姑娘

在没有硝烟的战场上

你消灭病毒狂

方舱护理的小姑娘你责任肩上扛

你挑战极限在奔忙

为别人的健康

风华模样口罩之下

英雄担当看巾帼荣光

我说方舱姑娘，你的模样

疲惫的模样，美丽的模样

方舱姑娘，你的坚强

第七章 "暖色"战地

> 勇敢的担当，最美的模样
> 汉口的武体方舱有这样的姑娘
> 防护服下乌黑发一双眼明亮
> 方舱姑娘斗志在昂扬
> 无畏病毒往前冲，保卫健康

黄石大冶那边的冷牧薇，从没有参加过任何"大型演艺"，却也在前线留下自己彰显"革命乐观主义精神"的"文艺一刻"。那天，冷牧薇上消杀班，背着沉沉药水桶的她，从清洁区到半污染区再到污染区，擦洗消毒各室台面、清洗各类物件……里面衣服早湿透了，体力消耗不可谓不大，但冷牧薇讲述，当时总感觉劲足足的，整个劳动过程中，自己一直在心里不停地哼着"洗刷刷，洗刷刷"。

平常一个月发不了几次朋友圈的医生孙立果，抵达武汉后，发布频次明显高了起来，尤其2月15日至21日，孙立果连续7天不间断，每天至少发1条、多则6条。

始于2月15日早晨，武汉迎来一场大雪，当天孙立果的3条朋友圈，均"借雪抒情"：上午8点57分"大风起兮雪飞扬，安得猛士兮战方舱"；下午3点13分"大武汉看到的大风雪"；下午3点30分"雪片更大了"。

根本而言，这场当夜就渐止、持续时间并不太长的雪，必定是有益的"瑞雪"，但特定疫情氛围中呈现在眼前的"残酷现实"，却是某种意义上"更甚一层"的逼人寒气，相比之下，人们自然更期盼"朗朗晴空"——而"雪后天霁"的一幕，第二天中午就出现在孙立果的朋友圈中："风雪已经成为过去，接下来将是碧空万里，艳阳高照。"此后，孙立果一连数日晒出"早晨的太阳"：2月17日早上8点01分"今天阳光明媚"；2月18日早上8点03分"又是一个艳阳天"。

2月20日这天，不难领会，孙立果心情大好，他一共发了6条朋友圈，其中包括早上8点33分例行"晒阳光"："明媚的阳光照在我温暖的大床上，新的一天又开始了。"写意的文案，配以写实的画面：一张阳光差不多把整张床通体照亮的温馨照片。

当天也是孙立果的休息日,下午3点09分,他在朋友圈发布了6条中的第4条:正惬意品茗的几幅室内景物图。上好的江苏地产茶"金坛雀舌",是孙立果十多天前从镇江带到武汉——出发那天早上,一位了解他喜好喝茶的同事,特意从家中赶到送别现场以此相赠。"喝杯茶,休息休息",这是朋友圈配文。劳逸结合的前线岁月里,相伴阳光、浸透时光的悠悠茗香,成为属于孙立果的一份独特"小感觉"。

扬中市一共派出的6名援鄂医疗队员都是女性,5名在武汉,其中奚柏剑、田英、桑宁是同一批在方舱医院。来自中医院的奚柏剑讲述,虽然在老家时她与人民医院的田英和桑宁并不熟,但到达前线后很快打成一片,"扬中方舱三姐妹"在各自房间里吃饭的时候经常相约开着视频连线,边吃边聊,别有一番"滋味"。

有那么几天,王玉的房间里也多出一份"小感觉":一捧红玫瑰——这是武汉好心人送到酒店大堂里。队员们人人有份,但因班次时间不一,王玉把花取到手的时候"已经不是它最好的样子",但在朋友圈的晒花献辞里,王玉说:"却也满室芬芳。"

援派在黄石疾控中心的丁咏霞,2月27日这天也收到了"据说是从昆明运来"的鲜花,其时已是晚上七八点钟。房间里并没有花瓶,丁咏霞就动手剪了半截矿泉水瓶把花养了起来,随后而来的"一点小插曲"是:就在这时,妹妹发信息过来提醒她当天是老妈的生日,便"正好以此遥祝我亲爱的妈妈生日快乐"。

没有条件,就创造条件。不经意的矿泉水瓶,不止一次为丁咏霞的前线生活增添一抹亮色:三八妇女节,当地卫健部门举办战地才艺比赛,没有哑铃,丁咏霞及战友们便就地取材,手握实心矿泉水瓶跳起了健身操。

2月29日这天下午,很多"方舱姑娘"忽然情绪高昂、步调一致,组团在朋友圈为一只包包打卡。纪寸草说:"这是我今年最骄傲的包包,全国限量版,独家定制。"张菲菲的措辞放得更开,干脆宣称"全球限量款哦";汤倩的表达是"拥有了人生'最贵'的包"。

其实,无论"全国限量"还是"全球限量",概念上倒都经得起推敲——这是由第五批江苏援湖北医疗队专门订制,上面印着"携手战疫与爱同行"8

个鲜红大字。过此时段，当然不会再版。纪寸草介绍，省队印制这批物品的初衷是供病人办理出院时使用，因"数量充足"，便给队员们也人手发放一只。

"最贵"当然是意义附加，物品本身实际上都算不上包包，只是材质寻常、做工简易的方便袋而已，"大街上那种10块钱左右的吧"。但是，姑娘们却将此"发挥"得淋漓尽致：各种模特般的姿势下，或个人自拍，或列队展示；或手拎，或肩挎……在纷纷而至的点赞者中少不了引发"有钱也买不到"的羡慕。后来不少队员将这只包也打入行囊从前线带了回来，留作纪念。

徐鲜在黄石前线也曾拥有一只同样"限量版"的品牌包包，不过，这不是发放，而是她休息时间里靠自己的针线活完成的"神来之笔"。

在红区实战一段时间后，徐鲜发现一个问题：防护服上没有口袋，日常工作中护士随时都可能要用到笔、剪刀、胶带等物品，这时就得穿着笨重的装备去护士站取，如此跑来跑去，是无谓的体力付出。很快，徐鲜就手工制作了一个斜挎包，将其命名为"LV"，一旦下病房就会派上大用场。徐鲜讲述，当时连病人看到后都夸赞"这可能是今年最流行的时尚款"。

武汉这边，一天下午，王玉姑娘也煞有介事地在朋友圈发布一款大牌包包新品：

2020春夏新款手工定制"爱马仕"腰包
designed　by 小王
制作：小王
材质：双层防水隔离衣布料
价格：待定

前述因为上不了"爱情宣言榜"，曾独自一人"躲在角落里瑟瑟发抖"的工玉，实质上是位每天都敞开心扉的阳光女孩。她很善于放松自我，"平""战"一以贯之，她的诸多自称"大脸小王""农民小王""王汉三"等等，曾频频令人忍俊不禁。

3月4日，"大脸小王"在朋友圈吐槽自己的"年度扎心时刻"。原来，她被当天与大学舍友李漂亮的一段聊天内容恰好"伤"着了。在徐州医院里工作的"李漂亮"并非其本名，而是王玉微信备注的其大学时代外号。李漂亮当时在闺蜜群里说"我不能再囤东西了"，因为"现在脸太小了我用不完"。"囤东西"指的是囤护肤品。王玉立马发去一个"？"。

王玉讲述，自己是"公认的"脸大，"九十几斤的身体配了120斤身体的脸"，始于大学时代就有"大脸小王"这一外号，那时胖，"脸大情有可原"，可后来工作了，"瘦了，脸还是大"。毕业后差不多每年都与李漂亮等同学相聚，王玉认为，"她是故意装不知道"。

与王玉一样，纪寸草也在前线择机释放自我。那天，武汉天气特别好，休息中的纪寸草和谢念叶在驻地门口拍了一组照片，戴着口罩的短发姐妹俩，乍看之下真就成了"哥俩"。晒到朋友圈后，纪寸草配文征婚："想不想要我们这样的男朋友？宝贝来吧，谈个甜蜜的恋爱。"

与短发相关的衍生话题，也在姜燕萍与刘宁利这对"母女"间得以展开。那天，方舱队员姜燕萍把自己剪发后的一组场景照发至朋友圈后，中法新城院区那边的刘宁利很快跟帖："好帅啊，我不叫你妈了，我嫁给你吧。"姜燕萍就势作答："回镇江就嫁过来。"

"母女"的典故，说来已有三年渊源。姜燕萍讲述，2017年她俩曾一起在南京鼓楼医院读省专科护士，历时半年同吃同住。姜燕萍了解到刘宁利的爸妈都远在新疆，一年难得见上一次，开始心疼这位独自离家在外，挺不容易的小妹妹，处处照应着她。比姜燕萍小8岁的刘宁利后来就以"妈妈"相称，"不同意都不行"。姜燕萍揭秘，刘宁利对外总是宣称"妈妈"比她大10岁，"偏要把我喊老了两岁"。

均由镇江市第四人民医院派出的方舱队员姜燕萍和赵萍，是同事兼闺蜜兼援鄂战友，"双萍"姐妹何般情深——深到时常在微信上公然互"掐"地步。大6岁的姜燕萍，要么称赵萍为"大肥妹妹"，要么称其"娃儿"乃至"熊孩子"，赵萍也"不甘示弱"，常给姜燕萍制造些"小难堪"。

一天，姜燕萍图文发微信讲述："有人蹭吃蹭喝蹭网，而我们比较厉害了，我们蹭公交去另一个酒店领物资。"队长刘竞随即跟帖指正："这叫通勤车，公交都停了。"正当姜燕萍颇感"不好意思"之时，赵萍一旁杀出，不失时机地报告队长"她智商有限"。

"双萍"甚至从武汉"掐"回镇江。4月27日晚上,姜燕萍在朋友圈发了一张图:家中的猫咪远远地趴在卧室门口盯着她看。"盯我半天了,你究竟是几个意思?"由此,围绕猫咪的"几个意思",在孙立果等人以"偷笑"表情见证下,"双萍"之间有了一段针尖对麦芒的掐战。

赵:"哈哈,想跟你睡。"

姜:"本来就跟我睡。"

赵:"那就是今晚不想跟你睡,哈哈。"

姜:"你咋这么懂它的。"

赵:"因为我跟它今夜一个想法。"

类似于"打是疼,骂是爱"之说,现在看来应也适用于闺蜜之间。这种无拘无束,乃至无所顾忌的"掐战"表象,恰恰昭示深层牢不可摧的情义根基。于是,当人们听到赵萍唤姜燕萍为"姜达令"时,根本不足为怪;身处战地,一碗出自赵萍之手、雪中送炭的"赵氏爱心面条",不仅让姜燕萍收官"完美的一天",更是久久回味。

姜燕萍讲述,早在他们到达武汉第二天,在驻地旁边一家"后来就进不去了"的超市里,赵萍竟然采购了干挂面,"当时我们笑她怎么连这个也买",谁知后来它不仅能救急,而且一次次成就"传奇美食"。

那天,姜燕萍从方舱下班回到驻地,已夜里近9点,就在她消杀、洗澡妥当之际,一碗热腾腾的面条被赵萍放在了门口。微信上两张图片对比显示,姜燕萍吃得碗底朝天,连一口汤也没剩。赵萍留言"差点葱花"——道理是这个道理,可毕竟不是在家里,姜燕萍回话"无所谓"。孙立果点赞"面煮得不错",姜燕萍便提议"下次让赵大厨也煮给你吃",孙立果欣然表示"这个可以有"。

43 留在前线的生日

2月7日晚上7点钟左右,拖着疲惫的身躯刚从中法新城院区下班回到驻地房间的刘宁利,正准备洗澡,忽然接到电话"赶紧下楼到大厅集合"。刘宁利以为是要开会,或者填啥表格之类——刚到武汉那阵子,这种事务比较多。时值疫情形势比较紧,队员们如果需要集合,宽敞的酒店大堂是最佳地点。

一步入大堂,刘宁利第一眼就看到队长冯丽萍正捧着一个大蛋糕,迎面等在那里,旁边还站着其他四五名队员。原来,当天是刘宁利的30岁生日,她本人埋头苦战中已经忘记,而团队替她记住了这一天。刘宁利是77名镇江援鄂队员中,把2020年生日留在战地的第一人。这一天是她抵达武汉第6天。

与刘宁利同是来自镇江一人医的冯丽萍讲述,早在几天前,院护理部主任高燕就提醒她"千万不要忘了这个日子"。到了这个日子,冯丽萍尝试着张罗蛋糕的时候,困难尽在预料之中,"几乎所有的店都关门",美团上查询,偌大武汉城里倒是"还有两三家"提供这项服务,但要求必须自己去取——这让他们无能为力。

不甘心罢手的冯丽萍,忽然想起出发时院护理部副主任庄利梅曾向她提供了一位武汉的朋友,叮嘱有啥困难可以求助。电话打过去后,对方虽待客热情,特殊时期却也只能谨慎回复"尽量帮助解决"。后来得知,这位身为大学老师的武汉朋友,也是托自己的学生们齐心协力,绕了很多弯子、接棒很多人,才终于成功获得一盒来之不易的蛋糕。

2020年的春节,包括援鄂医疗队员在内的"疫"线医护人员,无疑是过得最没"年味"的群体之一;随后战事正酣的元宵节,他们更无暇抬头望月;而赶上这段时间的生日,也注定会过得不同往年。

2月14日的"那层意义",于当时还单身的汤倩而言自然不存在。但2020年的这一天,是汤倩有了属于自己新附加的一个特别日子——当天她在方舱医院的红区度过首战;而每年的这一天,也是汤倩的特别日子——她的生日。

下午出舱归来,在"镇江第三批驰援武汉医疗队"群里,汤倩首先收到队长刘竞代表全队的生日祝福,随后战友们对"汤倩小朋友""汤倩妹妹"的各自祝福纷纷跟进;晚上6点,镇江市卫健委、镇江团市委及镇江一人医新区分院的工作人员,在后方这边共同来到汤倩家中,用视频连线方式为她庆生,汤倩隔空"吹灭"生日蜡烛。

当晚近7点,群里一时沸腾起来,一位特殊的"群友"——时任镇江市市长张叶飞，给全体镇江援鄂医疗队员发来慰问信，信中"听说今天是汤倩同志23周岁生日"，张叶飞特别表示了一份衷心祝愿：奋斗的青春最美，奉献的人生无悔！

比汤倩晚两天，与刘宁利同在中法新城院区的殷慧慧是2月16日过生日。当天上午，殷慧慧的"句容队友"秦娇发短信给队长冯丽萍，问哪儿可以订到蛋糕——这一问，就不再是秦娇个人操心的事了。

买蛋糕当时依然是很困难的一件事，冯丽萍不好意思再那么麻烦当地朋友了，睡午觉时她左思右想，琢磨着怎么才能在突破蛋糕形式后，依然可以"让慧慧过一个难忘的生日"，终于想出了一个办法。瞒着殷慧慧，冯丽萍随后临时拉了一个"17-1"的16名镇江队友群，请大家每人拍一段向殷慧慧祝福的小视频发过来，至当天下午3点多钟，除4名上班去的队员，12个视频全部汇集到位，冯丽萍立即传给后方镇江的一位朋友进行剪辑加工。一小时后，作品入群，"事先我啥都不知道"的殷慧慧惊喜之极。

视频中，称"我也叫惠惠（慧慧）"的冷惠阳，拍摄时正在酒店后花园的江边散步，她摆出姿势祝殷慧慧"越长越年轻"；这批镇江队，"句容队友"一共3姐妹，都来自句容市人民医院，赵甜甜祝福"狗子，今天你是世上最美的贵宾犬"，秦娇则寄语"狗子，我们三个人要一起回去，爱你"。"狗子"是句容那边的闺蜜们对殷慧慧的昵称。"喊着玩的，也没什么特别意思，就是因为我属狗。"殷慧慧介绍。

就在殷慧慧的"生日视频"在群里引发战友们纷纷点赞、祝福之际，一个一看就知道是寿星专享的红包也发至群里。红包来自镇江市卫健委党委书记、主任胡云霞，红包上书"生日快乐"。

汤倩过生日的2月份，武汉体育中心方舱医院里整个江苏队共有27名队员过生日。2月28日晚上，省队为这些队员专门举办了一场"集体庆生"。既是镇江队队长，也是省队生活委员的刘竞回忆，整个庆生过程非常简朴：同唱生日歌的氛围中，每人一捧花、一碗面、一份小礼品和一块切分的蛋糕。27人不仅都是平生第一次参与"集体庆生"，也都是第一次过"戴口罩的生日"。

进入3月份，又有3名镇江方舱队员过生日，分别是3月6日同一天的宋继东、张晶晶和3月9日的纪寸草。这次，刘竞自掏腰包，事先同样"好不容易"才采购到鲜花和蛋糕，于3月6日晚上举办了一场"镇江的集体庆生"，酒店厨师小哥为他们做的寿面也融入了特定的"主题元素"——浇头是用火腿肠和蛋黄制作的心形图案。

这次大家从头到尾都是站着集体庆生，仪式地点安排在"通风效果比较好"的酒店楼梯口，接到"集合"通知匆匆赶至的宋继东和张晶晶，均收获一份意外惊喜，而纪寸草例外。刘竞讲述，百密一疏中他当时把第三位过生日的队员记成了谢念叶，从而对纪寸草提前"走漏了风声"。

于宋继东而言，2020年的这一天他原本就没指望庆生，结果意外之下，一天之中却先后接受了两场庆生，其中一场，是由与他来自同一家医院的"双萍"联手策划。这次，"赵大厨"买的挂面又发挥了作用。

生日当天，比刘竞代表全队晚上为他们集体庆生早先一步，中午，赵萍把寿面煮好后，交由姜燕萍负责递送，她本人则举手机跟在后面，"导演、摄影、主持人"一肩挑，所拍一段视频中，只听赵萍发出指令："姜达令，去敲门、去敲门。"就在宋继东开门一瞬，赵萍立马讲解："我们今天的寿星公出现啦！"随后，姜燕萍将这段视频发布在朋友圈："祝我们最帅最萌最棒最可爱的宋东东生日快乐！特殊时期，没办法准备礼物，我跟大肥妹妹只能以一碗长寿面表表爱心。"

44 《成都》→《武汉》《黄石》

2月下旬，风和日丽的一天上午，戴着口罩的刘竞和张晶晶，分别骑着"红男绿女"两辆不同颜色的单车，穿行武汉大街……此情此景所拍几张照片发到镇江一人医组建的本院援鄂队员群里后，顿时引来哗然一片。

包括武汉、黄石两地，一人医的13名援鄂队员全在这个群，一举一动，大家都看在眼里。按照管理制度，休息时间所有队员不请假是不能外出的，每天他们都在严格的"两点一线"间工作生活。而方舱队员竟可如此"户外逍遥"，既让众人羡慕不已，亦引来相关疑惑。

中法新城院区那边的刘宁利就忍不住向刘竞发问了："大叔，你们还可以这样啊！"因为群里基本没"外人"，战友们说说笑笑非常放松。13名队员中，女队员占9人——她们中把41岁的刘竞共同称为"大叔"的不在少数。

相比姜燕萍与刘宁利的三年"母女缘"，刘竞讲述，自己在医院里当"大叔"的历史更加悠久，几乎从他一参加工作，就被"调皮的丫头们"喊到现在，"应是我长相显老吧"。不过，刘竞本人完全不反感这个称呼。工龄8年的刘宁利说，"反正我从一参加工作就跟着喊了"。刘宁利讲述，大叔是个暖男，2019年一起援陕那半年里，"受他照顾很多"。

身为队长的刘竞，涉嫌带头违规，这可不是件小事！经过"一分钟也不敢耽搁"的解释，大家才弄明白，原来当天是刘竞和张晶晶代表镇江队去省队驻地领取物资，"每周都要来回几趟"。骑单车约10分钟路程，有时也会步行20分钟左右。刘竞由此迅速展开"反击"："是羡慕我们当装卸工啊？"嘴不饶人的"侄女"刘宁利立马回敬："为了能出去，当装卸工我也愿意！"

一直"没机会出门"的刘宁利，随后在群里也发出一组自己一段时间攒下来的江景照，分白天和夜晚两个时段拍摄，她动员大家从照片中"找找黄鹤楼"。而冯丽萍一眼就指出拍摄地点："这是在酒店后门拍的！"

"幸亏我们酒店后门就是江边。"与刘宁利同住晴川假日酒店的冯丽萍，既羡慕他人，亦庆幸自我。她讲述，所住酒店后面有个小花园，这是她们不上班时唯一可以户外自由活动的地方，花园空间大小可供"连续走5分钟"，然后就走到了江边。

时值"战地黄花"怒放之时，冯丽萍用手机在后花园里也拍过很多花花草草的照片及小视频，分享到群里后，被赞"像冯老师一样美的人，一般更善于发现美"。冯丽萍在镇江的家中就养了很多花，平时都是亲自悉心照应，到前线后只能托付给丈夫伺候，丈夫虽然很尽心，但"我还是不太放心"。

刘宁利所发照片上，地标之一的武汉长江大桥仿佛触手可及；而江面不宽的这一段，对面岸上另一武汉地标——黄鹤楼，也十分显眼。刘宁利此前从未到过武汉，"天天对着黄鹤楼发呆"以及"宁愿当装卸工也想出门"的她表示，当时"特别想去桥上逛逛，想去爬黄鹤楼"。内心强烈冲动之下，刘宁利甚至反复"目测有多远",分析如果走过去需要多长时间——然而,一切暂时还办不到,她只能"望梅止渴"。

尚未成家的"文艺小清新"刘宁利,平时爱好音乐、电影,"一有好影片上线就会第一时间去看",一首著名的城市民谣《成都》令她特别喜欢。不过,彼时,由《成都》一联想到自己身处的武汉,不免"有点小伤感":这是一座面目已"严重失真"的战地城市,这不是可以自由徜徉的城市。刘宁利心中一个莫大的念想就是:武汉能尽快变成《武汉》,自己终于也可以"武汉的街头走一走"。

一人医在武汉战斗的9名队员中,与刘宁利一样属于初来乍到者占大多数,而张晶晶却到过多次,最早是在自己的大学时代,后来则是男友小柏到武汉读研。"铺满故事"的武汉长江大桥、"江南三大名楼"之黄鹤楼、令人神往的"武大樱花",这些,张晶晶统统领略过。她爽快地向大家表态,等战斗胜利后涌向街头的那一天,"我给你们当向导"。

同群里,当武汉这边刘宁利等一拨人羡慕刘竞等另一拨人有机会骑车上街"兜风"时,黄石那边的队员却羡慕起了"刘宁利们"的住地,阳韬称:"你们这是一线江景房啊。"而羡慕武汉战友的阳韬,又被同在黄石的张慧绘连环羡慕:"你住的那个还是湖景房呢。我的窗外就是树。"

群里热聊"户外"的这天,是"小眼睛"张慧绘的休息日,既不能上街溜达,亦无江景湖景可赏的她,"只能躺在床上看书"。"小眼睛"是张慧绘给自己取的微信昵称,"因为我眼睛小啊"。张慧绘讲述,她房间窗外的小树林里,经常有各种鸟飞来飞去。一天,一只鸽子停在了她的窗台上,久久不肯离去,还不断歪着脖子,萌萌地打量室内主人,对视之下,张慧绘抬手拍下了这一幕。

"小眼睛"自然也向往外面的"大世界",尤其被群里氛围激起情绪后,张慧绘更加"特别想出去走走看看"。后来的一个下午,下班时点又与班车错过,张慧绘放弃了再等1小时的下一趟班车,首次走回了宾馆——也算在一定程度上体验了"黄石版"《成都》。

同是2月下旬的一天晚饭后,"双萍"加上宋继东,一起下楼到酒店附近散散步。这是他们在武汉首次饭后散步。"我们三个人方向感都不太好",由

"娃儿"赵萍引路，本打算绕着酒店走一圈，"谁知道越走越不对劲"，迷路了，差点沿反方向走下去。当姜燕萍吐槽赵萍这个"熊孩子"竟干出这等好事，赵萍却欢天喜地、不以为然："我在帮你增强体质。"

2月23日是阳韬的休息日，他在当天日记中写道："来到黄石（大冶）十余天了，第一次早上可以美美地睡个懒觉，睡到自然醒真是一件幸福的事。"

中午时分，阳韬下楼第一次认真逛了逛所住阳光沙滩假日酒店的周边："有山、有水、有亭子。沿着小路步行湖边，垂柳都开始发芽了，不知名的植物也开出了紫色的花骨朵，沐浴在春风里的我，晒着太阳，全身暖洋洋的，心情大好。"

阳韬日记中记载的"湖边"，便是当地著名的地标之一——尹家湖，气势壮阔，波光潋滟，湖边沿岸在当地有"大冶外滩"之誉。发现这份壮美后，闲暇之时的阳韬，便经常去湖边放松，还曾用两个多小时完整绕湖步行过一圈。那天，天空飘着毛毛细雨，"打着伞在雨中漫步也是难得的感觉，路边的柳树已满枝嫩绿，湖水荡漾，还可以看到成双成对的鸳鸯在湖中嬉戏"。有时，阳韬也会与队友们几个人结伴漫步湖边，轻松聊着各自生活和工作的往事，"每个人都是一本书，只是难得打开话匣子"。

除阳韬等12名队员下沉到辖市大冶外，黄石市区江大附院的8名队员，是随江苏"黄石兵团"大部队驻扎在同样风景秀丽的磁湖山庄。陈慧丹讲述，如果不上班，每到饭点"我们都会约好时间一起去大堂打饭"，这个过程哪怕就几分钟，互相见一见，"说上几句话"也是一种满足。磁湖山庄里有磁湖，休息的时候，"小伙伴们也常到湖边走走"。

2月15日武汉大雪那天，张晶晶曾拍过几张方舱医院门口的苍凉雪景，仅仅相隔十来天时间，同在武汉的冯丽萍于酒店后花园里所拍花花草草，前后已然形成极大反差；而阳韬在黄石大冶尹家湖畔的漫步中，则亲眼见证了垂柳从"开始发芽"到"满枝嫩绿"。物候之变，某种意义上喻示疫情正在向好的积极态势。

"英雄之城"武汉，亦是一座气质独特的美丽之城，自然与人文水乳交融，不胜枚举的著名地标除黄鹤楼、武汉长江大桥、武汉大学外，还有气势磅礴、久负盛名的东湖——中国最大的"城中湖"。

3月13日，武汉体育中心方舱医院休舱第6天，此时，仍"原地待命"的方舱队员们，并不知道自己4天之后就要踏上归途。没有等来易地再战的他们，当天却等来一个大大出乎意料的好消息：武汉有关方面盛情安排数个省份的援鄂队员，分时段进行了"东湖一小时游"——以东湖之大，这应算是最名副其实的走马观花了。

显然感到不过瘾的袁晨琳回忆，实际上他们在湖区停留"都没一小时"，就是进入很有名的东湖樱花园里绕了一小圈。不过，这是袁晨琳及战友们前线期间仅有的一次非工作远足，所以备感舒心。时值早樱怒放，缤纷艳丽的樱花树下，大家抢时间"咔嚓"个不停。然后，"我们出去的时候，山东队员们正好进来"，来自五湖四海、素不相识的异省战友们，继那天初抵战地的机场一瞥之后，第二次有机会擦肩而过。

形势显著向好，条件已然许可。黄石大冶那边，3月16日下午，当地也以"意外惊喜"的方式，向援鄂队员们送上一场沐浴春光的"黄石半日游"。张小辉讲述，上午接到"下午有活动，大家一定要准时参加"的通知时，都以为是开会，当大巴车载着他们抵达黄石国家矿山公园门口时，方知是"游园活动"。从欣赏沿途风景到进入国家矿山公园，再到在黄石市规划展示馆身临其境地体验"剧场电影"，整个过程里"我们一路享受VIP待遇"……

3月17日，"先遣6勇士"及方舱队伍已经凯旋之后，武汉这边，"江苏三队"仍继续战斗在中法新城院区里。但是，"该有的温暖"不会缺位。3月21日、22日，"江苏三队"也被安排分两个批次前往武汉花博园游览。"冯丽萍们"手机的镜头指向，终于可以从长时间局促的酒店后花园一带转移出来，在更广阔、也更生机勃勃的春色里大有作为。王玉回忆，去往花博园途中，大家兴奋地在车子上拉起歌来。在花博园里，几名镇江队员的一张合影被戚文洁发到朋友圈，其中，"大脸小王"以其别具一格的姿势，被舆论赞为"颇有京剧功底"。

平生第一次到武汉的王玉，虽然无法逛街，却一直以自己的方式领略着"武汉之美"——"武汉的路名很美！"酒店与医院点对点之间，日复一日，王玉在上下班途中用心记下了一个个地名：晴川路、鹦鹉大道、知音桥、琴台大道、月湖桥、芳草路、玫瑰街、仙女山路……参加"游园"的这天，是队员们近两个月来首次突破原来既定线路，朝一个相反的方向走得更远，王玉从而有机会得以结识更多富有诗情画意的武汉路名。

花博园与东湖樱花园，观赏内容尚有所区别。樱花的诱惑，无可替代，从而无法抗拒。错过樱花"大场面"的王玉，却以"开小灶"方式，与武汉樱花缔造了一段个性鲜明的"独家"奇缘。

比"游园"还早几天，3月18日，当地举办的一场"云上樱花节"在晴川假日酒店附近设有一个直播点。这天，恰逢王玉与梅琼都休息，上午两人结伴下楼小玩了一下。之后，王玉的心开始"痒"了起来。宽宽大大的冲锋衣裹着洗手衣，她不满足以"这么土的样子"与樱花同框。

甚巧，一位同龄的泰州籍姐妹队友，天气转暖之后，收到父母寄来的若干物品中就包括两套裙子……于是，"相关问题"迎刃而解。身着飘逸连衣裙的王玉，与泰州姐妹结伴"中午再次下了一趟楼"——"借来裙子拍樱花"，堪称王玉前线生活中的浪漫之最。当时在樱花节现场采访的一位"记者小哥"，还热情地用单反帮她拍下"与武汉长江大桥的第一张合影"，这是令主人感到最满意的一张。对其余同样千娇百媚、颜值爆棚的美照，王玉在朋友圈的发布辞中统统谦称为"呆呆的证件照"。

"大脸小王"的闺蜜"猪猪"，则是同批17名镇江队员中少数几位曾经到过武汉者之一。那是2015年在井冈山大学读大二时，利用清明节小长假，朱玮晔与同学去武汉"穷游了三天"，在熙来攘往的人群里逛户部巷、登黄鹤楼、进武大，并在措手不及的一场大雨中压马路，"最后急匆匆买点鸭脖子就赶火车了"。

时隔5年重返武汉，朱玮晔已不是当年的小女生，而是一名把"井冈山精神"带到抗疫前线的女战士。近两个月"重装"作战下来，2月2日与这座城市久别重逢之时让她所产生"不敢相认"的巨大反差与压抑，终于在此次敞开胸怀、轻装出行的"游园"活动中，如冰雪消融。

45 由"二宝"的故事说起

已知汤倩是 77 名镇江援鄂医疗队员中年龄最小的"97 后",顺着往上长一岁,就出现了三位并列"96 后",均在武汉,分别是:"方舱姑娘"庄珍和"江苏三队"的朱玮晔、凌蓉。

曾向媒体"举报"硬汉父亲送自己出征时流泪的凌蓉,本人确实给公众一种"铁娘子"的感觉。71 天前线期间,她几乎没在朋友圈公开晒过与父母之间的绵柔亲情。倒是,如果某种意义上"二宝"也算是家庭成员的话——这才是"镇江蓉妹妹"人在武汉时公开流露出的莫大挂念。

一聊起"二宝",凌蓉总是兴致甚浓,把自己的小伙伴简直夸上天:"特别温顺,从它嘴里拿吃的,从不龇牙,抱在怀里能几个小时一动不动。"

前述,那天深夜整理出征行装时,凌蓉房间里一条"泰迪模样"的小狗摇着尾巴,也跟前跟后。凌蓉说,它其实并不是纯正泰迪,应该是泰迪和西施的串子,"送狗给我的人说的"。2019 年 1 月份,有人将同胎两条"串子"一并送给了凌蓉,被分别命名为"大宝"和"二宝"。不幸,后来两条狗宝宝同时大病一场,尽管及时请了兽医诊治,"大宝"还是宣告不治,"二宝"则挺了过来。

凌蓉讲述,把小狗抱回家的时候,"我爸不反对,我妈一开始是反对的",但是渐渐,妈妈也喜欢上了,主动带着它出去遛,"后来不带上都不习惯了"。不过,"二宝"理所当然跟凌蓉感情更深一层,"天天都睡我房间"。

武汉期间在朋友圈流露出"好想我们家狗子"的凌蓉,一天又发布了"二宝"的图片,谴责其为"无情的狗",因为每次视频时"它都没啥反应"。不过,相隔仅仅数日,凌蓉发布喜讯称"今天终于看我了"。原来,当天再次视频时,"它突然舔屏幕了",凌蓉认为,这标志着"二宝"正面与她打招呼。

"二宝"不在身边的日子里,每逢休息凌蓉下楼走走时,"兜里都会放着一根火腿肠",因为酒店门口经常有流浪狗、流浪猫出没,"一点都不怕人"。虽不是每次都能碰到,但久而久之,只要相遇,它们都会大老远兴冲冲奔过来。

第七章 "暖色"战地

凌蓉在武汉"苦中有乐"的这段岁月里，相距200余公里、长时间困在湖北荆州农村老家里的黄梦立夫妇，差不多也身处同样情境。

家门口就是大片油菜地，老公经常坐在一张小木凳上，独自面对寂寞旷野长时间发呆的画面，被黄梦立拍下不少，传到"302室"家庭群里。这段时间，除了"发呆"，老公雷打不动的主要任务，就是陪丈母娘家人"每天二两酒"，"感觉把这辈子的酒都喝完了。"

忽然一天，"302室"出现一段活力涌动的暖心短视频：原来是黄梦立隔壁邻居家一条他们经常逗玩的泰迪犬，生了一窝狗宝宝，6条。这一事件让小夫妻情绪大为开解，连着拍发。其时，滞留已逾50天，节令转换，油菜花如期盛开，令人赏心悦目的灿烂画面频频出现在黄梦立的镜头里。

与"蓉妹妹"一样，黄梦立夫妇也都是铁杆爱狗人士，镇江这边家中养了多年的一条"小黑"，也是他俩特殊处境下的一份心灵所系。黄梦立讲述她与"小黑"间典型的亲密故事之一：每次进门，"小黑"都会抢走她的一只鞋子，然后摇头晃脑地叼着示迎。

"小黑"不懂这个世界上正在发生的一切，相隔两地，婆婆常把它一如既往调皮或呆萌的各种照片，发到群里与孩子们分享。而黄梦立一天又拍到了村里的另一条狗，也是黑的，发到群里后说："它跟小黑长得真像啊！"

有人喜欢"汪星人"，有人喜欢"喵星人"。杜萌从前线归来后，丈夫"大猪蹄子"特意买了一只猫送给她，以此陪伴即将成为自己新娘的"萌宝"；而姜燕萍家中那只曾引起"双萍"斗嘴的"欢喜哥"，当时已经养了快两年了，它也成为前线期间姜燕萍的另一份念想。

一直以来，姜燕萍与女儿都很欢喜小动物，还曾养过仓鼠。有一阵子，姜燕萍发现女儿每天都在纸上画猫，"你如果不弄一只猫回来，我就天天画"。于是，既满足女儿、也满足自己，当哥哥家中的猫生了宝宝后，姜燕萍便抱了一只回来，精心打理之下，被全家视为掌上明珠，"我床上有它固定睡觉的地方"。在武汉与家中视频的时候，聊着聊着姜燕萍就会要求将镜头切换到"欢喜哥"身上，"它一听到我的声音，也东张西望在找我"。

从前线回来后，哥嫂曾表态要请姜燕萍吃顿大餐，却迟迟不见行动。一天，嫂子给姜燕萍又送来一只连名字都已经起好，叫"花妹"的猫宝宝，说就以此代替请客吧。姜燕萍无奈"成交"，家里从此有了一对"兄妹猫"。

46 "词"记援鄂

学医的李鑫，却拥有很不错的诗词功底，前线期间作品频出。通过朋友圈发布后，伴随如潮点赞，李鑫渐渐在援鄂战友中赢得"诗人""文豪"之誉。

赋词成为李鑫71天战地岁月里同样独具个性的"小感觉"，他先后以"卜算子""沁园春""点绛唇""江城子""满江红""水龙吟"等词牌，创作了一批战"疫"主题的作品。将这些作品纵向贯穿起来，不难把握，其内容轨迹恰恰对应着整个抗疫形势走向。

2月15日，是李鑫到达武汉近半月，他写下了第一首《卜算子·江城战疫》：

卜算子·江城战疫

江城雪纷飞，窗边今来思，泊船江边影暗淡，厦无影，人踪灭。（3个"凋谢"表情）

积雪浮云端，城中增暮寒，数万白衣战恶疫，把酒欢，凯旋还。（3朵"玫瑰"表情）

时至3月，李鑫的创作进入"鼎盛时期"，相继有一组词作问世。本月的第一首词发布于3月2日——以此打卡自己援鄂"满月"，所配一张图，则是他本人在前已述及中法新城院区那块"生命之托　重于泰山"门牌石前的留影：

沁园春·满月

抬眼江城，风卷快云，碧波交叠。望大江东去，海天无际；孤身江岸，寒风凛冽。长桥耸立，灯火交织，方圆里车船齐喑，孤船泊，听风啸无声，江印颤影。

江山如此多娇，岂容魍魉肆虐妄为。深夜军帖至，数万请战，迫在眉睫，满腔热血，千里驰援，无谓功名，长风破浪荆棘路，待来日，看千万江城，火树银花。

3月4日以"点绛唇"为词牌，发布新作之时，李鑫难得将配图用满九宫格，9张图的取景、色调等风格基本一致，都是他晚上在酒店后花园"岸边延步"时所拍灯光映照下的江景或对岸：

点绛唇·夜行长江岸

江上船行，黄鹤楼外光如影。岸边延步，碾碎冬夜树。冬去春来，归期尤无数。明惊蛰，万物出震，蛰虫惊而走。

把以下3月20日这首词公之于众时，李鑫配的是一张镇江队员的户外集体照，除3名男队员外，女队员们身着整齐划一的红色冲锋衣便装，尽管都戴着口罩，但耀目之中依然神采奕奕的画面定格，彰显与"战地黄花"异曲同工的"战地红花"写意：

满江红·平疫情

万千里路，傲骨赴、拈花一笑。北边啸，风吹正野，七尺长泪，八方风雨云和月，策马青山万里走。掬丹心，九州踏铁骑，壮志酬。

山河绣，笙歌留，云天高，浮名抛。狼烟起，谁敢借我刀剑。胡马闯荡滔天浪，破风浪青丝成霜。长歌行，日暮望天涯，拾锦绣。

上述集体照，也是拍摄于后花园一带，身后那栋高耸的楼宇便是他们已经住了近两个月的酒店。与此相关的一个小插曲是：共17名镇江队员，难得遇到当下同时段有15名队员轮休或尚未赴岗，队长冯丽萍便提议大家下楼合个影。"是请路过的其他队友帮我们拍的"，拍了很多张，但有的画面上是15人、有的画面上却是16人。原来，合影的节骨眼上，又有一名镇江队员下班回来，赶上了这场集体行动。

虽然距"全家福"仅一人之缺,但作为进入红区开战以来参拍人数最多、场面也最壮观的集体照,又值胜利在望、心绪舒朗之际,除了李鑫的"图配词"或"词配图",当天很多队员都相继在朋友圈晒出这组合影照。

3月24日,武汉天气"晴转小雨"。中法新城院区的战斗接近尾声,已知次日"清零"、并已知将易地再战,"骄似雪"的樱花首次进入李鑫当天的词作:

卜算子·樱花开时

零星雨三点,春开四月天。延步江边花如雨,围珠玑,锦绣簇。

层层花在枝,叠叠骄似雪。今日花开明日谢,犹未知,诚坦然。

一切安好,未来还是未知数,既来则安。

距"未来还是未知数"半月后,4月8日,武汉迎来"东风吹暖新春,齐聚共饮美佳酿"的解封。当天,李鑫再度赋词一首《水龙吟·江城大捷武汉解封》。下文述及。

第八章 走向胜利

47 "天色"熹微!

不该来的"突如其来",该过去的终究会过去,并一直"正在过去"。

在习近平总书记亲自指挥、亲自部署下,这场举国而动、众志成城、深入持久的疫情防控人民战争、总体战、阻击战,注定会取得完胜——这是从一开始就毫不动摇的战略信念。

回眸从武汉到湖北、从湖北到全国的战"疫"轨迹,时间轴上,疫情最初阶段令人揪心的"爬坡",与某种意义上的"熹微"迹象,并不完全走的是一条交接"直线",而是"双线"同行,直至标志走出至暗时刻的拐点形成,直至"此线"反超"彼线"。

早在2月2日,江大附院尹江涛和梅琼随"江苏三队"抵达武汉的当天下午近3点,"挥师武汉"群里,比两位同事早8天出征的孙志伟,就以"我来个振奋人心的小战果"迎接又一批战友的到来:当天,"江苏一队"所援武汉市江夏区第一人民医院里,"27楼两例转阴病人今日出院"。

而同一天24小时内,虽然对应着武汉市仍新增病例逾千的严峻形势,包括江夏区一人医2例在内,整个武汉市新增治愈出院总数为53例——单日新增出院数同比显著增加了21例;这一天,整个湖北省新增治愈出院80例,全国新增治愈出院147例。截至这一天,湖北省已累计治愈出院295例,全国累计治愈出院475例。

2月15日武汉大雪,次日便转晴。战斗在江夏区一人医"27楼病区"里的张建国,这天早上发布一条朋友圈,两张图,分别是差不多同位置俯拍的雪中与雪后城景,形成鲜明对比。相映衬的文字这样写道:"雪后的江夏,阳光明媚,晴空万里,是否预示着好兆头?这两天我们这边的收治病人数在减少,继续加油!"

"27楼病区"是重症病区,在此病区里与护理战友们一起,经常"俯身之间:一勺勺喂出'悉心与勇气'"的赵燕燕回忆,随着时间推移,"需要喂饭的病人越来越少";而在4楼轻症病区里的孙志伟则讲述,他们刚进驻时,65张病床全满,"后面还有病人在排队等床",渐渐地"开始出现空床了"——所有这些,都正是"熹微之光"的微折射。

3月4日零点34分,去往医院上班途中的孙志伟发出一条微信:"大夜班,但愿是最后一个!"契合"子时"城市氛围,孙志伟配了两行自己写的诗:"鬼魅子时,夜黑阴极,瘟神无眠,日夜命催;阳盛气正,百无禁忌,白衣战袍,执锐诛邪!"作为基于向好时势的某种预判,"最后一个大夜班"之心愿后来于孙志伟虽未实现,但这已是他的"倒数第二个大夜班"。

在定点收治重症和危重症的中法新城院区里,陶华奎回忆,那段时间"真的没有比听到病人出院更让人开心的事了",一有出院,他就会将喜讯向仍在治疗中的病人广为分享,并励以"我相信你们很快也都能出院"。伏竟松讲述,虽然任务仍艰巨、战斗仍激烈,但每有患者治愈出院或者"哪怕是病情出现好转",他和战友们都会备受鼓舞。

与陶华奎同在中法新城院区的刘宁利,2月20日这天在自己"不算正规日记"的日常记录中写道:"早晨醒来,拉开窗帘,阳光瞬间洒下来,浓浓的暖意,边刷牙边打开手机,按照每天惯例,查看昨日的全国疫情数据:新增确诊病例399例,而新增治愈人数达到1779例……"刘宁利"瞬间开心到飞起,恨不得手舞足蹈一番来表达我内心的激动",她立即"向同在武汉的小伙伴们报告了这个好消息"。

刘宁利讲述,那些日子已经逐渐愉悦起来的心情,当天"噌噌往上涨",连往常自己不喜欢吃,只是为了增强免疫力才"硬着头皮吃下去"的水煮蛋,也"变得美味了"。当天记录中,刘宁利用"爱因斯坦说:耐心和恒心总会得到报酬"来概括自己个人的总体感受。其实,这也贴切概括了中国战"疫"必胜的精神实质。

"熹微之光"是多层面立体交织的。黄石战场上,在疾控中心PCR实验室里与病毒"近身"较量的丁咏霞,2月17日这天与战友们共同完成了362份核酸检测,创当时单日新高——她称之为"总攻"开始了。5天之后的2月22日,又以"431份"再次刷新纪录——这一本是意味着付出更大劳动强度和更多汗水的"峰值"背后,却令丁咏霞感到些许舒心,她在当天日记中这样写道:"虽然我们的检测量上升了,但是阳性率却明显下降!"

进入3月上旬后,丁咏霞及战友们经手来自黄石各医院的检测样本已越来越少,样本的主要来源是密切接触者。出院人数越来越多、在治人数逐渐减少,这意味着疫情防控的重心已"缩小包围圈",从救治确诊病人转向排查重点人群。

时间倒回2月27日,这是黄石关键的一天。这座由江苏省对口"包援"的城市,于当天首次打上"新增确诊"休止符!到这一天为止,黄石累计确诊1013例。持续数日确诊病例"零增长"后,分别于3月1日、3月4日间隔零星各再增1例,黄石的累计确诊就永久定格在1015例。

首次实现"零增长"的2月27日深夜,黄石在治新冠肺炎患者中,前述首例危重症ECMO手术在大冶市人民医院进行,术后即转至黄石市中心医院接受进一步治疗,最终痊愈出院。媒体当时报道的普遍措辞为"首例",事实上后来再没第二例,这是黄石唯一的新冠肺炎患者ECMO手术。

对应2月27日的确诊病例"零增长",当天黄石新增出院40例。由黄石而至湖北,当天全省新增出院3203例——其中武汉占2498例。

再以同一天的"新增确诊"项进行观照,当天湖北全省新增确诊病例318例——其中武汉为313例,也就是说,武汉以外湖北其他纳入统计口径的16个市(州、区)总共仅新增5例,这意味着湖北已实现"零增长"的地区已远远不止黄石。

此消彼长。湖北省日增确诊量进入总体下行通道之后,是于2月19日首次跌破千例,当天也是湖北新增出院首次反超新增确诊,且超幅大至成倍。又过去一天,2月20日,湖北与全国的双份"焦点城市"武汉,新增出院数与新增确诊数也以766∶319的倍数悬殊，首次实现反超——这标志着越过某个平衡点之后，这座城市一度措手不及之中紧绷的病床供求关系，改善驱动力已从单纯依赖增加供给，转轨需求主导。

"出院反超入院"，既表现为空床数量会越来越多、在治病人越来越少，也关联着对医护力量的需求程度正逐渐下降。

前述镇江报业传媒集团所属"今日镇江"客户端及党报《镇江日报》，共同开设了"连线湖北战地日记"专栏，专栏旨在对77名镇江援鄂医疗队员进行全覆盖连线，为每位队员留下至少一篇个人"前线史记"。初始以每天一人（篇）的进度，至2月14日已推出了16人——到这一天，镇江派出的队员总数为74人，对照之下尚需近两个月时间才能完成既定计划。

自2月15日起，专栏扩容为每天2人（篇），速度加倍。但是，随着"曙色"渐渐明朗，对前线形势始终保持深度关注的编辑记者们，意识到即便以这样的推进速度仍然赶不上疫情好转步伐，有可能影响"全员覆盖"计划之时（此时队员总量又增3人，即77人），他们果断又于3月9日起再次调整为每天3人（篇），至3月14日终于连线完所有队员。事态后来表明，两次扩容，尤其是再次扩为每天3人的决策十分及时，因为完成报道计划3天之后的3月17日，就有第一批队员凯旋。

时间进入2月中旬，镇江这边的"天色"也熹微初显。2月8日新增又1例确诊病例后，累计报告确诊病例数达到12例——这个数字就此停摆！随后，便只"出院"无"新增"：出现最后一例"新增"的前一天，2月7日，镇江首例治愈者出院；2月11日，第二例出院；2月15日，一天之内两例出院……3月8日，镇江最后一例治愈者出院。

控制住新增，局面上就是抓住了主动权。距镇江单座城市10天之后，江苏省于2月19日也首次迎来具有历史意义的"零增长"；而距江苏这一刻不到一个月，作为"武汉胜，则湖北胜"的微观折射，当3月18日武汉终于也实现确诊病例"零增长"，湖北则全省实现了"零增长"，连续5天守"0"之后，仅以间隔式的"1"增长，与"0"之间呈微弱"震荡"。

而作为"湖北胜，则全国胜"的另一折射，同在3月18日这天，除单项报告境外输入确诊病例外,中国也首次实现本土"零增长"——信息是在第二天发布,平时极少在微信上露面的"先遣6勇士"之一季冬梅,3月19日中午在朋友圈中转发了新华社报道,配文称"这是一个激动人心的消息,来之不易,亲人们,继续加油"!

此时的季冬梅,人已在镇江休养隔离的酒店里。结束52天援鄂战斗后,她和部分队友于3月17日"安全抵达苏大强"。

48 出院!出院!

武汉14家方舱医院之一的武汉体育中心方舱医院2号舱里,镇江队长刘竟也不是每天都写日记,但2月22日这天他写道:"今晚的重头戏是核查及准备明天8个病人出院!"

当天刘竟是晚上8点至次日凌晨2点的班,负责舱内外所有事务的协调、总结、上报。一接班,手机和对讲机就交替响个不停。但再怎么忙,其中为8名患者办理出院手续,是刘竟这个班次上对个人而言"具有节点意义"的工作内容——这是他在援鄂前线作为医生首次经办出院。

出院手续中打印的诸多格式文本之一,《出院病人交接登记表》上这样写道:"×××于2020年2月15日开始在体育中心方舱医院住院,经规范治疗,现已符合国家卫健委新型冠状病毒感染肺炎患者的出院标准,向患者详细交代相关注意事项后于2020年2月23日出院。"

就江苏队整体接管的2号舱而言,比刘竟本人首次经办出院早3天,2月20日——亦即孙立果到武汉后第四次在朋友圈晒早晨阳光的那天,也是8名治愈患者,"很激动很开心"地走出方舱。这是江苏队经手治愈出院的首批方舱患者。其时体育中心门前的开阔广场上,晴朗天空下,出院者之一徐女士,面对采访的电视镜头声音哽咽:"(到现在)连面都没见到他们(医护人员)……"

分为1号舱、2号舱的体育中心方舱医院,拥有总床位1000张,在早期不断接受病人与不断办理病人转院的"加减"中一度满员,至2月17日这天,在舱病人996名,床位略有余额,但第二天1号舱里就又空出8张床位。由安徽、贵州队联手接管，比江苏队2号舱早一天开舱的1号舱，于2月18日在整个体育中心方舱医院率先办理了同是8名治愈患者出院。

前面在第四章31小节《那一刻，他们发出这条"朋友圈"》中所述，2月29日张菲菲在方舱里上自己的第一个大夜班，她在微信发布中传递这样的好消息：2号舱"到目前为止已经治愈出院了100多位患者"。此时，距2月20日该舱"首批8位出院"，过去了仅仅9天时间。

捷报频传中，武汉各家方舱医院里的轻症患者，均以持续加速度纷纷治愈出院。距张菲菲的"总100多位"仅隔两天时间，3月2日央广网报道：武汉体育中心方舱医院2号舱当日一天之内出院113人，创单日出院数量新高。到这一天，2号舱累计出院已达296名。

进入3月初，徐树平医生在方舱里连续上了三次病历书写班。时值病人出院高峰期，处置各种台账资料，每天上班都忙得连轴转。其中一个班上，徐树平和战友延时加班一个多小时才把相关工作全部做完，由此错过了班车，不得不在寒风中苦等一个多小时，直至下一趟班车出发。

如同前述黄石疾控的丁咏霞及战友们中后期面对"检测量上升，阳性率下降"的喜人态势转变，徐树平讲述，当此办理大量出院之时，吃再多的苦大家不仅毫无怨言，反而感到很开心——对所有参战医护人员而言，为患者办理出院是"喜大普奔"式的同感。

中法新城院区，新组建后一投入使用就由"江苏三队"整建制接管的C8西病区里，"到达武汉的第16天"——这个时间点，陶华奎在战地归来后的小结材料里做了精准表述，亦即2月18日，"今天风和日丽，透过手机屏幕看到武汉各种樱花盛开"。

对应同一天武汉体育中心方舱医院首批8名患者出院，时"护理G组"队员陶华奎当天"上班之前就听到一个好消息"：18床病人出院了！这是自2月9日接管10天来，在江苏队充满欣慰的送别目光中，中法新城院区从C8西走出去的第一位治愈患者。一到岗，陶华奎就向病人们"广而告之"。

与陶华奎同在G组，令"猪猪"朱玮晔更加感到兴奋与自豪的是，第二天，2月19日，在她经手的班次上，C8西同时办理了一对夫妇出院。"这是我来到武汉后第一次送病人出院"，当天在扬中市人民医院微信公众号上刊登的日记开头，朱玮晔使用了与陶华奎相似的心情铺垫："武汉晴，天气很好。"日记还配发了一张她和当班队友们与出院者夫妇的合影。

中法新城院区全院背景上，相关权威资料显示：始于1月27日开始收治患者，截至镇江援鄂队员朱玮晔首次经手病人出院，整个院区累计收治1251名重症患者，累计治愈出院97人。

局面已然打开，向好势不可挡。仍在中法新城院区C8西病区，"连号"第三天，2月20日，"护理D组"队员冯丽萍下午5点回到驻地后，也在日记里记录下当天自己"下班的感受"："今天又有两个病人出院，到今天已经有5个病人出院了……"

然而，无可阻挡的向好态势里，依然必须直面巨大压力。至"累计治愈出院97人"这一小胜时刻，整个中法新城院区的共23个病区里，在治病人总量虽已比峰值1053人略有下降，仍高达1020人，其中重症769人、危重症166人。

"今天又是离胜利更近的一天"，这是冯丽萍2月26日所写日记中的一句。当天日记这样记载："……转眼间已经24天了，犹记得刚到武汉时的绵绵阴雨，而现在早春的暖阳就如同我们携手抗疫的决心和希望……今天又有5位病人出院。"当天的日出院量，相当于6天之前的C8西累计出院量。到26日这一天，C8西累计"已经出院了将近20位病人"。冯丽萍写道："所有的辛苦和困难，在每天传来的好消息面前都不值一提。"

从局面打开，到局面大开，负重前行的步伐中，每个今天都是"离胜利更近的一天"，而每个明天都注定将是"又忙碌的一天"。

黄石那边，2月25日下午3点，黄汉鹏发布一条朋友圈：黄石煤炭矿务局职工医院首批12名治愈者集体出院——这是黄汉鹏到达黄石半个月后，终于发出的第一条朋友圈，既是向家乡传递具有"节点意义"的捷报，也是以局部战绩，为整体形势依然严峻的疫情防控阻击战鼓舞斗志。

回忆当天的场景，黄汉鹏用"挺激动"一词概括。他们刚入驻这家医院时，全院共收治着六十几个病人，"当时呈上升趋势"，病人数量很快就增至108人——不过，这个数字就此定格！正是从首办出院的2月25日起，该院就只有出院，再没有收入新的病人。

黄汉鹏讲述，为充分应对疫情蔓延，矿务局职工医院共备战了5个病区、200多张床位，所幸，最终只启用了3个病区。而收治的108名确诊患者实现"零病亡"，后全部治愈出院。

同在黄石，作为当地最早收治新冠肺炎患者、作战时间跨度最长、诊治病人数量最多、患者普遍病情较重的医院，"黄石小汤山"之黄石市中医院，进入2月下旬以来，形势也持续好转。

前述镇江队员中的秦宜梅、陈慧丹、孙国付三位护士和一位医生胡振奎，于3月1日上完黄石市中医院里的最后一个班，然后易地黄石市中心医院再战。这是他们到达黄石的"第20天"。

一段时间里黄石市中医院的形势好转轨迹，生动记录于秦宜梅3月1日这天所发《写在第20天》的微信故事中：包括镇江3名、南通1名共4名江苏援鄂队员在内，秦宜梅所在的"ICU-4"最初组员数量为9人，战友们之间打趣，随着工作负荷下降，后来，每上一个班就会"丢"一名组员，到转院的3月1日这天，已"只剩我们仨了"（镇江3名）。

上午属于中医院的"最后一岗"，下午属于中心医院的"第一岗"。在秦宜梅等人带着3位ICU病人一起转院的"戏剧性经历"中，"最后"与"第一"在一天之内实现无缝对接。这一当地指挥部基于疫情总体好转而做出的整合医疗资源举措，标志着"黄石小汤山"里阶段性不再拥有重症患者。

黄石大冶市人民医院里，应急组建、专用于收治新冠患者的"临时八病区"，2月12日阳韬初来乍到时，共收治着18名确诊患者和疑似患者，其中3名为重症患者。至3月4日，"临时八病区"实现了清零。其后，阳韬又就地转战同院一病区（重症病区），其时，该病区仍收治着8名患者，又经9天决战，至3月13日，最后3位患者治愈出院，一病区也成功实现清零——由此，意味着整个大冶市新冠患者清零！

援鄂岁月里的3月8日这天，对所有女队员而言是个特定日子。战袍加身的"女神们"，当天无不收到来自包括家人在内方方面面的节日祝福或各种小礼物。陈慧丹自然也不例外，但当天，她却更收获另一份不同寻常的"大礼"。

第四章述及，前线陈慧丹曾在生命垂危的患者"陈董"与其女儿"陈总"之间，以传递视频与音频的方式当起"亲情信使"。"陈董"是陈慧丹最初在黄石市中医院ICU里照料的一位患者，3月1日，她与战友们"带着病人转院"的最后3位ICU患者中，就包括"陈董"。

虽已越过生死之坎，各项关键的生命体征稳定，但转院之时，当事人仍处昏迷状态。守得云开见月明。又过7天之后的恰好"三八"这一天，"陈董"终于在黄石市中心医院的ICU里苏醒过来！

从一家医院到另一家医院、从临床救治到亲情呼唤、从垂危到醒来，和战友们一起不离不弃陪着"陈董"熬过人生大灾大难的陈慧丹，把当天这一喜讯称为自己"最激动人心的礼物"。

武汉这边中法新城院区里，"江苏三队"守卫的C8西病区，到"三八"这一天，患者已经出院一半，并且"已经连续多天没有新病人进来了"——与陈慧丹的心情相似，"大脸小王"王玉把如此喜人局面也看作是自己"今年过节的最好礼物"。

"先遣6勇士"之一、武汉江夏区第一人民医院里的张艳红，如果也想把正在迅速好转的疫情形势当作自己"三八"节的特别礼物，则这份"礼物"不经意之中就写在病区护士站她身后的一块工作白板上。

3月7日是张艳红的大夜班，实际上是从3月8日凌晨时分开始上班。下班之时已是节日清晨，张艳红和搭班战友、来自徐州的江苏援鄂队员伏蜜蜜一起，用笔和纸自制出一张署有两人名字的简易贺牌"祝全体女战士女神节快乐"，举着牌子留下合影。放大之后，照片背景的白板上，分类清晰记录着3月7日这天：病人总数38，新入0，出院"9、21、25、26、59"（病床号）共5位病人。

以"病人总数38"对应总65张床位，同样接近"空半"。作为某种意义上的"微史记"，张艳红这张瞬间定格的照片可以从不同维度多重解读：它既呈现出该病区一天的战果；也昭示一个阶段里的战果扩大轨迹；而"新入0"则由点及面地折射整个武汉的疫情形势已显著向好。

"点"是"面"的投射，"面"是"点"的聚合。同在"三八"这天，武汉体育中心方舱医院里的全体女神们，更是收获了一份来之不易的"集体大礼"——当然，这份大礼不只"方舱姑娘"们独享，也同时献给所有"方舱男士"们：当天，这家运行了26天的方舱医院"关舱大吉"！

休舱工作是从前一天就紧锣密鼓、有条不紊地展开。3月7日下午，正在舱内上班的宋继东医生，忽然发现体育馆的看台上"特别明亮起来"，抬头细瞅，原来是顶棚的天窗被打开了——这可是开舱以来的第一次！继而，舱内两侧大屏幕上播放起电影《攀登者》——这种情况也是第一次。很快，"明天休舱"的正式通知上传下达。

当时，这家千张床位的偌大方舱医院里，尚余"零零星星的患者"。以江苏队负责、总床位580张的2号舱为例，除拟于次日办理出院的8位治愈者外，根据通知，其余67位病人将分三辆车，连夜转往其他已有充足床位空出来的定点医院。

不免有些出乎意料，得知转院消息后，一些病人却"流露出不太情愿"去条件更好的定点医院。当天也在班的孙立果对此颇有感触，他回忆，病人们刚住进来时，因为"以前从没看过这样的医院"，普遍都持观望与焦虑态度，但很快就对方舱建立起深深的信任。在被动员转院之时，一位患者甚至"情绪很激动"："我就要坚决留在方舱医院里治疗！"

3月8日早上，当乔静将休舱的消息告诉镇江那边的丈夫，丈夫一时误以为她"现在就能回来了"，电话里顿时兴奋不已，转而得知队伍还要继续原地待命，稍稍平缓下情绪的丈夫回以"你继续加油，我和女儿继续等着你"。

张菲菲讲述，休舱当天中午，战友们乘车集中前往方舱医院——第一次不是去上班，而是去辞别自己"曾经战斗过的地方"。车上，大家情不自禁地又一次合唱起那首属于自己的队歌《方舱姑娘》。

作为队长，休舱当天刘竞还有不少"善后工作"需要处理，并经手办理了2号舱最后一批治愈者的出院手续。其中一位出院女患者，走出舱门接受酒精喷洒消杀时，立马紧闭双眼高高仰起头，一副享受久违"阳光浴"的忘我表情。消毒之后，她对刘竞深鞠一躬，说："谢谢你们江苏的医生！我可以过'女神节'了！"刘竞笑着回礼："不客气！恭喜女神出院！"

就在武汉体育中心方舱医院宣布休舱的同一天,武汉"方舱阵营"一日之内休舱了5家,另4家分别是:武汉客厅方舱医院、沌口方舱医院、江岸方舱医院、江汉两家方舱医院。与2月上旬密集开舱势头形成强烈反衬,月余之后的武汉方舱医院相继密集休舱。至3月8日同时休舱5家这一天,14家方舱医院中已休舱11家,剩余3家的累计在院患者仅剩100多人——而据当晚央视《新闻联播》数据:截至当日,武汉全部定点医院空出来的床位数已近万张。

央视《新闻联播》3月8日、3月9日、3月10日连续三天关注"方舱休舱",其中,最后一家方舱医院休舱的3月10日,节目以《方舱医院:托起生命的方舟》为题,报道时长达4分11秒,从中信息显示:始于2月5日,运行35天中,14家方舱医院共开放床位1.3万多张,累计收治轻症患者1.2万多名,其中7000多名患者从方舱医院治愈出院。其间,共有来自全国各地的94支医疗队、8000多名医护人员援助方舱。

3月9日一大早,接受镇江记者连线的"方舱姑娘"桑宁,开口第一件事就是睡眠,"昨晚是我到武汉后睡得最踏实的一晚"。休舱后的方舱队伍,原地休整,处在"准备随时投入新战斗"的待命之中。宋继东讲述,这段时间他们仍在继续学习刚出炉不久的"第七版"《新型冠状病毒肺炎诊疗方案》,而一个月前刚到武汉时,发到他们手上的是"第五版"。

"新冠病毒"的本质是司空见惯的冠状病毒,而其肆无忌惮的侵袭力与杀伤力,源自人类尚未充分认知的"新型"。从2020年1月16日发布《诊疗方案》"第一版",到3月4日来了"第七版",边实战边科研、以科研促实战的中国抗疫力量,用不到两个月时间,一步步、一层层、一点点,抽丝剥茧般基本揭开了这种病毒的"真面目"。此后,"第七版"长时间持续管用,直至进入常态化疫情防控,于相隔5个多月的8月18日被"第八版"取代。

前述,3月13日,阳掏等江苏援鄂队员在大冶市人民医院里,参与将当地最后3位治愈者送出院之后,这座黄石辖下的县级城市顿时"如释重负"。

相呼应的是,当天,大冶市疫情防控工作指挥部一日之内连续发布19-23号共5个均事关放开相关管制的通告,一个通告比一个通告加大"开放尺度",

汇总起来的核心表达就是：自次日零时起，大冶基本就"解封"了！

这天早上，所住大冶阳光沙滩假日酒店里，一位久已相熟的服务员见到冷牧薇，开心地与她分享喜讯，"在外面待了这么多天"，自己终于可以回家了。

"大冶解封"，为10天之后湖北省第一座地级城市解封——"黄石解封"，铺垫了暖心前奏。3月23日黄石解封之时，央视新闻客户端、人民网、光明网等若干网媒相继转发同一篇报道，报道标题为《第一个！江苏对口支援湖北的这个城市全面解封》，自豪的"江苏元素"蕴含其中——这是实至名归。

黄梦立的湖北娘家是在荆州市江陵县马家寨乡。与黄石一样，荆州的"解封"同样由下而上、由点及面。黄石大冶3月14日解封之日，荆州江陵县疫情防控指挥部也发出了第17号通告：自当天下午4点起，县域内可以"有序流动"！在此之前，层层把守下，当地乡镇跨村出行都需要通行证，同村亦基本不串门，门前"一亩三分地"，成为家家户户唯一的自由活动空间。

至3月14日，黄梦立夫妇已在马家寨乡滞留56天。这天上午，黄梦立在"302室"群里再次向镇江这边"园丁妈妈"关照给自己房子里的花草浇水："仙人球和虎皮兰不用浇，其他的绿植如果土是湿的就只浇一点，土干了的话就浇透。然后把窗户打开通风，我看了下天气预报，接下来一个星期也没雨，不通风植物容易生病。"与之同时，她还顺口问了句"床上被子都落灰了吧"，婆婆宽慰道："没那么夸张。"

镇江春光宜人的14日下午，黄梦立的婆婆李女士骑电动车带着"小黑"，又出门到焦山一带金山湖畔兜风。形势已然许可的一段时间以来，李女士经常到离家不远的焦山渡口、合山公园等旷地"透透气"。她把当天下午所拍自认为很漂亮的一组黄灿灿的油菜花照片发到群里，儿子看了之后却不以为然："对油菜花我已经审美疲劳了。"

而同一天下午，溯江而上850公里外的另一头，江陵县马家寨乡，县域开通之后终于可以走出"一亩三分地"的小两口，迫不及待地驱车直奔仅十多公里外的荆江大堤。这是"疲劳"之后久违的兴奋。这是更贴切意义上的放飞心情！江风习习，恋恋不舍，黄梦立夫妇在大堤上来回逗留了很长时间，直至拍到夕照中壮美的荆州长江公铁大桥——我国第一座跨越长江的重载铁路桥。

从江陵县域开通的这一刻起,小两口究竟何时可以正式踏上归程,以及回到镇江后尚需接受哪些社区政策安排,成为"302室"家庭群里反复热议的话题。不过,貌似"近在眼前",一切仍不明朗之下,要想最终实现"千里江陵一日还"的团圆,这个家庭后来又等了整整十天时间。

湖北不同于其他省份;武汉不同于省内其他地区;武汉市里,定点收治重症和危重症患者的中法新城院区,也不同于其他大多数医疗机构。

当"出院!出院!"逐渐成为前线临床战壕里的主旋律;当3月8日刘竟他们所在的武汉体育中心方舱医院实现休舱;当3月17日已有第一批包括季冬梅等35名镇江队员在内的江苏队员从武汉凯旋;当3月18日武汉终于也实现确诊病例"零增长","出院"成为这座城市不断从临床传出的唯一声音——冯丽萍等118名"江苏三队"队员尚在中法新城院区继续战斗着。

"零增长"之后,就是关起门来对存量病人集中精力打"歼灭战"。某种意义上,越到后面,仗越难打,因为"难点"发生了转移:此时所面对的,大多是合并各种基础疾病的更重新冠肺炎患者。

从来没有过不去的坎。艰苦卓绝,终得大胜。3月25日,"江苏三队"迎来了历史性的重要节点:中法新城院区C8西病区实现病人"清零"!

始于前一天深夜,至3月25日"清零"当天的凌晨1点,"护理D组"冯丽萍上完在C8西病区的最后一个班。"和下一班同事完成交接工作后",虽然闷热的防护服里面衣服早已湿透了,冯丽萍并没有急着出舱,而是在自己奋战了近两个月的病区里重新完整巡视了一遍。"熟悉的环境、熟悉的仪器,还有熟悉的病人",令冯丽萍心头涌动无限感慨。其时,拥有50张床位的C8西病区里仅剩最后7位病人,他们全部病情稳定,根据上级统筹安排,这7位病人"将于天亮后合并到专设的缓冲病区"。

2月2日抵达武汉后,先期在中法新城院区的其他病区参战数天,"江苏三队"是于2月9日整建制接管新开放的C8西病区——某种意义上相当于"江苏病区"。46天时间里,以50张病床周转,先后治愈出院77名重症和危重症患者——这个纯属巧合的精准数字,对于总派员数量77名的镇江援鄂医疗队而言，无疑更具纪念意义！在此期间，C8西战绩的整体考量中，还包括成功实现"病人零病亡、医护人员零感染"。

出舱后，即将坐上回宾馆的通勤车之前，冯丽萍再次回望整个医院，她后来在当天的日记中写道："我会记住这里，我难以忘记这里曾发生过的一切。"

49　下一站：肺科医院！

病床大量空出，致整体医护力量产生充足富余的喜人态势下，曾经战鼓声声中纷纷挺进武汉、挺进湖北的全国各地医疗队，从3月17日起，开始有序撤离。武汉方面启动"撤军"计划三天后，3月20日，江苏对口援派的"黄石兵团"也部分先期归来。

与去时凄风冷雨的悲壮笼罩形成强烈反差，班师回朝的凯旋氛围令人如沐春风。3月21日那天，被安排去武汉花博园游园的"江苏三队"队员王玉，当时之所以"感到特别开心"，并不仅仅在于局促那么久之后终于可以放足远行，投身大自然怀抱，她心中还隐含着一份特别的盼头：一切就要结束了，很快可以回家了！

与疫情暴发之初"一天一个样"的内涵完全不同，进入3月中旬时段，以"严防反弹风险"为重要前提，"复工复产"已经成为最强语境，整个抗疫大局正在抒写另类"一天一个样"——始于3月13日，湖北有关方面之所以着手不断安排援鄂医疗队员出游，本身就是"一天一个样"的写照。

中法新城院区C8西病区"清零"这一天，3月25日，《湖北省市县疫情风险等级评估报告》最新出笼，其中武汉：截至3月24日24时，13个城区中，5个为低风险地区，8个为中风险地区，没有高风险地区。

3月24日，经中央批准，湖北省疫情防控指挥部就解除离鄂通道管控和武汉市复工复产安排等事项发布通告，称：从3月25日零时起，武汉市以外地区解除离鄂通道管控，有序恢复对外交通。更令公众广为瞩目的是，《通告》并且就"武汉市也解除离汉离鄂通道管控"（亦即"武汉解封"）已提前给出了明确时间表：4月8日零时起。

朱玮晔在3月24日这天的日记中写道:"还记得第一次乘车去医院的时候,路上空空荡荡……如今她(武汉)苏醒了,露出了往日灿烂的笑颜。这些天,援鄂医疗队分批撤离了,我们可能很快也将离开这座英雄的城市……"朱玮晔的日记大多当天刊发于其所属扬中市人民医院的官微公众号,所以,"有据可查"。

王玉与朱玮晔这对闺蜜合情合理的共同趋势预判,却很快被C8西"清零"之际又传来的一道"军令"改写!

3月25日上午,上级通知正式下达:休整数日,"江苏三队"定于3月30日全体转战武汉市肺科医院。这一刻终于确证的"转战"之说,其实事先几天已"有所耳闻",无怪乎朱玮晔当时在日记中使用了留有余地的措辞"可能很快"。

如同3月8日这天方舱队员们纷纷打卡"休舱",3月25日,打卡C8西53天"清零",也成为"江苏三队"队员们当天朋友圈普遍的重要功课,其中,相似的图片内容是以全体队员的红色姓名,拼成醒目的"零""苏大强"等字词。冷惠阳的九宫格里比大多数镇江队员更多出"湖北省"与"江苏省"两幅地图——也是由全体队员的姓名拼成,"我是从他们那边下载的。"冷惠阳回忆。

方舱队员当时打卡"休舱"主题以外的附加是"待命再战",而"江苏三队"队员打卡主题以外,也都附加了已经明确的再战方向。冷惠阳说:"接下来迎接新战场——武汉市肺科医院ICU,不破楼兰终不还!"

"镇江蓉妹妹"说:"53天清零啦,下个礼拜转战武汉肺科医院,继续和'江苏三队'的小伙伴们一起战斗。"3月25日是周三,凌蓉所称"下个礼拜",即是下周一的3月30日。

小伙子伏竟松不怎么讲究"文艺",像做报告一样写了句大实话:"同济医院(中法新城院区)的工作告一段落,下面转战武汉市肺科医院。"所配两张图,一张是"零",一张是自己的便装照,戚文洁很快大姐般跟帖心疼"瘦了好多"。伏竟松回忆,从中法新城院区到肺科医院,武汉71天战斗下来,他当时的确瘦了5斤,但后来在酒店休养隔离14天期间,"又胖回去了"。

戚文洁自己当天则是两次打卡。中午11点的打卡,她说"我们即将奔赴下一个战场",并没有具体言明下一个战场是哪里。下午 3 点半,配图数量更多的二次打卡中,"下一站武汉市肺科医院 ICU,真正的硬仗还在后面!"

由"我们可能很快也将离开这座英雄的城市",时隔一天,就骤变为"已经无法判断究竟何时能离开这座城市"的"小猪猪",于当天下午 3 点 17 分的打卡措辞,高度凸现"96 后"年轻人的典型风格:"中法新城通关完毕,即将去新的地图啦——武汉市肺科医院。冲鸭(呀),新的征程等着我们,我们都是那 1/3000。"

朱玮晔讲述,分母上的 3000 意指全体江苏援鄂医疗队员,为使表达"更有意味"而四舍五入取了整数——实际上此项的准确数字是 2813 名,"近 3000"。打卡所用两张图片之一,为当天上午 9 点至下午 1 点朱玮晔在 C8 西"站完最后一班岗"所拍,画面上她手持一张专门制作的"清零日"字牌。

转战前的短暂休整期间,"江苏三队"经历了一次不同寻常的"送战友"。这段过程简要记录在朱玮晔 3 月 28 日以"故人西辞黄鹤楼"诗句开篇的日记中:

故人西辞黄鹤楼。今天,又有一批战友要离开武汉回到自己久违的家,五十多天的携手奋战,我们和山西队早已结下了深厚的友谊。

一大早我们江苏队就换上统一服装,为山西队送行。当看到一个一个熟悉的身影上了大巴,不舍之情油然而生,大家又情不自禁地唱起了《真心英雄》:和心爱的朋友热情相拥,让真心的话和开心的泪,在你我的心里流动……每一句都唱出了我们内心的真切感情。

上班时的班车里、病房里三三两两忙碌的背影、下班时放松的笑脸……在中法新城战斗的一幕幕顿时在脑海中闪过,这里留下了我们刚来时的忐忑、熟悉后的坦然,也记录了我们的战友情。

我们"江苏三队"即将踏上新的征程,我们队友里拥有 ECMO 专业者、有 CRRT 高手。如果说中法新城是我们遇到的"新手关",那么我们这支经历了挑战、更加成熟默契的团队,即将去下一个"高难度副本"——肺科医院,继续以"零感染"为目标,早日通关,让每个人都能尝到早日回家的胜利果实!

日记发布中还配了一段36秒的视频：警车开道下，一辆接一辆的大巴缓缓驶出酒店……被整建制送别的是山西省第二批支援湖北医疗队（"山西二队"），而唯一参与送别的援鄂医疗队，是整建制"江苏三队"。因为，只有这两支同是支援中法新城院区的省队，同住在武汉晴川假日酒店。

共设置23个病区（含两个ICU单元）、开放床位千余张的中法新城院区，是武汉抗疫进程中一家举足轻重、功不可没的定点医院之一，先后有来自国家和北京、江苏、山西、吉林、山东、河南、湖南、陕西等省市的18支援鄂医疗队，共2400余名医护人员在此并肩战斗，除了当地医护力量，每支援鄂医疗队都整建体独立接管一个病区。

"看到一个一个熟悉的身影……"朱玮晔所写可谓实实在在。烽火岁月里，"江苏三队"与"山西二队"的多重特定缘分令人为之感怀：队员数量几乎相等的两支队伍，于2月2日同一天火速抵达武汉；他们不仅是住在同一家酒店的"上下铺兄弟"，更是中法新城院区里的"左邻右舍"——"C8西"之"C"，是楼栋的编号，之"8"则是楼层，同一楼层被切分为各50张床位的东、西两个病区，"江苏三队"与"山西二队"分别执掌"C8西"和"C8东"。因此，当时很多媒体报道"山西医疗队整建制接管中法新城院区C8病区"，其实是存在歧义的。

武汉苦战56天、相识相处56天，当把亲密的山西战友们送上回家征程，视频末尾最后数秒，是这样几句"江苏三队"的转战誓言。

领队："同志们！"

全体："到！"

领队："肺科医院！"

全体："冲啊！"

值得提及，在武汉，一地"清零"后奉命转战另一地，"江苏三队"并非唯一的江苏队伍。由江苏省人民医院组建的一支200余人医疗队，于2月13日驰援武汉市第一医院（武汉市中西医结合医院），3月19日在该院ICU实现"清零"后，又于3月23日转战有着"重症之巅"之称的武汉金银潭医院。

前述杜萌所在的"江苏公共卫生三队"，原本定点守护武汉经济技术开发区（汉南区）范围内的相关疾控工作，后经临时调度，跨区域进入金银潭医院作业，也正是因为有了江苏的临床队伍转战至此。

作为武汉市"向10家高水平定点医院集中"之一的武汉市肺科医院，是武汉最早两家重症定点医院之一，也是这座城市在"重症高地"上进行抗疫大决战的最后战场之一。时至3月底"江苏三队"进驻之际，这家医院的ICU里，尚集中了15名危重症患者，大部分患者为老年人，基础疾病错综复杂。

面对如此难啃的"硬骨头"，自有强者迎难而上。"江苏三队"的118名医护人员中，18名医生全部是来自9家省属省管医院ICU的骨干；100名护士半数来自ICU，其中还有10名护士拥有ECMO专科证书。

有关"江苏三队"再被委以转战重任的"内幕"，4月5日晚上江苏卫视《新闻眼》的播出中有所披露。"江苏三队"副领队、省卫健委医政处一级主任科员李速在节目中介绍："支援中法新城院区的18支队伍中，我们是唯一一支患者'零病亡'的队伍。肺科医院了解到江苏医疗队的情况后，向国家卫健委书面申请，请求让我们转战（过去）。"

队伍正式转战前一天，3月29日，戚文洁和战友们先行去肺科医院ICU"探营"，所见：CRRT或ECMO"几乎是每个患者的标配"。次日，作为第一批上岗队员之一，戚文洁在此正式投入战斗。

肺科医院ICU分为A区和B区，A区由"江苏三队"整体接管，B区则由吉林大学第一医院重症救治医疗队整体接管——这支劲旅也是二次转战，他们于3月27日在中法新城院区的"B10东"病区实现"清零"。

A区共有7名患者，4名上着标志"最后一根救命稻草"的ECMO、3名上着CRRT，"是15名患者中病情最重的"，所有患者均为"双人护理"。这第一个班次，戚文洁与另一名队友负责正使用ECMO治疗的1号床患者徐师傅——其时，他的病情在7名患者中又更重一层，"身上插了8根管子"。

已经适应的中法新城院区工作环境和模式再一次被打破之后，冯丽萍在肺科医院ICU上第一个班的感受，"这里真是ICU中的ICU！"凌蓉讲述，"仪器繁多,治疗和护理也多。"赵甜甜说,很多仪器虽然此前都没见过,但原理相同,"我们很快又适应了新的工作节奏"。

朱玮晔则在日记中这样讲述自己"4小时都不知道去哪了"的第一个班:"虽然我年资较小,但我有重症监护室的经验,组长就让我负责一位气管切开的病人,从上班到下班,脱机试验、上CRRT,一切有条不紊,一点都感觉不到时间的流逝,等我回过神,才发现快下班了。"

在中法新城院区是"护理A组"组长的梅琼,转战肺科医院后仍任编号为A组的组长。这位此前53天里可谓经历了"大场面"的"梅老大",刚踏入新岗位,"起初也被这场景震撼到了"——每名患者身上都插满了管子,周围放满了仪器。梅琼讲述,作为组长,除了率先冲锋她别无选择:"尽快了解每一位患者病情进展,仔细查看每根管道的标识及刻度,观察俯卧位通气患者的全身皮肤情况,同时尽早掌握每位患者的护理重点,合理安排组员双人护理。"

3月31日早上5点至9点,"大脸小王"也在肺科医院ICU度过首战,面对陌生的环境、更危重的病人,"预想这里的工作会很艰辛,进来后才发现比我想的还要难",4小时里"没有一分钟消停"。

始于3月17日,各地医疗队从武汉撤离的频次日益密集。31日这天上午10点左右,从肺科医院下班的王玉坐在回酒店班车上,看到马路两边站着一排排的交警,"应该是又有医疗队回家了",透过车窗,王玉"不由自主地朝他们(交警)竖起大拇指",他们也以竖起大拇指朝王玉回礼,双方之间稍纵即逝的一两秒对视,王玉认为"包含了很深意义"。

镇江报业传媒集团"连线湖北"专栏,一共为77名援鄂医疗队员做了91篇日记,第90篇——也是连线个人的最后一篇,主人公尹江涛,是加盟"江苏三队"的17名镇江队员中唯一的医生。时为4月6日,转战武汉市肺科医院ICU第8天。

拥有11年临床经历的尹江涛在连线中讲述,经过团队全力奋战,至4月6日,A区7名病人中已有1名转至普通病房,另有2名病人去掉了ECMO,其余病人状况都很稳定,"不可能像其他病人一样立竿见影,我们只能陪着患者慢慢来,打持久战。"尹江涛说。

尹江涛等"江苏三队"的18名医生另建有一个医生群，早在标志着"打持久战"的转战通知下达之时，一张来自此群的聊天截图，足以彰显无坚不摧的"苏大强精神"。包括尹江涛在内，容纳其中9名群员排队回复的截图空间里，6人复制"收到，服从统一安排"，2人回复"疫情不退，我们不退"，1人回复"收到，期待抗疫的全面胜利！"

不问归期却心有所系。作为镇江队队长，冯丽萍回忆，从接到转战令起，省队就要求各城市队伍要特别留意队员的身体状况和心理状态，每天都须就此向上"做专题汇报"。"有些队员的孩子实在太小，真的有些想家了。"这是人之常情，但令冯丽萍欣慰的是，大家都迅速调整好了状态，个个斗志饱满。

同一批有孩子的镇江队队员里，戚文洁的儿子年龄最小，2月2日出征时，儿子只有26个月出头，"刚开始，他还哭着要妈妈，后来就自己在家玩得很开心了，根本不知道想我。"儿子不想她，她却深深念着儿子，但戚文洁说，再怎么想儿子也丝毫不会影响斗志。

转战即是决战，是攻坚战、极限之战，是"疫"战到底。越是在这个时候，越是要保持头脑清醒，越是要慎终如始，越是要再接再厉、善作善成。

4月2日，伏竟松在朋友圈发出自己的一番小感慨："战疫的最后阶段，治愈数字上每增加'1'的背后，都是国家、医院和大家付出了巨大努力换来的。"

以下相关数据可供解读武汉这一阶段临床救治的攻坚特征：

武汉市阶段性病例存量（数据来源：武汉市卫健委）

时间	现有确诊病例(人)	其中重症（人）	其中危重症（人）
3月25日	3407	912	283
3月26日	2880	753	242
3月27日	2517	658	224
3月28日	2045	514	192
3月29日	1726	426	171
3月30日	1456	349	144
3月31日	1279	310	122

时间	现有确诊病例（人）	其中重症（人）	其中危重症（人）
4月1日	1128	279	118
4月2日	983	238	108
4月3日	830	193	107
4月4日	644	170	94
4月5日	574	148	83
4月6日	515	110	71
4月7日	445	83	72
4月8日	398	70	65
4月9日	348	54	47
4月10日	319	51	43
4月11日	302	50	42
4月12日	243	38	36

由数据轨迹可见，各种资源力量始终充足应对的情况下，3月份最后几天里，整个武汉市日增治愈出院的"重症和危重症"病例尚能保持百位以上，但从3月31日这天已降至61位，此后一降再降，直至4月9日降为个位数。一支逾百号人的整建制医疗队24小时轮岗，只为全力对付个位数的病人，此时的救治难度不难体会。

被国家抽调任用的江苏专家、同在武汉前线战"疫"达数月之久的东南大学附属中大医院党委副书记邱海波这样描述："ICU里几乎所有的重症病人，都是在床边一个一个'盯'出来的。细节决定成败。"正是在邱海波教授的协调下，"江苏三队"有两名医生莫敏和晁亚丽，更早于3月初就从中法新城院区转战至武汉肺科医院ICU支援。

细致入微地"盯"、点射般以"1"拼进度，尹江涛对自己所在肺科医院ICU-A区7位病人姓名对应的床号，很快全部能够脱口而出。"病人总数量虽然屈指可数了，但个体的情况异常复杂。"

战至此时，除了仍一刻不能松懈的院感防控，队员们拼的已主要是意志与体能。而体能方面，"大脸小王"似乎是个例外。

回想2月初刚进中法新城C8西时，王玉说，全身重负的她当时走路都不敢速度太快，因为一走快就会喘不过气来，但到了肺科医院后，她在ICU里已经"足下生风"。小姑娘由此自我调侃：当然不是因为"口罩透气性更好了"，"适者生存而已"。

王玉在武汉市肺科医院ICU再战十余天期间，无意中被拍摄进一部后来在多家主流视频平台陆续上线的纪录片《蓝盒子》。总时长39分半钟的这部片子，是澎湃新闻记者始于3月，前后用45天时间在肺科医院ICU蹲点拍摄，后从两万多分钟的素材中剪辑而成。

抗疫百日，武汉市肺科医院ICU病房共收治了81名危重症患者，从而留下了81个蓝色的病例盒——作品由此得名。王玉出现在片中第23分钟处。面罩加护目镜的多重严密包裹之下，画面上完全看不清"真人"面孔，但战袍上写着的"王玉"字迹清晰可见。

对话内容（字幕）表明，这是4月9日，其时，王玉和江苏队友正在自己所负责的10号床边上，给患者老张鼓劲打气："再坚持坚持，武汉解封了，现在路上好多人，车子全都上路了。"刚刚迈过生死之坎的老张，这个时候尚不能开口说话，只能通过点头或手势与护士进行交流。

镜头随后切换至同病房里另一位"与10床老张床尾对床尾"，名叫胡定江的病人身上："胡定江，你自己有感觉吗？""老胡，喝点牛奶。""摇高点。摇起来一点。""慢点慢点，咽掉再喝。"……

40岁的新冠肺炎危重症患者胡定江，曾多次被央视实名报道。九死一生的他，前后住院100多天，一度丧失90%以上的肺功能，并伴有多器官衰竭，生命垂危，仅使用ECMO支持就达40天。

奇迹般复苏后的胡定江，在2020年6月7日的央视《新闻联播》报道中，亲口向全国人民报喜讯"我能够站起来了"。10天之后的6月17日，胡定江作为武汉市肺科医院ICU治愈的最后一位新冠肺炎患者出院。

"一个盒子，就是一条命。"武汉市肺科医院ICU主任胡明在片中如是说。

媒体密集聚焦下,胡明时为武汉战"疫"前线的一名"网红医生",早在2月2日,央视《面对面》栏目就曾以《胡明:ICU 内的坚守》为题,对其进行了专访报道。转战之后,与这位 ICU 掌门人有所交集的冯丽萍,对胡明的突出印象是"做事很利索、果断"。

"经历自我,或见证战友"。当武汉前线的戚文洁思念远在镇江家中的儿子,武汉市肺科医院 ICU 里的胡明,也在挂念自己同城不能相见的10岁儿子——相关报道显示:除夕夜那天的视频连线里,胡明曾连声对儿子说"对不起对不起"。其时,这对父子已经二十多天没见面。

胡明的妻子王洁是同院发热门诊的护士长,长期出入红区的夫妻二人,只能把儿子豆豆送到爷爷家暂住。无数镜头仅以秒计组合而成的纪录片《蓝盒子》,却特意拿出近2分钟时间,专门安排了一段胡明父子视频对话的长镜头,观之令人五味杂陈。

子:"老爸,你看,这是我今天画的画。"

父:"画的啥画?"

子:"看到了吗?"

父:"看到了看到了。"

子:"画有个意思:我打算等武汉疫情结束之后,你们两个带我去踏青。然后,还准备去黄鹤楼那里玩。"

父:"疫情结束了,你肯定不会去踏青了。疫情结束都到夏天了。"

子:"你那边身体好不好?"

父:"好。你天天就是这句话。不好还能和你打电话?"

子:"这次我慎(郑)重地问你一下,你、你们还有几载才能回来?"

父:"还几载呢。(笑声)"

子:"什么时候回。"

父:"我估计还要两个月吧。"

子:"还要两个月?"

父:"差不多。爸爸这边可能不需要两个月。"

子:"你这,你这这这,是有点,有点,怎么说呢,有点骗的感觉。我2月份问你,你说到3月份;3月份问你,你就说到4月份;现在问你,你又说还有两个月,那岂不是要到——"

父:"六一儿童节了。"

子:"那岂不是我的暑假都已经快到了嘛。"

父:"你们今年没有暑假了。休息这么长时间,你还要暑假啊。你暑假就老老实实上课了,是不是?"

子:"嗯嗯。这个新型冠状病毒到底还是打乱了我们的作息时间。"

50 见证"武汉解封"

一段时间里,纷至沓来的"解封",成为各地抗疫取得重要阶段性胜利的标志性节点。而作为"武汉胜则湖北胜,湖北胜则全国胜"的根本写照,4月8日主战场"武汉解封",在全局层面上更是奠定了无可替代的又一胜利新高度。

始于1月23日,76天前,这座英雄城市"壮士断腕",率先做出对全国疫情防控大局具有至关重要意义,乃至为世界抗疫争取到宝贵时间的"封城"决策;76天来,生死阻击,"烽火"遍城。当这里"清零"、那里"清零",当这批队伍撤离、那批队伍撤离,所有对胜利的表述,都不抵一句"武汉终于解封了"。

同是"天大的事","封城"是瞬时果敢拍板,而"解封"却非一蹴而就。综合考量下,基于已然稳固的抗疫时局,定于"4月8日零时"全面解封,是半个月前官方就提前发布的重要信息。

比发布解封时间表更早,作为由"暂停"转向"重启"、加快修复城市功能的一系列过渡举措:3月22日,武汉全市27个过江桥梁防疫检测点和主城区近80个防疫检查点就已全部撤除;再后来,3月28日,武汉市汉口站、武昌站、武汉站等17个铁路客站也恢复办理到达业务——也就是说,从这一天起,虽然仍不能离开武汉,但可以进入武汉。

回望彼时"武汉封城",国人瞩目、全球瞩目;今朝"武汉解封",同样成为国内外关注的"第一聚焦"。解封当天,《人民日报》在头版安排了"本报武汉4月7日电",报道题为《4月8日零时起——武汉市解除离汉通道管控》,因为纸媒时效滞后一天,本篇报道的主体内容实际上仍为"预告";而次日,该报第三版同时刊发了《"团结起来,我们终将战胜疫情"——国际社会关注武汉解除离汉通道管控措施》等多篇报道,传递"武汉解封"引发的"全球效应"。

相比纸媒,央视能够实时跟进,先是在4月8日零点"江汉关钟声响起"的前后进行现场直播,当晚《新闻联播》以3分26秒时长,多侧面报道了"武汉解封"。

而自1月23日以来每周5期、共36期,一期不拉持续关注疫情的央视《新闻1+1》,4月8日当晚,理所当然以全节目内容强势报道"武汉解封"。节目一开场,"如果用两个关键词来形容"解封前和解封后的武汉,白岩松给出的答案分别是:"生命"与"生活"。

与之同时,社交媒体平台上当天记录"武汉解封"的各种话题(视频),持续霸屏热搜,动辄瞬间达到数十万、数百万乃至数亿的阅读量(点击量),一则"#好久不见#"的话题阅读量更是超过31亿。

公路方面,4月8日零时正点,指挥人员一声令下,"随着第一辆小客车"率先出关,成批的车辆疾行通过武汉西高速路口;铁路方面,越过零时十余分钟后,由西安始发、经停武昌、终点广州的K81,成为"解封"后第一列驶入武汉的列车;航空方面,当天上午7点24分,东航MU2527航班从武汉天河国际机场腾空而起,标志着"离汉空中通道"也正式恢复……

4月8日,已是镇江援鄂医疗队员挺进湖北的第三个月份,确切天数是第74天。这个时候,77名镇江队员中的60人已先后参与了4个批次的归来——其中,黄石方面的队员全部归来。这个时候,镇江仅剩冯丽萍等"江苏三队"中的17人仍<u>坚守</u>武汉,由此,他们身临其境地见证了这一重要历史性时刻。

零点解封这一刻,冯丽萍、尹江涛、孙科、殷慧慧等队员正身处肺科医院ICU-A区里上班,与往日情略有不同,当班每人防护服的胸前都贴了一张"武汉重启!"标牌,上面记录着具体时间与"江苏第三批援湖北医疗队"

内容，"是我们三队一个医生自己制作的"，冯丽萍当时在ICU里高扬右臂拍下了一张纪念照。

冯丽萍等几位护士是凌晨1点下班，所以，当走出"里外两重天"的ICU，返回驻地途中仍有机会感受到"那种浓厚的氛围"。而尹江涛医生的班次是要到8日上午9点，他讲述，虽然当时没能看到外面的灯光秀，但大家都很激动，"毕竟迎来这么一天，也有我们的一点点小贡献。"相比之下，尹江涛多少还是"羡慕人在驻地的队友"，他们可以"零距离"见证解封。

与冯丽萍等人形成交接，伏竟松及赵甜甜是当天凌晨1点开始上班，解封这一刻"我记得我们是刚上大巴车"，"外面灯光秀太好看了"，赵甜甜回忆，往常一般都是比班次提前两小时就会动身，那天算是出发迟了，"可能司机就是为了让我们看解封"。

这一刻，"躺在床上听着轮船汽笛声"的凌蓉，在归来后的工作小结中这样写道："2020年4月8日这一天我永远忘不了，眼泪瞬间而下……那一刻我突然明白了自己此行的意义。"在凌蓉的见证里，这座曾经"晚上六七点钟安静得像凌晨三四点"的城市，是"我看在眼中一点一点慢慢好起来"，如今即将恢复真正意义上的活力。

当天也休息的梅琼，在零点武汉解封的钟声中感受到"就像过年时在守岁的感觉"。房间在15层的梅琼，因为"视野比较好"，所以就没下楼去江边，透过窗户她拍下多个视频片段，左右移动的镜头因室内反光，将梅琼本人头像也隐隐约约融入了拍摄画面——从而赋予更"个性化"的纪念意义。

零点"读秒"之时，江对岸，灯光秀每闪动一次，代表一个数字，伴随这样的节奏，"10、9、8、7……"窗户外面楼下江边，传来人们激情高昂的齐声倒计时——他们中有专程去体验这一刻的援鄂队员，也有酒店员工，"大约20人"。梅琼回忆，随后，在零点到1点之间"朋友圈整个被刷屏了"。

刘宁利讲述，接近零点的时候，群里的伙伴们就开始"商量着要不要下楼去看"，与梅琼一样认为自己"视野开阔"的她，最后也选择留在房间里，一边观看江对岸灯光秀，一边"看楼下的人欢呼"。刘宁利同样拍了很多解封之时的小视频，并且还从群里、从朋友圈里下载了很多"别人拍的"。

前一天夜里9点下班的王玉、刘子禹、李鑫等人，回到驻地后赶上了这一刻，并且他们三人都在江边等待的人群里，"风很大，还是挺冷的"，但根本没人在乎这个。回味自己当时的情绪，王玉说，既替武汉高兴，也替自己高兴——感觉"这次离回家应该真的不远了"。

解封后的凌晨零点40分，王玉终于闲下来发出一条朋友圈，视频以外，所配文案情真意切："我曾在凌晨的班车上见过武汉最萧瑟昏暗的时光，也有幸与大家一起在零点的钟声响起时见证武汉重启。绚烂的灯光展示着这座美丽城市该有的风采，与武汉在一起的67天，充满着感动，充满汗水和泪水，这是一段刻骨铭心的记忆。你好，武汉！我与你肩并肩，我们一起走下去！"

与王玉同时下班回到酒店的李鑫，洗漱完毕后，先是一口气将"味道实在太好了"的两桶泡面送下肚，然后"差不多11点半"就下楼去等待了，那一刻"鼻子隐隐作酸"。李鑫说，"今年武汉人民可以说没有过上春节"，而这一刻"就是他们的春节"。

感怀在胸、不吐不快的李鑫，从江边回到房间后，以"水龙吟"为词牌，又迅速创作出一首作品，并抢在王玉前面于零点22分发上了朋友圈：

水龙吟·江城大捷武汉解封

东风吹暖新春，齐聚共饮美佳酿。福瑞融融，佳时难料，瘟邪蓦起，年少更事，沙场扬鞭，如履薄冰。狼烟蔽日起，剑指沧桑，誓荡尽、滔天浪。

九州策马至，江城捷、傲然花开。万家灯火，奔走相告，鼓乐齐鸣。日夜之行，衣带渐宽，终犹未悔。自斟清酒饮，望云卷云舒，花开花落。

词末李鑫补白"解封之日，等待了太久的武汉城，这一刻我与你共同见证"。朋友圈发出十余分钟，王玉在后面跟帖"李老师又写诗了，把我的石头拿来，我要刻下来"，李鑫表示不解地回复"之前（你说）用木子，现在怎么用石头了"，王玉再复解其意："这段比较刻骨铭心，纸张风化快，石头存得久点。"

这首词也是李鑫《"词"记援鄂》的"收官之作"。前线归来后，他在工作小结中又补充回首了"武汉解封"这一刻的心绪："灯光打出了各个省份的名字，致敬各个援鄂医疗队。我眼中再次泛起点点泪花，抗击疫情中感人的一幕幕浮现在我眼前：忘不了大雪纷飞中吃泡面的检疫人员；忘不了奔波在武汉街道配送物资的外卖小哥；忘不了在空荡街道上仍然坚持工作的环卫工人们；更忘不了那些已永远留在这个冬天的人……"

早在1月23日"武汉封城"这天上午，包华成曾发出一条朋友圈为此举叫好："好消息（鼓掌表情）"。这时的包华成无法预知自己后来也成为驰援武汉医疗队中的一员，结束体育中心方舱医院战斗后，于3月17日归来。

"封城"意味着武汉人民将付出巨大代价。亲身经历了前线岁月后，对给人打针一点不疼的"包一针"而言，这样的"叫好"其实让自己背负着某种针刺般心疼，他仿佛为此"欠下什么"。他决意要补上什么。

为迎接4月8日的零点，把宝宝安顿睡着后，包华成就一直坐守电视机前，妻子也陪在身旁，"她平常时候一般不会这么迟睡觉"。解封钟声响起的那一刻，包华成激动得"差点大声喊出来"，"感觉之前的所有付出都是太值得了"！妻子当时也由衷感慨："武汉封了这么久，才换来了我们的今天。"

在黄石结束战斗的肖花，是于3月20日回到镇江，而"被父亲赶回武汉"的妹妹一家仍在武汉，4月8日解封后，妹妹兴奋地在微信上向肖花透露自己的安排计划："我要带孩子去森林公园转转，感受一下春天，再不感受就要进夏天了。"

51　援鄂"收官"

"全副武装"的戚文洁、冷惠阳以及另一名队友，这天深夜在武汉市肺科医院ICU-A区里快要结束班次时，合拍了一段小视频，制作成抖音。画面上：三人站成一排，步调一致地以手抚胸、弯腰鞠躬、挥手作别、转身离去、闭门而出。一系列动作，串成一个特定仪式。抖音中的英文配音是"Bye""Good Bye"。

说是4月10日的班次，此时实已为11日凌晨，悬挂在门框上方的一面钟，时针指在"零点35分"位置。这是戚文洁等人在肺科医院上的最后一班。这是他们在武汉、在湖北前线上的最后一班。正是在4月10日至4月11日之际，大部分"江苏三队"队员都完成了自己的援鄂"收官"。

历史性节点上,收获是多重的,"我们和邱海波老师合影啦"成为王玉广而告之的重大收获之一。

被队员们亲切地称为"重症男神"的邱海波,是我国第一位重症医学博士、全国著名重症医学专家、东南大学附属中大医院党委副书记。1月19日就踏上武汉前线的他,是某种意义真正的"江苏援鄂医疗第一人"。身为中央指导组专家组成员、国家卫健委专家组成员,邱海波每天都辗转出入金银潭医院、武汉市肺科医院、武汉大学中南医院等重症和危重症患者比较集中的定点医院,最多的一天跑了7家医院。他参与了《新型冠状病毒感染的肺炎诊疗方案》第三版至第七版的修订。

王玉讲述,转战肺科医院的十余天里,"邱老师会定期来查房",并且与她常有交流。对"我心中的偶像",王玉印象是"跟之前在照片里看到的那种神采奕奕不太一样",他显得有些憔悴。但是,"邱老师人很和蔼",专业水平更是"太厉害了",每次查房,都能"给医生和护士带来指导性意见"。

当时梅琼也在岗,4月10日是"护理A组"的她俩"最后一战",值此关键之时,邱海波教授又来了ICU。王玉回忆,邱海波当时与她还简短地拉了一番家常,"问我多大岁数了,从哪里来的",王玉回答"我来自扬中市人民医院,小地方",邱海波立马赞道"扬中可是个好地方"。

于此补叙,就在一个月前的3月15日,中共江苏省委宣传部授予邱海波同志江苏"时代楷模"荣誉称号,而当天的发布会,人在武汉前线的邱海波本人无法到场,由其妻子赵健代为领奖。3月17日,《新华日报》除在三版刊发长篇通讯《沧海横流,"白衣铠甲"里的家国情怀——记著名重症医学专家、中大医院党委副书记邱海波(上)》,还在头版版心位置以一篇消息及一篇评论员文章《用担当和智慧诠释时代英雄》,强势报道邱海波获此殊荣。通讯《病人至上,"悬崖刀尖"上的生命之光——记著名重症医学专家、中大医院党委副书记邱海波(下)》,则于次日在《新华日报》继续刊发。此后,邱海波又相继获评"全国抗击新冠肺炎疫情先进个人",并被表彰为"全国优秀共产党员"。

胜利在望的轻松之时，大家"机不可失"地请求与邱海波合影，不仅得到欣然应允，令王玉喜出望外的是，她竟"很荣幸地被邱老师主动邀请站到他身旁"。因为当时都是穿戴着防护服和面罩，不识面容，王玉后来在"这对我来说真是一张非常有意义的照片"上，用文字特意分别标出了邱海波和她本人所处位置。

纪录片《蓝盒子》里的"10床老张"，是"双人护理"的王玉与另一名队友像"贴身保镖"一样，在肺科医院ICU期间自始至终负责"盯"着的病人，后来在4月10日的日记中，王玉写下一段自己最后一班岗上的"最后一刻"。临下班前，她特意来到"10床老张"床前，与他这样相约："……等你出院了，就让家人帮你拍个视频发在抖音，远在江苏的我一定有缘能看到这个视频，我想听你亲口对我讲：我康复啦，我又跟以前一样啦。你一定要坚持下去，五十几天都坚持下来了，再努力一点点你就可以出去啦，加油加油！"

休战前的最后几天，肺科医院ICU里的病人已寥寥无几，而且已全部撤下了ECMO，压力极大减轻，所以同一个护理组的人力可以"自我调配"，不必全员到岗。与王玉同组的"文豪"李鑫，4月10日下午受领了一项任务：因为眼看就要结束援鄂战斗了，医疗队尚余一些口罩，决定发放给大家，"护理A组"就由他负责发放。除了塞满身上口袋，还有两大袋子，李鑫图省力，用一根绳子绑在一起往肩上一搭，这一幕在肺科医院门口恰好被人拍下，"有点像个乡村老头"，发到朋友圈后引得大家好一阵开心。

按照基本固定的交接班顺序，王玉所在"A组"的下一个班是由朱玮晔所在"G组"接替。同是10日援鄂"收官"的朱玮晔，于当夜11点发朋友圈纪念这一刻："不论是在中法新城收尾，还是肺科医院收尾，G组一直都在。"三张图片中，两张图片为G组全体队员分别在病区里身穿防护服和在肺科医院门口身着便装的合影照，另一张"图片"则不是照片，而是朱玮晔所写一段感言的文档截图。

这张图"说"感言中，"猪猪"写道："经历过空荡的机场大厅、寂寞的街道，再次等到热热闹闹的城市烟火气、等到饿了么上面又是一行行商家,也算是真真切切见证历史了……很多朋友以为我在这里每天都是激情打怪兽,经常问我感想,其实很普通。在家时上班,我是普普通通的人民医院护士;在这里上班,我就是普普通通的江苏护士;在家时下班,葛优躺;在这里下班,散步或看电视解乏。生活总会趋于平淡。不论在家时,还是在这里,职业素养、对己要求不会因地区或者时间而有所改变。未来对医护人员继续好一点! 武汉再见,小岛回见。"

继5年前大二时"穷游武汉"那一回,这是朱玮晔第二次与武汉说"再见"。有些"再见"定会再见,而有些"再见",除了告别,人们并不期望回头。

当"最后"成为这段时间里诸多事项的关键词,镇江报业传媒集团也迎来告别《连线湖北"战地"日记》的最后一篇,第91篇,客户端发布于4月11日,题为《他们的"最后一个班"》——这是该栏目开设以来首次、也是唯一一次以"集体"为采访对象。其时,指令已然明确:第二天就是包括17名镇江队员在内,"江苏三队"回家的日子。

事实上,作为"综记",这篇日记更多还是记录部分队员们前一天的工作内容。队长冯丽萍的最后一个班,是10日凌晨5点到上午9点,"病人都还在安静地睡觉,负责感控的我,把每张床、每架治疗车、每个仪器都认真消毒了一遍"。10天前,冯丽萍在此上的第一个班也是"5点至9点"——不过,那是相差12小时的晚上。从"5—9"开始,又在"5—9"结束,让冯丽萍本人对这一巧合留下深刻而独特的印象。

虽说是最后一个班,梅琼讲述,工作量依旧很大,给患者迁床、做俯卧位通气,"都是十分耗体力的活",梅琼说,越是"最后一个班",大家越想着要站好这最后一班岗。

尹江涛是"江苏三队"医生组最后撤出病区的几位队员之一。原本10日晚上他要负责最后的交接班,临时接到通知说班次取消了。"当时心里还挺遗憾的。"但11日一大早,尹江涛忽又接到紧急补班通知,这才"补"上了本人最后一刻的"纪念之战"。

最后一篇"战地"日记,记者连线的时间是4月11日中午,这一刻,冷惠阳正在吃着爱心企业送来的加餐。"知道我们要撤离了,中午每个医护人员都收到了一份肯德基！"

然而，再好的加餐也不抵当天传来的一个好消息更加"美味"：4月11日，最后3名危重症患者的核酸检测均转阴，标志着"战疫百日"的武汉市肺科医院ICU终于实现来之不易的"清零"——这成为送给"江苏三队"第二天踏上归程的"最后的最好礼物"！

第九章　去时数九寒，归来春意浓

52　首归：6+29=35

奋战不问归期，而时间终究会以"拐点"的名义改变一切。

战"疫"局势的一天天向好，深层合拍着人们心中"对春天的呼唤"。不觉间，这座城市最著名的樱花越开越浓；同样不经意间，凯旋的这一天悄然到来。正当其时的宜人物候，为勇士们的回家之路烘托某种温情写意。

3月17日下午4点多钟，张建国在武汉天河国际机场办理出发事宜的时候，身上穿着一件十分轻薄的冲锋衣——这很契合当天武汉最高达到22℃的气温。即便如此，搬运行李"稍微用些力"，身上还会出汗。这件穿了没多久、基本算是新衣裳的冲锋衣，并非张建国从镇江带到武汉，而是在前线由组织上发放，相当于队服。

距此52天前，1月26日那个寒风凛冽的早晨，张建国和孙志伟、赵燕燕、季冬梅、张艳红、王笠等"先遣6勇士"，从镇江站南广场乘坐D2212出征武汉的时候，无不身着厚重的冬装，以及揣着"凝重的心情"。

当时赵燕燕还裹了一条长长的花围巾。棉质材料很普通，却"给过我幸运"的这条围巾，"颜色蛮鲜亮的，打破了我一贯穿衣服的风格"，它已经跟随主人"大概七八年了"。

记不得围巾具体是在哪里买的，但赵燕燕记得这样一段经历：有一年冬天参加一场重要的培训，赵燕燕全程戴着这条围巾参与，后来在考试中"发挥得还不错"，取得令人满意的名次，"随着年龄增长，我对这些可能会有些相信吧。"

花围巾以无言的陪伴，再次把幸运带给赵燕燕，也带给赵燕燕的所有战友们；带给那些身体上终于摆脱疾病折磨的患者，也带给心灵上终于走出煎熬阴影的每一位武汉人。如今，向这座自己战斗过的城市告别之际，围巾也被赵燕燕悉心叠好、装入行囊，"这个不能丢！"

相关史料显示，"撤兵"议题是于3月15日首次与全国各地援鄂医疗队"见面"的。当天下午，国家卫健委医政医管局召集各省在汉总领队开会，会议精神主要有三条：一、3月20日前，已经在休整的医疗队（主要是方舱医院和紧急救援队）分批撤离；二、3月20日至3月底，安排已没有救治任务的医疗队返程；三、重症救治医疗队和委属委管医院医疗队最后撤离，时间待定。

虽然"各队可提前做好准备（总结，物资清点、交接）"，但撤兵方案须"明天上午报国务院联防联控机制研究，经同意后立即实施"。"明天上午"，也就是3月16日上午，当天上报当天就获批了；"立即实施"，便是获批后的第二天就实施——3月17日。从出征到收兵，医疗队的管理始终彰显令行禁止的"准军事化"特征。

首批撤兵的3月17日，共有41支援鄂医疗队、3675人离鄂返乡，其中，包括相当于派出队员总量1/4的709名江苏队员，他们分别来自12个设区市的151家医院和江苏省人民医院、江苏省中医院等10家省直省管医院。分乘6个航班飞抵南京的709名首归江苏队员中，镇江共35人：除"先遣6勇士"，另29人为同一批次的"方舱队员"。

一次突如其来的非常灾难，一段跨省相融的两地情缘，一场说走就走的战友告别。告别始于回家通知正式下达后的3月16日"第一时间"。

16日下午，第一批镇江队队长张建国在拥有62名群员的"武汉江夏发热病房医护群里"集体辞行："江夏的兄弟姐妹们，我们明天就要走了，大家能够一起战斗是种缘分；人生中遇见你们，是我的幸运。感谢这两个月的征程中有你们，永远珍惜这份感情！欢迎大家来江苏做客！"

辞行消息一经发出，"群"情涌动。当地医生丁道银迅速@张建国："老张，舍不得你们走啊（流泪表情）。"神经内科胡珺也@张建国，长段告白：

"来不及告别,感谢江苏医疗队在武汉市疫情最严重、江夏区资源最紧缺的时候,千里骤驰援,雪中送炭!在重症医学科一个多月的共同战斗中,虽然几乎每天都要面对被感染的高风险,但是你们一直全身心地支援和指导,战胜疫情,你们功不可没,是新时代最可爱的人!在最艰苦的岁月里,这段共同战斗的经历将是最美好的回忆!"

群里还有其他城市的江苏队员,时群名"副组长贾凌"还礼并劝慰江夏战友:"说好疫情结束再回来。我们不散。"与张建国的身份及经历相似,贾凌是同批南医大附属逸夫医院也是"先遣6勇士"的队长,并担任所援江夏区第一人民医院重症医疗小组组长。

情绪缓了过来的丁道银,随后与江苏战友相约:"一定要再回来看我们哦,等着跟你们一醉方休。"显得迫不及待的胡珺@丁道银:"丁主任,好想现在就和江苏老师去吃烧烤喝酒。"张建国再次承诺:"肯定会回来的。还没逛黄鹤楼,还没看樱花,还没看到好多老师摘下口罩的脸。"

从一进驻江夏一人医"27楼病区"开始,江大附院护士长赵燕燕就临危受命担任该病区临时护士长,成为"千里之外飞来的领头雁"。52天期间,她与江夏当地副护士长梁文并肩作战,结下深厚姐妹情。

早在2月底的一阵子,听闻援鄂满月的赵燕燕他们这支队伍有可能被撤换,梁文竟有些慌了起来。那天深夜10点钟,她对"燕燕姐"在微信上倾诉衷肠:"……我听后,真的心里慌,脑海里浮现的全部都是你跟我说过的话。我一直觉得我是幸运的人,遇到了你,遇到了你们,我的团队,才能慢慢成长。每次我觉得我撑不下去的时候,我总是可以从你们身上感受到力量、看见星星。对你,我有种特别的感情,有种让我莫名的安全感。你像姐姐教了我很多如何处事之道;你像老师,给我传达了很多方法和理念。想过分离,想过很多种画面,但是很自私地不希望那么快到来。"

当从赵燕燕这边获悉"不会的,我们只是休整一下就回来",梁文顿时转忧为喜:"嘻嘻。唉,我感觉我好没出息呀,呵呵!真正离别前,我们得好好合照,我得留个念想,记住你们!护士长早点休息哦!晚安!"微信的交流方式上,表情符号所能发挥的附加作用不可限量。梁文后面这段微信文字中安插的多种表情符号,与前面也带表情符号的"我听后……",风格迥异、对比强烈。

正式送战友的3月17日这天,从早到晚,从武汉到镇江,除了现场参与医院举办的欢送仪式,梁文几乎一整天都与"燕燕姐"时刻保持微信联系。

中午11点59分,梁文发信息问:"什么时候出发?"赵燕燕回话:"公交车已经发动了。"梁文说:"好咧,重头戏来了!一起来听听我们想说的话,千言万语,都道不尽。"原来,梁文牵头江夏一人医的医护同事,精心策划制作了一件6分钟长的视频作品,作品的标题就叫《我们想说的话》。事先严守秘密,从而让踏上归途的队员们收获一份意外惊喜。赵燕燕讲述,这个视频她"每看一次都哭一次"。

当天,"先遣6勇士"无一例外,在朋友圈纷纷打卡历史性的这一天。赵燕燕的打卡是:"有时治愈,常常帮助,总是安慰。我爱你我的第二故乡——武汉。"蜂拥而至的点赞与跟帖者中,名叫"寒江雪"的微友留言"欢迎回家(3朵玫瑰表情)"。

"寒江雪"与赵燕燕同属格桑花镇江工作站的捐资助学志愿者团队,自2016年以来,赵燕燕持续捐助着青海省玉树市的两个孩子读中学。

张建国的打卡内容高度凝练,就一句话"我们回家了"——这一天比52天前从镇江出发时他向家人所称"借调到那边一个月",时间上"超标"近一倍;张艳红则更像是以团队的名义打卡:"一段特殊而美好的经历,江苏一队一组。"王笠的打卡,仍融入自己的标志性特质:"来时阴雨,归时阳光。希望疫情早点结束。镇江的妹子们,你们的隔壁老王回来了。"

难得在朋友圈露面的季冬梅,2020年度发的第一条微信,是抵达武汉第三天的1月28日,向不特定的亲朋好友报平安"我们很好",所配一张照片是"先遣6勇士"在驻地酒店门前的合影——这是他们的第二张战地"全家福",第一张就是本书开篇不久所述刚下火车时摄于空荡荡的汉口站站台。

3月17日这天下午2点46分,季冬梅趁正在机场候机的充足闲暇,发出了自己的"主题打卡",这成为当年度她所发的第七条微信,用满了九宫格,诗一般文字内容由8个"下次再见"形成排比:

>　　下次再见，城市会车水马龙；
>
>　　下次再见，地铁会人潮拥挤；
>
>　　下次再见，咱们能真面相迎；
>
>　　下次再见，仍结伴文化大道；
>
>　　下次再见，可以一起逛公园；
>
>　　下次再见，不用隔着线看花；
>
>　　下次再见，会有人陪我赏湖；
>
>　　下次再见，我们依然是战友！

　　这条显然经过主人精心打理的朋友圈，文字内容中一些令读者一时不太好理解的说法，都能在9张配图中找到对应答案。比如，"文化大道"是他们徒步上下班需要经过的一条马路，9张图之一；"隔着线看花"中的"花"，并非打的是文字，而是用了梅花图案。与此相关的配图，季冬梅介绍，江夏一人医旁边的路口，就是以中国著名京剧大师谭鑫培名字命名的公园，其时公园内梅花正开，但外围被警戒带挡着，只能在路边看看，不能进去。

　　朋友圈"稀客"季冬梅当天反常地连着打卡两次，第二次所发"安全抵达苏大强"，是在当晚6点46分飞机安降南京禄口国际机场后。到这一条为止，已经相当于她上一年度的8条朋友圈总量——上年8条朋友圈中，一半是有关女儿的寻常生活内容。

　　比季冬梅第一次打卡更早一些，3月17日返程中午11点55分，"发烧友"孙志伟用酷狗音乐将《Victory》发至朋友圈，配感言"临别，不言胜利，来日，黄鹤楼见"。

　　"不言胜利"，而胜利已如曲名所示；胜利更尽在此曲所向披靡、气势磅礴的旋律之中。这是一首享有全球盛誉的"史诗级音乐"作品。相比52天"凄风、冷雨更兼飞雪"的出征途中，车过湖北黄冈时孙志伟在朋友圈所发《安和桥》，两种内涵、两般心境，天壤之别。

　　可以体会，"只有音乐才能让我回归平静"的孙志伟，对这支曲子情有独钟，早在他武汉战斗满十日的2月3日，就曾在朋友圈发过同一版本，彼时配文说：

"只有这支曲子才能明白国人此刻的期盼，胜利就在黎明前的黑暗中！"52天后，胜利由期盼变为现实，《Victory》应着两种完全不同的情境。

孙志伟的《Victory》在朋友圈发出仅一刻钟，还在中法新城院区继续战斗的冷惠阳，真情流露地跟帖"好羡慕你们"，孙志伟立马安慰"你们也快了，清空就走"，冷惠阳冷静地回复"留下来的都是危重症患者，没那么快清空"。

其实，"一发不可收"的孙志伟当天共3次打卡，且他有发微信带上地理位置的习惯，移动的轨迹昭示着"步步回家"：发第一条《Victory》的时候，位置为"武汉·宜尚酒店（中百广场店）"；发第二条"临别归苏"之时，位置仅显示"武汉"，此时所配一张自拍图表明，他们已经是在去往机场的车上，身旁竖满了拉杆箱。去往机场途中，面对"目前你们到什么位置了"的询问，孙志伟先后3次在"挥师武汉"群里发起位置共享；当晚9点50分孙志伟发第三条微信的时候，"已经到达家乡休整隔离"，位置显示"镇江·粤海国际酒店润州店"。

不是一起出征，却是携手凯旋。"先遣6勇士"以外，身为29名镇江方舱队员的队长，刘竞在前线仍站好"最后一刻岗"。3月16日夜里11点与次日凌晨2点各接一个任务后，整理上报资料，撰写工作总结，安排撤退流程，一直忙到凌晨近4点，"只睡了3个多小时"，17日一大早就要全程统筹队伍有序撤退。

"睡不着"的陈雁翎，17日清晨5点不到就醒了，可是她也没闲着，因为忽然产生了某种"创作冲动"。房间在走廊最顶端的陈雁翎，随后用手机"有幸拍下了武汉的日出"。经过"剪映"技术加工并配乐，发到朋友圈后，壮美的27秒顿时引来密集点赞与感慨。同是当天回家的"方舱姑娘"赵萍赞"好美"，张晶晶留言"想哭"，队长刘竞则称"看了五遍"。

事实上，当天首批从武汉撤兵的数千名全国各地援鄂医疗队员中，与陈雁翎题材撞车的创作者不止一人，并且，"拍武汉日出"的故事，后来还被写入署名任仲平的长篇评论《风雨无阻向前进——写在中国人民抗击新冠肺炎疫情之际》，刊于3月26日的《人民日报》头版。

别离时刻的不舍，来自多个层面。还在方舱医院运行期间，患者严先生自己拉了个微信群并取名"苏大强天使护卫团",13名群员中,12名是给他治病的江苏队护士,其中包括"双萍"等8名镇江护士。这个只属于严先生一个人的强大"护卫团",曾经护送着他的身体与心灵一步步走出阴霾。

3月17日上午9点半,严先生在群里为队员们"云送别、云祝福":"听到你们回家,替你们高兴。来武汉一个多月了,辛苦你们了!谢谢你们带给武汉人民的关爱,把你们的知识和力量贡献给武汉,愿你们今后工作开心快乐,生活幸福美满!"

随后,从上午12点48分到傍晚5点45分,与赵萍的微信私聊中严先生隔空护程,在各个时间点上发来一系列关切:"到了机场?""在领票吗?""中午没吃饭吧?""到酒店了?"赵萍均一一回复。

返程当天早上,队员们起床后,无不把酒店房间打扫得"样子就跟我们刚入住时差不多"。从住地到机场这段车程,铁骑与警车开道,交警列队行礼,沿途受到各界热烈欢送的场景与高规格礼遇,令孙志伟感慨万分,"很多市民在阳台上向我们挥手致意"。孙志伟说,这样的经历无论对自己职业生涯还是人生,都是刻骨铭心的记忆。

刘竞回忆,告别之时,不少感谢的朴实话语虽然此前他们已经听过太多遍,但在这个特定时刻却听得更有力,"别有一番滋味"。其时,大家的情绪里已经不完全是单纯的"回家",更被一种整体的胜利氛围所感染。

飞机坐过太多次,而作为"高规格礼遇"的又一写照,一张别具一格、真正意义上"全球限量"的登机牌,让队员们品味良久:除了"始发站:武汉"这一寻常标识外,这是大家第一次坐"胜利号"航班;第一次坐"功勋舱";第一次座位为"VVIP";第一次登机口为"凯旋门";第一次去往目的地为"美丽故乡";第一次日期上没有写年月日,而是"抗疫胜利日"——这是相关机构专门订制的"援鄂抗疫纪念登机牌"。

作为幕后故事,于此补叙:印制"援鄂抗疫纪念登机牌"这项光荣而艰巨的任务,恰是由江苏百成数码影业有限公司承担。总量5万张、24小时的交货时间,最终在16个小时内完成,提前8小时于3月17日凌晨4点送达武汉天河国际机场。

当天下午分乘间隔数小时的两个航班从武汉飞回，其中赵萍所在的29人方舱队伍先到一步，其时天色尚早，从南京禄口国际机场接他们回家的大巴驶抵镇江高速入口时，赵萍透过车窗抢拍了一张带"镇江"地名的照片，当晚就将此图发到朋友圈，配文："以前路过的时候，从未觉得这两个字如此温馨。镇江，你好！我们平安回来了！"

赵萍的心声其实是大家共同的表达。千里双城"一日还"。此时，不少队员的朋友圈显示地理位置已纷纷切换为"镇江"，这无疑是事半功倍的报信方式。

还在归途时，刘竞无暇顾及不少亲人在微信上的迫切留言。进入酒店安顿好行李后，他很快一个电话打给远在连云港的父母。"我妈自从知道我去武汉，心就一直是揪着的。"刘竞说，当天这个电话终于让母亲把心放了下来。而13岁的女儿电话中面对父亲的"亲热提问"，则以自己的含蓄方式回道："想又有什么用，你不还要再过两个星期才能回来啊。"

第五章述及，奚柏剑读小学四年级的女儿孙诗涵，自打妈妈去武汉后，每天悄悄写日记表达自己的思念之情。3月17日这天，小涵涵日记风格陡转。一开篇，她先是交代这是自己"开心、激动、兴奋的一天"，接着设问"为什么呢？你们知道吗？"继而自答："不对！不对（附自画开心笑脸）。哈哈！因为妈妈今天从武汉回到扬中啦！！"

涵涵平常的日记都是中规中矩地写在笔记本的格子线里，但当天日记的末尾，她用"破格"方式写下大大的一句："英雄老妈，欢迎你回家！（附自画一颗心）"不过其时，此"回家"，尚非彼"回家"。正如刘竞女儿所言"还要两个星期"。

先期回来的35人，只是77人"镇江兵团"的不足一半，他们中更多人还在武汉、黄石两地前线坚守着。前述冷惠阳在孙志伟打卡回家的朋友圈留言"好羡慕你们"，事实上，当天冷惠阳是在首批回家队员们的朋友圈四处跟帖"羡慕"。继获得孙志伟的安抚之后，冷惠阳随后在给张建国的同样留言中，又获得黄石那边陈慧丹的"以身示慰"："别急，我陪你。"

与之同时，冷惠阳频被家乡的亲朋好友追问"有没有回来"，她不得不在第二天的朋友圈发布了一则"公告"："3月18日，一切安好。归期未至，仍需努力，战胜疫情，定可凯旋。"正是自3月17日启动"撤兵"计划后，持续不断的时间里，"从手机上看到"全国各地医疗队密集撤离湖北的冷惠阳，后来在工作小结中这样讲述自己当时的心境："作为援鄂医疗队一员，我特别感动，也非常期待这一天到来。春风正浓，花朵正艳，多希望我们也能早日回家……""回家"两个字后面，她特意用了充满意蕴的省略号。

"几十次也被误以为回来了"的梅琼，也及时在朋友圈广而告之："感谢所有人的关心，我现在仍在武汉支援，暂无归期，一切行动听国家安排！！！"梅琼在这段话的结尾用的是三个感叹号。看到这条朋友圈后，黄石那边的肖花一方面赞美梅琼那张剪成短发的配图"更显英气"，一方面披露自己也面临着同样尴尬，并与梅琼相约"我们一起回去呗"。

很难说朱玮晔内心就真的不羡慕那些回家的队员，但"小猪猪"表达方式独树一帜，她在3月17日下午用几张花花草草的图发了一条朋友圈，说："家里的春天你们先赏。"同是"96后"的"镇江蓉妹妹"，一针见血地跟帖指出"你透露了羡慕"。

早在闻讯第二天将有首批队员撤离时，依然留守的"文豪"李鑫于3月16日晚，以"文言文"风格发出一条"长篇"朋友圈贺喜（以下摘录）："……其今日归，为之喜；待我还，把酒言欢……有言，医工为胜疫之中坚，务崇重之心，爱护、自方供支持保，使之持强力、远志、盛精，恒健投胜疫斗，吾辈不敢忘总书记、党之意……最其后，愿与吾之战友勠力，自爱身，利归。一切安，勿挂念。"

此间，当湖北恩施宣布于3月15日零点解封，整个援鄂行动首次撤兵的前一天夜里11点钟左右，第一章所述春节前来自恩施，滞留江苏南通久矣的滕先生一家，归心似箭，连夜从南通驾车出发，全程1300多公里马不停蹄，8个小时之后，于3月17日早上7点多钟到达久违的家中。

53 渐次：18、6、1

由"阴霾"笼罩，而至"熹微"初现，再到"天色"大亮。曾经，援鄂的指令一个接着一个，发往军队及全国各省；而今，回家的喜讯一个接着一个，从荆楚大地传来。

镇江队员"首归"之时，3月18日这天与武汉梅琼相约"我们一起回去"的黄石肖花，其实根本不知道自己究竟什么时候也能回家，但第二天，"黄石兵团"就接到了首批撤兵令，并且"第二天"的第二天，也就是3月20日就动身。

"禀父老，楼兰破，人平安，白衣将士把家还。"这是3月20日上午，江苏省对口支援黄石医疗队领队、南京医科大学副校长、南医大附属逸夫医院院长鲁翔，为江苏首批撤离黄石的240名战友送行时道出的肺腑之言。

当天，包括黄石方面240人，江苏共有456名队员在武汉集结后共同"把家还"；当天，全国各地又有28支援鄂医疗队、4000余名队员撤离湖北。

20日早上9点，已在镇江休养隔离第三天的张建国，在朋友圈为战友从黄石归来打卡，并期盼仍在坚守的队员们也早日回家。他使用了5张图，这就形成上下两排不对称，季冬梅留言问："组长（队长），为什么图片要缺一角"，张建国颇不好意思地回道"没经验"。

39天前的出征与39天后的告别，"双向"不舍，双重"亲情"——时任黄石市委书记董卫民在送行致辞中，把所有江苏医疗队员称为"家人"。送行现场，黄石方面当场宣读《关于授予江苏支援黄石医疗队"黄石市荣誉市民"的决定》，并向队员们颁发了相关证书。

"十里相送"这个源自唐诗的美丽词语，这一刻在黄石获得更贴切的写意。从队员们的驻地磁湖山庄，到武黄高速路口，恰好是10公里的路程。沿途两侧，除了挂满"黄小石感谢苏大强"等醒目横幅，黄石百姓全程夹道送别。一段镇江队员在大巴车上所拍视频中，队员们连声惊呼"哇……这边又好多人……哇……"。

《黄石日报》报道：市民程冬香当天还带上6岁的孙女到场送别，她说，这是最生动的感恩一课。10公里沿线，黄石公安出动了200余名警力，"一辆交通引导车及8辆警用摩托护卫车开道，6辆大巴安居其中"。

次日是周六，《黄石日报》只出4个版，除使用头版头条消息＋二版头条通讯外，另在三版安排了一个整版的图片报道，记录这场黄石史上"可能尚未有过"的全城送别——所用8张图中，7张为大场面，唯一点出队员名字的特写画面是"临别时，丹阳市人民医院主管护师蒋亚根泪流满面"。

包括临床与疾控，镇江相继派往黄石的医疗队员共24人。当天240名首归队员中，镇江有18人——其中包括在大冶市人民医院的全部12人。至此，江苏仍有122名队员继续在黄石坚守，其中镇江6人。

作为江苏省支援黄石医疗队临时党总支所辖第十党支部书记，黄汉鹏是3月19日晚上才接到黄石这边第一批返回的名单，随后就召集了最后一次党支部会议和医疗队小组会议。当时的场景照片显示，这是一次全体站着开完的会议。

患难更显真情。黄汉鹏讲述，宣读完他本人也不在其列的回家名单后，听到名字的队友们非常不舍，有人强烈提出要留下来一起坚守，最后，黄汉鹏不得不以支部书记的身份劝说大家服从组织安排。会议结束当晚，同样难得发朋友圈的黄汉鹏以"分别是短暂的，我们将很快镇江相见"，打卡即将到来的战友之别。

20日上午启程之时，没有班次的黄汉鹏到场送别，"所有队员都是哭着离开的"，黄汉鹏回忆，大街两边送别的群众队伍"一眼望不到头"，场面震撼人心。送完战友的当天下午，黄汉鹏就重回病区上班了。不过，这个时候他已经在黄石易地再战——由"清零"后的矿务局医院转战至中医院。

胡振奎是黄石留守队员之一。前述，3月1日胡振奎与秦宜梅、孙国付、陈慧丹等4名镇江医护队员，带着黄石市中医院ICU里的最后3名重症患者转战黄石市中心医院ICU。经当地数度资源整合后，这个时段上的胡振奎等援鄂队员，已经又带着中心医院ICU里最后同样是3名的重症患者，重新"杀"回"黄石小汤山"中医院——值得交代一下，这也是整个黄石市的最后3名重症患者，至此，整个黄石就只剩"小汤山"独家收治新冠肺炎患者。3名后来也全部治愈出院的重症患者中，只有一名是上次3名转院患者中的。

当天上午，胡振奎值班，故无法参与送别。下午1点24分，胡振奎在"挥师武汉"群里发出信息："下班回来后,我到你们每个人的房间看了眼。"门开着，房间是空的，里面整齐、干净，胡振奎在群里报告"我门口好多东西啊"——那是江大附院的战友们行前给胡振奎所留食品，其中"包括方便面10盒"。

陈慧丹在群里@胡振奎："把我们留的东西消灭了，你就回来了。"某种意义上,此处"消灭"应是一语双关:还要消灭最后的"新冠患者数字"。

回忆当时一幕,胡振奎讲述,出病区后在江大附院的"黄石战群"里看到大家踏上返程的各种照片,先是替他们高兴,可一回到空荡荡的酒店楼层,"心情确实很不好,都走了"。这时,群里传出战友们献给胡振奎的一首合唱《朋友别哭》,"没忍住,我落泪了"。

"挥师武汉"群里,同是留守的梅琼也为胡振奎加油打气"我们在武汉陪着你"。胡振奎则祝途中的战友们"一路顺风",梅琼也跟着祝"一路顺风",孙志伟立马不留情面地指出:"琼琼,飞机不能顺风,顺风飞不起来,叫一路平安。"一时把梅琼弄得有些不好意思起来。

人在途中的陈慧丹告知大家,"我们这次所有镇江的队员坐同一架飞机",赵燕燕回复"蛮好的",孙志伟表示"是的,就应该这样"。当有人同时@陈慧丹和梅琼:"除了黄石这边,武汉的是否也有镇江队员今天回来?""琼琼"抢先作答:"没有,我们这边没有动静。正常上班。"

比三天前孙志伟以一日3条朋友圈记录自己的回家之路多得多,3月20日,陈慧丹以始于早晨7点34分在黄石磁湖山庄发出纯文字的第一条"早安·黄石",至夜里10点20分在粤海国际酒店润州店发出最后一条"晚安·镇江",共用7条朋友圈"直播"当天的归来全程,中间于下午5点中转禄口机场时还插播了一条"再见·南京"。

当天最后一条"晚安·镇江"中,陈慧丹配发了她与女儿及丈夫在酒店大堂里隔着一段"安全距离"、相见不能牵手的照片,文案称"40天,我欠你一个拥抱"。其时,女儿高举一块自己在挂历纸背面创作的欢迎牌——"妈妈回来了!"

从3月17日开始,连续数天依然"每天都有人打听"的梅琼,尽管已在朋友圈公开招呼过"暂无归期",但综合各方面形势,她还是在群里向大伙谨慎给出一个说法"最早估计月底"。此时,距梅琼所在的中法新城院区C8西后来"清零"尚有5天时间。

黄石首归之后,在当地留守续战的6名镇江医疗队员中,除了中医院病区里的黄汉鹏和胡振奎,还有江苏援黄石感控专家组的邢虎,以及战斗在黄石疾控的丁咏霞和刘宇。感控专家组共4名成员是全员留守,不过,邢虎介绍,其时他们留守的中心任务已转为"防反弹,助力复工复产"。

3月27日,"是我在黄石的最后一天班",丁咏霞在当天的日记中写道。上午他们江苏疾控小分队在黄石市疾控中心针对复工复产可能产生的疫情反弹举行了一次"防控桌面推演",下午仍最后一次进入PCR实验室参与核酸检测。第二天,3月28日,丁咏霞就踏上了返程——始于1月31日,她共在前线战斗58天,是所有镇江援黄石队员中战斗时间最长的。

黄汉鹏、胡振奎二人与同一批去黄石的另外18名队员,没有实现同批归来,却与不同批次出征的邢虎、丁咏霞、刘宇等人携手而归。3月28日既是镇江、也是整个江苏援黄石医疗队实现全员荣归。同机归来的队伍中,除了最后留守黄石的122人,还汇入从武汉战场撤兵的17人——其中包括中央指导组防控组驻武汉社区防控小分队的专家组成员栾立敏。亦即,当天镇江共有6名队员回家。

与3月28日139名江苏队员从湖北归来相隔3天,3月份的最后一天,又有828名从武汉撤兵的江苏队员接踵飞抵南京禄口国际机场,杜萌是其中唯一的镇江队员。

镇江援鄂医疗队员中,杜萌是前述6位"一人成队"之一,又是镇江唯一的"一人凯旋"。仪式场景少了一些热闹,却多出一份独特,《镇江日报》记者王露拍下这样的历史瞬间:空荡荡的停机坪上,左手捧着鲜花、右手挥舞国旗的杜萌,与单位为其度身制作的一块彩色迎归牌紧紧相依——"杜鹃花开,勇士归来"。

独特之处还在于,杜萌这是"带着任务归来"。前述杜萌在武汉期间,除了技术工作,还承担每天的资料汇总上报任务(工作日志和工作简报),那边希望熟门熟路的她返回后,能继续隔空在这方面"搭把手",杜萌欣然应允。

渐次至此,镇江77名队员已有60人回家,仅余"江苏三队"里的梅琼等"整建制"17人——3月31日杜萌归来的这一天,中法新城院区C8西早已完成"清零",他们已是转战武汉市肺科医院的第二天,这意味着梅琼"月底回家"的预估没有取得成功。

比黄石"首归"晚4天、比黄石"全员归来"早4天,与湖北恩施滕先生一家反方向滞留荆州的镇江黄梦立夫妇，也于3月24日这天经当地政府安排，凭"58""59"两个编号加入了"外出务工人员"队伍，借道湖南岳阳东站，乘火车辗转归来。

迟到而终于到来的归途中，小两口兴奋不已，在"302室"群里不停地直播沿途，先后发出岳阳东站、武汉站、南京南站、镇江南站等4个贯穿全程的定位图，其中抵达"镇江南站"为当晚7点29分。穿过灯火璀璨的熟悉的城市大街，跨进久违的家门，桌上停摆的台历显示"2020年1月18日"——这是他俩去往湖北前一天的日子，从1月19日出发日算起至归来，相隔66天。

54 全员：最后的"17"

飞机在跑道上缓缓滑行的时候，舱内气氛又出现了一个小高潮：冯丽萍听到来自不同城市之间的队员们已经在彼此道别，并相约"你来我往"。而就在大约一小时前，他们集体与武汉道别。

这是2020年4月12日的下午2点20分左右，南京禄口国际机场。这是一支功勋卓著的"重症作战"队伍。这一刻，以"江苏三队"名义，他们终于到家了。而机场以东百余公里处，以早已威仪守在高速出口处的镇江交警铁骑队为第一接力，整整一座城市，正敞着更期待的怀抱，候迎他们"最后的归来"。

台历倒翻71天，2月2日，"逆向"同一路径上，也是禄口国际机场，前述冯丽萍曾在一张纸上写下"我们一定会平安归来"几个字。身为镇江队的队长，71天后，冯丽萍带着队员们终于实现了这个其时"更像是心愿"的诺言。

归来的故事，仍然有必要倒叙。4月12日一大早，梅琼就在驻地酒店的大堂里忙着打理一件事：她将一面江苏大学附属医院的院旗铺在一张已经铺了红布的桌子上，请全体"江苏三队"队员逐一在上面签名，以供留念。照片所显示的酒店大堂格局，让孙志伟"乍一看还以为是粤海呢（即镇江这边供队员们休养隔离的粤海国际酒店润州店）"，对此"以为"，王笠也附和道"+1"。

8点半，梅琼发到"挥师武汉"群里的一条短视频显示：已集结于酒店大门口的队员们，正在接受点名，不断传来"到！"的声音，而画面上同步出现，

第九章　去时数九寒，归来春意浓

几辆刚刚驶抵、车身贴着欢送横幅的大巴车，也正缓缓向后"倒"着，在广场停稳——数小时后，这几辆大巴将在《团结就是力量》的雄壮音乐声中送队员们回家。

就地举行的送别仪式上，呈阶梯状排列，统一着装、气势壮观的"江苏三队"全体队员，齐声高呼"武汉武汉我爱你，就像老鼠爱大米"。玲珑悦耳的女声，远远盖过男声——甚至几乎就听不到男声，这自在情理之中。118名"江苏三队"队员中，女性以"压倒优势"远超半边天。以镇江17名队员微观，其中女性是11人。

临别之前，戚文洁以及很多队员轮番跨上门口执勤交警的铁骑摩托上，摆姿势留影，交警肃立两侧以示护卫。"铁骑留影"进入当天戚文洁在朋友圈打卡回家的九宫格之中："准备出发回江苏啦！"

梅琼也与交警拍了N张合影，连同与江大附院同事尹江涛的合影一并发至群里后，镇江这边的王笠和陈慧丹共同心疼她"瘦多了"，先期归来的江大附院援鄂队员们均纷纷表示各种慰问："欢迎回家""好好休息""赶紧睡一觉"等等。

这一刻，冯丽萍的很多留影中，出现不少当地穿着白色防护服的志愿者，他们四处找江苏队员在自己的身上签名。此地晴川假日酒店一共只接待过江苏与山西两省医疗队，但志愿者们的身上已经密布"上海、广东、北京"等省市队员的签名表明，过去的岁月里，他们无疑已在太多的地方奔波忙碌。不同的战"疫"，一样的辛劳。那密密麻麻的签名，既是属于这个群体的功勋见证，也是留给他们各自永久珍藏的历史记忆。

前述3月28日，朱玮晔以一篇"故人西辞黄鹤楼……"日记，记录了当天"江苏三队"送别缘分深厚的"山西二队"。时隔半月，山西队以工工整整的手书，跨省也给回家的江苏队写来一封"我们泪奔"的送别信：

江苏队的兄弟、姐妹们：
　　今天你们就要凯旋，说句心里话。
　　想你们了！
　　2月2日我们相遇于至暗时的武汉，从此，我们开始彼此相识，电梯间、

227

餐台前、长江边、樱花下，你一言我一言，是问候，是安慰。

面对武汉的狂风骤雨，我们都挺了过来；面对同济中法的重症病人，我们把生命都抢了回来；面对新冠病毒，我们把它打了回去。

我们彼此坚定着，我们彼此鼓励着，我们相守，我们温暖。

许多感动镌刻心间，许多思念铭记脑海，是不舍，是惦念。

今天你们就要凯旋，再说句心里话：

愿你们一切都好！

相约晴川，相约武汉。

3月28日，我们返程，你们欢送，呼喊着、欢唱着，我们都笑了！

4月12日，你们返程，我们相望，默念着、泪奔着，早点回家！

山西第二批支援湖北医疗队
2020年4月12日

还在中法新城院区战斗的时候，尹江涛与本土医生胡传宇加了微信好友。4月12日，胡传宇也以九宫格图并7个感叹号的文案，在朋友圈为"伟大的江苏队"终于回家打卡："送战友！今天战斗到最后一刻的'江苏三队'胜利返程！感谢你们为我们拼过命！还有吉林队！感谢你们让我们懂得了什么叫雪中送炭，什么是守望相助，什么是众志成城，什么是使命担当，什么是生死之交！很荣幸有机会跟你们两支伟大的医疗队一起战斗过，C8西、C12东，终生难忘！期待下一次再相聚！"

77人的"78天"，跨过了4个月份，从武汉到黄石、从雪飘到花开，这段浸透寻常时光、感知寻常冷暖的援鄂经历，却在每个队员的心中沉淀出非比寻常的独特分量。这一刻，"文豪"李鑫的心情注定不会平静，中午11点26分，他在机场以一篇"告别记"在朋友圈打卡自己踏上回家之路：

朝露落雨后日出，银珠满缀，

樱花落幕，冬去春来，

倚遍栏杆，只是无情绪，

第九章　去时数九寒，归来春意浓

人何处，连天衰草，望断来时路。
曾记否，禄口暖阳，天河垂幕。
今归去，一点相思两处忧愁。
昨夜西风起，风携离绪。
却不知何时会，君莫辞金盏酒。

李鑫在后来的工作小结中补记了4月12日这天的"清晨"："我们即将返程。酒店门口人头攒动，临别之际，拥抱彼此，留下最美的合影。这时《我和我的祖国》突然响起，熟悉的歌曲，囤积了整整71天的眼泪，此刻决堤。大家情不自禁地大声唱和起来。返程的路上，人们站在两边挥舞手中的国旗，向我们告别。我特地找了靠窗的位置，最后再看一眼我曾经拼过命的地方，最后再挥挥手，和这些平凡又伟大的武汉人民作别。驰援武汉的71天是我一段特别的人生经历，永生难忘。"

到"江苏三队"接到返程指令之时，全国各地约4.26万名援鄂医疗队员中，已逾96%撤离湖北，其中，作为派兵最多的省份，江苏2813名队员中，也仅最后留守着300余名。而冯丽萍等17名队员，不是镇江的最先出征，却是镇江的最后归来——持续71天的战期，也在所有镇江队员中时间最长。

始于3月17日，从成批回家，到一人独归，近一个月时间里，《镇江日报》记者王露连续5次前往南京禄口国际机场，参与了对镇江队员全部批次的迎归。4月12日下午最后一次迎接，直接开进停机坪的"镇江外事"大巴前，梅琼与尹江涛又联手展开那面签满援鄂队员名字的院旗……一幕幕场景均被王露拍下。

队员们自己前后所拍两个视频：一个是在武汉机场快要起飞时的机舱里，全体"江苏三队"队员齐呼"回家喽"；一个是大巴行驶在回镇江途中，17名镇江队员齐呼"镇江，我们回来啦"。概念差不多的意思表达，仅仅多了"镇江"一词，标志着离家更近了。

此时，"江苏三队"的"援鄂120+1（121）"微信群里，都已在返回各地城市途中的队员们热烈地聊开了。镇江一人医伏竟松说："三队打胜仗，平安凯旋回家乡。江苏我爱你。"通大附院顾俊说："已经开始想大家了，欢迎有

229

空来南通做客（笑脸+玫瑰表情）。"泰州市人民医院孙丹说："大家（刚才）在飞机上还回忆，2月2号下飞机的时候鸦雀无声，机长说到疫区了，大家多保重……终于回家了！后会有期（拥抱表情）。"通大附院丁亮说："不同口味的眼泪，今天又脱水了。"泰州市人民医院王梦萍说："欢迎大家到泰州吃鱼汤面！"南京逸夫医院的胡大玲说："眼泪止不住，舍不得大家。欢迎大家来南京（拥抱表情）。"镇江扬中人医王玉说："欢迎大家到扬中吃河豚，现在正是好时候！"

下午4点40分左右，在各界热切期盼中，载着镇江主城区队员的大巴缓缓驶近粤海国际酒店润州店。"欢迎回家！"已早早于此候迎的镇江市委书记马明龙等市领导，为队员们一一送上鲜花，表示衷心感谢，并致以崇高敬意。

与"格桑花"志愿者以微信留言方式欢迎"队友"赵燕燕归来相似，4月12日"最后迎归"这天，酒店现场也来了一支特殊的队伍——他们是镇江造血干细胞捐献志愿者团队派出的8名代表，其中包括2003年镇江第一例造血干细胞捐献者戚熙娟。

"冯丽萍，你是镇江造血干细胞捐献团队的骄傲！"打出的长长横幅令人一目了然，这支团队是专程来迎接冯丽萍的。原来，早在2004年冯丽萍就加入了中华骨髓库，成为一名造血干细胞捐献志愿者，并于2016年底与一位白血病患者配型成功后毫不犹豫地兑诺，成为镇江第58例、全省第534例、全国第6108例成功捐献者。

与71天前出征时从数个方向上赶来集结方向相反，凯旋之日，17名队员又兵分数路，各个辖市的队员均回到自己"离家又近一步"的原地。王玉在工作小结中记录："车过扬中三桥的时候，就开始看到那么多亲切的面容，听到了最熟悉的家乡话，我和朱玮晔热泪盈眶，激动与感动无法言表。投入到家乡的怀抱中，是那么的踏实和幸福！"

这一批队员中，扬中市就王玉与朱玮晔两位"都是小姑娘"的女队员，一个24岁、一个25岁。早在2月2日那天早上送她们上前线时，扬中市副市长孙冬梅用"小天使们""宝宝们"口吻，称呼两位"同我女儿一般大"的女战士。4月12日的欢迎仪式上，孙冬梅再次使用了"宝宝们"一词——"欢迎宝宝们回家"。其时，已为姐妹俩备好的休养隔离点门口，横幅上写着"扬中姑娘好样的！"

"你们不归，大礼不出！"值此 17 名队员"最后归来"、从而实现镇江"全员荣归"的重要节点，镇江报业传媒集团所属《镇江日报》《京江晚报》两家报纸，均于"第一时间"的次日，隆重推出精心策划、运作已久的"勇士回家·纪念特刊"，为勇士们，为这座城市，为这段历史留下了极其珍贵的记录。

两份特刊同步刊发了镇江市委书记马明龙、时任镇江市市长张叶飞联名致全体镇江援鄂医疗队员的一封感谢信《致敬白衣战士弘扬大爱精神》：

镇江援鄂医疗队全体同志：

走过寒冬，更知春光美好；经历分别，更懂归来情深。此时此节，英雄归来与草长莺飞，共同绘就江南最美风景。今天，我市援鄂最后一批白衣战士平安回来，你们辛苦了！我们以新闻特刊的形式，向全体医疗队 77 名同志表达最崇高的敬意。

疫情发生以来，大家坚决响应习近平总书记和党中央号令，肩负市委市政府和全市人民重托，闻令而动，千里驰援，日夜奋战在疫情防控第一线，与病魔较量，同时间赛跑，用血肉之躯筑起了护佑生命的钢铁长城，赢得了湖北人民的高度赞誉。在你们身上，充分体现了对党和人民高度负责的使命担当，充分体现了救死扶伤、大爱无疆的医者仁心，充分体现了顽强拼搏、舍生忘死的英雄气概，体现了镇江儿女的时代风采和大爱精神。你们是新时代最可爱的人，是坚决打赢湖北保卫战、武汉保卫战的功臣！市委、市政府为你们记功！人民为你们记功！历史为你们记功！

白衣执甲，勇士逆行。从踏上远征战"疫"的那一刻起，你们就是 319 万家乡人的骄傲与牵挂。你们在"前线"无惧无畏地拼搏奋斗，为湖北抗击疫情作出的每一点奉献，取得的每一次成功，家乡人都深受感动与振奋。我们在镇江也通过多种渠道了解你们的战"疫"事迹。我们知道，你们中间有带着对卧床父母的牵挂上一线的，有怀着对年幼孩子的不舍上战场的；有夫妻二人先后出征的，还有推迟婚期去参战的。我们更知道，你们中间有的以高超医术、精准治疗，抢救了一个个危重病人，赢得湖北同行真诚点赞；有的以暖心服务、细致陪护，感动了一个个病患，收获了大家的信赖和爱戴。出院老人几易其稿的手写感谢信，共同战斗却素未谋"面"的同行定下"一醉方休"的约定以及告别时湖北人民真情表露喊出的"永远爱你们"，这是对你们在湖北英勇表现的最好褒奖。可以说，没有同志们的负重前行，就没有现在的春暖花开。市委市政府以你们为自豪，家乡人民以你们为骄傲。

去时春寒料峭，归来万紫千红。相信在湖北的这段经历，已经成为大家人生的重要财富，会激励着大家走好人生的每一程。你们在抗"疫"战场表现出来的国有难、召必至、战定胜的家国情怀，以人民心为心、以生命守护生命的大爱担当以及辛苦不言苦、有难不畏难的奋斗品格，已经成为新时代"镇江精神"的重要组成部分。当前，我们正在落实常态化疫情防控举措，全面加快恢复经济社会秩序。全市各级都要把白衣战士们创造出来的"抗疫"精神发扬好，把抗"疫"过程形成的那股精气神保持下去，铆足一股劲、鼓足一股气、拧成一股绳，全力掀起干事创业、比学赶超行动热潮，迈出产业强市新步伐，夺取"双胜利"，共圆"小康梦"，让美好前途加快变为生动现实！

再次向凯旋的白衣战士致敬！

市委书记：马明龙
市　长：张叶飞
2020 年 4 月 12 日

《镇江日报》的对开 8 个整版特刊，以罕见使用的"双连版"，形成气势恢宏的 4 个阅读平面。特刊的主体内容为《"镇"心英雄天使风采——2020 冬春·77 名援鄂医护人员最美"影集"》，顾名思义，用于刊登全体队员的个人特写照片，并辅以"战史""一句话感言"等若干元素。版面设计上，美编除了对"77"这个独立的数字元素进行艺术化处理，还巧妙地将武汉乃至湖北的地标"黄鹤楼"与镇江的地标"金山寺"并拢拼图，再以双掌拱卫其中；《京江晚报》因为是四开小版面，所以特刊版面的总数量达到了厚厚一摞的20个版。

4月12日冯丽萍等17人是镇江最后一批归来的队员，而当天"江苏三队"并非江苏的最后一批。第二天的4月13日下午，标志着省版"全员荣归"，江苏最后一批援鄂医疗队员及援武汉前线指挥部成员共205人飞抵南京——距他们归来两天之后的4月15日，随着全国范围内的最后一批186名队员撤离武汉，湖北全省再无"一般概念"上的援鄂医疗队。

值得一提，此时邱海波教授并不在江苏"全员荣归"之列，由国家卫健委统一安排，全国共精选了20名专家继续留守武汉，其中包括邱海波在内，江苏共有10位专家入选国家专家组。

也是赶在省版"全员荣归"的"第一时间"，省级党报《新华日报》于4月14日也以8个整版的体量，隆重推出了《因为有你山河无恙——致敬江苏援鄂战"疫"英雄》特刊。

进入休养隔离期后，冯丽萍等17名队员以集体名义，通过4月19日的《镇江日报》发出一封《我们有话说——写给全市人民的感谢信》，全文如下：

镇江的父老乡亲：

你们好！岁末年初，江城告急；疫情肆虐，中央令下。镇江医务人员雷霆出击，我们一行17人迅速组成镇江市又一批援湖北医疗队，千里疾驰，逆行战疫。

我们不会忘记，2月2日上午，市委市政府举行的出征仪式上，市领导临行前真切叮嘱："在疫情防控的最关键时刻，大家响应号召，主动请战，充分体现了医者仁心的高尚品质，展现了大爱镇江的精神风貌。希望大家坚守职责、不辱使命，永远把病人放在心里最重要的位置，把病人守护好，救治好；坚定信心，沉着应战，发扬好团队精神，相互扶持，同舟共济，圆满完成各项救援任务；保护自己，平安归来，坚决不能有一个人掉队。"面对新冠这种从未遭遇过的疫情，出征之时，我们心里虽然尚怀忐忑，但有市委市政府和全市人民做我们的坚强后盾，我们暗下决心，海岳尚可倾，吐诺终不移，同心同力，誓与病毒抗争到底。

我们不会忘记，71个日日夜夜，从武汉同济医院中法新城院区到武汉市肺科医院，与当地医务人员并肩作战，抗击新冠肺炎，完成了86例重症、危重症病人的救治，实现了患者零病亡、医务人员零感染的目标，向党和人民交出了一份合格答卷。

我们不会忘记，71个日日夜夜，家乡人民和各级领导始终与我们在一起。市领导通过视频的方式，关心慰问我们在前线的工作与生活情况，三八妇女节我们不仅收到了各级领导的慰问信，医院领导、妇联、社区工作人员还亲自到我们家里，送上亲切的慰问和浓浓的关爱。我们在前线，你们就是我们坚强的后盾，让我们知道自己不是孤军奋战，我们有你们，有镇江319万人民和我们在一起，我们可以无所畏惧地安心完成任务。

我们不会忘记，4月12日平安回来时，市委市政府以最高礼遇迎接我们回家，还没到高速出口，便远远地看见我们镇江市的交警早已就位，等待着我们的归来。那一刻，热泪充满了我们的眼眶！

我们不会忘记，市委书记、市长还有很多热心市民寄给我们的信，"走过寒冬，更知春光美好；经历分别，更懂归来情深……没有同志们的负重前行，就没有现在的春暖花开。"那一句句叮咛、一声声祝福，那一片片爱心、一腔腔热诚，无不凝聚镇江这座爱心之城同舟共济、守望相助的家国情怀。

草木蔓发，春山可望。武汉解封，国内疫情情况逐渐好转，市民们也都开始出行，虽然现在我们处在隔离中，依然有来自各方面源源不断的关心和问候。

我们不会忘记，大家为我们所做的一切：你们用真挚的感谢温暖着我们战疫的每时每刻；用笑颜激励着我们在前线战斗，用鼓励铸就着我们在前线的耐心坚守。疫情阻击战因你们而加速取得阶段性胜利，我们因你们而燃情！荣耀，并不只属于我们，也属于每一位在我们背后默默付出和守护着的各位父老乡亲！

镇江市最后归来的17名援鄂医疗队员
2020年4月18日

55　"养猪"纪事

3月18日，是第一批归来的35名队员休养隔离的第一天。张建国这天起床甚早，洗漱完毕，不到7点钟，就在朋友圈发出了问候"早安，我的大镇江"。其时，张建国正在"期待着酒店为我们准备的锅盖面"。

根据张建国所发的即拍图片，还在黄石战斗的黄汉鹏很快留言"熟悉的街道！"也来自黄石那边，邢虎的留言却一时让人不明就里："看到我的车了。"

原来，邢虎的家就住在与休养酒店隔一条马路的润州花园里。戏剧性之所在，张建国高空随手俯拍中，不仅把邢虎家的楼栋给拍了进来，更拍到他停在家门口的座驾。"就是第一张照片最右上角那辆银色的。"邢虎讲述，由于好久不开，等到他后来也回到家时，"车窗上都长了青苔"。

从进驻休养酒店开始，乃至始于前一天刚进入镇江城区，队员们就纷纷把手机镜头对准熟悉而亲切的街道，或在微信上及时切换地理位置。18日夜里10点多钟，刘竞在朋友圈"向各位汇报已顺利返回镇江，目前在2周隔离中"，虽然所用6张图全是回放武汉战斗及归途场景，但凭着下面显示的酒店地标，人在武汉的冯丽萍立马指出，"就在我家对面"。原来，尽管互不相识，但冯丽萍与邢虎是住在同一个小区。

最后一批归来的冷惠阳，4月12日那天途中打卡"镇江队，我们回来了"的时候，陈慧丹很快跟帖"辛苦啦，好好享受14天养猪生活"。"养猪"是从前线归来后队员们对自己休养隔离期的普遍喻称——意思很好理解。冷惠阳开始"养猪"的时候，陈慧丹本人已经"出栏"十余天。

"养猪"第一天，孙志伟可没起那么早，"今天早上睡到自然醒，踏实的一觉"。当天，除了收获久违的"自然醒"，孙志伟还意外收到来自雪域高原的一份惊喜："巧克力味青稞麦圈""卤牦牛肉""卤牦牛腱子肉"等各种特色高原零食。落款捐赠单位为西藏自治区拉萨达孜区委、区政府，这不由让孙志伟忆起自己三年前那段同样难忘的援藏岁月。他在朋友圈晒出了这份独特的惊喜，并点名念起远方的一拨朋友："扎西得勒！群旦、卓玛、韩冰，你们安好！"

当张建国一大早坐等锅盖面的到来，"隔壁老王"当天早上却由于像孙志伟一样起得很迟,等到开吃早餐之时,他发现,"家乡的锅盖面已经变成武汉的热干面",碗内几乎见不到汤了。打卡面条的王笠更以物载情:"和武汉战友分开第一天,甚为想念。"

与孙志伟有所异同,向久违的"第一个镇江早晨"报到之后,张晶晶当天收获的是一个史上难得这么长、也是"自然醒"的午休——超过了3小时,以至于无数给她的微信留言,都没得到及时回复,"睡得太踏实了";而休养的初期阶段,田英比张晶晶错过的电话或信息可能更多,因为,"这是我工作以来唯一可以手机静音睡个安稳觉,不用担心半夜有急诊电话叫醒的最惬意时光"。

可是,回来之后,陈雁翎的睡眠却忽然"出了问题"——老是失眠。陈雁翎讲述,早在武汉战斗期间,她的睡眠质量总体尚可,除了踏上返程的前一晚——也就是天刚放亮时她在走廊里拍武汉日出的那晚,有些难以入眠。

就睡眠质量出现滑坡,陈雁翎自我"诊断",主要原因应是"精神一下子放松了,反而睡不着"。但几天之后,她就发布喜讯:"感谢阿嘉特地从苏州带回来的香薰,宝宝再也不怕失眠啦!"在苏州上班的阿嘉,镇江人,陈雁翎的发小。得知闺蜜的相关情况后,阿嘉专程从苏州送来治失眠的"神器",不过,只能由机器人代劳转交。快半年没见的姐妹俩依然无法见面。

对陈雁翎的"养猪"生活而言,男友"小胖子"注定是不可或缺的特定人物之一。一天晚上,"小胖子"又来休养地探望,这次他手上多出一只电筒,"特意从同学家借了个那种超大的手电筒"。陈雁翎住的房间楼层很高,从窗户基本看不清马路上的人,两人就以晃动电筒光的接头方式,浪漫相会。

张建国的女儿,53天前被爸爸"骗"说"去加班了"。爸爸如今"下班"了,可暂时还不能回家。休养第二天,10岁的女儿"亲自下厨"——从视频上看,其左右开弓的架势,俨然比妈妈更像一厨之主。母女联手,给五星级标准酒店里不缺好吃好喝的张建国做出了几道他平时最喜欢的菜,也通过大堂里的机器人送达。

有女儿给爸爸送吃的,也有妈妈给女儿送喝的。已经一个多月没喝到奶茶的"方舱姑娘"袁晨琳,这天下午收到了妈妈送来的她的最爱。袁晨琳介绍,"(家庭住址)三茅宫一带共开了5家奶茶店,我都经常去喝。"知道女儿好这一口的妈妈，平时每次出门不会忘了给她捎回奶茶一杯。不过，袁晨琳揭秘，"其实我妈也喜欢喝这个"。

比同是24岁的凌蓉还小4个月的朱玮晔，在77名镇江援鄂医疗队员中年龄是倒数第二小——仅比"老巴子"汤倩大一岁。可是，"养猪"期间的"小猪猪"这天深夜，竟在朋友圈"充老"起来："上了年纪啦……脚冷得一直睡不着，只能爬起来泡脚……不服输的老年人留下了辛酸的眼泪。"读之令人忍俊不禁。比朱玮晔大14岁的尹江涛这就将她的军："你老了，我们是不是不配活着了。""小猪猪"睿智作答："不，你们是返老还童。"刘子禹出面打圆场："都老了。"

有人"充老"，就有人"卖老"。早在前线期间，30岁的刘宁利对23岁的汤倩，左一口右一口地喊"小姑娘"；回来之后，一天上午，30岁的张菲菲发微信说："一觉醒来，瞬间觉得回到5年前。"26岁的虞海燕跟帖："我也是一觉到9点半了。"张菲菲"不屑一顾"："你嘛情况特殊，主要是还年轻。"

从出征到归来，71天跨越三个月份，"大脸小王"王玉的微信头像前后换了三种，并在每一次更换中恰到好处地融入某种"时局意象"：2月2日出征时，头像是一条被P成戴口罩的狗狗；3月份，换成了不戴口罩的同一条狗；4月中旬归来休养的这个时候，头像又变成了王玉自己本人。此后迄今，再也没换。

也是"养猪"期间，"大脸小王"那天摇身一变又成了"农民小王"："农民小王今日上线（稻穗表情）"所配图片中，有张黄绒绒的鸭宝宝照片。个中又是何"梗"之有？王玉自己揭秘：原来，就她与朱玮晔两名队员在扬中市的"一个大院子里"休养隔离着，备感无聊之下，"叫我爸捉了只小鸭子送过来给我养"。

王玉所在"江苏三队"告别武汉的前一天，随着最后3位患者核酸检测转阴，武汉市肺科医院ICU已实现新冠患者"清零"；而他们告别武汉后的第一天，4月13日，曾经令人闻之不寒而栗的"肺科医院ICU"，已正式更名为"过渡病区"，虽然更名之后里面仍住着病人，但都只是在接受其他基础疾病的治疗或处于康复阶段。

既"养猪"又"养鸭"的王玉，一天在工作群里收到了一个武汉那边战友拍发的小视频：一位患者半躺在病床上，颤颤巍巍地自己用勺子一口一口喝粥……王玉讲述，这样的场景在外人看来也许再寻常不过，可这位病人却是在她和队友们的共同见证中，曾经历了九死一生——他就是前述肺科医院ICU-A区里的胡定江。王玉把这段小视频称为自己"养猪期间收到的最好礼物"。

面临当年度要报考中级职称的汤倩，从开启"休养模式"的第二天就"养而不休"：一边接受来自各方面的各种"投食"，一边早早就打开了课本，"放松的同时不能忘记学习和总结"。在此期间，3月21日，以录成视频的"云演讲"方式，汤倩应邀参与了江苏科技大学电子信息学院举办的一堂信仰公开课。

作为77名队员中年龄最小、唯一的"97后"，汤倩实际上与那些大三、大四学生年龄差不多大。从青春故事中提炼出的青春感言，更能引发这个群体的心灵共鸣："穿上防护服，不分长幼，不分性别，我就是一名战士。我为国家而战，为人民而战，为患者而战，也为自己的内心而战。其实在生活中，当你努力了你就会发现，所有的奋斗，所有的付出，都是值得的……我从前辈、从老师身上学到了责任与担当，学会了面对困难要沉着冷静，学会了团结一致，学会了感受生命，学会了感知人性，学会了体验风雨，也学会了坚强面对……"

3月25日，主流网媒"第一时间"广为报道：圆满完成亚丁湾护航任务的海军第三十三批护航编队，于当天下午抵达青岛某军港码头。自2019年8月29日出征，这批编队连续奋战了210个昼夜，安全护送24批、共41艘次中外船舶，继续保持了被护船舶和自身两个百分百安全，并先后参加了中俄南非和中俄伊朗海上联合演习（相关信息均据中国军网、央视《新闻联播》）。

至少在镇江，没有人比张晶晶对这支载誉凯旋的部队更加关注！这是从前线归来的张晶晶休养隔离第8天，她的"兵哥哥"小柏在这一天也从前线归来了。上午11点49分，一个时长仅1分04秒的视频通话，在"不太好的网络"中，完成了胜过任何语言的情感对接。

不过，小两口真正见面尚需时日：不仅张晶晶本人正处在休养隔离中，刚刚归来的小柏，按规定也是要接受同样14天的休养隔离——这么一算，见面最快也得在 4 月中旬左右。

此"回家",非彼回家。电话可以打,微信可以发,视频可以连,锅盖面不会缺,奶茶供应也不会断,但是,4 月中旬才最后一批归来的冯丽萍,要想见到大病初愈的丈夫,那就得到当月底了。

宣告"隔壁老王回来了"的"男丁格尔"王笠,要想真正见到"镇江的妹子们",同样需要时日;"乖乖女"赵甜甜再怎么思母心切,也是急不来的事;而"小仙女"汤倩与单位里护士长"妈妈"约好的火锅,只能再耐心等一等;凌蓉要想见到"二宝"、姜燕萍要想见到"欢喜哥"……统统都得"再忍 14 天"。

56　"回家"→回家

回到江苏,是"回家";回到镇江,也是"回家";回到扬中、丹阳、句容,同样都是"回家"。但由"回家"而至回家,尚有着不长不短的 14 天"距离"。

3 月 17 日第一批归来的 35 名队员,是于 4 月 1 日结束休养隔离。这天上午,赵燕燕 4 岁的儿子也到酒店参与迎接妈妈真正意义上的回家。分别 66 天的重见,被妈妈搂在怀里的儿子,瞬时显得有些不适应,双手垂着,不知所措。蹲着身子已经将儿子搂得紧得不能再紧的赵燕燕,不停地提示儿子"把手放在妈妈脖子上"。

扬中市人民医院的桑宁、田英与扬中市中医院的奚柏剑,4 月 1 日同一批"出关"。休养隔离点星空露营基地的门口,手捧鲜花的三人留下一张"没有第四位成人参与"的合影,画面上却多出三个小不点:田英身边依偎着小女儿,奚柏剑的左右分别侍立着姐弟俩。

田英的三个孩子中,当天早上儿子在家上网课,没法到场,两个女儿一起参与了迎接。所以,实际上田英的身边本也可以成双,只是 11 岁的大女儿在这个场合略显内敛,而 3 岁的小女儿就没那么客气了。视频显示:田英是抱着小女儿接受电视记者的采访。"没办法,平时在家就黏我,回来就成狗皮膏药了。"田英后来讲述。

比合影拍照时间还要早一点，露营基地的栅栏刚打开那一瞬，奚柏剑的女儿孙诗涵与弟弟帅帅，是比所有大人都捷足先登，率先冲了进去。

当天，"早上5点就起床"的小涵涵，晚上又用两页日记详细记录这个"太激动了"的全过程，日记中她首次称呼妈妈为"方舱姑娘"，并在某种意义上让人领会到，她这篇日记也是写给所有与妈妈一样的"方舱姑娘"，写给所有参与战"疫"的医护人员：

4月1日　星期三　晴

今天上午9点，太阳从云层中慢慢露出笑脸，金色的阳光瞬间洒满了大地。结束了14天的集中休整，妈妈迎来了期盼已久的回家。

我们来到了休整的地方，栅栏一打开，我和帅帅迫不及待地冲了进去与妈妈相拥，我们还特意准备了惊喜礼物——"欢迎妈妈回家"书法横幅、手工彩纸玫瑰花呢！

……

随后，妈妈做完CT检查，回到家中。早已等候在门口的外婆、大婆婆激动地上前把妈妈抱起，连声说："终于回来了，我们太想你了，你怎么瘦了？"这一刻，久别重逢的激动和喜悦，化作这位坚强的方舱姑娘眼中的幸福泪水。

走进家门，妈妈与我们分享了纪念画册、荣誉证书、纪念机票，聊起在武汉方舱医院里的难忘经历。我开心地说："外婆一大早就起来准备了，我5点就起床了，我们太激动了。"

38个日日夜夜，是挥洒汗水的日夜，也是胆战心惊的日夜。

谢谢你们！

伟大的白衣天使！

"出关"后第一站，是被接去医院做CT。载着桑宁和田英的车子刚在人民医院的院子里停稳，就见早已守候在不远处的姐妹们张开了双臂，百米冲刺般狂奔过来，然后就是不停地拥抱与抚拍。在此过程中，一位同事很快从自己脖子上取下一只小挎包，挂到桑宁的脖子上——原来，这是桑宁平时上下班所用的包，出征前夕放在科室里委托同事代为保管。

被奚柏剑标注为"武汉小严"的微友，就是前述在方舱医院2号舱里组建"苏大强天使护卫团"的群主。群主以外的所有群员，均为江苏医护，其中包括奚柏剑等8名镇江队员。

早在结束休养隔离的前一天晚上，奚柏剑就收到"武汉小严"的远方问候："恭喜英雄出关。""小严"还对奚柏剑开玩笑"这次是把酒店住得不想住了吧"。4月1日"出关"当天，对方再次发来问候："回到家温暖吧。"奚柏剑于是把自己与两个孩子"温暖"的团圆照分享过去。

还在武汉时，转战肺科医院的第一天，3月31日晚上，戚文洁曾在朋友圈讲述了自己当天的一段"奇遇"："下了班，发现有人给我抖音评论，结果一看，并不是我发的抖音啊……"原来，"又是我儿子干的"，面对当时才28个月大，却"门门精、啥都会弄"的儿子，戚文洁甜蜜地倒起苦水："我该怎么教育他啊？"

4月12日归来那天，跟随父亲到酒店门口参与迎接的儿子，手举写着"戚文洁"三个醒目大字的牌子，不过，只能远远地举着，他靠不了母亲身。11天之后的4月23日，戚文洁在朋友圈打卡思子心切："快了快了，还有三天，就可以回家抱儿子了，也可以看看外面蓝蓝的天空了，呼吸新鲜空气，看看花草。"冷惠阳立马就跟帖："快了快了。同感。"

归来那天与戚文洁情况一样，冷惠阳的女儿虽然也到酒店参与迎接，母女俩同样只能隔着距离互相深情凝望。比戚文洁晚了两天，冷惠阳是在"出关"的前一天也打卡思女之心："明日出关……姑娘说，妈妈真的明天回来吗？真的可以抱我了吗？真的可以亲我了吗？真的！"

如同见证武汉解封的那一刻读秒，"农民小王"王玉看来是有心掐准了时点，打卡自己的"出关"——朋友圈发布时间是在4月27日零时。不过，既是"养猪"14天，王玉把自己解除休养隔离的最后一天明确称之为"出栏"："48kg → 52kg，小王14天出栏计划超额完成，最后一天放个风筝庆祝下，跟小猪朝夕相处的85天宣告结束。（小猪真可爱！）"除了把"小猪"朱玮晔扯进来，王玉的"出栏报告"似乎少了一项内容：当了十余天"农民"之后，她此时并没有交代那只长时间帮她化解无聊的鸭宝宝去向。

对孩子尚幼的队员而言,"出栏"之后他们的"去向"主要是去往孩子身边,而对待字闺中的"农民小王""小猪""镇江蓉妹妹"等人而言,她们的唯一去向便是去往父母身边——那儿,早已全家在张罗一桌好菜。

第十章 此情如江水长流

57 非常"共同体"

方舱医院里是通宵不关灯的,很多病人不习惯这种休息方式,加上数百号人集中在一起,尽管做了简易隔挡,难免仍有些嘈杂。刚开始时,一些病人因此"闹过小情绪"。

张晶晶讲述,一位热心肠的患者大姐发现这一情况后,自掏腰包为武汉体育中心方舱医院(1号舱、2号舱)所有病友们采购了1000只眼罩,并为自己所在2号舱E区的近百位病友每人再配送一副耳机。患难之交,善良之举,令人暖心。

辅以眼罩、耳机,再加上医护人员的耐心说服,病人们终究予以理解,很快普遍随遇而安。"后来睡得都能打呼了。"张晶晶表示,得益于这份特定处境下的理解以及医患共同努力,方舱医院里的秩序越来越完善、氛围越来越有爱,"真正成为一艘生命之舟"。

投入实战后的所见所闻,让同是"方舱姑娘"的赵萍有感而发:"虽然我们彼此尽可能保持着安全距离,但是我们的爱没有距离。"桑宁亦深有体会,不管病毒顽固得有多可怕,也无论这场战"疫"时间拉得多长,最终都比不上人们最纯真的感情所产生的力量,"感情常常创造奇迹";宋继东则把抗击疫情中的临床医患关系称为战斗"共同体"。

方舱里床位数量大,以一个区而言,两名当班护士要同时照料90余名病人,仅发放盒饭的工作量就不可小觑。不过,汤倩回忆,每到这个时候就会有个熟悉的声音和身影出现在她旁边："护士，我帮你吧！"

这是开舱不久，某些环节还没有理顺的时候。后来，病人们主动成立了志愿者团队，推选出"区长"，下设"小组长"，分发三餐等力所能及的事宜，这些自治"领导"们都会召集一大帮人搭把手，并随时劝导大家"不要给医护人员添麻烦"。

不添麻烦，更分忧解难。方舱D区的志愿者成员时刻关注着一位患有轻度智障、经常"走丢"的老人，及时寻找、搀扶归位。病人们身上传递出抱团取暖的正能量，令汤倩深为感怀。其实，虽然这些方舱患者本人是归于"轻症"类别，他们中不少人却是正在默默承受着与自己身体无关的巨大痛楚。

上述那位关键时候总是"护士我帮你"的好心人，一天，再次现身分发晚餐的现场。同事悄悄告诉汤倩，当天他接到了母亲去世的消息，却"若无其事"。后来，汤倩在方舱里上最后一个班，与这位患者进行了一次深聊，对方主动道出了自己的丧母之痛。不幸中的万幸是，他的两个孩子都安全无恙，"他说，他只是一直在控制着自己的情绪，必须坚强，得给孩子们做榜样。"与之同时，只有调整状态积极配合治疗，"才能不辜负我们这么远过来帮助他们"，汤倩回忆。

也在D区，有位患者是网红，几乎每天都要给医护人员拍摄短视频，上传到抖音等平台。张晶晶回忆，那天拍摄过程中他接了一个电话，之后就"一直眼眶发红"，经张晶晶关切询问方知，刚刚电话里传来他岳母脑溢血的消息，"但还是忍着泪帮我们拍完"。

中法新城院区C8西重症病房里的冯丽萍，每次给病人发完饭，总喜欢在一旁看着他们吃，"从容地吃着，似乎没有了疾病带来的苦楚"。冯丽萍慨然，"其实每个病人都是真正的勇士"，突如其来的困境乃至险境缠身，他们除了需要医学救治，更依靠自己个人强大的意志对抗病毒。痛苦，但绝不放弃。

非常之境，医护人员呵护着患者、患者体谅着医护人员，这是战斗的"共同体"，也是暖心的"共同体"。虽生死相托，却是相携同行。医患之间的心灵融通，也是战胜新冠病毒的一味"良药"。

那天，一位病人由于血管比较难找，冯丽萍连续几针都没刺得进去，她十分抱歉，病人却反过安慰道："这个不怪你们呢，我能理解。"戚文洁也经历了病人这般设身处地的理解，那天连扎两针都没成功后，病人非但不责怪她，还体贴地鼓励："手套太厚了，不方便。你再打！"

C8西18床病人是位比24岁王玉还要小的姑娘，一直喊王玉姐姐，"姐姐你给我打半壶就行啦！"每次王玉给她打水，小妹妹都要这样叮嘱。病房里使用的水壶比较大，"她怕我整壶水拎着太重了"。

王玉的日记里留下她与不少具体床号病人之间的交往点滴。对7床、8床，王玉分别是以叔叔、阿姨相称，这是一对感染了新冠肺炎的医务工作者夫妻，在此期间，"叔叔的留置针就由阿姨承包了"。当时，他们之间有过这样一番对话：

阿姨："我也穿过防护服，知道你们现在就是不动都很痛苦，别说蹲下打针了！我不能帮你们做太多的，就尽量不给你们添麻烦吧。"

王玉："可是，这是我们该做的啊。"

阿姨："傻孩子，你们这年龄，本是应该在家陪着父母的。"

38床的奶奶，那天向王玉递过来一盒牛奶请她喝，却被住同一间病房的儿媳妇给制止了："你不怕传染给她们啊。"奶奶自言自语："我就是看着她们太累了，心疼。"

殷慧慧讲述，同病房的爷爷、奶奶是一对老伴，有时候"爷爷不戴口罩和我们讲话"，就会受到奶奶的监督；方舱里的赵娟回忆，病人与他们说话的时候经常"边说边往后退"，还反复问："我是不是靠得太近了？"黄石大冶市人民医院里，张慧绘说，尽管病人戴着口罩，可咳嗽的时候他们"都自觉地背过身去"。

年龄也不大的庄珍，在方舱医院工作期间被病人们普遍喊"小庄护士"。庄珍说，一听到这"拉近距离"的声音，她就备感亲切；虞海燕那天下班后回到驻地，与一位病人在微信上聊天，对方向她半打招呼半解释："我们武汉人说话嗓门大，你们可不要介意噢。"

一天，孙文医生刚上班，一位女患者就急匆匆找过来——她就是前述给病友们捐赠眼罩和耳机的热心肠大姐，"我看到刚刚与你交班的那个女医生都快累倒了。"大姐冷不丁提出了一个令孙文除了婉言谢绝、别无选择的请求："我能不能帮你们做做表格、填填资料？"

除了体谅医护的涉险劳苦，这些本该接受呵护与关爱的病人们，却在自己力所能及之下，反过来"逆向"关爱着医护人员。

开舱不久的一天，武汉体育中心方舱医院门口，一位家属要给患者送生活物品，工作人员例行检查后，从中发现两盒 N95 口罩，便告知舱内每天都会给患者发口罩，不需要额外再送——按当时规定，因方舱医院提供所有生活物品，除患者必需的特殊药品外，其他物品一律不允许进舱。那位家属只好如实道来："这不是给病人的，是他听说你们缺少 N95 口罩，非要让我送两盒过来，是送给你们的！"

陈雁翎讲述，方舱里每次都是去出口处领饭，因这个区域需要进行严格消杀和检查，只能由护士执行，"区长"和"小组长们"则在一定距离外等候接应。就在这时，陈雁翎忽然听到一位患者喊她名字："你防护鞋套快掉了！"既要顾着领饭，又不能忽视就在眼前的安全隐患，陈雁翎顿时两难。没想到，患者们却再三"指令"她不要着急，无论如何都得先把鞋套整理好，"我们迟一会儿吃饭没关系的"。

刚到武汉是天气最冷的时候，夜班，更是一种彻骨的冷。"冷到我写病历连笔都握不住。"汤倩回忆，那天晚上，她眼前出现一位"和我爸爸差不多大的叔叔"，手里捧着一个热水袋，对汤倩说："姑娘，叔叔这边有个热水袋，可是不敢给你用，害怕传染给你。"汤倩印象里，这是一位不善言辞。"看上去还有点凶"的叔叔，却"一声'姑娘'戳到了我心里"。

张古方那天也是夜班，9点多钟，一位50多岁的男患者来到护士站。"站了好一会儿，看着我们也不说话。"张古方回忆，随后她就与队友下了病区，给90多位患者量体温、测血压，"当时挺忙，就没有主动问他有什么事"。

约一个半小时后，忙完一圈的张古方回到护士站，刚坐下就明显感到身后特别暖和，转头一看，竟是椅背上多了两块"油画"模样的加热板，正纳闷是谁安装的，刚刚那位"欲言又止"的男患者又走了过来，关切道："这下不冷了吧？"

原来这位患者是名电工，看到值夜班的护士们深受寒冷煎熬，他特地让家人送来材料，自己制作了加热板。"你们大老远来武汉，太不容易了，我就做点小事吧。"

善解人意的患者们，无不怀有一颗感恩之心。田英讲述，患者们只要路过医护站，大都不忘招呼一声"你们辛苦啦"。凌蓉讲述，很多重症患者无法用语言表达心声，但是"我经常从他们眼角看到沁出的泪"；解洋讲述，一位患者大妈曾激动对他致谢："别人把我们当瘟神，避而远之，只有你们主动靠近我们，帮助我们！"黄汉鹏讲述，有一户人家5口感染，一人不幸去世，而治愈后的另4人全部主动要求捐献血浆帮助其他患者，因为"我们获得了第二次生命"。

一天，C8西25床小姐姐把赵甜甜喊了过去。"甜甜，帮我个忙行吗？麻烦在这张纸上签一下你的名字。"原来，不仅赵甜甜，救治过她的每位医护人员都被请求签了自己的名字。"你们穿这么多，也看不到长什么样子，但我想记住救命恩人的名字！"她说，这张签名纸回家后要装裱起来珍藏。感于"江苏医疗队这么暖心"的这位未婚小姐姐甚至表示，自己将来"一定要嫁个江苏老公"。

而在黄石，8岁孩子的妈妈孙玮已然收到一份不同寻常的"表白"。孙玮悉心照料的一位50多岁男性患者，有智障史，但"尚能正常沟通交流"。临出院那天，孙玮一直把他护送到病区出口处，对方冷不丁回过头来说了句"I love you（我爱你）"。孙玮回忆，"我知道他这只是表达感谢的一种方式"，所以，不仅欣然接受，还深受感动。

前线队员们很多红区工作中的照片与视频资料，并非队员自己的作品，而是由病人们拍摄，乃至"偷拍"。巫章娟讲述，方舱里有位患者是大学教授，一有空就用手机专拍医护人员的眼睛，他说，虽然看不见面容，但他能"读"护目镜后面的那双眼睛，"出院后我要做成照片墙，此生铭记"。

张菲菲那天在舱外正忙着清点做CT人数的时候，又遇上一位也在忙着为

247

医护人员拍抖音的患者,"他可能不记得刚才已经拍过我了",所以又拍了一次。张菲菲非常感谢他"可以将我们的平安通过镜头带给家乡的父老乡亲"。

凌晨下班的田英,那天中午睡醒后刷了一会儿朋友圈,一下把自己给"刷了出来":一条短视频上,"这不是我昨天上班时的情景嘛",被"一个可爱的患者"偷拍了。田英不由感到心里喜滋滋:"这能不能说明我得到他们的认可呢?"

"蔡建护士长在吗?我找她有事。"3月1日上午,正在护士站里核对出院人数的蔡建忽然被人喊,抬头一看,原来是她在D区护理过的一位患者。近期由于分工调整,蔡建直接参与护理病人的时间并不多,她没想到这位患者临出院时还专程来与自己告别。

刘竞在日记中记录了数次令他印象深刻的病人出院。一次是2月26日这天下午,刘竞正在分发出院文书,传来一声招呼:"嗨,江苏的医生,谢谢您!"招呼来自刘竞曾经管过床位的一位"95后"小姑娘,也姓刘。显然,对方此时尚未认出眼前的医生具体是谁。当天小刘是与母亲同时从方舱出院。

  刘竞:"刘××,恭喜你和妈妈一起出院!"
  小刘(愣了两三秒):"啊,你是刘医生,是吗?!"
  刘竞(点点头):"还记得我嘛。"
  小刘(笑道):"你今天没穿防护服,只戴了口罩,没有了防护服上的名字,我都不认识你了。你就是那个镇江金山寺的刘医生!"
  刘竞:"金山寺里的是和尚,我是镇江刘医生!"
  小刘(大笑):"哈哈哈。"
  刘竞:"拿好了,这是你和妈妈的出院文书。"
  小刘:"刘医生,谢谢你们来帮助武汉!"
  ……

还有一次出院,是休舱前一天的3月7日,65岁的治愈患者老王把出院行李放到车上后,又回到刘竞面前,郑重地说:"非常感谢你们江苏医疗队的付出！请接受一名退伍老兵的敬礼！"刘竞回忆，当时这个庄重的军礼，让自己一时不知该如何回礼才好，只能微笑着挥手告别。

望着老王渐渐远去的汽车，刘竞在日记中讲述，自己当时"眼睛莫名几分湿润"，16年从医生涯，面对过太多病人出院，却"从未有过今天这般感慨"。此别，各自沉入茫茫人海，未知有否重逢奇缘。与冯丽萍把患者们称为"勇士"相似，刘竞说，乐观面对疫情的患者其实和医护人员一样，"也都是战士"！

中法新城院区 C8 西病区里的凌蓉讲述，那天刚进病房接完班，一位患者就急急地找到正在巡视病房的她和队友们，"阿姨激动地握着我的手"，告知明天她就要出院了！阿姨是开饭店的，做武汉热干面已有 20 年了，她这既是告别也是邀请，"请我们以后来武汉，一定要去吃她亲手做的正宗热干面"。

黄石大冶市人民医院，一位患者临出院时，请求与冷牧薇加为微信好友，随后她便在微信上发来一段长长的致谢辞："非常感谢白衣天使在我生病期间给予无微不至的关怀和照顾，使我们这些病人重获新生，我在这里表示衷心的感谢！向你们致以深深的祝福！祝你们早日战胜疫情，回到家人身边。你们是父母心中的牵挂，是父母眼中的孩子，却能独当一面，不顾个人安危，毅然从江苏来到大冶，一起并肩奋战在抗疫一线，用医护人员的信仰和无私奉献的精神，挽救了一个个在生死边缘挣扎的生命……"

前述 2 月 25 日下午，黄汉鹏在朋友圈发布黄石煤炭矿务局职工医院首批 12 名治愈者出院，当时举办了一个"小小的欢送仪式"。"不在事先所定发言代表中"的一名女治愈者，突然坚决请求出场，她要代表大家表达感激之情，"我憋在心里很久了"。黄汉鹏回忆，临别上车前，这位"抢话筒"的代表又回过头来，对现场医护人员三鞠躬。一上车，她马上摇下车窗，关照司机"开慢点、开慢点"，"我再看看大家"。

C8 西是 3 月 25 日宣告"清零"的。前一天，朱玮晔和陶华奎在此值"最后一个班"，参与将最后 7 名病情已稳定的患者护送至缓冲病区，"转运过程中，所有的病人都流露出不舍。"送达之后，朱玮晔发现，"31 床奶奶"又从病房里跑了出来，一直站在电梯口，"目送着我们离开"。

回眸这场战"疫"中，特别是湖北前线的医患情，张建国概括为"大疫体现大爱"；赵燕燕则由衷表示，虽然他们当时在武汉所面对的都是"弱不禁风"的病人群体，但他们却以深刻的坚强把武汉锤炼成一座更加强大的城市。

58 纸薄情浓："双向"致谢信

进入 2 月底阶段，中法新城院区 C8 西的患者大量向好，"几乎每天都办出院"，多的时候一天能有四五位出院，不少病人只是在等待"最后的标准核定"。

为减少风险，病人在这里由重症转为轻症后并不进行"梯度"转运，而是就地实施全程治疗。2 月 27 日这天早上，冯丽萍刚接完班，就发现 42 床的李阿姨趴在桌子上奋笔疾书，上去一问才知道，她在写一封感谢信。

不久，李阿姨拿着"满满两页纸"和笔来到护士站，问有没有 A4 纸，冯丽萍问"你不是已经写好了吗？"李阿姨解释："这是草稿，我要再抄一遍。"可护士站怎么也找不出 A4 纸，大家便给了李阿姨一张打印治疗单，她却坚决认为不行。"表扬信是很严肃的事，一定要正规的纸！"面对这位可爱而认真的阿姨，大家"恭敬不如从命"，特意为她"调"来 A4 纸。

李阿姨透露，之前她已让女儿帮她写过一稿感谢信，因为"觉得写得不好"，没能说透自己想说的，"多年不动笔"的她才决定亲自执笔，而且已经来回重写了好几版。

双双感染新冠肺炎重症的李阿姨夫妇，都住在中法新城院区，只是不在同一个病区。住院近一个月来，接受"医身"与"医心"双重治疗后，李阿姨身体状况持续改善，如今也属于在等待"最后核定"的一名准出院病人。

当天，赶在冯丽萍等人下班前，李阿姨把终于完稿的感谢信送了过来，几乎写满 3 张 A4 纸，并与老伴共同署名（代签）。信上没有落款日期。"我哪天出院就填上哪天。"李阿姨解释，语气中流露出对这一天到来的期盼。

同济医院江苏省的全体医护人员：
你们好，你们辛苦了，感谢你们不远千里来到我们武汉，离开自己的父母、丈夫、妻子、孩子，支援武汉抗击疫情，你们都是战鹰！我非常能理解，儿行千里母担忧，因为我也是两个女儿的母亲，她们都是护士，大女儿和当警察的大女婿一直战斗在抗疫前线，哪一位做父母的不担心呢。我的小女儿也是同济本部的一名护士，因为她1月24日晚上上中班给一个病人护理的时候染病回家，所以我还有我的丈夫、小女婿和小外孙都得了新冠，小女儿隔离在家又是患者、又当护士，护理我们全家，在她的护理下，外孙、女婿和她本人都已经好了，当了一名无名的前线英雄。

我和我的丈夫因病重送到了医院，在你们江苏全体医护人员的精心治疗和开导下，我们渐渐好转。怕我们肚子饿，你们把家乡带来的土特产送给我们吃，更是在情人节那天给我们送来了鲜花、巧克力和鼓励我们战胜病魔的标语，这是我今生收到的最好的礼物。现在，我的各项指标都符合健康标准，我们要出院了，是你们给予了我们第二次生命。虽然要出院了，却又非常舍不得你们了，但是，我出院，你们就可以回到阔别已久的家乡和亲人相聚。待疫情过后，武汉人民会以最诚挚的心邀请你们再来武汉做客，吃遍我们这里最好的美食，逛遍我们这里的美景，千言万语汇成两个字：感谢。由衷地希望你们都要好好的，早日安全健康地回到你们的家乡，和你们的亲人团聚。

因为这个病有点特殊，我小女儿至今还在家，她自己给她的护士长请缨，要求上班，因为护士长知道我家里的情况，没同意。

女儿，妈妈还有14天就可以出舱了，等妈妈回到家，你就安心地回到你热爱的工作岗位，尽你该尽的职责。

此致

敬礼！

×××

2020年×月×日

正是从这封几易其稿、字字发自肺腑、把江苏队员们比作"战鹰"的"长篇"感谢信中，大家才更多了解到发生在武汉一个寻常家庭里的不寻常故事。故事里有辛酸，更有力量。

其实，"江苏队"只是一个缩影。无论在武汉的哪一家医疗机构，无论在武汉、还是在黄石乃至湖北各地，全体42600余名援鄂医疗队员们收到患者的感谢信不计其数。"谢谢你们为湖北拼过命！"情真意切的讲述中，也许，没有人比这些真实经历了特殊磨难的患者，更能逼真还原援鄂医疗队员们的拼搏历程。

仍在中法新城院区C8西，一位住院近50天，终于从危重症化险为夷的患者，赶在3月25日"清零"，意味着要与江苏队员们分别的这一天，也写来了一封感谢信。

中法新城院区C8西区江苏第三批医疗队：

我是2020年2月5日入院的患者×××，在你们圆满完成任务又要转战新的战场、即将离别之际，我向你们表示衷心的感谢！致以崇高的敬意！

在武汉新冠疫情最严重的时刻，你们明知山有虎，偏向虎山行，义无反顾地来到武汉，你们日夜奋战，忠诚履职，顽强拼搏，做了大量艰苦的工作，挽救了一个个生命，用实际行动为疫情防控斗争做出了重要贡献。

在病房，我见证了你们全体医护人员医者仁心仁术，对患者给予了无微不至的关怀、细心周到的服务、技艺精湛的医术、耐心细致的疏导。你们保护生命，救死扶伤，甘于奉献，大爱无疆。

在这一个多月里，全体医生护士们对我因病施治，优选方案，身体一旦出现不好的状况，及时采取措施，给予医治，不断地给我鼓励，树立信心。在我向你们讲述我女儿处于疑似状况时，你们急我之所急，想我之所想，给我提供帮助，传上的CT，周静主任马上看，给予及时的指导，查询时你们还进行询问，当听说我女儿排除后，你们替我高兴。

在这一个多月里，病区所有的护士，一丝不苟地工作，不怕难，不怕累，不怕苦，不厌其烦地服务于患者，给予了我们最好的护理……在你们的治疗和护理下，我已从一个重症的患者逐渐好转了。你们不是亲人，胜似亲人；

你们是光明的使者；你们是英勇善战的战士。我会永远地记住你们为武汉拼过命。

祝你们平平安安！！！

C8 西病区 8 楼 29 床×××
2020 年 3 月 25 日

武汉体育中心方舱医院——"我们的方舱、我们共同的家"，也在 2 月底的时段上，随着送别出院的病人越来越多，回首来时路，"方舱姑娘"张晶晶百感交集，在受到出院者纷纷致谢的同时，她无法抑制地也想对他们"道一声谢"，于是提笔写信。

亲爱的 D 区家人：

你们好！

我是 D 区众多小仙女中的一员，很高兴，今天能亲眼见证您出舱，回到自己的家里或社区。在这里，我想先跟你们道一声谢：谢谢你们的理解，理解方舱条件有限，不能洗澡，晚上不能关灯等问题；理解我们医护人员偶有问题处理不及时，照顾不周之处；理解其他病友作息、生活习惯不一致之处。也谢谢你们帮我们领饭、发饭、照顾一些年纪大的人的生活起居，做方舱里的志愿者，跟我们一起把我们的方舱、我们共同的家，打造得越来越完善、越来越有爱。

你们常常对我们说："你们真辛苦，大老远从江苏过来帮助我们，一上班就水也不能喝，厕所也不能上。"其实我们只是换了一座城市做自己的本职工作，而你们才辛苦，生病了还不能有亲友陪伴在旁，甚至还要操心家里的其他人。在这段最难熬的日子里，还不忘叫我们保护好自己。你们才辛苦！

今天你就要出院了，回到隔离点或社区之后，别忘了继续监测体温，勤洗手、勤通风，适当锻炼，增加抵抗力，减少与他人密切接触，分餐饮食，注意保暖，定期复诊。

经此一遭，也算是经过大风大浪了，希望你们日后都能健康无虞，万事胜意！待来年春暖花开之时，欢迎你们来镇江，我们请你们游西津渡，吃锅盖面！来年我们相约再见面！

D 区的小仙女
2020.2

始于 2 月 25 日，以团队名义起草的这封广为派发的感谢信，内容虽然一样，却都是一个字一个字地亲笔抄写，因为"复印就没有诚意了"，每位出院患者人手一份的小礼品袋里都会放进一封这样的信，与之同时，袋内物品包括 1 袋核桃、1 袋红枣和 1 小瓶洗发水——无微不至可见一斑。

张晶晶讲述，那段时间她的休息时间主要用于抄写感谢信，"几十份抄写下来"，仍越来越赶不上 D 区"进入两位数"之后的日出院量，于是，队友们也纷纷加入了抄写队伍。

59　袍泽之谊

烽火遍地、生死相依的湖北前线岁月里，援鄂队员之间、队员与当地医护之间，故事的又一层写满"袍泽之谊"。

"先遣 6 勇士"在武汉市江夏区第一人民医院投入战斗伊始，平生第一次长时间戴护目镜，眼部周围压伤成为很快遇到的问题——长此以往，势必影响战斗力。赵燕燕忽然想起自己在上海进修时，曾学习过以医用敷料贴来缓解压力损伤，灵机一动：此法或可用于眼部保护！于是她立即向老家江大附院请求邮寄材料，"1 月 31 日寄出，我们 2 月 2 日就收到了"。

随后，赵燕燕将敷料贴裁剪成护目镜大小，敷在眼部周围，自己试用一次之后"发现效果很棒"，迅即向大家推广使用。她裁剪了厚厚一摞，"数量足够小伙伴们用上半个月"。

由丹阳市云阳人民医院援派的庄珍和虞海燕，在方舱医院里形成固定搭班。每次入舱前，姐妹俩都相互督查对方的穿戴，严防任何暴露，"这是对队友负责，也是对自己负责"。

中法新城院区 C8 西病区，身为同批镇江队队长兼"江苏三队"护理 D 组的感控责任人，每次进入红区前，大姐般的冯丽萍总是手握胶布卷，先帮组员们踏踏实实地穿戴到位、贴封到位，才再忙自己；而每次出舱，冯丽萍也都必然断后。

宽宽大大的防护服，对身高 1.82 米的大个子李鑫而言，穿着倒是"刚好合身"，但这个时候要想再弯腰套鞋套就费力了，"怕一弯腰把防护服给撑破了"。所以，每次武装，他都需要由战友们帮忙套鞋套，"给大家添了不少麻烦"。

在前线有人"服侍"的李鑫，更在前线喜遇殊缘。到达武汉的第六天，2月7日晚上，李鑫在朋友圈晒出了这份殊缘："我想说：这是我同一大学的师姐，同一老师的学生，在这种时间、这种场合见面了，你还能怀疑缘分这一说吗？"所配一张照片是他与师姐在 C8 西病区里的合影。

实际上，以"江苏三队"拥有整整百名护士的庞大数量而言，"李鑫前线遇师姐"的故事，"缘分"含量就更高：巧合之下，编排的 10 个护理小组中，他俩都在 E 组。无论白昼还是深夜、无论晴天还是雨雪，总在同一班次携手上阵，因而"相处"时间最长。

师姐叫李娟娟，来自扬州市。李鑫讲述，援鄂前他与比自己高两届的李娟娟互相不认识，分设小组后，"我就想看看组员是哪里人"，看到一个扬州的，加上微信，一聊天才知道是同校师姐。

武汉期间，李鑫在朋友圈曾两次晒师姐，第二次晒，已是时隔一个月之后的 4 月 2 日凌晨 2 点 38 分，"肺科医院的第三个班，下班啦！一切安好。与师姐再次并肩战斗……"所配与李娟娟的又一张合影，是在肺科医院 ICU-A 区里。

与李鑫同是由丹阳派出的队员冷惠阳看到这条微信后，留言拿老弟开涮："你姐姐我鼻腔里全是泡，下次申请来接 10 床，让我早点下班。"毫无疑问，无论就实际年龄还是从业资历而言，32 岁的冷惠阳当属 26 岁李鑫的另类"师姐"。

莫说不同城市之间，即便 77 名镇江援鄂队员，由于来自全市太多家医疗机构，他们中相当一部分也是"曾经素不相识、如今结为战友"，从而产生深厚的"革命友谊"。

来自丹徒区人民医院的徐鲜讲述："谁缺什么只要在群里说一声，立即就会有人热心响应。"那天，徐鲜的洗手衣出现破裂，便进群询问谁有多余的，镇江市第一人民医院新区分院的主管护师李维亚，很快给她送过来一套崭新的洗手衣。细心的徐鲜后来发现："李老师平时上班自己穿的洗手衣都是旧的，新的还没舍得穿。"

虽然每个班次都有明确时段，但队友们之间早已养成了互相"提前接班"的习惯。这个习惯对于"隔壁老王"而言，不过是从镇江带到武汉。王笠说，在武汉投入工作后，虽然大家来自不同医院乃至不同城市，彼此尚不认识，但"救援"的信念与使命却是相同的。

纪寸草讲述，一段时间战斗下来，大家都体会到队友在红区里"越到班次最后时刻越难熬"，便互相分忧解难，提前接班已成常态，"有时能提前近一个小时"。

24小时内轮番交接班，由于班次原因，每天都会有一些队员错过一日三餐中的某一餐，错过上一餐，下一餐就会"青黄不接"。刘宁利讲述，每次自己错过饭点归来后，门把手上都很快挂上热乎乎的饭菜，"就像身边有'田螺姑娘'为我们服务一样"。

以下是"江苏三队"镇江队员群里，在不同时间段上有关"代战友领饭"的微信聊天剪辑：

"今天哪些人休息？"

"帮夜班的人拿饭。"

"夜班的人接个龙。"

"梅琼。"

"1. 尹江涛1512。"

"这样接龙吧，需要的登记房号。"

"1. 尹江涛1512；2. 梅琼1522。"

"我给你们拿。挂在门把手上，可以吗？"

"可以！"

"在座的哪位大佬麻烦能带早饭，就我跟刘老师两个早饭。直接放门口不用敲门。谢谢!"

"早饭放在门把手上了!大家开门的时候幅度小一点。"

"我压根起不来。"

"还好我们有陶老师。"

"等你起来再吃吧。"

"好好休息。"

"我起来又倒下去了。"

一天,下夜班回来的朱玮晔躺到床上的时候,"已经后半夜了"。次日一觉醒来,酒店的早餐供应早已收场,"听着肚子的咕咕声",朱玮晔只能迫切向往当天的午餐"会是红烧牛肉还是老坛酸菜"。突然,群里又传来通知:陶华奎已经给大家领好了早点!

"猪猪"和王玉是同批镇江医疗队中年龄"垫底"的几位,她讲述,早在出征时的一路上,"大家就很关心照顾我们,帮我们搬行李"。后来培训学习,也受到大哥哥大姐姐们的耐心指导,红区开战后,更被"家长般"反复叮嘱要保护好自己。虽然之前素不相识,朱玮晔说,在这个团队里自己很快就"找到了家的感觉"。

"我们一起在班车上迎接太阳初升,一起在屋檐下感受寒风凛冽。在这里,我每天跟他们待的时间最长,他们是我最亲密的人。我是组里年纪最小的,资历也是最浅的,他们在工作上给予了我很大的帮助,生活上也很照顾我……"这是王玉归来后工作小结中写的一段内容。

处处受到战友呵护的"大脸小王",后来也用己所长回馈师兄师姐们。转战肺科医院ICU后,因为遇到新的电子系统,护理记录单填写成为一些队员的难题,而这个系统恰好与王玉在扬中市人民医院ICU工作时用的系统一样,所以很快就得心应手。"一直都是同组的老师们帮助我,现在我终于也能帮到他们一回了!"王玉讲述,她就让老师们把信息内容先写在纸上,然后由自己逐一上填,"老师们照顾病人比我更在行、更有经验,案头工作我就多做一点"。

"蒙面"时期,始于素不相识的集结,到后来在前线战斗中成为"默契得如合作多年的老同事",这个过程里,这些"白衣大侠"们彼此之间也大多始终不识真面容。"经过长时间的相处,我记得他们每个人的体型、音色、发型,就是没真正看清过他们的脸。"王玉说,一出房间门就得戴上口罩,入舱前进行武装穿戴时,大家更换口罩的时间"基本上不超过几秒"。

不过,一天晚上,王玉终于如愿以偿地"见到了大家"。由于气温骤降,也旨在减少聚集,当晚王玉所在的护理A组以视频形式召开小组会议,7女2男,9张不戴口罩的面孔同时会合在屏幕上,其中包括梅琼、刘子禹、王玉等3位镇江队员。"这是我们9个人的第一张大合照。"王玉说,她当时逐一仔仔细细地看了每个老师的脸,默默刻在心里,"他们笑起来真好看"。

陈良莹则是直到归来,援黄石的39天时间里,一次也没见过当地战友们的真正面孔。后来5月12日这天,她所援派的黄石矿务局职工医院召开护士节表彰大会,那边护理部主任把一张合影照发到群里,陈良莹端详半天,不由问道:"上面有几个是我认识的?""你大部分都认识啊!"谈起这件事,陈良莹不由乐了,"我一个都对不上号。哈哈哈。"

前述,2月9日方舱队员孙立果出发去往武汉途中,发出一条朋友圈:"同饮长江水的武汉同仁,我们来了,期望能换你们稍事休息,以更健康的体魄,更良好的状态去一起战斗。"相隔数日后,一踏上援助地黄石的丁明,也由衷而呼:"让黄石同仁喘口气吧!"

前线烽火岁月里,援鄂队员与当地医护人员之间结下了深厚战友情。忆起C8西病区里并肩战斗的武汉本地同事,尹江涛甚为感慨:他们其实更加不容易,事先已连续在岗坚守了一个多月没有休息,许多都是刚毕业的"小年轻"——"我们是武汉人,理当冲在一线!"这是他们的战斗誓言。

正值疫情凶猛之时,孙付国在黄石市中医院ICU里上的第三个班,"ICU-4"同组当地护士王安娜当天管的病人较多,到了下班点,手上许多事情还没做完,孙国付便主动留在红区协助她一起完成所剩工作。孙国付讲述,这本是微不足道的事情,而且自己身为组长,"最后一个撤离"也是职责所系,始料不及的是,当晚下班回到驻地后,他就收到了王安娜微信上连夜发来的致谢,由此两人之间有了以下一段对话。

王安娜:"今天好感谢你,真的特别感动。"

孙国付:"不用客气,应该的。"

王安娜:"很感动,真的真的。"

孙国付:"你的感动点也太低了,我们是一个团队。团队协作是很重要的,个人能力再强也比不上一个团队!加油,今后一段时间我们还要相互学习、相互照顾。"

王安娜:"因为我能力不行,所以跟着你们挺好的,一群良师益友,特别棒。"

孙国付:"不要谦虚,你也有你的闪光点!"

王安娜:"没有没有。你工作有多久了啊。"

孙国付:"10年。2010年工作的。"

王安娜:"我的天,怪不得的,能力这么强。"

孙国付:"过奖了。其实来到这边我也学到了不少东西。"

  黄汉鹏他们到达之初,黄石矿务局职工医院为了对江苏医疗队表达感激,多方面给予优待,比如把大换衣间专留给队员们使用,在伙食上也"开小灶"。身为江苏援黄石医疗队临时党总支第十支部书记的黄汉鹏得知情况后,果断谢绝了院方的好意。"疫情当前,不是享受优待的时候,我们是一个战壕,必须和当地队友们打成一片,这样也更有利于开展救治工作。"

  与孙国付同在中医院"ICU-4"组的陈慧丹讲述:"我们与当地护士组成了属于我们的'蛋黄苏',经历无数个日夜的搭班,不仅配合得十分默契,也建立了深厚的感情:胡冬燕老师没有上班穿的靴子,我把发的靴子送给她;王安娜吃够了盒饭,我就把家里带来的零食送给她吃;她们上下班没有班车,我们让司机师傅顺路停停带上她们;她们重症护理经验不足,我们就把重病人全部接下……"

  援派在黄石大冶市人民医院的孙玮讲述:"虽然他们是当地人,但也回不了家,只能住在宾馆里。"当地医护人员的生活用品及食物都是自己买,发现这个情况后,孙玮和队友们就经常把一些水果和零食带到医院里与大家一起分享。

2月22日那天，丁咏霞在实验室加班至深夜，黄石疾控中心的负责人见大家太辛苦，便嘱次日上午迟一点上班。"不过，我还是6点多就自然醒了，可能现在唤醒我们的不是闹钟，而是责任。"丁咏霞日记中写道。上午到了差不多的时间点上，"我们可爱的'生活管家'邓老师就在群里上线了"，以为丁咏霞等人当天应该不会起来吃早饭的她，专门给大家带来了早点。

生活上的悉心照料无时无刻、无处不在。丁咏霞讲述，2月24日那天是"二月二，龙抬头"，一吃完午饭，当地一位同事就拿出从家里带来的"给宠物剃毛的工具"，帮几个男同胞理了下发，条件有限的非常时期，也算是送上一份超越物质的心意。

正是在前线并肩战斗中，丁咏霞亲历并深深体会到当地尤其是基层防控一线疾控人员的工作艰辛。那天午饭后，丁咏霞临时接到一项任务：3点半出发，与同事一起去7个基层卫生机构取样。丁咏霞讲述，各个卫生机构分布都十分偏僻，路程极远。其中有个叫西塞社区卫生服务中心，由于被采样对象住在山上，需要翻越几座山头。经常是有几个不住在一起的对象需要尽快采样，这就意味着工作人员得翻过这座山头采样，下山后又要再爬另一座山头。

湖北战"疫"前线，大量来自五湖四海、肩负共同使命的各省医疗队，无论像"江苏三队"与"山西二队"这样既在中法新城院区C8同一楼层成为"东西友邻"，又是驻地酒店里的"上下铺"，抑或从未在战壕里有过具体交集，但它们之间一样抒写某种袍泽之情。

这天下夜班的王玉，途中"发生了一件特暖心的事"。凌晨时分，风有些大，下着小雨，班车行驶在空荡荡的街道上，"不同于上班时途中的叽叽喳喳，下班后大家都会用沉默表达着自己的疲劳，整个世界静谧得仿佛只有我们一车人"。

这时，一辆大巴"与我们并排行驶"起来，那车上的人很多也穿着洗手衣，"一看就是同行"。突然那边先是有个中年男士，朝王玉他们这边竖起了大拇指，随后一车人都不约而同地扭头过来竖起了大拇指，"仿佛在说：嘿！你们真棒！"受到感染的王玉这边，大家也不约而同地竖起大拇指回礼。王玉在自己的日记中完整记下了这一幕："……我不知道你是谁，但你让我再一次知道：

爱和团结，比病毒更强大。"

孙志伟讲述，3月17日那天下午踏上返程时，在武汉天河国际机场会合了很多撤兵的省医疗队，"山东队一看到我们，就打招呼喊'苏大强'，我们也喊起了'鲁大强'"。去时未晤，走时相逢，"都是战友，心里暖暖的"。

与孙志伟同批去、同批回的季冬梅，休养隔离中的3月21日，转发了一篇"美篇"作品，题为《纪念那段战友情》。转发时，季冬梅契合作品主题，简洁文案仅三个字加一个标点符号："为纪念！"

作品的主人"婷雨逍遥"，实名桑蕊，是由无锡市第二人民医院派出的援鄂队员。江夏区第一人民医院里，桑蕊与孙志伟、季冬梅、张艳红同在"江苏省援鄂医疗一队第一组"。

《纪念那段战友情》是一个4分26秒长，全由图片集辑而成的组合视频，以一曲《成都》作为背景音乐，视频分为"我们住的酒店""我们支援的医院""我们的战友"共三个板块。"我们的战友"中，共20名"第一组"组员全部轮番出场：50秒处是孙志伟；紧接着是张艳红，此处所用数张照片之一，即为本书第八章、第48小节《出院！出院！》中提及，那张3月8日晨张艳红与徐州队员伏蜜蜜的举牌合影；2分钟处是季冬梅；2分32秒处，是"无锡二院桑蕊"本人。整个视频作品的结语是："归来仍是朋友，期待下一次的相聚。"

60 硬核"支前"

张菲菲从前线归来后的工作小结中，有一段内容连着用了7个"谢谢"，其中之一就是"谢谢酒店的工作人员"："在每日三餐送到之时，他们都会在微信群里亲切地喊道：'家人们，开饭啦。'在寒冷的冬日里，为我们煮上一杯热热的奶茶；每当队员们有快递寄到时，会细心地帮我们签收，妥善保管；当班车到来时，会在群里提醒队员们及时上车；每天凌晨3点半左右，值班工作人员总会问一句：'伙伴们都到家了吗？'在确保我们当天最后一班医护人员回到酒店才关门休息……"

"酒店方面怕我们吃不饱，大堂前台一直摆放着泡面、零食、酸奶，无限量供应。"袁晨琳回忆这样的周到细致。

一篇相关报道显示：张菲菲和袁晨琳所战斗的武汉体育中心方舱医院，"每天需供餐 8000 份。"针对来自不同地域的口味差异，为保障每名患者和医护人员按时吃上放心、舒心的热腾腾食物，方舱后勤保障组成立了工作专班，主动收集信息，尽可能满足多元需求。

前述李维亚在黄石大冶一共就写了 5 篇日记，2 月 23 日的"日记 3"中她写道："因为不能堂食，我们每次都要戴上口罩去食堂将饭菜打回宿舍进食。我穿上外出服，正准备出门，打开房门，发现门上挂着一个小贺卡，打开贺卡，还是手写的，满满两面……"

> 尊敬的江苏援冶医疗队各位白衣战士：
>
> 你们好！
>
> 我们是大冶市铜草花志愿服务队，欢迎你们来到青铜故里——大冶。与你们伟大的选择相比，此时，我们任何的话语都显得平凡而又普通，但尽管如此，我们依然想说，冬，是世界的冬；安，是你们给的安。有你们的守护，真好！
>
> 你们守护我们平安，而我们能做的就是竭尽所能为你们提供更好的服务，只要你们生活中有任何需要，志愿队 24 小时为您守护。联系人：×××，电话：××××××××。

李维亚讲述，因为不允许开中央空调，房间里也没有晾晒的地方，大家下班后需要清洗的洗手衣无法及时干燥，而又要等着穿，通过渠道反映上去后，"一个多小时"，每个队员的房间门口就送来一只油汀。

如同武汉方舱队员们所住酒店工作人员把队员们称为"家人"，与李维亚同在大冶的冷牧薇，一边把镇江称为"老家"，一边则把大冶称为"新家"。冷牧薇回忆，那阵子几乎每天都"开门有喜"；阳韬 2 月 25 日的日记中写道："晚上回来又有小惊喜，后勤给我们分发了鸭脖子，越吃越有味道。"而孙玮感慨："源源不断地送过来，都快把我们宠坏了！"

第十章 此情如江水长流

因为驻地酒店离上班医院正常只有15分钟左右的步行路程，所以"先遣6勇士"所在的"江苏一队"队员们，上下班是不需要班车接送。赵燕燕讲述，途中常有素不相识的市民停下来，向"一看就知道是医护人员"的他们挥手致敬。有一次，一辆面包车在他们身边缓缓停住，疑惑之际，"司机下来就问我们要不要送"。原来，这是一名服务志愿者。

纪寸草、谢念叶、虞海燕那天临时接到加班通知，通勤车出发时，司机因不知道人数增加，把她们三人给"撂下了"。尴尬之际，另一位素不相识、正准备下班的工作司机得知情况后，用自己的私家车开了近一小时把她们送达，临别还主动留下自己的电话号码，以供队员们不备之需。

"他们不惧风险冲在一线，运送物资、参与消杀甚至帮助患者清理各种垃圾。"巫章娟讲述，一天晚上她下班回到酒店时，碰到一名正在忙碌着的志愿者，小聊儿句方知，他一整天下来竟然还没顾上吃一顿饭。

下班回到驻地的张古方，经常在酒店门口站上一会儿，寻找那些"让我敬重而泪目"的街头战"疫"者、那些风雨无阻地支援"疫"线的志愿者们。因为始终身处危险地带，很多志愿者出于对家人安全的考虑，长时间不回家，车厢成为他们临时的栖息地。张古方把这些志愿者称为"我们的护航员"，称"他们也是逆行者"。

在武汉市蔡甸区参与社区防控的栾立敏，主要任务就是奔波于面广量大的基层各点，从而更充分见证了抗疫志愿者这个群体的辛劳与顽强，物资配送、卡口值守、测温排查……许多滞留在武汉的年轻人就地转变为社区服务志愿者，"一些'95后'的小姑娘，看上去柔柔弱弱，手上拎的菜、米、油可不算轻，一趟一趟地跑。"

前述张菲菲的7个"谢谢"中，有一个就是"谢谢司机师傅们不分昼夜准点接送我们往返"。负责接送方舱队员的通勤车，是武汉市202路公交车，队员们都亲切地简称为"202"。

同是"方舱姑娘"的陈雁翎讲述，这些"202"师傅们每天起早贪黑，"当我们还在睡梦中的时候，他们已经在驻地门口等候着；当我们深夜回到驻地吃上热腾腾的饭菜时，他们还在路上继续奔波。"

感言"大冶人民把最好的都给了我们"的肖花，也讲述了援鄂队员与班车司机之间的一个小故事：那天夜里，肖花等队员下班返回驻地途中，有人不经意地嘀咕了一声"好想来杯奶茶啊"，顿时引起众人共鸣，"因为刚刚出舱，大量脱水让很多人都感到口渴"。

司机听到后，主动接过话茬："我先把你们送到酒店吧，再去街上转转看哪里还有店开着，买到后我就放在你们酒店前台。"师傅的一番话顿时把队员们"吓"了一跳，肖花回忆，大家赶紧合力解释"千万千万不要去，我们就是说着玩玩的"，师傅还在坚持要买："你们帮了我们这么大忙，跟你们比，我做这点事算什么。"虽然后来总算成功劝止，但"这份心意真的太珍贵了"。

因为心疼这些"名副其实24小时在线"的班车司机们，张古方经常"将房间里的泡面和面包整理起来"，带出去送给超负荷劳作的他们，"愿他们百忙之中能多补充些能量"；而与"202"司机间也建立起深厚"战友情"的汤倩，盘算着如果自己的防护物资一段时间内有所富余，就会打包转送给师傅们。

黄石那边疾控中心的丁咏霞，一天领到的任务是"和战友小华华下乡运送标本"。丁咏霞日记中写道："上午跑了6个医院，来去5个多小时，中午1点多才回到单位吃午饭。"稍事休息，又得再出发去剩下的另两家医院拿样，但这时，丁咏霞发现"司机大哥已经在车椅上睡着了"。"不忍心打扰"的丁咏霞，一想到战友们还在等着这些样本进实验室，"只能狠狠心把他叫醒"。

3月7日是武汉体育中心方舱医院休舱的前一天，陈雁翎上完援鄂期间的"最后一个大夜班、最后一个夜班、最后一个班"，出舱时实际上已是3月8日的凌晨2点。她刚走近停候在那里的"202"，当班司机就拿出一件防护服请她签名，上面已经签了不少名，除了江苏，还有黑龙江的队员——而武汉体育中心方舱里并无该省队员。陈雁翎讲述，司机告诉自己接完她们之后还要再赶别的场地接队员，"他们一夜都在忙碌"。

这是陈雁翎"平生第一次给别人签名"，并且还当场获得了"回礼"：司机送给她一套武汉风景名胜明信片，以及一封手书感谢信。

致敬白衣天使：

　　谢谢你们，始终战斗在疫情第一线；

　　谢谢你们，不辞劳苦救助一个又一个患者；

　　谢谢你们，用生命守护着整座城市；

　　感谢你们，武汉的春天因你们而温暖！

　　望：一切安好！

　　节日快乐！

3.8

寥寥数语、"有情不在长"的这封手书感谢信，落款并不是司机个人签名，而是盖着"武汉市公交集团经开公司沌阳分公司"的鲜红印章，代表着来自整整一家单位的祝福。从信的内容看，这个时候无论公交公司还是当班的"202"司机，"应该并不知道我们第二天就休舱"，只是赶在一个特定节日的时点。

相隔3小时后，人在酒店、"通宵未眠"的陈雁翎，于当天清晨5点在朋友圈率先晒出自己的节日礼物，配文："叮咚！来自班车师傅们的心意已查收。"

硬核"支前"的力量，点点滴滴、方方面面。

孙志伟讲述，武汉江夏区第一人民医院里，一位患者是当地养鱼的农民，出院时，"获得第二次生命"的他，决定把自家鱼塘里大约5万斤鱼全部捐给当地疫情防控后勤保障部门。

"今天一上班，我接到的任务是到当地一养殖户家给家禽采样。"丁咏霞日记中记录，驱车一个半小时到达目的地。听主人介绍，他家养了绿头鸭、七彩锦鸡、草鱼，还有小龙虾。因为疫情，"今年的生意很受影响"，不过让主人很欣慰的是，凡买了自己家禽的客户，"一个个都打电话过去问了，没有一例感染新冠肺炎。"采完样临别前，淳朴的养殖户一定要让丁咏霞他们带条鱼走，被婉拒后，"他就邀请我们等疫情结束了，去他家吃小龙虾。"

包括镇江的12人在内，江苏援黄石医疗队共有68名队员派赴在黄石大冶，另有钟南山院士团队的14名广东队员也在大冶。时过境迁的6月上旬，两省队员们都意外地收到来自大冶的一份贴有"加急件"的特别快递：寄的是当地有名的狗血桃。

寄快递的是大冶市金湖街办私人农场主石勇。据《楚天都市报》报道：自当月6日开始，石勇便开始在朋友圈中招募志愿者，帮忙采摘了1200斤鲜桃，快递发往江苏、广东，仅快递邮费就花了2000余元。既是表达对远方"撤兵之后不撤情"的感恩之心，也是请大家分享自己的丰收喜悦。

石勇的儿子在政府部门上班，疫情防控期间在大冶市金牛镇参与做围挡，"三天两夜就做了8000米长"。很想为抗疫也出点力的石勇，几经周折，托朋友从浙江采购了4000多双医用手套，送给金湖卫生院及附近的乡村值守卡点。

报道中讲述，疫情形势严峻的2月底，曾有人上门欲花高价购买石勇家果园里散养的土鸡，因为"专家说多喝鸡汤能提高免疫力"，尽管"还欠着银行60多万贷款"，生意面前主人却不为所动，因为这些土鸡的用途他早早就已有了打算。由于疫情期间招不到人，3月1日这天半夜里，石勇将全家人统统喊醒，将舍不得卖的40只土鸡全部宰杀，清理干净后送到了江苏援大冶医疗队下榻的酒店，供队员们补充营养。

前述总共只带了5只N95口罩就开赴前线的冷惠阳，当时内心极度不安，后经表哥辗转努力，一位武汉"朋友的朋友"毅然表示"你们为武汉付出了，我们也要付出"，从自己备存的N95中拿出了2盒。"那个时候，这就是无价之宝，一只N95可能就相当于一条命。"冷惠阳充满感激地回忆。

但是，彼时封城才十余天，偌大武汉城里，小小的2盒口罩要想真正送达医疗队驻地冷惠阳手中，实非易事。冷惠阳后来才得知，由于区域性交通管控，表哥的"朋友的朋友"是3人共同接力，才总算完成了口罩传递，"一个人只能开车到这里，然后另一个人再从这一段开到那一段……"

第十一章 另一种"出发"

61 桃树作证

前线战斗期间,黄石大冶"清零"之后,阳韬等江苏医疗队员们略做休整,便转而投入到"送医下乡"活动。此间,那天在大冶市保安镇沼山村的山地上,队员们亲手种下了一棵棵"属于自己的桃树"。

植绿年年,今不寻常。蒋亚根说,这是友谊之树,"见证了我们与大冶人民携手奋进的难忘时光";徐鲜说,待到来年春天,盛开的桃花将会"照亮大冶的心愿,也成就我们的心愿"。

十里相送,是无法丈量的深情厚谊;挥手之间,是听得见的难以言表。援鄂终有句号,而这份患难之交的殊缘将恒久长在:从此,我们致敬并思念;从此,江的两头我们互有亲密的人:武汉人、黄石人、镇江人。相遇可能不曾相识,但我们"相认"。

4月12日归来当天,下午5点24分——此时的王玉已经在扬中入驻休养隔离地,她以一条朋友圈回味自己数小时前的武汉之别:"果然,最难是别离。上飞机时满心雀跃,我要回来了;下飞机时无语凝噎,我可能很难见到你了。我会永远想念风雨同舟的你们。再见了武汉,再见了战友们,再见了我曾热血过的时光!"

同是最后一批归来的"文豪"李鑫,也在丹阳那边开启休养隔离模式的第一天夜里,发朋友圈"告别昨天":"如果一别就是一生,从此再没有了重逢,那离别就是为了把最美的你留在心底。离别的意义在于告诫我们珍惜每一刻的拥有。我不遗憾还有很多事没做，我珍惜我曾经做过的一切。我将踏入新的征程，和过去两个多月告别了。"

正是在休养隔离期间，利用这一难得的长时间清静，李鑫后来写下一篇长达1700余字的心灵感悟，系统性回顾自己个人的这场"战'疫'史"。以下为摘录。

武汉疫情，心里想本不与我有牵连，直到2月1日晚上收到通知，还未来得及容我做出任何反应，2月2日凌晨又是一则通知，更是始料未及，可见武汉疫情的严重性绝不亚于一场战争，去也匆匆。

任何事情，时间长了就会淡忘，想写点什么纪念一下，虽说有纪念证书这些，这只是片面的，只有心之所想，才能完整记录我与武汉的点点滴滴，但谁又能清清楚楚记得那些日子每天是怎么过来的呢。

……

收到通知12号撤离，也是始料未及，不是多么兴奋，恰恰相反，有点惆怅，就这样回家了吗？这种情感就好像感冒前会咽痛鼻塞。这一刻总会到来，真希望时间过慢一点，但时不我待。

12号早上举行了欢送仪式，大家合影留念，能签上名字的东西都签上了，衣服、口罩都贴上了五星红旗，这一刻我们结束了生死与共的71天，宣告战斗结束了，坐上了大巴，特地选择靠窗的位置，再看一眼这个我待了71天的地方。我看到了，也听到了，百姓举着国旗招手，一句再见，无需多言，已然足够。眼泪再也忍不住了，也不想再忍了。

借用朱时茂评价与陈佩斯两人之间友谊的一句话，"从来都不会想起，但永远也不会忘记"，但我却是既会想起，更不会忘记。

这一段记忆，弥足珍贵，是一生宝贵的财富。祝福武汉人民，祝福伟大的祖国。

据《人民日报》报道：4.2万余名驰援湖北的医护人员中，有1.2万多名是"90后"，其中相当一部分是"95后"甚至"00后"。镇江77名援鄂医疗队员中，"90后"也占了近1/3。

大多数人的一生，应难得有几次乃至就不会有这样的非凡经历，而"小年纪、大场面"，成为这个群体自己送给自己的不同凡响的青春礼物。

77名镇江援鄂医疗队员中年龄最小的汤倩，是唯一"97后"，她感言："疫情面前不分性别、不分长幼，穿上防护服，我就是一名战士，我愿为人民而战，为国家而战。"

2020年是"96后"朱玮晔的本命年，她说："成长是一笔交易，我们都是用朴素的童真与未经人事的洁白交换长大的勇气。Twenty-four（24岁）本命年，社会变幻不定，三观受到碰撞，过客来来往往。愿做自己，一直开心。"

只比朱玮晔大4个月份的另一位"96后"凌蓉说："基辛格说过这样一句话：中国人总是被他们最勇敢的人保护得很好。很荣幸这一次我也成为最勇敢的人中的一位！"

镇江派出了他们，他们为镇江赢得荣光；战斗考验了他们，他们赢得了战斗。跨过4个月份，从雪天到花开，这段浸透寻常时光、感知寻常冷暖的援鄂经历，却在每个队员的心中沉淀出非比寻常的独特分量。

莫泊桑的小说《一生》中一段流传甚广的文字，因时因势、恰到好处地成为"女汉子"梅琼前线归来之时的感言："生活不可能像你想象得那么好，但也不会像你想象得那么糟。我觉得人的脆弱和坚强都超乎自己的想象。有时，我可能脆弱得一句话就泪流满面，有时，也发现自己咬着牙走了很长的路。"

刘竞在个人小结中写道："这38天时间，既短暂也漫长，毕生难忘，不虚此行。对我而言，无论是党性，还是职业操守，都经受了一次前所未有的洗礼。"

丁明说，人生需要一些回忆，所以，"我们需要去做一些有意义、值得去做的事"；丁咏霞表示："我从来没有像今天这样，为我是一名疾控人而感到无比骄傲！"

"苟利国家生死以，岂因祸福避趋之。"秦娇说，以前她只在书上读到过这句话，而现在"我用实际行动践行了这句话"。张美玲说，"苔花如米小，也学牡丹开"，自己就是这样一朵小小的苔花。和张美玲一样，冷惠阳对自己的人生角色也有相关比拟："把那段宝贵的武汉旅程藏在心底，再前行，再追梦，再做萤火虫！"

所有支援黄石的医疗队员们，不仅均被授予"黄石市荣誉市民"，还收到"感恩大礼包"：队员们终身免费游览全市所有景区，每名队员每年可免费入住宾馆2次，每次入住时间1周以内。来黄石游玩，每名队员每次可携亲属3人。

其实，毕竟路隔千里，就算"亲戚之间"走动再频繁，想必队员们今生也不会太多次前去打扰，甚至即便去了，也不一定会主动"报功"，但这份坚如磐石的承诺载入史册，这份刻在心坎的敬重永远都在。

包括镇江"先遣6勇士"在内，战斗在武汉市江夏区第一人民医院的"江苏一队"，队员们也均被授予"江夏区荣誉市民"。那天，孙志伟把5岁女儿捧着老爸"荣誉市民"奖杯的照片晒到朋友圈，称"朵朵（女儿名）神采奕奕！"有朋友立马跟帖赞朵朵"傲娇"，孙志伟回复："是的，比我还激动。"

而袁晨琳的母亲，为表达自己以女儿为荣，自打袁晨琳从前线回来后，就选用了女儿的一张照片，塑封后扣到自己的钥匙圈上——当然，选的是女儿过去长发时候的美照。其时归来不久的袁晨琳，戴着口罩在公共场所，尚处在动辄被人喊"小伙子"的尴尬阶段，她虽自我解嘲"就当我爸又多了一个儿子"，毕竟心有所盼："给我两个月，让我恢复从前的样子。"

身为医务工作者，尽管每天都在与人间疾苦打交道，但这一段空前经历让袁晨琳"重新认识了生命的本质"，也重新思考了生命的意义。人还在武汉前线时，她就在中国人体器官捐献管理中心的官网上报名加入了器官捐献志愿者队伍，回来后收到了确认登记卡，编号为W32111120010458。

62 生活又"晴朗"起来

当灾难渐渐化于无形，生活的本真面目亦渐渐得以重塑。

"民以食为天。"各种馆子里的日常小聚，成为"疫后的天，是晴朗的天"之典型写照。汤倩是个地地道道的"火锅迷"，她认为这是生活"最具烟火气的感觉"，妹妹考上满意的一本大学后，火锅涮起来自然就更味美了。

延时整一个月的2020年高考，于7月7日开考。当天早上9点，陈雁翎发出一条朋友圈"高考，祝你！"其实，"你"是虚指，26岁的陈雁翎这一年并没有家人及亲戚参加高考,只是"随便发了一个",顺带着"怀念当年的自己"。

以朋友圈的发布轨迹看,"重返生活"后的陈雁翎,伙食显然也不错,各式餐饮店里的常客,每每被问起"小胖子在不在",十有八九的回答是"他就在旁边"。"小胖子"便是前述陈雁翎休养隔离期间,用晃动电筒光的浪漫方式前去约会的男友小李。

不过,老是吃吃喝喝,让本来有着"某种计划"的陈雁翎,不免"忧从中来"。那天,她又用几幅佳肴图发出一条朋友圈,文案是"减肥女孩在线打脸"。她的方舱队长刘竞跟帖:"增之一分则太肥,减之一分则太瘦。"顿时赢得了主人的欢喜,"我就喜欢这样会说话的大叔"。继刘宁利首喊之后,"大叔"后来已成为前线姑娘们对刘竞的普称。

前线归来后,体重状况也逐渐成为王玉自我关注的一大焦点。继"大脸小王""农民小王"之后,王玉很快又冒出一个新的自称"王汉三":"嘿嘿,我'王汉三'又回来了!"

"王汉山"就是把电影里那个体态胖硕的胡汉山改了个姓。根据详细描述,两个多月时间跨度里,王玉的体重经历了几起几落:刚到武汉时52公斤,战斗一段时间下来"瘦了点";适应工作状况之后"又恢复了";但是,转战肺科医院10天,因压力比较大就又落至48公斤;归来"养猪"期间,"每天都有人投食,我也不知道咋回事,隔离一结束就54公斤了"——也就是说,正负抵消后她比出发时净增了2公斤。不过,"开心果"王玉对此总能说服自己:"只要我把脸吃得够圆,就没人会把我看扁。"这是她在朋友圈的公开宣言。

于此补叙。前述王玉"养猪"期间当起"农民小王",养了一只鸭宝宝,其时不可能不用心喂着,因为14天时间里只有这只鸭宝宝能够零距离陪着她。后来,休养隔离一结束,王玉就把"已经长大了不少"的这只鸭子送到了乡下外婆家,"我外婆家里养了一群"。曾经孤单的小鸭子,这时某种意义上也是回归自己的真正生活。

早在携鸭宝宝共同"养猪"的第四天,王玉发出一条朋友圈,透露自己的一个小心愿"想穿小裙子,想做可爱的小指甲"。所配6张图都是往年存量图:3张为自己夏日穿短裙所拍、1张为曾经做过的指甲。

脱我战时袍，穿我旧时裳。后来结束休养隔离的第三天夜里10点多钟，王玉终于在朋友圈秀出了自己的最新裙装照，以及刚出炉的美甲作品，"扶我起来，我还想吃"，直到此时她似乎仍惦记着想"把脸吃得够圆"这件事。梅琼跟帖"以后，一姐的位置就交给你了"，王玉没有"吱声"，意味深长。此处"一姐"当是指组长——整个前线战斗期间，王玉与梅琼都同在"护理A组"，梅琼为组长。

呼朋唤友、三五小聚之外，是更具战友意义的"部队再集合"。生活回归常态后，仅王玉、梅琼所在"江苏三队"的镇江同批17名队员，就以郊游方式先后全员重聚过数次，很多队员把孩子也带上。

"重新看到你们真好！"5月5日是这支队伍的第一次重聚，其间，王玉"发现一枚小可爱"——她抢拍下梅琼3岁女儿打哈欠的一张照片，并作为3张配图之一发到朋友圈。戚文洁倒是称这张小可爱的"哈欠照"为表情包，而凌蓉却仗义执言，指责王玉"你能不能放过她"。原来，整个游玩过程中，"大孩子"王玉没少拿梅琼家的"小可爱"寻开心。

面对"蓉妹妹"的指责，王玉我行我素。相隔两个月后的7月6日又一次聚会中——这次，包括梅琼在内并没人带孩子参加，可王玉在朋友圈打卡的时候，冷不丁又把小可爱的那张"哈欠旧照"给翻了出来，重新晒了一次。队长冯丽萍也忍不住跟帖附议"又黑梅琼女儿"。冯丽萍这一点名，才让尹江涛得知"是梅琼女儿啊，我以为是网红"。不过，从尹江涛这句话所配表情来看，与梅琼同事的他似乎是在顺势"演戏"。

事实上，7月6日的这一次聚会并不仅仅是镇江的17名队员，其主要议题是回请越江而来的"江苏三队"泰州籍队友们，因为5月5日与7月6日之间的6月22日，镇江队员们已经北上泰州做客，举办了首次"双城聚"。这让不同批次的队员赵燕燕，在冷惠阳的打卡上跟帖羡慕"好棒的聚会"。

对队员中年轻的爸爸妈妈而言，与孩子重新相依相拥，无疑是他们日常最美生活的重要构成。朋友圈为孩子参加活动的各种"集赞"，从此层出不穷。冷惠阳一次现场参加了女儿在幼儿园的歌舞表演活动后，发视频配文："我陪你长大，你陪我变老。"

第十一章 另一种"出发"

"六一"前夕，赵燕燕以九宫格晒出儿子虎仔"2016、2017、2018、2019、2020年，每年都在成长"。成长到当年夏天时，4岁虎仔在母亲兼教练的见证下，终于学会了游泳，并于8月30日这天"第一次没有下水陪伴，表现还不错哦"。

随后的秋天，成为赵燕燕夫妇陪儿子无数次出游的高峰期，直至"狠狠抓住秋天的尾巴"。其中一次举家秋游是安排在中午时间，因为"虎爸体谅我下午要上班"。那段烂漫的秋日时光里，赵燕燕拍了无数儿子开怀朗笑的照片，她称之为"治愈系笑容"。

戚文洁儿子当年的"六一"礼物，是辆"豪车"："丁丁默默喜提豪车一辆，感谢小孩舅舅、舅妈的六一礼物，丁丁默默忒开心。"丁丁与默默是姨表兄弟，同一天收到来自舅舅、舅妈公平公正的礼物，两辆"豪华"自行车一模一样。丁丁这时候正好30个月大，一次母子"外出乐和乐和"中，戚文洁在朋友圈讲述，"儿子居然怕这些（玩具）假虫"。

包华成在前线时，13个月大的女儿除了无意识地冒几句谐音，尚不会正式喊"爸爸"，而时间终于把这个世上最美的称呼之一送给了包华成，父女的爱意互动从此可以倾听；武汉战斗期间，母子"近在眼前"却不能相见的巫章娟，7月3日重回武汉，与9岁的儿子实现重逢——这是这对母子历时最长的一次分离。曾经百般牵挂的滋味纵然苦涩，但一切毕竟已经过去。

与汤倩家收获录取一本大学的喜讯相似，姜燕萍的女儿当年"小升初"，如愿进入一所向往已久的初中名校。姜燕萍在朋友圈"恭喜萌主小学毕业"，并寄语女儿："未来你的成长过程就是在不断解答两道选择题：一个叫分主次；一个叫辨是非。"这个时候姜燕萍的女儿不仅会做蛋挞，"现在连榴莲酥都会做了"。

"方舱姑娘"姜燕萍本人2020年最大的收获之一，便是"7月1日，第一次以党员身份过节日"，她是3月9日人在武汉战地时入的党。而与姜燕萍来自镇江同一家医院，"江苏三队"的陶华奎，也是2月19日在武汉"火线入党"。

在"东北那旮瘩"土生土长的陈慧丹，心灵手巧得不免令人称奇，她酷爱手工，在朋友圈晒过无数作品，其中相当一部分是与8岁女儿的合作，被誉为"有才母女二人组"。从前线归来不久，这天，陈慧丹"两个多月没陪你（女儿）

做手工了，弥补一下"，作品是个魔术折叠。了知她在黄石曾赢得"Tony 老师"之称的朋友跟帖："你的下一堂手工课应是理发。"陈慧丹回道："哈哈哈，已经在她（女儿）头上实践过了。"

除了手工，"有才母女"还是器乐迷。"六一"前夕，陈慧丹在朋友圈晒出一曲母女合奏的视频：她弹吉他，女儿拉二胡。陈慧丹请大家"猜歌名"——对于熟悉这支名曲的人而言，甚至不需要听完 10 秒就能听出来了：《我在马路边捡到一分钱》。历史悠久而永远童真满满。很显然，这次特定时间特定作品的二人组合，陈慧丹主要是给女儿当配角。

亲人在一起的生活，不经意间点点滴滴都是幸福。4 月 15 日下午，纪寸草正在家里"一边带娃"一边写自己的个人援鄂小结，可是写到一半的时候忽然"听见了呼噜声"，转头一看，原来是女儿自己在沙发上睡着了，"我家娃真乖，我做事的时候她基本都不打扰我"。女儿当时才 2 岁出头，5 天之后，下班回到家的纪寸草再次收获惊喜，"发现姑娘会用筷子吃饭了"。"哇。"当妈的发出如此激动感慨。

"父女同心，其利断金"。前述，纪寸草的父母在苏北涟水县，父亲是当地医院的呼吸科主任，也参与了疫情防控阻击战，父女以"战友"相称。时隔数月，"战友"疫后第一次从老家来镇江探亲，纪寸草以一道"爸爸最爱吃的红烧肉"相迎。

4 月 28 日的晚上，张菲菲即时在朋友圈发布一条现拍的小视频："和老张难得的散步。"父女悠然缓步，共享华灯初上的美好时光。

母亲节是 5 月 9 日，当天深夜——实际上已是次日凌晨零时 26 分，袁晨琳在朋友圈"祝天天唠叨我的老妈：母亲节快乐！"所配 3 张图片中的一张，为母亲年轻时扎着羊角辫的一张美人照。面对年龄已经"老大不小"、尚待字闺中的女儿，母亲再怎么"唠叨"似不为过。

与 2020 年春节相隔 8 个多月之后的国庆长假里，肖花妹妹一家再次由武汉出发，踏上轻松舒心的回家之途——目的地还是镇江丹徒高资娘家。"劫"后重逢，亲人喜泣。10 月 1 日，妹妹一家三口抵达当天晚上，也是难得发朋友圈的肖花，打卡自己这一刻："老阿姨内心有点小激动。"

于常年在外、难得回家一趟的肖花妹妹而言,此行了却的最大心愿,莫过于对父母补上了一年一度的迟到的"春节陪伴"。而前述1月23日那天早上,"狠心"将回来过年的小女儿赶回武汉的老父亲,在这个国庆节里过得别有滋味。

从黄石归来的刘宇,除了自己与亲人重聚,更时刻关注和挂念着老同学明方钊后来终于也由武汉回到黄石大冶与家人团聚。明方钊的父亲在劲酒集团工作,劲酒集团就在大冶。刘宇讲述,后来每次喝这种酒,他都会不由想起自己在黄石度过的日子;想起"老同学、新战友";想起那次他去给明方钊家送防护用品时远远目睹的那个"疲惫的老人背影"。

对大多数"90后"年轻人而言,生活重又"晴朗"起来,意味着生活又可以"疯"起来——如果有人怜爱地"骂"她们"疯丫头",这一定是最独特的赞许、是最期望看到的生活的本来。

汤倩网球、健身、游游、唱歌,样样都是一把好手;而袁晨琳一段时间里也是频频在朋友圈与人约球、约泳,这个想做"这条街上最靓的仔"的短发丫头,骑着自行车东逛西逛,还调皮地征询:"有小姑娘想坐在我的后座吗?"一天夜行途中,实在感到无聊的袁晨琳,甚至"和自己的影子玩了半小时"。

不过,悠悠岁月中,他们当然更有"文艺和雅致"的一面:"乐迷"陈雁翎,疫情过后始终盯着喜欢的乐队的演出信息;坐在池塘边垂钓的李鑫,"半天没有渔获",也是一种放松;虞海燕那天发出一条足以让人洗心的朋友圈:"夏天的知了在叫,夏天的葡萄好甜。"

下乡游玩中的朱玮晔,则引诗喻境"采菊东篱下,悠然见南山"。小"猪猪"后来还"收获了一只小可爱"——一条白色泰迪犬,应是刚与主人走散,当时还怀着娃,"竟然一路跟着我们回家,就收养了"。王玉在朋友圈看到后立马嚷着"我也要收获一只小可爱",朱玮晔安抚:"等它生了,给你一只。"

滞留湖北荆州66天的黄梦立夫妇都是律师,那段时间积压了一批在手案件,归来后,小两口很快都忙得脚不沾地。而援鄂队员们经过一段时间休整,也都陆续归岗,重新穿起白大褂。

5月20日这天,扬中市人民医院十病区41床患者奚先生,忽然向病区提出一个请求:他的"520"心愿是想当面给这家医院的援鄂医疗队员敬个礼。

经通知，当天在岗的王玉、桑宁、朱玮晔，三人结伴来到奚先生的病床边，遂其愿，并合影留念。

回归工作生活常态的王玉，自己也有个规划已久的年度心愿，不过，这个心愿的圆梦之途却是几多坎坷。

8月21日早上8点09分，王玉冷不丁发布一条朋友圈："这座城多了个伤心人。"语焉不详，顿时引起众人关切，队长冯丽萍赶紧追问："什么情况？"原来，当天王玉驾考"科目二挂了"。虚惊一场后，尹江涛就势拿"大脸小王"开涮起来："又少了个马路杀手。"被王玉斥责"你可别说话了"。倒是组长梅琼安慰有方："找个会开车的男朋友，什么都解决了。"

生活去往远方，最喜莫过良缘。词中以"自斟清酒饮""君莫辞金盏酒"等内容多次写到酒的李鑫，71天前线期间并没喝过一顿酒，而10月1日自己的大喜之日，他与新娘举杯同邀请亲朋好友开怀畅饮；张弘韬、谢念叶、殷慧慧、虞海燕、伏竟松、杜萌等人的婚礼，也都在2020年里相继举办。

数次更改婚期的张晶晶，是队员中唯一没能在预定年度里完婚的。疫情来袭之前，首次定下的婚期是当年4月18日，援鄂之后更为11月20日，可是援鄂归来的张晶晶，很快又接到了援陕指令，于7月6日去往镇江对口支援的陕西渭南，为期半年，归来已跨入新的一年。

"他也有了新的任务，现在都太忙，暂不考虑婚礼的事。"至本书截稿的2021年1月，张晶晶与小柏的最新婚期仍未敲定。不过，此前小柏从亚丁湾归来后的短暂相聚里，小两口先把美丽的婚纱照拍了——某种程度上已经分别体验了"新郎""新娘"的小感觉。

63 一张不再报销的车票及其他

泛意义上的历史，是无法被切割的连贯，它包罗万象，大部分融于我们不经意的生活"基态"，并可以被忽略。

然而，总会在某个节点或某个时段，不以人的意志为转移，历史因某种特定的重大而留下迥异于寻常的深刻记忆。这个时候，"这段"历史，便具有了可以被"放大"考量、被落笔入册的标本意义及主题意义。如同长江流淌到下游，它还叫长江，它也叫"扬子江"。

"战疫"，注定成为2020年一场集体的"国民记忆"；"援鄂"，已经成为这一年人们最耳熟、最激昂、最亲切的热词之一；而"最美逆行"，在这一年也被赋予了更深厚、更具人文情怀的内涵。

结束，是又一种"开始"；归来，是另一种"出发"。4月8日武汉"重启"那天，当晚《新闻1+1》节目，白岩松在开场语中说道："我们一起从今天走向未来，保持冷静，继续前行。"

前线归来的秦宜梅，"走向未来"的具象落实是又开始"走在万古一人路上"，这是她每天上下班的必由之路。8月15日上午，"秦怼怼"发出一条朋友圈："万古一人路的日子。晴。"所拍马路境况正是烈日当空照，陈慧丹就跟了一个字"晒"。

无论晒人的"酷暑"，还是刺人的"严寒"，年复一年，都是我们回避不了、也是我们必须拥有的生活构成。

9月1日上午11点44分，秦宜梅又发出一条朋友圈，纪念自己"一个可遇不可求时间点"，配图内容显示，始于"2014年8月1日9点"，"秦怼怼参加工作已经2222天22时22分22秒。"陈慧丹不由惊讶："怎么掐的点？"秦宜梅爽快揭秘："有个APP，时间规划局。"其实，这个"可遇不可求时间点"并不对应所发微信的当时，"我7点22分就发出了，也不晓得为啥才显示出来"。

"继续前行"的未来岁月里，秦宜梅独自去了一趟连云港游玩，"酷girl（女孩）冒暴雨登花果山"；而镇江市总工会则于8月份安排援鄂医疗队员们集体去江西庐山做了短暂休养。

可游玩的地方很多，但凌蓉计划中最想带妈妈去的，是武汉，她想让妈妈"看看自己和大家共同奋战过的地方"；感念"大冶风光很美"的张美玲，则把目光放在当时还不到两周岁的儿子身上，等他再长大些，"带他去大冶游玩，走走自己曾走过的路"。也"一定要再去黄石"的陈慧丹，甚至规划得更细："到时依然入住磁湖山庄2号楼我的3126房间。"

所有援鄂医疗队员归来时都领到了一张"灵秀湖北感恩卡"。30岁的张菲菲那天在朋友圈发布了一项显然"过于长远"的计划:"等到退休,拿着我的灵秀卡,定要到湖北做个轻松自在的游客,站在黄鹤楼顶端俯瞰长江大桥,穿行于户部巷寻找美食。"

张菲菲应该了知,"灵秀卡"的活动内容为:援鄂医疗队员凭卡可携带亲属一名,5年内不限次免门票游览省内A级旅游景区。可见,待到退休之时,张菲菲登黄鹤楼也是要买票的。不过,实用以外,这张卡在她手上永久不会失去纪念意义。

早在3月20日返程那天,当陈慧丹在朋友圈晒出自己的登机牌,孙志伟当时就跟帖叮嘱"收好,回家裱起来",陈慧丹回话"必须的"。登机牌一登完机,就已经不再具有使用价值,"裱"的就是个纪念。

前述江苏"全员荣归"的第二天,4月14日,《新华日报》推出了8个版《致敬江苏援鄂战"疫"英雄》纪念特刊,其中"T7"版的创意,是用2813名江苏队员名字拼成一幅白衣战士挥着右手的照片,陈慧丹把这幅图发到朋友圈,称"又有事做了,找自己(名字)"。

于密密麻麻、"人山人海"中的寻找难度,恰恰对应着当无数个体汇聚之后所形成的巨大团队力量。王笠首先跟帖报告"我已经找到我自己";相隔46分钟之后,陈慧丹终于也报告"找到了","我在大鱼际根部"。"大鱼际"是手掌上的一处医学解剖学名称。

更早时候,人还在武汉的孙志伟,也在相关报道中找到过自己及战友们的名字。那是《人民日报》微信公众号于3月11日推出的"全国各地医疗队队员全名单"。孙志伟在当天的朋友圈中讲述:"看到自己的名字,有一种考上北大的自豪感!"

一场"宏大叙事"的全国战"疫"中,所有援鄂队员们既参与了"国家记忆",更拥有各自的专属个人记忆。

场景重回1月26日那个凄风冷雨的早晨,作为参与第一批江苏省组队所有城市中唯一独立出发的小分队,孙志伟等"先遣6勇士"从镇江站踏上去往武汉的征程时,每人手持一张标价229元的D2212无座票——鲜为人知的是,这张票均为他们自费购买。

这是一张凝聚着独特历史信息的车票。这张实名车票未来在讲述个人的时候，就是在讲述国家。"我们都没报销，永久留作纪念。"大家意见完全一致。

去往更遥远的未来，当这张车票被用于珍藏，当一个阶段的所经所历被装进"行囊"，孙志伟他们6人以及所有77名镇江援鄂医疗队员，以及所有的人，其实手上都握有另一张永远在路上的"人生车票"。

（本书所涉人物的年龄、职称、职务等身份信息均对应创作实时）

镇江市重大文艺创作生产项目
镇江市宣传思想文化人才项目
镇江市文联重点文艺作品项目
镇江报业传媒集团重点文化拓展项目
镇江新区党工委宣传统战部协作项目
镇江高新区党工委党群工作部协作项目